빛을
기다리는
아침의 언어

빛을
기다리는
아침의 언어

| 자명 지음 |

좋은땅

책 머리에

    어둠 속에서 찾은 하나의 언어, 그건 희망이었다. 빛이 없는 공간은 침묵하는 스승과 같다. 세상의 모든 소리와 색깔들이 잠시 멈추는 시간에도 우리는 그 깊은 묵상을 통해 비로소 자신과 대면한다. 밤은 하루의 끝이면서 빛을 기다리는 가장 간절한 시작이기도 하다. 어둠이 깊을수록 별이 더 선명하듯 우리의 내면 깊숙한 곳에도 다양한 언어들이 내재 되어 있다. 그 말들은 복잡한 논리나 거창한 사상이 아닌, 하루를 버티게 하고 다시 시작하게 만드는 단순하고도 순수한 에센스다. 어둠의 현상들을 부정하지 않고 오히려 그 심연에 침잠함으로써 길어 올릴 수 있는 근원적인 희망의 메시지는 다양한 경험을 통해서만 얻을 수 있다.

    이 책은 바로 그 경계의 어둠에서 아침의 문턱으로 넘어가는 순간을 담아낸 기록이다. 우리가 살면서 겪는 고독과 불안, 망설임 같은 어둠의 단면들을 외면하지 않고 그 안에서 움트고 있는 희미하면서도 확실한 희망의 언어들을 오직 경험을 통해 하나씩 엮어 두었다.

    자본의 심장이자 최정점인 뉴욕의 맨해튼 월스트리트에서 활동하며 느낀 치열한 고독과 말하지 못한 실패와 결핍의 이야기도 있다. 자본의 실용적 가치를 추구했던 끝없는 욕망 속에 잠재된 내 순수문학의 두 경계에서 고뇌한 순간들을 글로 남겼다. 내가 살아온 세월의 고백일 수 있고, 목표 지점에 도달 후 느낀 공허에 대한 독백일 수 있다.

투자 세계에서 성공은 거대한 건물 숲의 소유와 지배를 상징한다면, 작가로서의 길은 가장 외로운 독자의 마음속 작은 틈에 스며들어 공감을 의미한다. 금융의 성공이 화려한 외양과 즉각적인 인정으로 나타난다면 문학의 의미는 주관적 미지의 여행일 수 있다. 이 두 경계에서 중용을 지키려는 고뇌와 성찰, 내적 성장의 끈을 놓지 않으려 했던 그 궤적의 소회이기도 하다.

이 극단적인 두 세계를 오가면서 '나'라는 주체를 잃지 않으려 부단히 노력했다. 자본의 논리가 영혼을 잠식하려 할 때마다 펜을 들고 내 순수의 정체성을 찾으려 언제나 새벽이면 깨어 있었다.

내가 의도한 이 책의 주제는 절망 속에서도 기필코 잃지 않았던 '긍정과 희망의 메시지'다. 그리고 "모든 서사(敍事)를 완성하는 건 사람이다"라는 걸 전파하고 싶었다. 인간관계에서 얻는 그 숭고함과 경외심을 이 책에 담았다. 잠깐 비추다가 사라지는 '여우별'도 희망의 증거가 될 수 있듯, 이 책을 펼치는 당신은 이 짧은 문장들과 언어의 조각들을 통해 자신만의 빛, 어떤 희망의 모티브를 찾기 바란다.

추천사

최원영(본헤럴드신문 발행인·대표,

TBMC(12광주리비즈니스 미션공동체) 설립자·대표,

본 푸른교회 목사)

한 사람에 대한 추천은 그가 써 온 글을 논평하는 데서 시작되기보다, 그 사람과 함께 지나온 시간의 무게를 되짚는 일에서 출발해야 한다. 저자는 문장 이전에 한 사람으로, 성과 이전에 태도로, 이력 이전에 삶으로 나를 젖어 들게 한 인물이다. 즉, 검증된 사람이라는 말이다. 오늘의 그는 어느 날 갑자기 형성된 인물이 아니라, 오랜 시간 축적된 선택과 책임의 결과물이다. 과거 없는 오늘은 존재하지 않는다. 그의 사회적 이력과 문학도로서 쌓아온 작품 세계와 경제인으로서의 안목은 이미 공적 영역에서 성과로 증명되어 있다. 자명의 이름은 설명이 아니라 객관적 기록으로 말해 주고 있다.

내가 지켜본 그는 포기를 가장 두려워하는 사람이다. 그에게 포기란 단순한 선택의 문제가 아닌 삶 자체를 중단하는 것과 같은 의미로 다가오는 듯하다. 그는 늘 '지금 그 너머'를 바라본다. 오늘의 안락함에 머무르기보다, 내일의 의미를 위해 오늘을 내려놓는 삶을 선택한다. 그래서 그의 현재는 늘 미래를 향해 열려 있다.

자명은 창조적 소수에 속한 사람이다. 성경 속 '갈렙'이 떠오른다. 여든다섯의 나이에도 여전히 약속의 땅을 요구했던 사람. 자명 역시 안전하고 평범한 길을 선택하지 않는다. 이미 닦여 있는 길을 반복하기보다, 불편하고 험한 길을 기꺼이 개척하는 태생적 개척자다.

그는 나스닥과 캐나다 증권시장이라는 국제 금융 무대에 한국 기업의 진출이라는 쉽지 않은 길을 열어 가고 있다. 금융인으로 살아온 자신의 경험을 개인의 성공에 머무르게 하지 않고, 기업들이 국제무대에서 경쟁할 수 있는 산파의 역할로 확장해 왔다. 한국은 금융문맹이라는 부끄러운 현실을 탈피하는 새로운 금융 질서를 향한 그의 도전은 신념에서 비롯된 것이다.

저자의 또 하나의 분명한 사실은 사람들에게 꿈을 건네는 사람이라는 점이다. 그는 막연한 이상을 말하지 않는다. 밤을 지새우며 현실 속에서 꿈을 가꾸고, 그 꿈을 실현하기 위해 몸으로 증명하는 사람이다. 꿈은 오늘을 건디게 하는 내일의 소망이다. 내일이 없다면 오늘을 넘어설 힘은 생기지 않는다. 자명은 기업인들에게 언제나 그런 꿈을 전하는 전도자다.

　그를 만난 사람은 꿈을 선물로 받는다. 나 역시 그랬다. 자명과의 만남은 나의 목회 사역의 지평을 넓혀 주었다. 그 만남의 결과물이 자연스럽게 TBMC(12 광주리비즈니스 미션공동체)를 설립하는 계기가 되었다. 전통적인 목회의 틀을 넘어 세상과 교회를 잇는 거룩한 사다리가 놓이기 시작했다. 만남 속에 꿈을 서로 키워 간다는 것은 축복이다. 그래서 자명과의 만남은 언제나 기대가 되고, 늘 감사의 제목이 된다.

　내가 확인한 그는 내면이 단단히 채워진 사람이다. 그의 언어가 이를 증명한다. 그는 부당함을 싫어하고, 정직과 성실을 삶의 가장 중요한 무기로 삼는다. 그리고 그 기준을 타인에게 요구하기 전에 스스로에게 먼저 적용하려 애쓴다.

　그는 늘 말한다. 좋은 리더의 기준은 결국 성찰을 통한 겸허 속에 있는 '통찰(洞察)'이라고 말한다. 좋은 사람에게 주어진 자본은 기업과 사회를 부흥하지만, 가치가 병든 사람에게 주어진 물질은 공동체에 상처를 남긴다고 말한다. 그래서 그는 기업을 평가할 때 늘 묻는다. "이 기업의 대표는 어떤 사람인가?" 돈이 사람을 세우기도 하고, 무너뜨리기도 한다는 사실을 그는 누구보다 분명히 알고 있기 때문이다. 스스로 먼저 거울이 되고자 하는 그의 태도에는 성숙함이 배어 있다.

저자는 언어의 연금술사다. 그의 글을 대할 때마다 느끼는 감동이다. 그의 언어는 넓고 깊으며, 그가 던지는 문장에는 맛과 향이 있다. 목차를 따라 내려가다 보면 소제목 하나하나가 이미 하나의 세계다. '윤슬', '찻잔에 담긴 우주', '빛으로 살다 별이 되다', '사람이 자산이다', '왜 가난할까 우리는', 'AI 너머의 세계', '지금 행복하지 않으면 무효다' 등, 이 표현들은 단순한 장식이 아니라, 독자의 내면을 흔드는 질문이 된다.

자명의 글은 냉철함 속에 따스함이 공존한다. 서문에서 그는 독자에게 불편한 질문을 던진다. "성실함이 가난의 족쇄가 될 수 있다", "우리가 배운 돈의 관념은 자본가를 위한 헌신일 수 있다" 이 문장들은 충격적이지만, 사유를 멈추게 하지 않는다. 오히려 생각하게 만든다. 그러나 그의 글은 결코 냉소로 끝나지 않는다. 깊은 사색 속에는 철학적·영적·관계적 성찰이 스며 있고, 환경을 넘어서지 못한 이들에 대한 연민과 따뜻함이 밑바탕에 흐른다.

나는 자명을 신뢰한다. 그는 말과 삶이 분리되지 않은 사람이며, 사유와 실천이 단절되지 않은 사람이다. 이 추천서는 한 권의 책을 향한 추천이기 이전에, 한 사람의 삶을 향한 증언이다. 자명을 추천한다는 것은 한 인물을 소개하는 일이 아니라 그가 만들어 온 세계를 신뢰해도 좋다는 고백이기 때문이다.

차가운 숫자와 뜨거운 언어 사이에서

일영 김현철(인하대학교 물리학 교수,

피닉스헤지사모펀드 운영위원, 전문 투자가)

자본의 최전선에서 영혼을 지켜 낸 어느 경계인의 고백 얘기다. 자본의 심장부인 뉴욕 월스트리트와 순수문학이라는 두 개의 극단적인 세계를 치열하게 오가며 살아온 한 '경계인(境界人)'이 있다. 저자는 낮에는 거대한 건물 숲을 소유하는 것만이 성공의 척도인 냉혹한 투자 세계에서 치열하게 경쟁하지만, 새벽이 오면 어김없이 펜을 들고 독자의 마음속 작은 틈으로 스며들기 위해 고뇌한다.

그는 '돈의 연금술'에 매혹되어 오직 부만을 좇다가 인간성을 상실해 가는 이들을 수없이 지켜보았다. 자칫하면 자본의 논리에 영혼이 잠식되어 버릴 수 있는 세상에서, 그는 문학을 통해 스스로 경계하며 지켜 왔다. 그러므로 이 책은 단순한 에세이가 아니다. 차가운 이성과 뜨거운 감성, 물질적 욕망과 정신적 가치 사이에서 '중용(中庸)'을 지키기 위한 아슬아슬한 외줄타기의 기록이다. 외줄의 그 흔들림 속에서 지치지 않고 길어 올린 따뜻한 희망의 증거들이 이 책 속에 있다.

저자는 "모든 서사를 완성하는 건 결국 사람"이라고 선언하며, 성공과 성취 너머에 사람이 있음을 잊지 않는다. 그는 자주 이렇게 말하곤 했다. "지금 행복하지 않으면 무효다." 매 순간 행복을 유지하려면, 돈만큼이나 내 곁에 있는 사람도 소중하다는 뜻이다. 그러므로 무엇보다 냉엄한 현실에 지쳐 있는 분들, 화려한 성공을 향해 달리고 있지만 마음 한구석의 공허를 느끼는 분들에게 이 책의 일독을 권한다. 저자는 모순이라고 부를 만큼 서로 다른 두 세계의 경계에 서서, 여러분에게 삶의 균형과 잃어버린 순수를 되찾아 주는 나침반이 기꺼이 되어 줄 것이다.

목차

책 머리에   5
추천사   7

제1장 내 삶에서 만나는 희망의 언어들

하늘 실낱   21
윤슬   27
처음 기억   31
성실함은 가난의 족쇄   37
낮달이 띄워 놓은 그리움   44
수련(睡蓮)   50
블루의 심연   55
자작나무   60
기억에 남은 성찰의 지성인   64
찻잔에 담긴 우주   68
소창다명(小窓多明)   73

제2장 별을 기록한 고독한 궤적

빛으로 살다 별이 되다   79
호수의 침묵   84
새벽 네 시의 골목길   88
보라 이야기   93

나의 삶, 두 경계의 길   97

한국인의 멋   106

작고 보이지 않는 것의 위대함   111

성장이란 무엇인가?   117

돈키호테   120

꽃별   125

제3장 관계의 미학

고복(皐復)   131

작은 감동이 주는 교훈   136

인연은 운명을 결정한다   141

사람이 자산이다   148

인생은 4막에서 결정된다   153

약속의 의미   158

겸허에 대한 소고   163

봉위수기(逢危須棄)   167

혼자의 충만   173

황제 주식이 된 라면   179

제4장 결핍의 가치

돈의 연금술   189

왜 가난할까, 우리는?   195

인형 애인   204

제로섬 게임의 비망록   210

피부에 쓴 연서   216

공부 못한 사람들이 부자가 더 많은 이유   222

돈의 집착과 좌절   229

박물관도 프랜차이즈 시대   233

IT 기술의 완성   238

AI 너머의 세계   243

월가의 새끼 호랑이   253

제5장 침묵 이후의 소리

이별 다음   261

떠도는 섬   267

다시 읽는 탈무드   271

녹명(鹿鳴)   275

침묵의 미학   280

지금 행복하지 않으면 무효다   284

버킷리스트   288

돈과 행복의 함수관계   293

변동불거(變動不居)   297

인생의 하이라이트(highlight)   301

AI 세상, 고독의 변주곡   307

제6장 회상의 창가에서

죽음, 삶을 완성하는 마침표 315

좋은 사람이 조직을 망친다 319

11월의 연가 325

인생의 사계 328

푸른 안개 333

빅토리아! 그곳은 블루다 337

무언으로 승화된 선율 340

비워진 마음 위에 덧칠한 풍경 344

지난 시간의 그림자 349

외줄타기 줄꾼의 끝자락 353

에필로그 362

제1장

내 삶에서 만나는
희망의 언어들

하늘 실낱

수많은 곤충 중에서도 가장 숭고하고 위대한 여정을 이어 가는 생물체가 있다. 태어나자마자 기어다니며 잎을 갉아 먹던 애벌레의 모든 조직이 고치 안에서 완전한 액체 상태로 녹아내린 뒤 전혀 다른 형태인 분명 곤충이면서 곤충 아닌 모습으로 재탄생하는 유기적 존재다. 그들의 내서사의 삶, 그 궤적의 변화가 워낙 커서 인류에게 오랫동안 부활과 변화의 상징이 된 나비의 이야기다. 나비가 다른 곤충들과 확연히 구분되는 가장 큰 특징은 심미적 가치와 생존 전략의 극단적 대비를 보여 주기 때문이다.

뿌리라는 숙명에 묶여 평생 한자리에 머물러야 하는 꽃들의 향기를 한 줌 떼어내 다양한 빛의 나침판을 통해 이동하는 전령사들이 바로 나비들이다. 그들은 꽃의 언어를 둘둘 말린 긴 주둥이에 묻힌 채 여러 색채를 옮겨 다니며 또 다른 부활의 역사를 써 내려간다. 고치의 감옥에서 자신의 몸을 녹여 다시 태어난 그 인내는 마침내 중력을 거스르는 가벼움이라는 축복을 얻어 비로소 나비의 본분을 가질 수 있었다.

남극을 제외한 지구의 모든 대륙에서 수만 종의 나비가 살아가는데, 그 중 가장 독특하고 장엄한 일생을 보내는 나비는 단연코 제왕나비(Monarch

Butterfly)라 할 수 있다. 그들의 생애는 단순한 곤충의 일생을 넘어 자연이 빚어낸 가장 정교하고도 숭고한 서사시다. 그 생에 담긴 경이로움과 비범한 궤적은 자연의 신비와 감탄을 자아내게 한다.

그들의 본향은 북미 대륙(미국, 캐나다, 멕시코)이고 계절에 따라 이동하며 살아간다. 북미 대륙이 가을로 들어서면 멕시코 중부 미초아칸(Michoacán)주의 산악 지대인 오야멜 소나무(Oyamel Fir) 숲으로 이동해 겨울을 보낸다. 그들은 11월에서 3월까지 그곳에서 보내다가 다시 캐나다로 긴 여정을 시작한다.

1그램도 채 되지 않는 그 연약한 생명체가 북미 대륙을 가로질러 멕시코의 산맥까지 이동하는 거리는 무려 4,000킬로미터에 달한다. 거친 비바람과 포식자들 그리고 시시각각 몸을 무겁게 짓누르는 중력을 이겨 내며 나아가는 그들의 비행은 단순한 이동이 아닌 생존과 존속을 향한 처절하고도 아름다운 투쟁이다. 더 놀라운 사실은 멕시코에서 북미로 이동하는 동안 몇 세대에 걸쳐 바통을 이어 가며 목적지에 도착한다는 점이다. 이동 중 새로 태어난 세대는 어떤 경로를 통해 엄마의 엄마 그 할머니가 지나온 길을 찾아가는 것일까? 이동 중 태어난 그들은 3주 정도의 수명이 전부다. 반대로 캐나다에서 태어난 마지막 세대는 이전 세대와는 완전히 다른 특징을 지닌다. 그들은 세대교체 없이 희한하게도 8개월까지 살 수 있어 한 세대가 멕시코까지 비행하는 점도 자연의 신비가 아닐 수 없다. 그들의 대이동은 자연계에서 가장 경이로운 사건 중 하나이며 그 어떤 과학으로도 밝혀낼 수 없는 우주의 섭리다. 세대교체 없이 캐나다에서 멕시코 이주를 담당하는 특수한 탄생의 그들을 '메투살레(Methuselah)' 세대라 부른다. 성경 속 인물의 이름을 따 부르게 되었는데, 인류 역사상 가장 오래 산 인물을 비유한 것이다.

우리의 삶도 제왕나비의 날갯짓과 흡사하다. 때로는 현실이라는 중력이 발목을 잡기도 하고, 보이지 않는 목적지가 막막하게 느껴질 때도 있다. 하지만 제왕나비가 몸속에 새겨진 본능의 지도인 감각의 하늘 실낱을 따라 믿고 나아가듯, 우리에게도 스스로 설정한 가치와 희망이라는 이정표가 있다. 지금 당장 가느다란 날개가 흔들리고 있을지라도 그 떨림은 멈춰있는 상태가 아닌 하늘에 새겨 놓은 희망의 목적지를 향해 비행하는 증거다.

혼자 놀기를 좋아했던 나는 작은 생명체에 유독 관심이 많았다. 어항 속 물고기, 무당벌레, 잠자리, 장수하늘소도 좋아했지만, 특히 나비를 사랑했다. 다양한 꽃들을 옮겨 다니는 모습은 너울내는 실루엣에 두엉되이 다음 세대를 연결하는 행복 전도사라는 이름도 붙여 주었다. 해외 출장을 가거나 혼자 여행을 가면 다른 건 사지 않아도 꼭 나비 표본을 사 모으기를 좋아했다. 나비에 대해 특별한 관심을 가진 계기는 초등학교 때 읽은 한 권의 책에서 시작되었고, 그와 연관된 글들은 다 찾아 읽고 또 읽었다.

우리에게 잘 알려지지 않은 생물학자이자 '나비 박사'로 불리기도 한 석주명(1908~1950)의 일대기를 읽고, 큰 감명과 함께 무한한 경외심을 가졌기 때문이다. 하루하루 끼니를 이어 가기도 힘겨운 그 시절 곤충 연구에 일생을 헌신했다는 그 사실도 놀랍지만, 그의 연구가 세계적으로 인정받아 자연과학의 새로운 역사를 쓴 선구자의 기록은 신선한 충격이었다.

일제강점기의 일본 학자들은 한국의 나비 종류를 대략 900여 종이라고 주장하며 무분별하게 이름을 붙였다. 석주명은 약 75만 마리라는 엄청난 양의 나비 표본을 일일이 채집하고 연구하여 나비 종류를 248종으로 명확하게 규명했다. 수백 종의 나비들은 변이(날개 모양이나 색이 조금씩 다른 것)일 뿐 같은 종이라는 것을 정의한 것이다. 우리가 흔히 부르는 배추흰나비, 유리창나비, 각시멧노랑나비, 제비나비 등 아름다운 우리말의 나비 이름들이 바로 석주명 '나비 박사'의 손에서 탄생한 것이다. 1940년, 영국 '왕립 아시아협회'의 지원을 받아 영문 저서인 '조선산 접류 목록'(A Synonymic List of Butterflies of Korea)을 발간했다. 이 책은 한국인 최초로 세계적인 학술 단체에서 인정받은 성과로 한국의 나비 연구가 독자적인 학문적 기초를 갖췄음을 세계에 알린 계기가 되었다. 안타깝게도 6.25 전쟁 중 42세의 젊은 나이에 불의의 사고로 세상을 떠났다.

나비를 곤충이라고 하면 고갤 갸우뚱하는 사람들이 많다. 기어다니는 생명체를 쉽게 연상하기 때문이지만 나비는 곤충과에 속한다. 그들의 화려한 날개 뒤에는 생존을 위한 정교한 신체 구조와 생태적 특징이 숨겨져 있다. 날개를 만지면 묻어나는 가루는 아주 작은 비늘들이고, 방수 기능을 하며 빛을 반사하거나 굴절시켜 화려한 구조색 날개를 만들어 낸다. 대부분의 곤충이 페로몬(후각)이나 소리(청각)에 의존하는 반면, 나비는 시각이 고도로 발달해 있어 자외선 패턴을 감지하여 꽃의 위치나 짝을 찾는 점도 다르다. 그들은 단순히 예쁜 곤충을 넘어 생태계에서 매우 중요한 역할을 한다. 다양한 꽃들을 순례하며 꽃가루를 수정시켜 열매를 맺게 하는 꿀벌과 함께 자연 질서를 유지하는 대표적인 주인공들이다.

어느 날, 캐나다 친구들이 '나비 투어'를 간다고 들떠 있었다. 나비 소리에 귀가 번쩍하여 물어보니 '제왕나비'를 보러 간다는 것이다. 제왕나비에 대해 잘 모르고 있었던 내게 친구는 상세히 설명해 주었다. 얘기를 들은 후 그 나비에 대한 자료들을 수없이 찾아보며 놀라움을 금치 못했다. 내가 지금껏 알고 있었던 나비들과 크게 달랐기 때문이다.

캐나다에서 제왕나비들을 볼 수 있는 곳은 온타리오주 '포인트 펠리 국립공원'(Point Pelee National Park, Ontario)이라고 한다. 캐나다 최남단인 그곳엔 수만 마리의 나비가 나무를 주황색으로 뒤덮어 환상적인 신비를 볼 수 있다고 한다. 제왕나비를 알고 난 후 그들을 보러 가는 게 나의 버킷리스트 중 하나가 되었다.

제왕나비의 비행에는 정해진 활주로도 눈에 보이는 이정표도 없다. 그저 몸속 깊이 새겨진 본능의 지도를 따라 바람이 수놓은 실낱을 따라 비행하는 것이다. 때로는 거센 역풍이 날개를 찢으려 하고, 때로는 차가운 중력이 바닥으로 밀어내려 해도 그들은 결코 날갯짓을 멈추지 않는다. 안주(安住)가 곧 소멸임을 아는 자만이 부릴 수 있는 지독한 고집과 같다. 그들이 자아내는 실루엣 실낱같은 그 여정은 우리가 삶에서 마주하는 수많은 망설임과 두려움을 한없이 부끄럽게 만든다.

우리들의 삶 또한 저마다의 '하늘의 실낱'을 잇는 과정이다. 현실이라는 중압감은 늘 우리를 주저앉히려 하고, 내일이라는 허공은 가끔 막막한 어둠으로 다가온다. 제왕나비가 단 한 번도 가 보지 못한 멕시코 본향의 숲을 향해 기꺼이 날아오르듯, 우리 안에도 가야 할 곳을 정확히 가리키는 마음의 나침반이 누구에게나 있다. 지금 당장 내딛는 한 걸음이 비록 실낱처럼 가늘고 위태로워 보일지라도 그것이 반복되는 한 우리는 결코 길을 잃은 것이 아니다.

흥미롭고 희망적인 것은 이 가느다란 실낱들이 모여 세대를 건너뛰는 거대한 생명의 사슬을 만든다는 점이다. 내가 다 잇지 못한 길을 다음 세대가 이어받고, 그 간절함이 모여 마침내 목적지에 닿는 광경은 경이롭고 숭고하다. 결국 우리가 살아가면서 겪는 고뇌와 도전들은 결코 헛된 소모가 아닌 나 자신과 다음 세대를 위한 가장 아름다운 약속인 셈이다.

지금 당신의 날개가 떨리고 무엇인가 주저하고 있다면 그것은 추락의 징조가 아닌 비행의 증거다. 제왕나비의 주황빛 날개가 하늘에서 빛나는 이유는 그들이 바람에 휩쓸리지 않고, 바람을 이용해 자신의 실낱을 팽팽하게 당겼기 때문이다. 우리 역시 오늘이라는 고단한 허공 위에 나만의 실낱을 정성껏 수놓을 때, 그 가느다란 선은 비로소 누구도 끊을 수 없는 단단한 생의 지도가 되어 줄 것이다.

세상에서 가장 가벼운 몸으로 가장 무거운 절망을 이겨 내는 나비를 보고 예쁘다고 표현하지만, 그 아름다움의 이면에는 희망을 향해 나아가는 끈질긴 생명력이 깃들어 있음을 기억하자.

윤슬

눈이 시린 오월의 숲은 물빛 미소가 번지고 블루바다는 아직도 사랑할 시간이 많이 남아 있다며 속삭이고 있었다. 하염없이 바다를 바라만 보던 한 여인이 기다림에 지쳐 한 아름 가득 품고 있던 5월의 꽃 '알리움'을 바다에 흩뿌린 채 바람처럼 사라지고 없다. 온순한 썰물을 타고 이내 밀려져 가던 그 꽃은 사방으로 하나씩 흩어지며 무료함을 달래던 페닌슐라 남쪽 모퉁이를 물들이고 있었다. 막 모습을 드러낸 손톱반달이 바다에 투영되자 금빛이었다가 금시 온 바다를 알리움의 상징 연분홍으로 채색해놓은 그 환희를 당신은 본 적이 있는가? 초승달이 뜨는 오월의 바다는 이별하는 커플이나 누군가를 막연히 기다리는 이들에게 위안과 맑은 슬픔을 동시에 주는 카타르시스의 밤을 연출하고 있었다. 금 비늘로 반짝이다 금시 연분홍으로 너울지며 일렁이던 '윤슬'은 마술쟁이가 되어 서천으로 흐르는 마지막 노을빛에 채색되어 오월의 일기를 그렇게 써 내려가고 있었다.

윤슬은 '맑은 물에 비추는 달빛이나 햇살에 반사되어 반짝이는 잔물결'이라는 고유의 우리말 (한글)이름이다. 그 고운 '윤슬'의 이름을 얻기까지 혼자서는 불가능하다. 같은 빛이면서 전혀 상반된 두 개의 빛, 달빛과 햇빛 중 하나는 반드시 물과의 조화를 이뤘을 때 비로소 자신만의 이름 '윤슬'을 가질 수 있다.

눈 뜨면 어디서든지 바다가 한눈에 들어오는 해안가에서 8년이란 기간을 여러 나라들을 오가며 긴 시간을 보냈다. 캐나다 밴쿠버 섬, 남쪽 끝 삼각주에 있는 유서 깊은 RV리조트를 인수해 밴쿠버에서 그곳 빅토리아로 이주했다. 평생을 사무직에서 일해 왔기에 못질 한번 해 본 적이 없는 내가 8년 동안 안 해 본 일이 없었다. 하수구 파이프 교체는 물론 맨홀이나 화장실 청소는 눈 감고도 할 정도로 수없이 반복되었다.

해외 출장에서 캐나다로 돌아와 사업장에 있을 때, 직원들이 출근하지 않은 날은 이른 아침 화장실 청소를 했다. 세제를 넣고 뽀득뽀득 변기를 닦으면 때가 낀 내 마음을 벗겨내듯 하얗게 모습을 드러내는 도기의 빛깔이 참 좋았다. 틈나면 흙을 만지며 일해보는 것이 간절한 바람이었다. 정원을 가꾸고 건물들을 수리하고 직원들을 따라 일을 배우는 과정은 하루하루가 축복이었다. 캐나다 건국보다 더 긴 역사를 지닌 리조트는 밴쿠버 섬에서 유일하게 넓은 백사장이 있었다.

5월이 되면 블루바다는 100미터도 훨씬 긴 광활한 모래밭으로 변신한다. 침실이나 거실, 차실 어디에서나 태평양 바다가 한눈에 들어오는 그곳은 천혜의 비경을 볼 수 있는 곳이었다. 무엇보다 감탄을 자아내게 해주는 건 매일 같이 다른 모습을 연출하는 '윤슬'은 그 어느 빛보다 오묘하고 섬세한 예술이 아닐 수 없다. 거긴 진정한 파라다이스였고 아름다운 사람들이 머무는 곳이었다.

마이클과 로빈 부부는 유달리 윤슬을 사랑했다. 마이클은 작은 교회의 목사이면서 관공서에서 청소부로 일하고 있었다. 부모를 따라 어렸을 적 영국에서 캐나다로 이주한 그는 줄곧 캐나다 동부 큰 도심에서 살다 아내 로빈을 위해 우리 리조트에 정착했다. 그의 아내는 루게릭병을 얻어 거동이 불편했다. 살아 있는 동안 원 없이 바다를 보면서 살아보는 게 소원이라는 아내를 위해 모든 것을 포기하고 빅토리아로 이주한 것이다. 마이클 부부는 작은 트레일러에서 생활하며 직장과 목회 활동을 병행하며 살고 있었다. 청소일이 끝나 집에 도착하면 어김없이 아내를 휠체어에 태우고 바닷가로 향했다. 몇 시간이고 바다를 보며 도란도란 무슨 얘기를 그토록 하는지 저녁 식사도 거른 채 바다를 바라보고 있던 때가 잦았다. "식사 후 다시 와도 되지 않느냐?"라고 물으면 "그 사이 노을이 만드는 윤슬을 볼 수 없을까 봐 기다리고 있다"라고 말했다.

로빈은 항상 뜨개질을 하거나 백사장에서 사람들이 모아 준 조개껍데기나 나무 판에 그림을 그렸다. 몇 달을 걸쳐 양각 간판을 만들었다고 말하며 내가 지은 정원의 이름 '꿈의 가든'을 조각해 크리스마스 선물이라고 건네주었다. 그녀는 누구를 만나든 맑은 미소로 인사했고 그 환한 표정은 빛이었고 사랑이었다. 오월의 알리움이 과연 그녀의 해맑음을 흉내 낼 수 있을까?. 마이클이 빛이라면 그 빛을 투영하는 윤슬의 완성은 로빈이었다. "소외되고 외로운 사람들을 돕고 위로하는 것은 꼭 물질이나 물리적 도움이 아니라도 맑고 진정한 미소만으로도 남에게 위안이 될 수 있다"라고 말한 테레사 수녀의 말이 떠오른다. 로빈 그녀와 마주하고 난 뒤엔.

세계 곳곳에서 찾아온 여행객들이 다 떠나고 난 후의 가을 바다는 옅은 색채의 블루칼라다. 햇살도 한결 부드러워진 날 밤이면 달이 떠오르다 가끔 바다에 풍덩 빠지고 만다. 그 모습을 지켜본 로빈은 감탄사를 연발하다 두 손으로 얼굴을 감싼 채 눈물을 흘리면 마이클은 그녀를 가슴에 품어 주며 함께 윤슬을 바라보곤 했었다.

여명 후의 윤슬은 희망이다. 살다가 보면 누구나 한 번쯤 위기에 맞닥뜨렸을 때, 순간순간 용기를 갖게 되듯 그 강렬히 떠오르는 붉은 빛은 점점 밝은 햇살에 녹아 금시 은비늘이 되고 만다. 아침의 그 물결은 기쁨이고 시작의 활력이 아닐 수 없다. 반면 저녁의 윤슬은 귀향과 안식의 빛이다. 노을이 만든 윤슬은 이별이자 또 다른 만남의 언약이다. 아침의 노을이 사계절 변함없는 은비늘 색채라면 밤의 향연은 절기에 따라 다양한 색채로 예술의 극치를 보여 준다.

긴 여름 끝자락의 볕에 그을린 고기떼들이 허공으로 방망이질을 해 대는가 싶으면 노을은 절정에 이르고 온 바다는 짙은 주황색 능소화로 만개하고 만다. 축시(丑時)쯤 무시로 쏟아지는 별빛에 반사된 그 고요의 침묵은 다 하지 못한 우주의 이야기고, 차마 고백할 수 없었던 가슴속에 담아둔 언어다. 그 사연들을 담은 '윤슬'은 그 빛을 색칠하며 보여 주고 있었다.

처음 기억

울타리가 없고 사방이 개방된 집 앞엔 넓은 잔디의 초록 바다가 펼쳐져 있고 청량감이 더한 실바람은 알 수 없는 심미적 평안을 주었다. 도란거리는 소리를 따라 무엇인가를 따는 곳으로 다가가 보니 아빠는 아이들과 체리를 따느라 야단법석이었다. 그 집 뒤뜰의 풍경은 소풍을 온 한 가족의 모습 그대로였다. 눈이 시리도록 맑은 청색 하늘은 더없이 투명했고 도심을 둘러싼 웅장한 산맥이 손에 잡힐 듯 가깝다. 그 산등성이에 남은 잔설들은 눈이 시린 실루엣으로 푸른 도시와 조화를 이루고 있었다. 밤 9시가 지나도 지평선 끝에 걸려 있는 노을은 서두를 것 없는 여행자의 마음을 닮았다. 사람들은 귀가를 멈추고 잉글리시 베이의 통나무에 걸터앉아 바다 위로 부서지는 금빛 윤슬을 바라보고 있다. 한국보다 16시간 늦게 시차가 나는 캐나다 밴쿠버에 첫발을 내디뎠던 7월 중순의 처음 기억이다.

여의도 금융가에서 밤낮없이 일하다가 불혹에 들어서면서 몇 번 과로로 쓰러졌다. 휴식이 절대 필요하다는 담당 주치의의 권유로 어쩔 수 없이 안식휴가를 얻어 이곳에 찾아온 것이다. 해외의 수많은 도시를 다녀봤지만, 그 어느 도시에서도 느낄 수 없었던 안식의 여유가 보였다. 자연과 인간이 근거리에서 서로를 보듬고 살아가는 모습은 생애 가장 평화로운 광경을 목격했던 그 첫인상에 매료되어 밴쿠버에 정착하게 되었다.

"너는 바다 건너 코쟁이 사는 곳에서 양주 마시며 살 거야" 정말 백인들만큼 코가 큰 초등학교 5학년 담임 선생님 박창웅 님이 교실에서 내게 한 말이다. "나라에서 유학도 보내 주니 너는 공부 잘해서 해외에서 살아야 해"라는 말씀도 덧붙여 주었다. 나는 틈나면 곤란한 질문을 하거나 엉뚱한 문제로 선생님을 난처하게 한 적이 한두 번이 아니었다. 초등학생이 읽지 않는 문학작품이나 특히 위인전을 읽고 궁금한 점을 늘 선생님께 여쭤보곤 했었다. 선생님은 간혹 "방과 후 교실에 남아 시험 답안지를 채점하라"시며 꿈만 같은 나의 미래를 진지하게 말씀하곤 하셨다. 선생님은 어떤 내 모습을 보고 해외에서 살 것이라고 예견하셨을까? 친구들이 있는 데서도 그 말을 몇 번이고 하셨다.

많은 시간이 흐른 후 동창회를 하면서 그 선생님을 초대한 적이 있었다. 초등학교 근처의 중학교 교장으로 재직 중인 선생님은 동창회에 참석해 주셨다. 악수를 하면서 "자네 해외에서 살고 있지?"라고 대뜸 하신 말씀에 깜짝 놀라지 않을 수 없었다. 몇 친구들도 선생님이 교실에서 내게 하신 말씀을 또렷하게 기억하고 있었다.

캐나다에 정착해 살면서 선생님의 그 첫 말씀을 잊어 본 적이 없다. 초등학교엘 다니던 당시엔 '캐나다가 어디에 있는지? 우리들이 정말 해외에서 살 수 있을까?'조차 상상을 해 보지 않았던 시절이었다. 서울에 간다는 것도 해외를 가는 것만큼 어려운 여건이었기 때문이다.

우리는 현재를 살아가면서 종종 이 첫 기억을 소환하며 먼 기억 속으로 여행을 떠난다. 고요히 자신을 돌아보는 시간이나 힘든 순간에는 그 기억

속의 순수했던 기쁨을 떠올리며 위안을 얻고, 새로운 도전에 직면했을 때는 그 시절의 작은 용기를 되새기며 힘을 얻는다. 뇌리에 각인된 처음 기억은 마치 긴 영화 필름의 첫 장면처럼 의식이 세상을 인식하기 시작한 아주 특별하고도 신비로운 순간 같은 것이다. 그 추억은 시간만큼 때로는 흐릿하고 너무나 생생해서 마치 어제 일처럼 느껴지기도 한다. 지난 순간들은 단순히 과거의 사실을 담고 있는 것이 아닌 존재의 가장 근본적인 토대이자 일정의 서사적 구조를 갖추고 있는 파편적인 이미지와 감정의 잔향으로 남아 있는 추억일 수 있다.

우리는 "말은 씨앗이 된다"라는 이 문구를 한번은 들어 봤을 것이다. 한마디의 말 속에 깊은 에너지가 담겨 있어 그 말처럼 살아가기에 타인이나 자신에게 신중히 말해야 한다. 늘 부정직인 시각으로 말하기나 냉소적인 언행을 습관적으로 하는 사람은 밝게 살지 못한다는 통계가 있기도 하고 말 한마디에 그 사람의 인성이 담겨 있다. 무의식 속에 습관처럼 내뱉는 언사는 무서우리만치 그 사람의 삶의 모습과 닮아 있다고 한다. 그 언행 속에는 심리학적, 관계적, 그리고 물리적인 메커니즘이 숨어 있기 때문이다.

우리의 뇌는 우리가 내뱉는 말을 가장 가까이에서 듣는다. 부정적인 언어는 스트레스 호르몬인 코르티솔 분비를 촉진하고, 긍정적이고 주체적인 언어는 뇌의 신경 가소성을 자극해 새로운 사고 회로를 만든다는 과학적 근거다. "안 돼, 힘들어"라고 말하면 뇌는 포기할 이유를 찾고, "어떻게 하는 것이 좋을까?"라고 긍정적으로 말하면 뇌는 해결책을 찾는 모드로 전환된다.

이러한 언행의 사고방식 차이가 누적되어 기억 속에 자리 잡아 결국 삶의 질과 성취를 결정짓는 것이다.

오래전 세상을 떠들썩하게 하고 온 국민을 불안에 떨게 했던 강도살인 죄명의 한 탈옥수가 교도소를 탈출한 사건이 있었다. 철통같은 경비 시스템을 자랑하던 부산교도소를 탈출한 이 사건은 영화보다 더 드라마틱 했고, 대한민국 현상금 최고 금액으로 수배를 받았으나 1년 넘게 도피를 한 사건이다.

그 탈옥수가 다시 교도소로 잡혀 들어가 한 신부님에게 털어놓은 말은 두고두고 되새겨 보아야 할 경구가 아닐 수 없다. 그의 집이 가난해 학교 공과금을 낼 수 없었다. 밀린 공과금을 가져오지 못하자 선생님이 그를 불러 "공과금도 못 내는 놈이 학교는 왜 나오느냐"라며 학생들 앞에서 심하게 언성을 높이며 모욕적 언사를 한 것이다. 그때의 첫 기억은 씻을 수 없는 상처가 되었다. 그가 성장하는 동안 그 기억은 분노로 변했고 뇌리에서 사라지지 않아 그를 괴롭혔다. 그 트라우마에서 악마가 싹트기 시작했다고 눈물로 고백했다.

자녀가 사물을 깨닫기 시작할 때 부모가 하는 언행은 자존감의 고취를 심어 주고 반대로 상실감으로 깊이 각인될 수 있다. 누군가 첫 대면에서 보인 행동이나 언행도 오래오래 기억에 남는다. 그것은 교훈 같은 지혜일 수 있고 상대를 부정하고 무시하는 행위일 수 있어 매우 중요하다.

인간의 기억들은 마치 광활한 우주와 같다. 수많은 별이 반짝이고 사라지는 것처럼 우리의 뇌 속에는 헤아릴 수 없는 정보와 경험들이 쌓여 있다. 그중에서도 첫 기억은 가장 밝고, 흔들림 없이 빛나는 별일 수 있다.

또한 절대 지워지지 않는 슬픔과 상처의 기억은 트라우마의 앙금으로 남아 사는 동안 괴롭힌다. 처음 기억은 우리의 정체성과 세상을 바라보는 시각을 형성하는 데 지대한 영향을 미치며 시간이 흘러도 그 잔상은 쉽사리 지워지지 않는다. 그것은 현재의 우리가 어떤 사람인지를 설명해 주는 오래된 지도와 같다.

어린 시절 집 앞마당에서 혼자 앉아 개미들이 줄지어 가는 것을 넋 놓고 바라보던 순간을 잊을 수가 없다. 그 작은 생명체들 앞에서 느꼈던 경이로움과 그들의 질서는 오래 기억되어 곤충이나 동물들의 모습을 유심히 관찰하는 습관이 생겼다. 이러한 기억의 의문들은 자연의 이치(理致)에 흥미를 갖게 해 주었다. 개미들은 자기보다 수십 배가 큰 것을 어떻게 움직이는지? 쇠망치로도 쉽게 구멍을 낼 수 없는 거대한 나무 몸통을 저 작은 새는 어떤 방식으로 금방 흠집을 내는 것일까? 딱따구리가 큰 나무를 파내는 것을 처음 보고 느낀 의문점이었다. 이 첫 기억의 질문들은 우리가 낯선 환경에 어떻게 반응하고 대처해야 하는지, 안전하다고 느끼는 장소는 어디일지, 그리고 어떤 것을 두려워하는지에 대한 원초적인 단서를 제공한다.

첫 기억은 과거에 머물러 있는 화석이 아닌 현재의 나를 끊임없이 재해석하고 성장하게 만드는 살아있는 에너지다. 그것은 우리가 어디에서 왔는지 그리고 우리가 어떤 사람이 되고 싶은지를 조용히 속삭여 주는 시간의 등대와 같다.

내게도 시간이 멈추고 세상의 축이 갑자기 기울어진 듯한 지극히 개인적이지만 우리들의 보편적인 순간이 있었다. 처음으로 이성의 손을 잡았을 때의 떨림이다. 그 순간의 기억은 어른이 된 후에도 여전히 손바닥에 남아 따뜻하거나 혹은 감전된 듯 짜릿하게 전율한다. 세상의 모든 감각이 처음이어서 서툴고 감정의 정리를 어떻게 할지 잘 모르면서 함께 걷고는 있었지만 서로의 존재는 여전히 어색함이라는 얇은 유리 벽 너머에 있었다. 손을 잡는다는 행위는 단순한 접촉이 아닌 새로운 감정의 영역으로 들어서는 시작점이었다. 그 순간은 사소하지만 가장 강력한 격정이었고 모든 연결에서 떨림의 기준이 되어 주었다. 이처럼 우리 모두의 첫 기억은 완전한 서사 구조를 갖추고 있기보다는 파편적인 이미지나 강렬한 감정의 잔향으로 남아 있는 것이다.

어머니의 따뜻한 품에서 느껴지던 포근한 냄새, 빗방울이 창문에 부딪히는 규칙적인 소리, 혹은 작은 성취를 얻었을 때의 기쁨, 누군가가 한마디로 심어 준 희망 씨앗, 이별을 통한 슬픔은 그 어떤 논리적인 언어보다 훨씬 더 깊은 곳에 자리 잡아 평생 우리의 무의식에 영향을 미친다. 심리학자들은 이 시기의 기억들이 자아 정체성 형성의 중요한 씨앗이 된다고 말한다.

초등학교 때, 선생님의 단순한 말은 어쩜 내 무의식 속에 심어져 세계관 그 자체가 되었을지 모른다. "너는 해외에서 살 거야"라는 그 언사는 단순한 예측이 아닌 "너는 넓은 세상에 어울리는 사람이야"라는, 또는 "너는 이곳을 넘어설 잠재력이 있다"라는 잠재 속에 희망의 씨앗을 심었고 특별한 정체성을 부여했을지도 모른다.

위에서 언급한 탈옥수의 담임 선생님의 절제되지 않은 폭언은 돌이킬 수 없는 어두운 기운으로 뭉쳐 트라우마가 되어 가장 예민하고 순수한 영혼이 강도 살인범으로 전락한 원인이 되어 그의 인생을 바꿔 놓은 것이다.

'처음 기억'은 과거의 기록이 아닌 현재의 나를 움직이는 인생의 설계도다.

성실함은 가난의 족쇄

뉴욕의 맨해튼 월스트리트의 마천루 유리창에 비친 세상은 평온해 보이지만 그 유리 벽 안쪽에서 숫자로 치환된 인간의 삶을 들여다보는 일은 서늘하다. 우리가 성장해 오는 동안 숱하게 들었던 삶의 기본인 '성실함'이라는 미덕을 배워 왔다. 학교나 직장에서도 근간이 되는 규범으로 알았고, 재산 형성에서도 가장 기본이 되는 일종의 교과서였다. 일찍 일어나 출근하여 주어진 업무에 충실하며 소비를 줄여 저축하는 삶. 이것이 중산층으로 진입하는 유일하고도 정직한 사다리라고 가르친다. 그러나 자본의 심장부에서 확인한 진실은 정반대였다. 자본의 시스템은 개미들이 성실하면 할수록 그들을 더 깊은 제자리걸음의 늪으로 밀어 넣도록 설계되어 있다는 사실이다.

이 비극의 일차적인 원인은 노동 소득의 선형적 한계에 있다. 대중들의 소득은 자신의 시간을 물리적으로 투입해야만 발생하는 구조다. 하루 24시간이라는 절대적 자원은 누구에게나 평등해도 바로 그 평등함이 노동자에게는 치명적인 약점이 된다. 아무리 성실한 개미라도 자신이 투입할 수 있는 시간의 총량에는 한계가 있고, 그 시간의 단가(시급) 역시 시장이 결정하는 보이지 않는 천장에 가로막혀 있다. 반면, 월스트리트가 굴리는 자본 소득은 기하급수적이다. 자본은 잠을 자지 않고 휴가를 떠나지 않으며, 물리적 신체의 한계에 갇히지도 않는다. 노동이 덧셈을 할 때 자본은 곱셈을 한다. 이 속도의 격차는 시간이 흐를수록 메울 수 없는 거대한 간격을 벌려 놓는다.

GDP 1만 불 시대보다 3만 5천 불 시대인 지금은 비교할 수 없을 만큼 돈이 많아졌고, 국가 경제 규모도 엄청나게 커졌음에도 더 가난해지는 사람들이 많아지고 있다는 것이 이를 잘 증명해 주고 있지 않은가. 그 많은 돈은 도대체 어디로 갔을까? 그건 소수, 즉 1%의 부자들이 그 과실을 다 가져갔기 때문이다. 미국은 물론 한국도 1%의 부자들이 금융자산의 60% 이상을 차지하고 있다. 더 놀라운 건 대중의 10%가 금융자산의 80~90%를 장악하고 있다는 사실이다. 바꿔 말하면 대한민국의 99% 보통 사람들이 30~40% 정도의 금융자산을 나눠 갖고 있다는 얘기다. 이런 수치를 우리는 단 한 번이라도 냉정히 따져 본 적이 있는지 돌아봐야 한다.

성실하게 사는 보통 사람들에게 더욱 잔인한 점은 통화 정책이라는 이름의 약탈이다. 성실한 개미들은 화폐의 숫자를 신뢰하도록 하여 땀 흘려 번 돈을 은행 예금이라는 안전한 곳에 가두어 둔다. 또는 확실하게 자산을 불려준다는 온갖 호사로 포장된 펀드에 맡기라고 유혹한다. 하지만 미국 연방준비위원회(중앙은행)는 유동성을 공급하며 화폐 가치를 떨어뜨릴 때, 가장 먼저 타격을 입는 것은 노동의 대가를 받아 현금 자산을 맡긴 성실한 노동자들이다.

내가 본 월스트리트의 자본가들은 단 한 순간도 현금을 신뢰하지 않았다. 그들에게 현금은 다른 실물 자산으로 갈아타기 위한 잠시의 정거장일 뿐이다. 인플레이션이 발생하면 실물 자산의 가격은 오르고 화폐 가치는 떨어진다. 즉, 자산가들의 부는 자동으로 증식되지만 성실하게 현금을 모은 개미들의 구매력은 가만히 앉아 있는 동안에도 삭감된다. 성실함이 오히려 부의 증발을 방관하는 직무 유기가 되는 역설이 발생하는 것이다.

현대의 경제 시스템은 레버리지의 비대칭성을 먹고 자란다. 개미들은 빚을 무서워하도록 교육받고 성장해 왔다. 부채는 가정의 원수라서 빨리 갚아야 할 짐이라고 배운다. 하지만 그 빚을 정확히 활용하는 지식이나 기법을 모른다면 당연히 빚을 갚는 순서가 맞다는 점을 잊어서는 안 된다. 빚의 정확한 활용도를 모르고 함부로 빚을 썼다가 망하는 건 순식간이다.

지본을 설계하고 돈을 활용하는 포식자들에게 부채는 부의 지도를 확장하는 가장 강력한 무기다. 그들은 개미들이 은행에 맡긴 예금을 저렴한 이자로 빌려와 수익률이 높은 곳에 투자한다. 개미의 성실한 저축이 결과적으로 자본가의 지렛대가 되어 개미 본인의 자산을 갉아먹는 형국이다. 성실한 개미들이 제자리걸음을 면치 못하는 것은 그들이 게을러서가 아니다. 시스템이 정의한 성실함의 범주 안에 갇혀 있기 때문이다. 시스템은 개미들이 규정을 의심하기보다 그들이 만든 가두리 양식장 안에서 방침에 따라 최선의 노력을 하도록 바라고 있다. 그래야만 시스템의 엔진이 멈추지 않고 돌아가기 때문이다.

사람을 즉사시켜 버리는 독사의 맹독도 잘 활용하면 생명을 살리는 훌륭한 치료 약이 되듯 빚도 그걸 잘 활용하면 자산을 불리는 지렛대가 되지만 안타깝게도 대중들은 그 방법을 잘 몰라 두려움의 대상으로 여긴다.

역설적으로 냉정히 따져 보면 우리 부모들이 중산층으로 올라설 때 결정적 역할을 해준 것은 바로 빚이었다. 성실히 땀 흘려 한푼 두푼 모아 종잣돈을 마련했고, 그것을 밑천으로 대출을 받아 아파트를 마련했다. 통화가 팽창하고 돈 가치가 하락하면서 실물 자산이 급등했고, 그것이 유일하게 재산을 불려 주는 수단이었다. 지금처럼 돈이 많이 풀리기 전이었고 한국 경제성장이 현재보다 몇 배 커질 때의 일이다. 그때의 부를 키우는 방식과 현재의 모든 시스템은 크게 바뀌었다. 그러함에도 옛 방식을 따른다면 결과는 불을 보듯 뻔하다.

전 세계의 돈 70%를 움직이는 자본의 중심 월스트리트에서 목격한 돈의 흐름은 명확했다. 이 자본의 방향에 따라 산업이 바뀌고 국가 간의 결속도 달라진다. 전쟁의 승패도 따지고 보면 돈의 무게에서 결판난다는 점도 부정할 수 없다. 세계 32번째의 규모와 인구 2천8백만이라는 한 국가의 대통령을 한밤중에 잡아 오는 미국의 힘도 돈의 위력 때문이다. 전례 없는 불법적인 사건임을 명백히 알면서도 누구 하나 나서 이의를 달지 못하는 것도 자본의 계산이 밑바닥에 깔려 있어서다. 새로운 땅을 차지하려는 속내도 그곳이 그만큼 자본 창출이 가능한 지역이기에 본색을 드러내는 것이다.

그 어느 시대보다 자본의 쟁취가 격화되고 있는 무서운 세상으로 바뀌고 있다. 철저히 자본을 확고히 차지하는 자만이 살아남을 수 있는 세계의 질서다. 부자가 더 큰 부자가 되어 절대적 강자의 위치를 확고히 하겠다는 것도 몇 년 사이 급변한 변화다. 국가는 물론 기업 간에도 경제적 해자를 굳건히 하려는 것을 자본의 중심에서 엿볼 수 있다.

자산 증식은 노동의 양에 비례하지 않는다는 점이 오늘날의 부정할 수 없는 사실이다. 부는 시스템을 이해하고 그 흐름에 올라타는 설계자의 몫이다. 성장의 파이가 크게 줄어든 현 세태에서 그것을 먼저 차지하는 방법은 제한된 정보를 먼저 습득하고 돈의 흐름을 정확히 볼 줄 아는 영민함이다. 이는 인적 네트워크를 활용할 수 있고 경제에 대한 끊임없는 관심과 돈에 대한 정직한 애정이 있어야 한다.

트랙 위를 미친 듯이 달리는 개미는 결코 트랙 자체를 소유한 자를 이길 수 없다. 지금 우리에게 필요한 것은 더 빠른 달리기가 아니라 우리들이 달리고 있는 트랙이 어디로 향하고 있는지 투시하는 차가운 지성이 절실히 필요할 때다.

이 차가운 지성이 가리키는 곳은 자영업자, 즉 소상공인이 마주한 처참한 막다른 길과도 맞닿아 있다. 직장이라는 톱니바퀴에서 탈출해 내 사업을 시작하면 비로소 시스템의 주인이 될 수 있다고 믿는가? 안타깝게도 현대 자본주의는 사전에 예측하여 소상공인들마저도 그들이 쳐 놓은 고도화된 그물에 남겨 두려는 전략을 세워 두고 있었다.

소상공인이 아무리 몸부림쳐도 부의 임계점을 넘기 어려운 이유는 그들이 플랫폼과 임대료라는 현대판 지주 시스템에 종속되어 있기 때문이다. 과거의 지주가 땅을 점유했다면, 오늘날의 자본은 목 좋은 상권과 디지털 상권을 동시에 점유한다. 소상공인이 밤잠을 설쳐가며 맛있는 음식을 만들고 질 좋은 서비스를 제공해도 수익의 상당 부분은 배달 플랫폼의 수수료, 카드 수수료, 그리고 목 좋은 건물의 임대료로 빠져나간다. 결국 소상공인은 사장이라는 허울 좋은 명함을 가졌을 뿐 실질적으로는 거대 플랫폼과 건물주를 위해 일하는 고급 계약직 노동자에 불과하다.

대부분의 조기 은퇴자들이나 자신의 꿈을 실현하고자 소상공인으로 나섰던 사람들이 나락으로 떨어지는 가장 흔한 일이기도 하다. 개인 파산이 급격히 느는 원인도 자영업자가 절대적 다수를 차지하는 데서 알 수 있다. 이때 한 번 실패하면 재기가 거의 불가능한 상황에 도달한다. 성장의 임계점에 있는 현재 한국의 경제 시스템은 이미 그렇게 설계되었기 때문이다.

자본이 지배하는 세상에서 내가 냉정하게 지켜봐 왔던 소상공인의 분투는 일종의 한계 사업이다. 자본은 확장성(Scalability)이 없는 곳에 머물지 않는다. 소상공인의 매출은 사장의 육체적 에너지와 매장의 물리적 공간이라는 한계의 벽에 갇혀 있다. 내가 직접 요리를 하고 배달을 챙겨야 돈이 들어오는 구조라면, 그것은 사업이 아니라 숙련된 노동일 뿐이다. 몸이 안 좋아 하루라도 쉬면 수입은 당장 중단된다.

대형 자본은 소상공인이 공들여 일궈놓은 골목 상권의 데이터를 모으고 분석한다. 언제 어떤 세대들이 모이고 무엇을 구매하고 한 사람이 얼마를 소비하는지 실시간으로 은밀히 파악하고 있다. 그 데이터가 정밀하게 파악한 수익 구조가 확인되는 순간부터 자본가들은 프랜차이즈와 압도적인 자본력을 앞세워 그 자리를 차지한다. 개미들이 땀 흘려 개척한 길을 자본의 불도저가 순식간에 밀어 버리는 광경은 자본주의의 역사에서 반복되어 온 소자본의 학살 행위는 갈수록 그 속도가 빨라지고 있다. 이 질서는 과속 될 것이며 결국 자본의 힘이 이길 수밖에 없는 현재의 경제 구조다.

결국 소상공인의 성실함 역시 시스템에 의해 철저히 계산된 소모품이라는 얘기다. 시스템은 당신이 망하지 않을 만큼의 수익만을 허용하며, 당신의 노동력을 최대한으로 뽑아낸다. 부자가 되기 위해 시작한 사업이 오히려 나를 세상에서 가장 퇴근하기 힘든 노동자로 만드는 역설적인 이 사실이 바로 성실함과 '부의 공식'이 틀렸음을 증명하는 또 다른 증거다.

위의 글에서 성실함을 무조건 부정하는 것이 아님을 잊지 말자. 단, 성실함만으로 부를 이룬다는 발상의 전환이 필요한 시점을 강조한 것이다. 종잣돈을 모으는데 성실함으로 그 재화를 얻어 그 바탕으로 자본이 자산을 늘리는 방식을 배워야 한다는 점을 기억해야 한다. 자신의 목표나 인생 역전을 꿈꾸고 있다면 반드시 내 사업을 했을 때, 그 목표를 이룰 가능성이 분명히 높다.

어제의 단순한 직장인이 창업을 통해 어느 날 한국에서 가장 비싼 아파트를 샀다는 뉴스를 접하지 않았던가? 그는 순전히 발상의 전환을 통해 세태의 흐름을 정확히 간파했고, 세태의 변화와 돈의 흐름을 사전에 감지했기에 가능했다. 또한 그들의 곁에는 훌륭한 조력자들이 함께했다는 점도 성공의 핵심 요소였다.

지금은 가난의 굴레에서 벗어나기 위해 노동의 강도를 높이는 것이 아니라 내가 속한 구조 자체를 재설계해야 한다. 나를 갈아 넣어 매출을 올리는 것이 아닌 나 없이도 돌아가는 시스템의 일부를 소유하는 쪽으로 방향을 틀지 않는 한 소상공인의 끝은 언제나 희망 고문으로 끝날 뿐이다. 미래의 세상을 바꿀 AI의 시대에 맞는 발상을 바꿔야 한다는 얘기다.

그것이 자본이 세상을 지배해 버린 '포노 사피엔스(Phono Sapiens)' 문명이 바꾼 오늘의 현실이다.

낮달이 띄워 놓은 그리움

누군가와 헤어지기 아쉬웠어도 어쩔 수 없이 떠나왔지만, 마음은 오래오래 머무르고 싶었던 순간들이 있다. 그건 낯선 여행지에서 또는 마음 나누던 이를 찾아가 떠나올 때의 추억일 수도 있다. 유럽의 동쪽 아드리아해의 윤슬을 보며 떠나오던 어느 가을날, 노을 지던 그 순간의 기억은 긴 여운으로 남아 가슴을 싸하게 적셔 주던 순간들이 아련히 떠오른다.

아드리아해의 물빛은 그날따라 잔인할 만큼 투명한 청색이었다. 크루즈가 서서히 항구를 빠져나올 때, 거대한 선체가 물살을 가르며 내는 낮은 진동은 마치 이별을 예고하는 심장 박동처럼 느껴졌다. 배와 육지 사이의 거리가 한 뼘씩 벌어질 때마다 우리가 함께했던 시간도 그 틈 사이로 속절없이 흘러내리고 있었다. 갑판 난간에 기대어 아래를 내려다보았을 때 멀어지는 부두 위에서 작게 일렁이는 모습들은 우리를 향해 필사적으로 흔드는 손이라는 것을 깨달았다. 알지 못하는 나그네에게 두 손을 흔들어 배웅하던 모습을 보며 "내가 살아서 다시 올 수 있을까?" 하는 생각에 뜨거운 뭔가가 뭉클하게 느껴졌다.

이별이 꼭 가까이 있는 관계만은 아니라는 걸 그날 절실히 느낄 수 있었다. 그 손길들은 공중에서 포물선을 그리며 허공을 휘저었다. 그 건 안녕이라는 말보다 더 아픈 몸짓이었고, 멀어지는 배를 붙잡으려는 듯 혹은 그 배에 실려 가는 내 마음을 끝까지 놓지 않으려는 듯 간절함으로 다가왔다.

크루즈의 경적이 길게 울려 허공으로 사라지고 부두의 형체는 점점 더 작아져 알 수 없는 허무와 격정이 내 마음속 깊이 파고들었다. 나는 그제야 깨달을 수 있었다. 우리가 낯선 곳에 머문 건 단순히 여행의 즐거움이 아닌 다시는 돌아오지 않을 생의 한 조각이었다는 것을. 노을에 비친 윤슬은 눈이 시리도록 찬란했지만, 내 시야는 자꾸만 흐릿해졌다. 배는 이제 아무 일 없었다는 듯 망망대해를 향해 속도를 높인다. 하지만 내 마음 한구석은 여전히 그 아드리아해의 작은 항구 선한 사람들이 서 있던 그 자리에 닻을 내린 채 머물러 있다.

이별이 예고된 시간은 평소보다 유독 느리게 흐르거나 혹은 무서울 정도로 빠르게 지나간다.

절친이 리더로 있는 NGO 모임에서 네팔 지역에 학교를 지어 주고 그 준공식에 참여할 기회가 있어 몇 회원들과 함께 갔었다. 행사 전에 히말라야 안나푸르나를 보기 위해 며칠 트레킹을 하였다. 새벽 5시쯤 안나푸르나를 조망하는 푼힐(Poon Hill) 전망대의 고도는 해발 약 3,210m이다. 그곳에서 안나푸르나 산맥과 다울라기리 산맥의 웅장한 일출 파노라마를 감상할 수 있기에 일행은 그곳으로 향했다. "정말 신이 만든 우주가 맞는가?" 여명을 뚫고 나온 그 신비의 빛 안나푸르나의 하늘은 환상의 색채 그대로였다. 붉은색인가 싶으면 금시 블루로 다시 능소화 주황색으로 투영되던 그 순간은 그다지 길지 않았다. "그 빛의 환희가 조금만 더 머물러 준다면" 우리의 간절함을 외면하고 그 하늘은 강렬한 햇빛으로 바뀌었다.

그때 나의 짐을 운반해 준 18살 청년과 며칠을 함께했다. 한국말을 더 듬거리는 그와 함께 보낸 날들이 그 여행에서 가장 인상 깊고 아름다운 시간이었다. 헤어지던 날 떠나는 나를 차마 보지 못하고 건물 뒤에서 울고 있던 그 눈빛을 잊을 수가 없다. 일행이 없었다면 하루라도 그와 보내면서 그의 꿈과 진로를 얘기하고 싶었다. 자전거도 못 올라가는 가파른 계곡 끝에 자리한 그의 집에도 가 보고 싶은 간절함이 있었다. 한국에서 10년을 보낸 삼촌에게 한국말을 일찍 배워 그의 소망은 한국에서 돈을 버는 게 첫 번째 꿈이라고 했다. 일행이 있어 단체로 행동해야 했기에 그와 만날 시간이 없어서 그냥 돌아서야 했던 그때의 이별은 결코 잊을 수 없는 추억이다. 그는 우리가 탄 버스가 멀어질 때까지 손을 흔들고 있었다.

"다시 오겠다"라는 약속을 하고 떠났던 여수 백야도 그날 저녁의 여운도 결코 지울 수 없는 그곳에 머무르고 싶었던 아련함으로 남아 있다.

아는 선배의 권유로 결손가정 소녀 가정과 인연을 맺었다. 4남매인 그는 할머니와 함께 살고 있었던 중2의 여학생이었다. 성적표나 학교의 중요한 행사 때 담임 선생님은 모든 걸 나와 의논하며 학생을 지도하고 있었다, 인연을 맺은 2년 후 학생의 생일에 백야도를 찾아갔었다. 동네 이장을 통해 찾아간 작은 집엔 눈망울이 초롱초롱한 동생들과 눈물을 글썽이며 반갑게 맞아 주시던 할머니의 모습이 아른거린다. 한 시간이 지나서야 말을 걸고 수줍음을 덜어내던 아이들과 몇 시간을 보내다가 마지막 배로 나와야만 했다.

편지로 찾아간다고 알렸지만, 여학생은 오후 배를 타지 못하고 내가 타고 가야 할 마지막 배로 들어온 것이다. 선착장에서 잠시 그와 상면했다. 수없이 편지를 나누며 소통했기에 자연스럽게 만날 수 있었다. 선착장에서 둘이 함께한 시간은 눈 깜박할 사이에 지나갔다. 밝게 웃어 주던 그는 내 발걸음이 뱃전으로 향하자 금시 눈에 이슬이 맺혔다. 아이들은 할머니 양손을 잡고 손을 흔들다 이내 할머니 치마에 얼굴을 묻었다. 그곳을 떠나온 후 '조금만 더 머무를 수 있었다면 좋았을걸' 한동안 그 생각을 떨칠 수 없어 오래도록 가슴이 시렸다.

지금은 다리가 놓여 섬이 아니어서 얼마든지 더 머무를 수 있는 곳으로 변했다고 한다. 그 학생도 이젠 엄마가 되어 있을까? 지금 어느 하늘 아래서 살고 있을지? 후원자로 인연을 맺은 후 학생이 고등학교를 졸업하게 되면 인연을 끊게 되어 있는 규정으로 더 이상 연락을 할 수 없었다.

기억은 가장 아픈 순간에 가장 아름답게 채색된다. 창밖으로 지는 노을을 바라보며 나란히 앉아 있을 때, 문득 곁에 있었던 사람들의 목소리에 귀를 기울여 본다. 일정한 리듬으로 들려오는 그 소리가 언젠가는 그리움이라는 이름의 정적으로 바뀔 것을 안다. 함께 마시는 차의 온기, 별것 아닌 농담에 터뜨리던 웃음, 그리고 말없이 맞잡았던 손바닥의 감촉까지. 평범하기 짝이 없던 일상들이 이별이라는 렌즈를 통과하자 눈부신 보석처럼 반짝이기 시작한다. 아직은 알 수 없지만 낯선 곳, 낯선 이들과 사소한 이별을 할 때마다 오버랩(Overlap)되는 미래의 이별도 곧 다가올 것처럼 느껴짐은 그만큼 세월을 살았다는 증거일까? 낯선 여행지에서 다시는 이곳을 밟지 못할지도 모른다는 막연한 예감은 여행자를 가장 고독하게 하면서도 감성을 파릇하게 만들기도 한다.

누구나 경험해 봤을 여행 끝자락 낯선 도시의 기차역이나 공항에 서면 어김없이 찾아오는 질문이 있다. "내 평생 이곳에 다시 올 수 있을지?" 스스로에게 던진 이 질문은 단순한 의문이 아니라 사실상 불가능에 가까운 재회를 예감하는 슬픈 확인이다.

세상은 넓고, 가 보고 싶은 곳은 많아도 우리의 삶은 유한하다. 그때 여행지에서 본 저 지붕의 색깔, 코끝을 스치던 이국적인 향기, 그리고 나를 향해 이름 모를 친절을 베풀던 사람들의 눈빛을 다시는 마주할 수 없을지도 모른다는 그 자각이 찾아오는 순간 여행지는 더 이상 구경의 대상이 아니라 나의 일부가 되어 가슴 깊숙한 곳을 저릿하게 파고든다.

어떤 대상이든 떠남이 마음 아픈 이유는 단순히 그 장소가 아름다워서가 아니다. 그곳에 머물던 시간 동안의 나와도 이별해야 하기 때문이다. 낯선 골목을 헤매며 느꼈던 설렘, 서툰 언어로 소통하며 가슴 벅찼던 순간들 그리고 일상의 짐을 내려놓고 온전히 자유로웠던 그 시절의 나는 오직 그 장소에만 박제되어 남는다. 배가 항구를 떠나고 기차가 선로를 달리기 시작하면 내가 사랑했던 그 장소와 그 장소 속의 나는 서서히 멀어져 풍경의 일부로 흩어진다.

멀어지는 풍경을 바라보며 나는 스스로에게 묻는다. 만약 기회가 되어 다시 이곳을 찾게 된다 해도 그때의 내가 지금과 같을 수 있을까? 바람의 결도, 나의 나이도, 곁에 있을 사람도 달라져 있을 것이다. 결국 모든 만남은 생에 단 한 번일 수밖에 없다는 진실이 떠남의 발길을 무겁게 되잡는다.

그래서 우리는 떠나는 순간에도 자꾸만 뒤를 돌아본다. 손을 흔들어 주는 이의 실루엣이 보이지 않을 때까지, 수평선 너머로 육지의 윤곽이 완전히 사라질 때까지 눈을 떼지 못했다. 다시 올 수 없을지도 모른다는 그 가슴 아픈 가정이 역설적으로 현재 이 순간의 기억을 가장 선명하고 소중한 것으로 새겨 놓는다.

떠남은 마침표가 아니며 내 마음속에 그 장소를 영원히 간직하겠다는 약속이다. 비록 발길은 돌렸어도 차마 떼어지지 않았던 그 아련한 마음들이 모여 우리 삶의 궤도를 더욱 풍성하고도 애틋하게 색칠해 나가는 것이리라.

수련(睡蓮)

아침 햇살과 함께 피어나는 꽃이 있다. 태양이 빛 나는 동안 피어 있다가 어둠이 내리면 꽃잎을 천천히 닫아 놓고 다시 아침을 기다리는 모습은 초연하다 못해 깊은 정적을 느끼게 해 준다. 그들은 몇 가지 색으로 피어나기도 하지만 흰색이 그 꽃을 상징하며 맑은 꿈, 순수의 영혼으로 새로움을 주는 이미지가 그들의 정체성이다.

초등학교 때 친구를 따라 그 집에 간 적이 있다. 산속에 집 한 채 있는 친구의 집은 커다란 장독대가 있었고, 키 큰 살구나무가 참 인상적이었다. 그 나무 아래 큰 옹기 뚜껑에 물이 넘실댔고, 함초롬히 피어 있는 흰 꽃을 난생처음 보았다. 그 하얀 왕관 속에 연노랑 꽃술의 조화는 감동 그 자체였다. 그때 그 꽃이 '수련'이라는 걸 처음 알았다. 그 친구의 집은 여느 시골집들과 다른 분위기여서 별천지 세계에서 친구가 산다는 느낌이었다. 어떤 것이든 처음의 기억은 깊이 각인되어 잊히지 않는다. 꽃들은 화려한 색채와 강렬한 향기로 자신을 드러내지만, 수련은 그저 물 위에 고요히 떠오르는 존재만으로 깊은 사색과 내면으로의 침잠이 주는 고요의 가치가 사뭇 다르다.

우리 집 연못에서도 수련이 자라고 있다. 그 꽃을 오래오래 바라다보면 모든 잡다함에서 벗어날 수 있고 무언의 대화가 이어져 함께 시간을 보내는 시간이 잦다. 그리고 그 꽃은 남다른 생을 살아가고 있다는 걸 알 수 있다. 깊은 산속 수도원의 구도자처럼 어둠이 내리면 모습을 감추고 침묵에 들어간다. 그 꽃은 뒷모습을 보여 주지 않는 것도 다른 꽃들과 큰 차이라 할 수 있다. 그 꽃의 향기는 어떨까? 물 위에만 떠 있는 수련의 향을 느껴 보려고 얼굴을 가까이 대다가 물에 흠뻑 젖고 말았다.

　사춘기를 느끼지 못하고 하루하루 공부와 생업을 이어 가던 그때, 늘 책을 빌려 보던 곳은 유난히 처마의 곡선이 우아하게 돋보이는 집이었다. 넓은 송판으로 만든 책꽂이엔 오색 책들로 가득했다. "책이 저토록 많으면 또 다른 무엇이 필요할까?"라는 생각은 그 집의 서재를 볼 때마다 느끼는 생각이었다. 정식 가정교사는 아니었지만, 수학을 종종 가르쳐 주려고 친구의 집에 가끔 들렀다가 서재를 처음 보고 탄성을 실렸다. 넋을 잃고 책들의 제목을 읽고 있던 내 등 뒤에서 "보고 싶은 책 있으면 언제든지 빌려 가도 돼"라고 조용히 말한 소리에 소스라치게 놀라 돌아보니 하얀 얼굴의 친구 누나였다. 성인의 낯선 여성을 그토록 가까이서 대한 건 처음이어서 그 당혹감과 부끄러움을 어찌할 수 없었다. 그리고 몇 권의 책을 추천해 주었다. 그때 감명 깊게 읽은 책이 앙드레 지드의 '좁은 문'이었다. 그 책을 한 줄 한 줄 읽었을 때의 그 감동을 어떻게 그려 볼 수 있을까? 그 신선한 충격은 사춘기의 내 감성에 절대적 영향을 준 책이다. 두고두고 몇 번을 읽고 한 문장들을 수없이 베끼며 읽고 또 읽었다.

　'좁은 문'은 작가 지드의 문학 세계를 대표하는 작품 중 하나이며, 종교적 순결과 인간의 본능적인 사랑 사이에서 갈등하는 인물의 하얀 슬픔을 다루고 있다. 이야기의 화자이자 주인공 제롬은 사촌인 알리사와 깊은 사랑에 빠지지만 알리사의 숭고한 정신을 흠모하여 자신의 사랑을 세속적인 애정으로 여긴다. 제롬을 사랑했던 알리사는 영혼이 구원을 얻기 위해서는 제롬과의 현세적 행복을 포기해야 한다는 믿음으로 희생의 길을 택한다.

둘이 만나 걸었던 너도밤나무 숲길과 알리사를 만나기 위해 기다리는 모습을 상상해 보며 읽는 동안 그 설렘의 떨림은 지금도 잊을 수가 없다. 그때 그 순간들의 가슴 적셔 주던 색을 비유한다면 '수련' 그 색채가 아닐까? 꽃을 볼 때마다 '좁은 문'을 처음 읽으며 느낀 그 감동을 비유하곤 한다.

"책 어떤 느낌이었어?"라고 묻는 그 누나에게 아무 말도 할 수 없어 "다시 읽고 소감을 한번 써 볼게요"라고만 대답할 수밖에 없었다. 그 친구의 누나가 수녀원으로 떠났다는 것을 얼마 후 친구를 통해 들을 수 있었다. 그때 알 수 없는 그 허황함을 어떻게 표현할 수 있을까? 오래전에 알고 있었던 듯 태연스럽게 말해 준 친구가 성자처럼 느껴졌다. '수련'을 볼 때마다 물 위에 선연히 떠오르는 그 누나의 아련하면서도 또렷한 미소가 겹치면서 가슴이 촉촉해지는 순간들이다. 친구의 누나를 처음 대면했던 그 맑은 잔영이 하얀 꽃 잎새에 투영되는 아슴아슴한 기억은 수련을 볼 때마다 떠오르는 원초적 순수의 청아함이다.

프랑스 인상주의 화가 모네는 자신의 정원에 있는 수련을 주제로 수백 점이 넘는 작품을 남겼다. 그의 수련 연작은 빛과 색의 변화를 포착하여 수련의 고요한 순수를 알리는 데 결정적인 역할을 했다. 수련은 모네의 작품 세계를 대표하는 상징이자 그가 집요하게 탐구했던 빛의 정점을 보여 주는 그림의 세계라 할 수 있다.

우리는 수련과 연꽃을 종종 혼동하기 쉽다. 모네가 그린 수련처럼 그 꽃은 고요한 물 위에 떠서 평온함과 몽환적인 정적(靜的)을 선사하는 꽃이라면, 연꽃은 잎과 꽃이 물 위로 솟아올라 있고 큰 잎은 둥글고 중심부가 움푹 파여 있는 점이 크게 다르다. 연꽃의 그 해맑음은 햇살의 꽃처럼 완전한 개화일 때 정점을 이룬다. 넓은 잎 사이로 피어오른 자태는 모든 중생을 구원하는 기도자처럼 우뚝 서 고고하며 자비롭다. 불교를 상징하는 대표적인 꽃이며 순결, 청정과 윤회를 의미한다.

연꽃의 이미지와 달리 그의 본향은 수련이다. 잎과 꽃이 작은 수련이 그의 모태였다니 의아하기도 하지만 그들 생명의 원천은 같다. 여러해살이로 물속에 뿌리를 내리고 진흙이나 모래 어느 환경에서도 살아남는 강인함도 그들이 같은 태생임을 알 수 있다. 한 가지 크게 다른 점은 연꽃이 햇빛에서 씨앗을 여물고 큰 씨앗 주머니를 남기고 초연히 꽃의 뒷모습을 남긴다면, 수련은 떠날 때가 되면 물속으로 들어가 꽃의 흔적을 남기지 않는다. 물속에서 작은 씨앗을 만들고 스스로 씨앗을 낙하하여 다음 세대를 탄생시킨다.

불교의 중생 구제를 위한 설법과 포교는 대중 속으로 찾아가 이타행(利他行)을 실행하는 과정을 연꽃에 비유할 수 있다. 드러내지 않음 속에서 기도와 묵상으로 세상의 평화를 간구하는 수도자의 이미지는 수련이 먼저 떠오른다.

둘은 같은 본이면서 표정은 다르나 근본적 지향점은 같다. 비 오는 날 수련의 잎에는 물방울이 맺히지만, 이내 굴러떨어져 잎을 적시지 않는다.

그 모습은 무 집착의 지혜를 상징하며 수많은 감정이 스쳐 지나도 우리는 그 어떤 것에도 마음을 묶어 두거나 사로잡히지 않음을 보여 주고 있다. 집이나 학교의 연못 같은 제한된 공간이 아닌 들판의 작은 강 그리고 호수에서도 그들을 만날 수 있으리라.

블루의 심연

모든 색채에서 블루칼라처럼 다양하고 크게 대비되는 색은 드물다. 이 색은 청춘을 상징하는가 하면 젊음의 꿈을 의미하며, 왕실을 상징하는 색채이기도 하다. 서양에서 블루칼라는 슬픔과 우울한 감정을 내포하는 색으로 다양한 은유를 담고 있다.

80년대부터 한국의 모든 언론에서 자연스럽게 쓰기 시작한 블루칼라는 육체노동자를 지칭하는 대명사처럼 인식되었고, 화이트칼라 직업들에 비해 한 단계 내려다보는 경향이 있다. 블루칼라는 1920년대 미국의 현장 근로자들이 입던 청색 셔츠의 옷깃 색깔에서 유래했고, 서구의 각 언론에서 자연스럽게 사용되기 시작했다. 사무직을 의미하는 화이트칼라와 대비되는 개념으로 제조, 광업, 건설업, 농업 등의 노동자들을 통틀어 말한다.

블루칼라의 직업은 문명사회를 유지하는 가장 기본적인 토대다. 공장에서 생산되는 모든 소비재와 기계 장치 역시 숙련된 기술자들의 작업 없이는 존재할 수 없다. 또한, 전기, 수도, 통신망 등 생활 필수 시설의 고장 없는 유지와 보수는 현장 기술자들의 몫이다. 이들의 노동은 눈에 잘 띄지 않을 수 있지만, 이들이 잠시라도 작업을 멈춘다면 사회 전체의 기능은 즉시 마비될 것이다. 블루칼라 노동은 단순히 힘든 일이 아닌 사회의 안정과 지속가능성을 보장하는 생존 필수적인 활동인 것이다. 그러함에도 블루칼라 노동은 정신노동을 우위에 두는 사회적 편견으로 폄하되어왔으며, 힘들고 더 많은 일을 하면서도 임금은 낮게 받고 저평가되어 왔다. 한국 민주주의 역사를 말할 때 블루칼라들의 정신과 그들의 희생을 빼놓을 수 없다. 그들은 민주주의에 대한 그 씨앗을 잉태했고, 그 씨앗이 싹트고 자라면서 오늘날 민주주의의 근간이 되어 주었다.

서울에서 혼자 살아가기엔 이른 나이인 내게 나의 멘토인 분께서 "너는 서울로 올라가야 해"라고 등을 떠밀며 해 준 한마디는 "청운의 꿈을 안고 가라"였다. 그 말은 지금도 내 삶에 '잠언'이 되어 한시도 잊어 본 적이 없다. 급행열차가 서지 않는 작은 시골 역에서 생애 첫 이별을 했었다. 낯선 도회지에서 생활보단 엄마와 떨어진다는 것이 가장 큰 아픔이었고 두려움이었다. 완행열차가 서서히 미끄러질 때, 철둑길에 가득했던 하늘거리는 데이지꽃 사이로 투영되는 푸른 하늘 그 색채는 눈만 감으면 떠오르는 심연의 색채다. 녹록지 않은 서울 생활에서 지독한 배고픔으로 정신이 아득해져 그토록 부여잡고 싶었던 희망의 끈을 놓고 싶었을 때도 하늘을 올려다보면 늘 청색이었다.

아내를 처음 만나 선물 받은 책은 박노해의 '노동의 새벽'이었다. 당시 그 책은 금서였고 내가 그 책을 보관하기엔 큰 부담이었지만 가슴이 뭉클함을 잊을 수 없다. 당시 몇 군데 대학신문과 문예지에 기고한 글들을 군사정권의 언론 통제팀에서 트집 잡아 많은 시간을 수사기관에 불려 다녔고, 혹독한 대가를 치른 뒤였다. 나를 담당했던 정보과 형사 책임자가 큰 누님의 시댁과 아주 가까운 인척이었지만 그런 내색을 하지 못하고 아무런 도움을 주지 못할 정도로 군사정권의 사슬이 시퍼렇던 시절이었다.

그 책을 몇 번이고 읽고 있었다. '노동의 새벽'은 활자가 아닌 뜨거운 쇳물과 기름때 묻은 낡은 작업복에서 경험한 은유와 직감의 기록이었다. 그는 엘리트 교육을 받은 지식인이 아니었고, 세상이 주목하는 빛나는 무대 위의 예술가도 아니었다. 그저 한국 산업화의 역동적인 한복판에서 기계의 굉음과 땀 냄새가 뒤섞인 공장 한 귀퉁이에서 묵묵히 일하던 블루칼라였다. 그의 시는 투박하고, 다듬어지지 않는 어휘들도 많았지만, 억눌린 자들의 비명이자 새벽을 여는 노동자의 목소리를 대변하고 있었다. "시다바리"라는 이름으로, 혹은 "얼굴 없는 시인"이라는 익명으로 불리던 시절 그의 책 '노동의 새벽'은 한국 사회 전체에 메아리쳤다. 그것은 단순한 시집이 아닌 현실의 증언이었고, 짓밟힌 인간 존엄의 외침이었으며 시대적 아픔을 함께하는 연대의 암호였다. 박노해가 꿈꾼 세상의 희망은 이처럼 강렬하고 현실적이었지만 그의 사유는 시간이 흐르며 한 걸음 더 나아갔다. 그는 감옥이라는 어둠 속에서 혹은 세계의 가장 가난하고 소외된 땅을 밟으며 폭력적인 체제 변혁을 넘어선 내 안의 혁명에 주목했다. 그가 궁극적으로 원했던 세상은 단순히 노동자가 더 많은 임금을 받는 자본주의적 승리가 아닌 공생의 가치를 중심에 두는 새로운 공동체의 사상이었다.

화이트칼라와 블루칼라를 극명하게 분리해 놓았던 미국 사회에서 그 불합리한 사회구조와 차별화를 견디고 묵묵히 자신의 길을 개척해 유명해진 블루칼라의 예술가들이 많았다. 대부분 가수와 단순 연주자들이 많았지만, 그중 눈에 띄는 예술가는 필립 글래스(Philip Glass)라 할 수 있다. 그가 만든 혁신적인 오페라 '해변의 아인슈타인(Einstein on the Beach)'이 메트로폴리탄에서 초연되며 반향을 일으켰다. 필립은 같은 악구(phrase)나 리듬 패턴을 반복적으로 사용하고, 미묘하게 변화시키면서 청자에게 최면을 거는 듯한 새로운 음악의 장르를 개척한 미니멀리즘(Minimalism) 음악의 대가로 꼽히고 있다. 그런 그도 한동안 화이트칼라와 블루칼라의 삶의 경계를 넘나들며 살아야 했다.

오페라가 초연된 후 상당한 명성을 얻었으면서도 그는 택시 운전과 배관공으로 생계를 유지하며 예술의 경계를 유지해야만   다. 그의 출신이 블루칼라였기 때문이다. 한 번은 유명한 미술 평론가 로버트 휴스(Robert Hughes)의 집에 식기세척기를 설치하는 배관공으로 방문했다가 단번에 예술가를 알아본 휴스가 깜짝 놀라 "당신 필립 글래스잖아 여기서 뭐 하는 거예요?"라고 묻자, 글래스는 "저는 예술가이지만, 때로는 배관공이기도 합니다"라고 대답했다는 일화는 널리 유명한 일화다. 이 현실은 예술이 생계와 동떨어진 고상한 영역이 아니며, 위대한 예술가조차도 삶의 기반을 다지기 위해 육체노동을 기꺼이 감수했다는 점을 상징적으로 보여 주는 교훈이다.

블루칼라는 내게 현실과 이상의 경계를 넘나들며 그 중용의 중심을 흐트러지지 않게 해 주었다. 연한 푸른 빛 감성으로 청운의 꿈을 채색해 주었는가 하면 때론 현실을 직시하며 적당한 타협을 경계토록 채찍을 놓지 않았다. 블루칼라는 나의 정체성이자 나의 정서와 삶의 가치를 의미하는 색채이기도 하다. 살면서 문득 올려다본 하늘이 맑고 깊은 파랑으로 가득

할 때 표현할 수 없는 벅찬 충만을 느낀다.

푸른색은 그 자체로 우리에게 심리적인 안정을 선사하고 그 색은 신뢰, 평화, 그리고 광활함을 상징하는 색이다. 끝없이 펼쳐진 그 색은 내 시야를 넘어 푸른색은 존재의 가장 깊은 곳을 담는 색이다. 그것은 무한한 하늘의 약속인 동시에 때로는 가늠할 수 없는 심해의 절망이기도 하다. 그러나 분명한 것은 늘 희망의 색채였다. 그것은 결코 태양이 작열하는 한낮의 황금빛 확신이 아닌 짙은 푸른 절망의 심연에서 길어 올린 차갑고 투명한 한 방울의 빛이었다. 그 에너지는 심연으로 확장되어 이 세상의 크기와 내 꿈의 가능성을 깨닫게 해 준 것이다.

블루칼라의 원초적 색은 초록이다. 초록의 아카시아 잎이나 부드러운 활엽수 잎이 달릴 잔가지를 물에 넣고, 밝고 으깨며 산소를 계속 주입하면 시시히 블루칼리로 변신한다. 그 색깔이 진정한 청운의 색 블루칸라라 할 수 있다. 유럽이나 인도 등지에서 천연 옷감에 물을 들일 때 이 방법으로 온전한 청색을 만들어 냈다.

우리는 간혹 푸른색과 청색을 구분하지 못해 혼돈할 때가 있다. '하늘이 파랗다'라고 하기도 하고 '한없이 푸르다'라고 표현하면서도 정확한 블루칼라, 청색이라고 말하지 않는다. 어쩌면 블루칼라의 본향은 초록이었기 때문일지 모른다.

자작나무

손을 내밀면 바람이 잡힐 것만 같고 저 산등성을 넘으면 그리운 이가 기다리고 있을 것 같아 무작정 길을 나섰다. 사각거리던 속닥거림도 10월 연노랑 물결도 언제인 듯 사라지고 초연히 그네들끼리 서 있었다. 11월을 대표할 수 있는 건 분명 자작나무일 것이라고 단정했던 나는 마음이 조급해지거나 스산하다는 생각이 들 때마다 그들을 찾아가 은둔의 시간을 보냈다. 그다지 화려하지도 눈이 시린 원색 초록도 아닌 민낯 수수함으로 한여름을 보낸 그들은 쪽머리를 한 여인의 단아함으로 가을을 맞는다. 비에 젖은 나목 자작을 보며 11월은 성찰의 시간, 비로소 자신을 돌아볼 수 있는 유일한 절기라는 것도 그들을 통해 알 수 있었다.

새로운 의학으로도 고칠 수 없는 불치병을 숲에서 치유케 하는 피톤치드나 맑은 산소, 자연의 기운 등 임상적인 이로움을 제공해 주는 나무들과 달리 자작나무는 영혼을 치유하는 신비스러움이 있다고 나는 믿고 있다. 다만 영감의 소통이 그들과 함께했을 때 가능하지 않을까 하는 게 내 생각이다.

군사정권 시절 서슬이 시퍼렇든 형사들의 눈을 피해 찾아간 강원도 인재의 어느 산골에서 자작나무들을 처음 만났다. 민주화 운동에 앞장섰던 선배는 그물망 같은 감시망을 피해 용케도 그곳으로 숨어들었다. 은사시나무와 자작나무를 구분하지 못하고 있던 내게 그는 언제인 듯 나무 박사가 되어 자작들의 내면과 역사를 속속들이 설명해 주었다. 나보다 두 살 위인 그는 늘 말이 없었고 눈빛이 선했으며 의로운 일에 남다른 열정이 있었다. 그는 애덤 스미스의 '국부론'에 심취해 있었던 경제학도였다. 일 년도 안 된 그 기간에 어떤 것들이 그를 자연과 동화되게 하였고 영적 충만의 자유를 얻게 했을까. 그와 함께 자작나무 숲을 걸으며 가졌던 그 수수께끼의 기억들이 새롭다.

며칠 머무는 동안 틈나면 자작나무 숲을 찾았다. 비가 내리거나 어스름한 시간이면 허옇게 속살을 드러내 놓은 순백의 초연함으로 나를 맞아주던 그들은 진지한 표정으로 얘기할 준비가 되어 있었고 또 귀 기울여 주었다. 이젠 아득한 먼 거리에서도 단번에 알아볼 수 있을 정도로 내게 가장 친숙한 나무가 되었고, 그들이 우리 인간들에게 그저 주기만 한 그 고마움이 얼마인지도 속속 알게 되었다.

불을 지피면 자작자작 소리를 내며 탄다고 해서 자작나무라고 부르며 더러는 봇나무 또는 화피목이라고도 부른다. 북러시아 대륙의 대표적인 수종이며 고도가 높고 추운 지방에서 잘 자란다. 북유럽에서는 가장 신성하게 여기는 나무로 알려져 있고 오래전부터 우리 인간에게 다양한 방법으로 이로움을 주었다.

의학적으로 탁월한 성분을 지녀 여러 분야에서 질병 치유의 원재료로 활용케 했는가 하면 중요한 먹거리 요소로 지금도 널리 애용되고 있다.

또한 춥고 열악한 환경에서 자란 탓에 기름기가 많아 불쏘시개의 대명사가 되었고, 껍데기는 얇고 질겨 종이 대용으로 오랫동안 사용되었다.

천년도 훨씬 지난 천마총에 그려진 그림들도 이 자작나무 수피에 그려진 것이고 팔만대장경의 일부 원판도 이 자작나무로 만들어졌다고 알려져 있다. 화촉을 밝힌다고 할 때 사용되었던 것이 바로 이 화피목 껍데기며 선비들이 중요한 기록을 남길 때도 이것을 사용했었다.

한때, 한국의 식품 분야에서 수출 1위를 차지한 껌도 설탕 대신 이 나무들에서 추출한 자일리톨을 사용했기에 껌의 명품으로 탄생할 수 있었다. 이처럼 우리 삶 속에 늘 가까이 오래전부터 함께해 왔으면서도 자작나무에 대해 여쭤보면 고갤 갸우뚱하거나 은사시나무로 착각하기 일쑤다. 이 두 나무는 둘 다 하얀 껍데기를 가졌지만, 자작은 얇은 종이처럼 세로로 벗겨지고, 은사시나무는 다이아몬드 모양의 껍질눈이 도드라져 있으며 거칠고 탁한 흰색으로 구분해 볼 수 있다.

내가 살고 있는 캐나다 서부 BC주 어딜 가나 계절에 상관없이 푸른 숲을 만난다. 더글러스, 햄록, 시다로 이뤄진 숲은 몇 시간을 달려도 끝없이 이어져 초록 바다를 연출하고 있다. 늦가을 차를 달리다 보면 그 초록 바다에 섬처럼 노란 반점으로 무리를 이루고 있는 것들을 볼 수 있는데 그들이 바로 자작나무 동네들이다. 곧고 단단하게 철옹성처럼 그들만의 영역을 지키며 다른 수종의 나무들이나 식물까지도 철저히 배제한 그 침엽수 무리 속에서 어떻게 자작나무는 자기들만의 자리를 만들고 굳건히 지켜냈을까? 생각하면 숭고함마저 느낀다.

살다 보면 마음에 쌓인 무언가가 있어 고민스럽고, 알 수 없는 잡다한 마음들로 심란해질 때가 있다. 내가 옳다고 생각했는데, 상대에게는 불편함을 줄 수도 있고 무관심해질 수도 있다. 가장 가깝다고 생각했던 사람들이 거리가 느껴지거나 작은 벽이 생겼다는 생각이 들 때가 있다. 그런 시간이 찾아오면 그냥 자작나무 숲에 가 보라. 숲이 아니라도 몇이 모여 있는 그들 동네에 찾아가라고 권유하고 싶다. 우리가 눈으로 볼 수 없는 아름다움과 듣지 않고도 들을 수 있는 위안과 평화를 그들에게서 찾을 수 있으리.

기억에 남은 성찰의 지성인

생각 없이 길을 가다 보면 잠시 방향을 잃을 때가 있다. 그때마다 방향 감각을 찾아 주는 것이 바로 이정표이거나 한 지역을 대표하는 랜드마크다. 잡다한 생각들이 많아 정신이 혼란스러울 때도 마찬가지다. 긴 어둠의 터널을 지나왔던 사람들의 궤적은 나를 다시 돌아보고 방향 설정을 새롭게 하는 이정표가 되어 주었다. 몇 해 전 내 정신의 이정표 하나가 사라졌다. 그를 호칭하는 표현은 다양하다. 흔히들 좌파를 대표하는 교수 또는 사상가라 하고 진보와 보수의 양면을 아우르는 지성이라고 말하는 등 각자의 이해에 따라 달라진다.

신영복(申榮福, 1941~2016) 교수는 단순한 사상가나 지식인을 넘어 대한민국의 어두운 현대사 속에서 고통과 성찰을 통해 진정한 진보의 가치를 온몸으로 실천한 한 시대의 상징이었다. 그의 삶은 고난을 통해 연마된 깊은 지혜와 인간에 대한 따뜻한 애정만으로도 존경과 경외심을 느낀다.

그의 삶을 관통하는 가장 중요한 경험은 이른바 '통일혁명당 사건'에 연루되어 20년이라는 기나긴 세월을 감옥에서 보냈다. 서울대학교 경제학과를 졸업하고 촉망받는 엘리트였던 그의 삶은 하루아침에 단절되었지만, 역설적으로 이 고난의 시간이 그를 우리 시대의 가장 위대한 스승으로 만들었다. 그의 대표적인 책 '감옥으로부터의 사색'은 감옥에서 가족과 지인들에게 보낸 편지들을 엮어 펴낸 책이다. 고립된 공간 속에서 얻은 인간 본성에 대한 깊은 통찰을 담고 있다. 저자가 그 책에서 말하고 싶은 건 함께 가치와 더불어 숲을 이루는 지혜, 그리고 만남의 소중함을 다룬 문장들은 한국 사회에 큰 울림을 주었다. 시대를 함께 살았던 지성인이라면 누구나 읽어 보았을 책이다. 어떤 이데올로기의 시각을 지닌 사람이 이 책을 읽는다면 그 숭고한 정신세계를 볼 수 없기에 의미가 없다. 그냥 책 그 자체로 읽어 보아야 한다.

사실, 난 한 번 그분과 만난 적이 있다. 역사문제연구소의 모임으로 기억된다. 역사학자이자 이상문학상 수상자인 이균영 형(작고)을 따라 어느 포럼에 갔다가 조우(遭遇)한 것이다. 여유와 부드러움, 그러면서 내면이 충만한 사람이라는 생각이 그분을 본 첫 느낌이었다. 그날 짧은 강의를 했는데 낮고 선한 목소리엔 신념이 있어 모두 숨죽이며 그의 말에 집중했다. "모든 존재는 독립된 개체가 아닌 상호 연결되고 영향을 주고받는 관계 속에서 존재한다"라는 그의 차분한 목소리엔 큰 울림이 있었다. 개인의 성공과 진정한 가치 또한 함께 살아가는 아름다운 관계에서 나온다고 설파했던 그날의 목소리를 또렷이 기억하고 있다.

소주 "처음처럼" 그 상표의 글씨를 쓴 사람 하면 대부분 아하! 하며 기억할 것이다. 그 처음처럼 글씨를 사용케 하는 대가로 1억을 받았다고 알고 있지만 그 돈은 사실 장학금으로, 바로 학교로 입금되었기에 본인이 받은 것은 아니다. 그가 석좌교수로 있었던 성공회대학 강의를 듣는 삼성그룹의 임원들이 많았고, 삼성그룹 사장단 수요모임 강사로 초청되어 "중심보다는 변방에 더 큰 관심을 보여야 한다"라는 일침은 널리 회자(膾炙)되었다. 한국을 대표하는 보수의 대표적 기업에서 그의 말에 귀 기울였다는 건 이데올로기 진보의 선을 초월해 그분의 사상과 철학적 가치를 포용했다는 큰 의미가 아닐 수 없다.

나는 그를 통념 속 관념의 사상가가 아닌 삶의 성찰을 통한 사상가라고 말하고 싶다. 무엇보다 그의 글과 언행 속에는 늘 우리라는 공동체적 진보와 희망의 메시지가 녹아 있다. 강연이나 칼럼에서 그가 큰 관심을 표출하는 것은 언제나 사회의 가장 낮은 데로 향했다. 그는 인간을 억압하는 모든 구조적 모순에 맞서 싸우면서도 그 투쟁의 동력은 분노가 아닌 인간에 대한 따뜻한 연민과 사랑이어야 함을 강조했다.

큰 슬픔이 인내 되고 극복되기 위해서는 꼭 동일한 크기의 기쁨이 필요한 것은 아니다. 작은 기쁨이 이뤄 내는 그 역할이 크고 놀랍다. 반대로 커다란 기쁨이 작은 슬픔으로 인해 무너져 내린다면, 어쩜 우리가 오늘 살면서 종종 경험하는 마음이 아닐까? 불행은 대개 행복보다 오래 지속된다는 데서 슬프다. 반대로 행복도 너무 오래만 지속된다면 이 또한 불행이 아닐 수 없다. 슬픔이나 비극을 인내하고 위로해 주는 희망의 기쁨, 이 작은 확신을 갖는 까닭도 많은 사람들과의 관계에서 오는 것이다. '감옥으로부터의 사색' 책 문장에는 이런 문구의 주제가 대부분이다.

다시 그분이 걸어온 궤적과 생각들을 몇 번이고 읽고, 되돌아보며 난 어디에 서 있어야 하는지 곰곰 생각에 잠긴다. 한 지성인이 간구했던 인간 본연의 가치와 희망했던 세상이 무엇인지 다시 생각해 보는 요즘이다. 이 시대의 지성, 그 성찰의 사상가가 누구인가 알고 싶다면 그냥 유튜브에서 "청구회의 추억"을 한번 보라고 권유하고 싶다.

찻잔에 담긴 우주

　여명이면 차실(茶室)에서 작은 호수를 만난다. 찻물을 따르는 순간 작은 찻잔에 호수가 생기고 실루엣으로 안개가 피어오른다. 찻물이 곱게 물든 잔에 온기가 고이면 내면의 숲 위로 고요의 빛을 닮은 수면에 새벽빛이 희미하게 내려앉는다. 찻물 속에는 지리산 바위틈을 비집고 자란 야생 찻잎이 견뎌 낸 인고의 침묵과 그 바람 끝에 묻어온 솔바람 소리가 들린다. 척박한 비탈길에 뿌리를 내리고 흙의 자양분을 녹여낸 차나무의 고단한 생존이 내 안에서 가장 부드러운 여유로 순열 된다. 지리산 중턱의 흙 내음과 하늘빛, 눈 덮인 산등성이 잔설의 풍경들도 호수에 아른거린다.

　찻잔을 두 손으로 감싸 쥐면 따스한 온기가 손바닥을 타고 심장으로 전해 옴을 느낀다. 첫 모금을 머금는 순간 혀끝을 감도는 떫음은 삶의 고뇌가 느껴지고, 한 모금 뒤 은은한 단맛은 고난 끝에 찾아오는 깨달음으로 다가온다. 차는 나에게 가르친다. 쓴맛 또한 향기의 일부이며 그것을 음미하고 깊은 성찰을 했을 때 비로소 삶은 깊어진다는 것을. 작은 찻잔의 매끄러운 곡선은 호수를 감싸는 단단한 해안선이 되고, 그 안에 고인 맑은 찻물은 깊이를 알 수 없는 깊은 호수로 변신해 사색의 아침을 열게 해 준다.

문학 동인 활동을 하던 청년이었을 때, 우연한 기회에 차를 알게 되었다. 문학도들의 행사 시 강의를 해 줄 한 시인을 만나기 위해 그가 기거하던 작은 암자로 찾아간 인연이 평생 차와 함께 한 계기가 되었다. 스님이자 시인 이었던 '원광'은 다도를 통해 다양한 계층의 사람들과 소통했다. 글을 매개로 의로운 자들을 대변하며 80년대 암울한 군사정권 시절의 암흑기에 작은 빛이 되고자 했다.

스님을 첨 만났던 그날 처음으로 차를 접했고, 알 수 없는 평온함과 그 정적 속에 녹아 있는 깊은 침묵에 반하여 차를 배우기 시작했다. 결혼 후 아내도 차를 좋아하게 되어 차와 함께 늘 소통하며 대화를 할 수 있었다. 우리 가족은 아침저녁 찻자리를 갖고 담소를 나누는 일상은 자연스러운 하루의 일과다. 쌀은 떨어져도 걱정이 없지만 차가 없다는 것은 상상할 수 없는 일이다.

직장 생활을 하는 동안도 내 집무실에는 차를 마실 수 있는 준비를 해두었다. 중대한 회의나 직원들이 큰 실수를 했을 때, 조용히 그 직원을 불러 말없이 찻물을 끓이고 물을 식히며 차가 우러나기를 침묵으로 기다렸다. 왜 사장실에 불려 왔는지 그 직원은 명확히 알고 있기 때문에 굳이 긴 말이 필요 없다. 한두 마디 말하고 조용히 차 한 잔 나누는 것으로 직원과의 면담은 늘 끝냈다. 그렇게 차와 함께 한 시간은 관계에서 여유를 찾게 해 주었고, 상대의 입장으로 돌아가 생각하게 하는 여백의 공간을 주었다. 가장 큰 깨달음은 어떤 실수를 자각하고 성찰하는 시간을 가졌을 큰 자산으로 변화한다.

차를 알게 된 그 순간의 인연은 내 일생에서 가장 큰 선물이었고 내 성장의 밑거름이 되어 주었다. 찻잔 속의 고요함을 마주할 때마다 처음 다도를 접하게 해 준 그분의 잔잔하면서도 내공이 강한 눈빛이 찻잔 호수에 떠오른다.

차는 영양학적으로 나무랄 데가 없지만 그보다 차를 대하는 과정이 더 소중하고 이롭다. 물을 끓이고 식기를 기다리며 차가 우려지는 동안 그 기다림의 묵상은 차의 묘미가 아닐 수 없다. 마른 찻잎들이 뜨거운 물을 만나 몸을 푸는 과정은 마치 한 생애가 다시 피어나는 모습과 흡사하다. 찻잔 속에 소용돌이치던 잎들이 마침내 바닥으로 가라앉으며 수면이 고요해질 때, 그 맑은 수색(水色) 안에는 지리산 자락의 숨결과 햇살 그리고 바람의 기억이 고스란히 잠긴다. 이 한 잔의 차를 마시기 위해 찻잎은 수백 번의 손길을 거쳐 모아졌고, 볶고, 덖음의 반복된 과정을 거쳐 차 고유의 향과 풍미를 만들어 낸 것이다.

차 한 봉지를 만들려면 1만 5천 개의 싹이 모아져야 하고 그 말은 1만 5천 번의 손길로 잎을 채취했다는 얘기다. 지리산 쌍계사 근처 다원(茶園)의 차를 마신 지가 벌써 25년째다. 한결같은 정성과 오랜 경험으로 차를 만들어 주신 할머니와 그 가족분들에게 차를 마실 때마다 감사한 마음을 금할 길이 없다.

어둠이 채 가시지 않은 새벽이면 눈을 뜬다. 온 세상이 잠들어 있는 시각 서재에서 급할 일을 해 놓고 언제나 이층에 있는 차실(茶室)로 향한다. 그곳은 작은 섬처럼 정지해 있고, 그 공간에서 정적의 조각을 모아 차를 우릴 준비를 한다. 명상이 꼭 어떤 형식이나 절차를 거쳐야만 하는 것은 아닐 터이다. 이런 고요 속의 묵상도 좋은 명상이 될 수 있다.

차를 넣기 전에 습도를 막는 알루미늄으로 코팅된 은색 봉지에서 차를 꺼내 마른 찻잎들을 바라본다. 단단하게 말려 있는 그들은 마치 우리가 세상의 풍파를 견디기 위해 스스로 웅크린 모습과 흡사하다. 뜨거운 물이 닿는 순간 그들은 비로소 제 몸의 크기로 변신을 시작한다. 찻잎이 풀리는 시간은 서두른다고 앞당겨지지 않는다. 찻잎이 물에 젖어 아래로 가라앉는 것은 포기가 아니라 비로소 세상과 하나가 되어 자신을 온전히 내어놓는 겸손임을 느낀다.

숙우에서 찻잔으로 옮겨지는 맑은 연둣빛 찻물은 밖에서 서서히 밝아오는 여명을 닮았다. 첫 모금을 머금는 순간, 혀끝에서 시작된 온도는 온몸의 감각을 하나둘 깨우는 신호가 된다. 찻잔 속의 수면에는 아직도 떠 있는 새벽 별빛의 그림자가 머물러 한 폭의 동양화를 그려 주고 있다.

찻잔을 내려놓을 때쯤이면 차실 안에는 어느덧 아침 햇살이 한 뼘 더 깊숙이 들어와 있다. 차 한 잔을 마시는 것은 내 마음속에 삭은 숲 하나를 들여놓는 일과 같고, 흩어진 마음의 조각들을 불러 모으는 간절한 의식이다.

찻잔 속의 이 호수는 내 안의 일렁임까지도 정직하게 비추는 거울이 되기도 한다. 내가 흔들리면 호수도 흔들리고 내가 멈추면 호수도 비로소 정지한다. 작은 호수의 물을 한 모금 마실 때마다 내 마음의 가뭄은 해갈되고 가슴 속에는 잔잔한 동심원이 생긴다. 잔을 다 비우고 나면 호수는 사라지지만 그 바닥에 남은 찻잎의 흔적은 호수가 머물다 간 자리의 마지막 기록처럼 소중히 남는다. 천천히 한 잔을 더 따르면 어제의 아쉬운 기억도 내일의 불안도 호수에 피어오른 실안개와 함께 허공으로 흩어진다.

텅 빈 잔은 다시 채워지기 위해 존재하고, 가득 채워진 호수는 다시 비워짐으로써 제 소임을 다한다. 비움과 채움의 반복 속에서 나는 비로소 고요의 평안을 찾는다. 차를 마신다는 것은 건강의 이유로 또는 단순히 목을 축여 갈증을 해소하는 행위가 아니다. 그것은 소란스러운 세상의 주파수를 잠시 끄고 내면의 고요와 채널을 맞추는 나만의 의식이다.

차를 식히는 숙우(熟盂)는 세상에서 가장 정직한 그릇이라 할 수 있다. 위는 넓고 아래는 좁아서 마치 무엇이든 받아들이겠다는 듯 중심을 열고 있다. 그 안에는 경계가 없다. 뜨거운 물이 담기면 온기가 되고 연두색 찻물이 담기면 숲이 된다. 아무것도 담기지 않았을 때는 그저 투명한 허공을 품는다. 스스로 비워두었기에 무엇이든 채울 수 있는 그 넉넉함은 내 마음이 지향해야 할 도달점인 것이다.

소창다명(小窓多明)

소창다명(小窓多明), 왜 작은 창이 더 밝다는 의미일까? 빛이 많이 들어오는 넓은 창이 더 밝고 환할 것 같은 보편적 생각일 수 있다. 어둠이 모든 빛을 차단하고 있을 때, 작은 틈새를 통해 들어오는 그 빛이 밝고 더 강렬하다는 점을 통찰한 것이리라. 누구나 한 번쯤 들어 봤을 이 문구는 추사 김정희가 유배지에서 쓴 글 소창다명 사이구좌(小窓多明 使我久坐)에서 유래되었고, '작은 창에 많은 빛이 들어와 오래 앉아 있게 한다'라는 뜻이다. 이 글귀는 오늘날에도 많은 학자들은 물론 작가들도 마음속에 새기는 글귀이자 자신을 돌아보는 경구로도 널리 쓰이고 있다.

작은 창은 좁고 제한된 시야를 의미하지만, 그 창에 한 줄기 빛이 존재한다는 것은 하나의 역설적인 깨달음을 담고 있다. 넓은 창을 통해 쏟아져 들어오는 볕은 많은 빛을 허용할 것 같지만 사물의 본질적인 밝음과 깨우침은 작은 창을 통해 들어올 때 더 선명하게 드러난다. 크고 화려한 것들에 시선이 분산되지 않고, 좁은 틈을 통해 들어오는 빛, 즉 핵심적이고 순수한 진실에만 집중할 수 있다는 의미이기도 하다. 이는 제한된 환경 속에서 비로소 깊은 사색과 학문에 몰두할 수 있었던 옛 선비들의 구도(求

道)적인 자세를 상징하며, 절망 속에 있는 사람들에게 삶의 애착과 희망을 찾게 하는 문구이기도 하다. 추사가 귀양지에서 이 문구를 쓴 은유도 희망의 끈을 놓지 않으려는 간구이자 내일을 위한 자신과의 약속이었을지 모른다.

　살면서 많은 이들이 경험하게 되는 절망과 실의에 빠진 순간들이 있을 수 있다. 사회가 점점 더 확대되고 소통의 폭이 넓어지면서 타인과 자주 비교하게 되는 만큼 더 좁게 관계하며 혼자 깊이 빠져드는 현실에 우리는 살고 있다. 한순간의 실수로 나락으로 떨어지면 누구에게도 손을 내밀 수 없고, 절망의 늪에 빠져 모든 걸 쉽게 포기하는 소식을 우리는 하루가 멀다 하게 듣고 있다. 너무 넓고 밝은 창으로 들어오는 빛이 때론 부담으로 느껴져 자청해 터널 속으로 은둔하고 싶은 경험을 더러는 느꼈을 터이다.
　내 청년은 현실에 맞지 않게 너무나 큰 이상과 꿈이 있었다. 현실과 이상의 그 간격이 클수록 목표 지점은 멀고 도달하기 어려웠다. 하여 내가 가야 하는 길은 늘 살얼음판 위를 걸어야 하는 모험과 긴장의 연속이었다. 어떤 하나를 완성한다고 할 때, 남들이 10시간을 필요로 했다면 나는 100시간이 소요되었고, 혼자서 온몸으로 부닥쳐 그 답을 찾아야 했다. 넓은 창이 있는 밝은 공간에서 다른 사람들은 공부하고 연구했다면, 나는 한 줄기 빛이 들어오는 그 틈새에 책을 대고 그 볕을 따라가며 한 줄씩 읽어야 했다. 어느 땐 그냥 깊은 물 속에 가라앉을 심정으로 살얼음판 위라는 현실을 망각한 채 긴장을 놓아 버린 순간들도 있었다. 가까스로 물에서 나와 정신을 차리고 다시 일어서게 된 계기도 한 줄기 빛, 희망의 메시지였다. 희망의 극렬함이 와닿는 차이는 개인이 처한 상황과 가치관 그리고 원하는 대상이 얼마나 절박한가에 따라 크게 달라질 수 있다. 그 희망을 발견하게 된 원초적인 힘은 결국 사람이었다. 가족의 얼굴에서 그 힘을 찾을 수 있었고, 따뜻한 지인들의 애정을 느낄 때, 누군가의 진심 어린 응원의 말 한마디가 작은 빛줄기에 투영되어 다시 일어설 수 있었다.

우리는 희망을 태양처럼 거대하고 명확한 것으로 기대한다. 마치 모든 것이 완벽하게 해결될 시원한 넓은 창문처럼 느끼는 것이다. 하지만 인생의 진정한 희망은 대개 그런 형태로 찾아오지 않는다. 그것은 가장 깊은 절망과 실의에 빠진 어둠의 터널에서 작은 빛 하나로 시작된다.

'소창다명'은 물리적인 창문뿐만 아니라, 우리들 마음의 창을 비유하기도 한다. 세상을 향해 마음을 닫고 작은 틀 안에 갇혀 진지한 고독의 시간을 가질 때, 지혜와 성찰의 빛을 찾을 수 있다는 얘기다. 희망은 거창한 구호나 목표 지점의 깃발이 아니다. 그것은 존재의 그림자 속에서만 감지되는 미약한 진동이다. 모든 빛이 소멸한 깊은 밤, 혹은 실패와 상실의 어둠 속에서도 "아직 끝나지 않았다"라는 텅 빈 감각일 수 있다. 그 느낌은 논리적 근거도 실질적인 증거도 없다. 그저 공허가 된 마음의 터널을 통과하는 아주 작고 희미한 볕을 스치는 바람의 속삭임일 수 있다.

철학적 관점에서 절망이 완벽한 무(無)의 상태라면, 희망은 그 무(無)의 가장자리에 붙어 있는 '존재의 최소 단위'다. 마치 대양을 항해하는 배가 폭풍우 속에서 나침반을 잃었을 때, 선장이 느끼는 "저 멀리 별 하나라도 뜰지 모른다"라는 근거 없는 예감과 같은 것이다. 이 예측이야말로 모든 재건의 첫걸음이자 희망의 빛이다.

우리의 삶이 투명한 유리처럼 깨져 산산조각 났을 때, 비로소 파편들 하나하나에 비치는 빛의 소중함을 이해한다. 절망 속에서 실패의 원인을 스스로 자각했을 때, 우리에게 무엇이 진짜 소중한지를 가르쳐 주는 가장 훌륭한 스승이고 자산이 된다. 희망은 결과가 아니라 태도이다. 그것은 오늘 넘어지더라도 내일 다시 무릎을 털고 일어서는 반복적인 의지다. 이 의지가 쌓이고 쌓여 마침내 보이지 않던 길도 눈앞에 펼쳐 보이게 한다.

자신에게 어울리지 않는 큰 것을 바라지 않고, 작은 빛에 감사하며 그 빛을 통해 정진할 힘을 얻는 것. 진정한 바람은 가장 절망적인 순간 바로 당신 안에 남아 있는 그 작은 창에서 비롯된다, '소창다명'의 의미다.

제2장

별을 기록한 고독한 궤적

빛으로 살다 별이 되다

1세기 전 인간 수명은 45~50세가 평균이었다. 10년 수명이 늘어나는 데, 100년의 기간이 필요했지만 21세기 들어 불과 반세기 만에 80~90세 수명연장으로 이어졌고 결정적인 역할을 한 것은 빛이었다. 과학의 발전으로 빛에 대한 이해의 폭이 깊어지고 세밀해진 덕분이다. 빛을 활용하는 기술로 밤에도 낮처럼 일할 수 있고, 사회기반시설을 가동하며 24시간 윤택한 삶을 살 수 있는 것이다.

신체의 한 부분이 되어버린 스마트폰의 연결은 물론 해외와 실시간 문자와 통화가 가능한 것은 알고 보면 빛의 선(線)으로 이어진 덕분이다. 무엇보다 생명 연장에 결정적 역할을 한 것은 의료 기술의 혁명이다. 각종 병의 원인을 찾고 치료를 할 수 있는 의료 혁신의 X레이나 MRI 기술도 빛의 파장을 이용한 것이다.

빛의 신속성과 미세한 크기로 그 정체를 정의하는 것은 현재 과학으로도 쉽지 않은 숙제다. 지금까지 밝혀진 것은 빛은 광자(혹은 광양자, photon)라는 알갱이(입자)같이 생겼으면서 동시에 소리와 같은 파동처럼 생겼다는 추정이다. 과학자들이 말하는 빛은 물질과 물질 아닌 것의 경계에 있다. 물질처럼 보이지만 물질이 아니고 또 물질이 아닌 현상처럼 보이지만 그것도 아닌 그 경계에 있는 어떤 것이다. 빛은 물질도 순수한 현상도 아닌 신비한 우주의 현상을 일부 종교에서는 신의 창조물 근원이라고 말하기도 한다.

휴머니즘적 빛도 문명의 발달과 궤를 같이하여 인류를 진화시켜 왔고 인간의 존엄성과 평등성, 질적 성장을 키웠다. 희생과 헌신으로 빛이 되고자 했던 선각자들의 빛도 과학이 이뤄 낸 그 어떤 공헌보다 크며, 작지 않다.

같은 인간이면서 인간으로 취급받지 못했던 노예 시대의 역사를 바꾼 흑인 민권운동가 루터 킹이 밝힌 그 빛도 수백 년의 아픈 역사를 바꿔 쓰게 했다. 세대, 성별, 인종, 지역, 종교를 가리지 않고 많은 미국인에게 존경받는 인물로 미국은 물론 전 인류가 인정하는 민권운동의 영원한 아이콘으로 받아들여지고 있다.

한글 창제 후 400년 넘게 묻혀 있던 한글의 우수성과 독창성을 발견하고 이를 전 한국인들이 모국어로 사용하고 토착화할 수 있도록 부흥의 역사를 시작한 것도 우리가 아닌 백인의 제임스 게일이었다. 캐나다 토론토대학 재학 중 YMCA에서 선교사 자격증을 취득한 그는 1888년 선교사 자격으로 처음 한국에 들어왔다. 당시 서울 정동을 중심으로 선교사들이 모여 살던 그곳을 마다하고 소래포구로 내려가 한국인의 생활 습관과 심정을 닮고 싶어 했다. 유대인들을 얻기 위해 유대인처럼 살았던 바울을 그대로 자신의 본보기로 삼으려 한 것이다. 다른 선교부에서는 왕실에 초점을 맞추고 양반을 대상으로 위로부터 선교하는 방식이었지만 게일은 가장 낮은 곳에서부터 조선화를 실행하였다. 조선 사람들과 똑같이 먹고 자고 입고 말하기를 배우면서 조선인들의 이중적 언어에 주목했다. 선교 사들은 대부분 찾아가는 선교를 지향했다면, 게일은 천민들이 사는 곳으로 들어가 방 하나를 얻어 그들의 사랑방 역할을 하며 스스로 조선인들이 사랑방에 찾아오도록 기다리는 선교를 했다. 천민들과 자연스레 게일이 나누었던 이야기는 고상한 신학적인 대화가 아니라 누구나 들어도 이해할 수 있는 세상 사는 이야기들이었다. 그 속에 자연스럽게 복음의 씨앗을 심어 문맹과 차별의 암흑에서 한 줄기 빛이 되고자 했다.

우리의 순수 언어가 있으면서도 한글은 서민들이나 쓰는 언어로 폄하되어 양반들로부터 배척당해 온 한글의 우수성과 완벽한 언어적 과학성을 발견한 그는 한글을 본격적으로 공부하고 연구하기 시작했다. 게일은 한국인 누구보다 한국말을 정확히 이해했고, 분석하여 한국 최초로 외국 문학을 한글로 번역된 '천로역정'을 발간하였다. 그가 편찬한 한영사전이 1897년에 한국 영한사전의 시초였고, 2차 1911년, 3차 1931년에 한영사전을 완결했다. 이때 나온 사전은 우리나라 모든 한영사전의 모체가 되었고, 지금도 그 틀을 벗어나지 못하고 있다. 저명한 언어학자들 또한 100년 전 한국말의 역사를 알려면 게일의 사전을 봐야 한다는 게 학계의 불문율이다.

띄어쓰기 오류의 잘못을 크게 느낀 "아버지 가방에 들어가신다"를 예를 들어 한글 문장의 띄어쓰기를 적극적으로 알리고 신문에서 먼저 실행코자 노력했던 이도 한국인이 아닌, 푸른 눈의 외국인 호머 베절릴 헐버트 (Homer Bezaleel Hulbert)였다. 1886년 한국에 파송된 선교사이자 언어학자인 그는 평생을 한국을 위해 살았으며 서방 언론에 한글의 뛰어남과 과학성에 매료돼 미국 언론과 영문 잡지에 기고와 논문을 통해 한글과 한국문화를 널리 알리기 시작했다. 누구보다 앞장서 한글 띄어쓰기 도입을 적극적으로 권장하여 띄어쓰기가 본격적으로 한글에 도입되도록 한 장본인이기도 하다. 전통과 관습이 토착화하던 지배계층의 사회에서 자국민 누구도 나서지 않았던 일에 빛이 되어 인간의 평등을 간구했던 그 선각자들이 남긴 헌신은 영원히 빛을 발하고 있다.

빛은 그 크기가 아주 작을 뿐 아니라 움직이는 속도도 너무 빨라 정체를 파악하기가 쉽지 않다. 흔적을 남기는가 싶으면 이내 그림자는 사라지고 만다. 그 빛은 강렬하고 자양분이 가득하여 그 빛을 받은 모든 생명체는 에너지로 살아가고 윤회의 반복을 통해 세상은 이어지는 것이다. 우리가 만지고 보는 물질을 계속 쪼개다 보면 원자에 도달하고, 더 쪼개면 소립자, 그보다 더 쪼개어 나가면 물질과 물질 아닌 것의 경계에 도달하게 되는데 빛이 바로 그런 존재다.

인간의 사랑과 박애 정신도 한마디로 정의할 수 없는 무한한 빛이라 할 수 있다. 어느 빛은 밝힘을 준비하다 결국은 별이 되어 다시 빛으로 태어나는 기다림의 빛도 있다. 빛으로 살다 별이 된 그들은 지금도 밤하늘에 빛이 되어 영혼을 살찌우고 영혼의 충만을 채워 주고 있다.

꽃 그 자체에서는 어떤 색도 나올 수 없다. 살아 있는 생명체의 물질에는 색이 없고 모든 색의 근원은 빛에서 나온다. 빛이 없으면 아름다운 색깔도 없어 색은 빛에 의해 생기는 실체가 없는 현상에 불과하다. 어쩜 빛은 영혼의 파장에서 나오는 색일지 모른다. 하여 휴머니즘적 빛은 보이지 않는 헌신과 사랑 속에 깊이 숨겨져 있고, 빛으로 살다가 별이 된 그 흔적들이 사회를 아름답게 만들었고 희망의 빛으로 존재하고 있다.

호수의 침묵

　이른 아침 숲은 나무들 속에 고립된 나만의 공간이다. 이슬 머금은 풀잎과 거미줄에 맺힌 물방울이 보이고, 발바닥을 통해 느껴지는 부드러운 흙의 감촉은 고요한 위로를 준다. 일 년 중 절반 이상을 해외에서 보내야 하는 일상에서 밴쿠버 집으로 돌아와 주변을 산책하는 시간은 그동안의 피로를 풀어 주고 무엇보다 마음의 여유를 찾는 시간이다. 여명에 찾는 숲은 모든 가지의 꽃별들이 떠나는 절기라는 걸 피부에 와닿은 차가운 공기와 나무들의 내음에서 직감한다. 동트기 전 여명의 시간에 천천히 숲을 지나면 모든 소리가 먹먹하게 가라앉은 침묵 속의 충만을 어디에 비길 수 있을까.

　호수 위로 물안개가 피어오른다. 어제 마시다 남겨 둔 찻잔의 입김처럼 때론 백자 달항아리에 깃든 그 빛으로 희고 부드러운 안개가 수면 위를 나른하게 감싼다. 청량감이 더한 물을 둘러싸고 있는 호수의 물안개는 결코 서두르는 법이 없다. 한없이 느리고, 몽환적이며 때로는 형체 없이 흐느적거리며 이 차갑고 투명한 물의 표정을 지웠다가 다시 그려낸다.

　집에서 우려온 녹차 한 모금을 천천히 머금는다. 지리산의 내음과 이

한 봉지의 차를 만들기 위해 수천 번의 손길로 차를 따야 했던 그 수고와 정성이 느껴지는 이 맛은 감사함과 알 수 없는 미안함이 먼저 와닿는다. 혀끝에 남는 묘한 잔향을 느끼며 시선을 다시 호수로 돌린다. 안개는 점점 더 짙어져 이제 맞은편 숲의 실루엣조차 희미하게 만든다. 저 안개 속에 뭐가 있을까? 꿈속의 풍경 같기도 하고 태초의 혼돈 같기도 하다. 모든 것이 가려져 비로소 온전히 나만을 위한 명상이 된다.

가을 끝자락 하순의 아침 숲엔 바람 한 점 없다. 고요하다 못해 귀가 먹먹해질 지경이다. 이 정적을 깨는 것은 수면 아래서 툭 하고 작은 물고기가 뛰어오르는 소리와 나뭇가지를 오가는 철새들의 푸드덕거리는 소리만이 이 완벽한 적막을 뚫는다. 그 소리마저도 이 고독한 풍경의 일부가 되고 온전한 고요의 화음이 된다.

식어 버린 차는 반쯤 비위졌다. 안개는 걷힐 기미가 보이지 않는다. 나는 이 안개가 걷히는 것을 원하지 않고 한동안 더 나를 감싸고 내 지친 영혼을 더 애무해 주기를 기다리고 있다. 이 몽환적인 공간 속에 갇혀 이 여유를 오래 부여잡고 싶다. 복잡한 세상으로부터 잠시 격리되는 이 느낌은 나만이 누리는 호사이자 행복의 순간이다.

빛이 여명을 밀어낼 즈음 미련 없이 호수를 떠난다. 물안개는 여전히 잔영으로 그 자리에 머물러 있지만 금시 흔적 없이 사라질 것이다. 이 아침의 숲과 호수는 언제나 침묵으로 나를 맞아 주고 한없이 관대하다. 모든 걸 나에게 위임한 듯 고요의 깊이를 맡겨 주고 나의 모든 번잡함을 그대로 차곡히 받아 주고 물안개로 내 영혼을 감싸주고 있다.

봄 호수는 '기다림' 그 자체다. 아직 녹지 않은 겨울의 잔영이 수면 깊은 곳에 남아 있지만, 이미 물밑에서는 무언가가 꿈틀대고 있다. 호수의 표면은 거짓말처럼 투명해서 아직 다듬어지지 않은 세계의 밑바닥을 그대로 드러낸다. 봄의 호수는 탄생 직전의 명상이다. 모든 것이 잠재력으로 가득 찬 아직 정의되지 않은 순수 의식과 같다. 얕고 불안정하며, 작은 돌멩이 하나에도 쉽게 파문(波紋)을 일으킨다. 데카르트의 명제처럼 나는 생각한다. 그러므로 존재한다는 확신이 아닌, '나는 생각할 수 있다'라는 가능성만 존재하는 상태로 비추어진다. 이른 봄의 호수는 모든 윤곽이 흐릿하여 경계가 무의미한 미완의 아름다움이다. 이 투명함은 곧 닥칠 변화를 위한 정화의 의식이다.

여름 아침의 호수는 물안개 대신 열기와 밀도가 그 표면을 지배한다. 수심은 깊어지고, 강렬한 햇빛은 수면을 뚫고 들어가 바닥을 환하게 비치지만 그 거대한 물의 덩어리는 쉽게 동요하지 않는다. 표면은 눈부시게 빛나지만, 그 아래에는 끈적하고 치열한 생존의 드라마가 침묵 속에 펼쳐지고 있다. 여름의 호수는 현실 그 자체다. 고통과 기쁨, 성장과 불합리의 합리화가 뒤섞인 냄새나고 찬란한 삶의 총체를 보여 주고 있다. 이 거대한 에너지를 품고 있는 여름 호수는 수면은 침묵이지만 물의 깊이만큼 격렬한 열정과 함께 용솟음의 진동을 품고 있다.

니체가 말하는 영원회귀처럼 모든 것을 긍정으로 받아들이게 하는 순응의 경지와 내부의 깊은 존재론적 질문에 몰두하는 고독한 성찰의 양면성을 보여 주고 있다.

만추의 아침, 이 호수에 오면 그 깊이는 곧 인간이 감당해야 할 존재의 무게를 상징한다. 소멸을 향한 찬란한 고백과 기다림의 철학을 이해하는 시간이기도 하다. 가장 사색적이면서도 동시에 가장 화려한 환희가 물빛에 투영되어 두 개의 세계가 교차하는 서사는 체념과 성찰에서 발견한 고백이자 스스로에게 다짐하는 서약일 수 있다.

우리에게 그다지 익숙하지 않은 철학자 하이데거가 말한 '존재와 시간'처럼 유한성을 인식함으로써 비로소 현재가 의미를 갖는다는 실존주의적 깨달음의 공간이다. 호수가 하늘을 반사하듯 인간은 자신의 유한성을 인식할 때 비로소 진정한 자아를 발견한다. 이 표면의 반영은 곧 본질을 꿰뚫어 보는 지혜의 의미이자 가을 호수가 주는 깨달음이다.

늦가을 여명에 늘 그 자리에서 같은 모습으로 나를 맞아 주는 호수는 결국 시간의 거울이고 그 속에서 피어나는 물안개는 그 세월의 깊은 은유라 할 수 있다. 물안개만큼이나 덧없이 흘러가 버린 지난 계절의 잔상들이 아른거리고 먼 기억 저편으로 여행을 떠나기도 한다. 연초록빛으로 따스했던 봄날의 파릇한 생명력도 눈부시던 여름의 찬란한 열기도, 이제는 이 차갑고 시린 수면 아래 깊숙이 가라앉은 명상이 된다.

새벽 네 시의 골목길

    세상은 아직 깊은 잠에 빠져있다. 거리의 가로등만이 옅은 주황빛을 흘려보내는 시간, 가장 깊은 어둠이 지배하는 이 고요하고 냉정한 시간에 잠든 도시의 맥박을 뛰게 하는 이들이 깨어난다. 이른 아침 다섯 시가 되면 도시는 다시 생기를 되찾고 분주해지기 시작한다. 그 시간은 온 세상의 주인이 된 듯 충만으로 가득하고 막 깨어나는 대지의 생동감은 시작하는 하루를 신명 나게 해 준다.

    하루의 시작은 늘 평범한 사람들이 열고 있으며 생활 터전의 근간을 준비하고 있다. 나는 이 시간을 참 좋아한다. 모두가 깊은 잠에 빠져있을 때, 네 시가 되면 정적 속에서 희미한 빛이 하나둘 켜지고, 하루를 맞이하는 사람들의 움직임이 포착되면 나의 정신도 맑아지고 알 수 없는 활력을 느끼게 한다.

    여의도 금융가에서 일을 할 때도 늘 이 시간이면 깨어났다. 아무도 없는 사무실에 도착해 불을 켜고, 찻물을 끓이는 하루의 일과는 마음의 여유와 함께 그날 해야 할 업무들을 꼼꼼히 챙길 수 있는 시간을 가질 수 있어 내가 주도하는 하루를 설계할 수 있었다.

아침 다섯 시, 첫차를 기다리는 버스정류장의 사람들을 먼저 만난다. 사각사각 아침을 쓰는 환경미화원들, 우유를 배달하는 모습, 다양한 물품들을 들고 뛰어다니는 택배원들의 모습은 그 시간이면 어김없이 볼 수 있는 얼굴들이다. 강추위 주의보가 내려진 혹한에도 그들은 새벽 4시에 일어나 일터로 나와 늘 그 자리를 지켰고, 밤새 쌓였던 도시의 묵은 때를 쓸어내며 깨끗한 아침의 캔버스를 펼쳐 놓는다. 빗자루 소리는 마치 내 마음의 먼지를 털어내는 성실한 기도 소리처럼 들린다. 그들은 그림자처럼 어둠 속에 스며들어 있지만 각자의 고유한 실루엣은 새벽 공기를 가르고 긴 여운을 남긴다. 매일 아침 만나는 그들을 통해 내 목표설정에 대한 영감을 얻었고 삶의 애착과 내면을 들여다보는 시간을 가질 수 있었다.

내 스스로 일을 하고 공부를 해야 했던 나의 성장기는 늘 그 시간이면 깨어났고, 그들과 함께 있었다. 그 습관은 지금도 변함없이 이어져 특별한 일이 없는 휴일도 일찍 일어나 차와 함께 하루를 열고 나만의 시간을 갖는다. 하루를 일찍 시작하면 집중력과 함께 하루가 매우 알차고 여유를 가질 수 있다. 밀린 독서를 하거나 음악을 들으며, 일기를 쓰고 소식이 뜸했던 이들에게 안부를 전하는 등 내 삶을 성장시켜 주는 좋은 시간이다.

이른 아침 우연한 기회에 수산물 시장엘 가 보고 깜짝 놀랐다. 거긴 우리가 몰랐던 새로운 세상이 펼쳐지고 있었다. 새벽 장이 거의 끝나가는 시간이었지만 어깨를 부닥치며 걸어야 할 정도로 많은 인파들로 가득했다. 여기저기서 들려오는 목소리들은 활기로 넘쳐 있고, 더 좋은 거래를 위해 흥정하는 모습들은 또 다른 세계였다. 누구든지 삶이 무료해지거나 잡다한 생각들이 많아질 때, 특별한 일이 없어도 수산물 센터 같은 새벽

시장엘 한번 가 보라고 권유하고 싶다. 우리가 왜 살아가고 있는지? 무슨 이유로 고민하고 있었는지? 그 해답을 찾을 수 있을 것이다. 내가 잠들어 있을 때, 분주히 일하고 있는 사람들이 있고, 내가 활동할 때, 잠들어 있는 사람들이 우리 주변에는 참 많다. 자신의 일상에 집중하다 보니 우리는 잘 모르고 관심 밖에 있을 뿐이다.

수산시장엘 가 본 후 동대문 시장 일대도 둘러보았다. 그들은 우리와 전혀 다른 세상을 살고 있다. 어디서 나타났는지 다양한 국적의 사람들로 북적이고 있었다. 그 작은 세상에는 모든 사회의 시스템이 돌아가고 있었고 각자의 임무에서 활기차게 움직이는 또 다른 세상이다. 자신의 덩치보다 몇 배나 되는 커다란 짐을 메고 곡예하듯 계단을 뛰어다니는 사람들, 커피를 배달하는 중년의 여성들, 밥상 두세 개를 머리에 이고 빼곡한 인파의 틈새를 재빠르게 움직이는 이른 아침의 모습은 세계 어디에서 찾아볼 수 없는 광경이 아닐 수 없다. 각자의 고단한 일상에도 그들의 눈빛은 살아 있었고 주어진 일에 묵묵히 자신을 녹이고 있었다. 그건 그들만의 목표가 있었고, 간구하는 희망이 있었기에 가능한 몸부림이었다.

어느 독지가가 인터뷰에서 한 말이 문득 생각났다. "이 사회는 지극히 평범한 사람들이 지탱하고 있고, 이 세상을 이어 가는 것이다"라고 하는 그 말이 새벽의 현장을 보면서 더 깊이 와닿았다.

지방에 있는 기업을 탐방할 때, 늘 전철이나 기차를 이용한다. 광화문역에서 첫차는 다섯 시가 조금 넘어서부터 시작된다. 역에는 첫차를 기다리는 사람들로 가득했고, 이미 차에 탄 사람들도 전철 안을 가득 메우고 있었다. 최근 눈에 띄게 큰 변화는 전철 안에 있는 사람들 대부분은 중년 여성이거나 나이 든 어르신들이라는 점이다. 육칠십 대로 보이는 그들의 대화를 엿 들어보면 사무실을 청소하는 일터의 이야기들이고, 식당에서 일한다는 걸 것을 쉽게 알 수 있었다. 간간이 보이는 젊은이들은 꾸벅꾸벅 졸고 있고, 현장으로 가는 블루칼라가 분명해 보였다. 그 사람들은 가장 인간적인 모습이라서 그냥 손을 한번 잡아주고 싶은 친숙함에 그들의 표정 하나하나를 유심히 보는 습관이 생겼다.

누군가에게는 소중한 엄마 아빠이고, 아내이자 자매, 형제일 것이다. 지극히 평범한 사람들이 우리 사회의 기본을 지키며 그 시스템을 유지하고 있음을 알 수 있다. 그들은 우리들이 출근하여 쾌적한 분위기에서 일을 할 수 있도록 사무실을 청소 하는가 하면, 허기진 배를 채우도록 채소를 다듬고 밥을 짓고 아침을 준비하는 것이다. 매서운 추위를 피하지 않고 노동 현장으로 달려가 통신을 연결하고 수도를 이어 주는 이들도 우리 곁에 있는 보통 사람들이다.

늘 습관처럼 이른 아침에 걷다 보면 작은 불빛이 새어 나오는 골목길 안, 갓 구워낸 빵 냄새가 차가운 새벽 공기를 따뜻하게 녹인다. 밀가루를 반죽하는 찰진 소리, 오븐이 내뿜는 열기. 그들은 모두가 잠든 사이 가장 익숙하고 포근한 아침의 향기를 빚어낸다.

이 새벽의 노동은 화려하지 않다. 그저 묵묵히 조용히 해야 하는 그들의 몫이다. 그들은 해가 뜨기 전까지 자신의 임무를 완수하고 잠시 휴식을 취하거나 혹은 다음 일터를 향해 다시 나아간다. 동이 트고 세상이 기지개를 켜며 활력을 되찾을 때, 이 새벽의 영웅들은 서서히 그림자 속으로 사라진다. 그들의 노고 덕분에 수많은 사람들은 아무 불편 없이 따뜻하고 신선한 아침을 맞이할 수 있다. 아침 햇살이 창문을 비출 때, 우리는 어쩌면 그들이 만들어 놓은 빵 한 조각, 신선한 우유 한 팩, 혹은 깨끗하게 비워진 쓰레기통을 통해서만 그들의 존재를 어렴풋이 느낄 뿐이다. 그들의 삶 속에는 분명 그들이 정해 놓은 목표와 희망의 메시지가 있다. 새벽이 빛을 기다리는 것처럼 그것은 그들만의 희망의 빛이다.

보라 이야기

비 그친 2월 끝자락의 어느 날 길을 가다 말고 담벼락에 앉아 해바라기 하던 시간이 꽃샘추위가 오면 떠오른다. 가슴을 녹여 주는 햇살의 온기가 좋아 그냥 하늘을 바라보던 소년기의 유일한 휴식 시간은 언제나 일요일 늦은 하오였다. 아직은 매서운 바람이 일던 그때 담벼락 아래 보랏빛을 발견하고 탄성을 지르던 그 선연한 순간을 잊을 수가 없다.

서울 변두리 달동네 길목에 피어나는 세비꽃은 봄의 상징이 되었고, 봄이면 떠오르는 색이다. 초등학교 때까지 살았던 남도 시골의 여름 색도 단연코 보라로 기억되고 있다. 도라지꽃에 개미를 넣고 꽃잎을 닫으면 마법처럼 금시 빨갛게 변화는 도라지 꽃잎들도 신기했다. 과학으로도 쉽게 설명되지 않은 개미가 요술을 부리는 그 꽃의 마술 같은 색의 변화는 지금도 수수께끼로 남아 있다.

보라는 가시광선 과학의 영역에서 보면 파장이 가장 짧아 무지개의 끝점에 자리한 이유다. 인간의 시각으로 보면 극단의 색이면서 초월에 근접한 색이라고 예술가들은 말한다. 색의 대표적인 빨강과 파랑의 중간 두 색을 합쳐야 보라가 되는 퍼플(purple)은 여성운동의 색채이기도 하고, 우리나라에서는 관용과 배려의 대명사이기도 하다. 의로운 길을 가다가 투옥된 민주투사들의 재판이 열리는 날 서초동 법원 앞은 보라색 물결로 끝없이 이어졌다. 화장기 없는 맨얼굴로 보라색 저고리를 입고 담담히 법정에 앉아 있던 친구의 엄마는 성자 그 모습이었다.

1950년대 프랑스에서 여성참정권인 '서프러제트(Suffragette)' 움직임이 일면서 보라는 여성운동을 상징하는 색으로 인식되기 시작했다. 80년대 보라색 멜빵바지를 입고 퍼플을 상징적으로 내세우며 여성운동의 색으로 발표한 영국의 에멀린 팽크허스트(Emmeline Pankhurst)는 여성의 자각과 품위를 상징한다고 말했다. 그 영향을 받은 것인지 모르지만 80년대 군사독재 시절 보라는 자유와 포용을 표방하며 여성운동 아이콘의 색채였다. 관용과 배려로 의로운 자의 편에서 판결하든지, 아니면 떳떳하게 감방으로 되돌아가게 판결하라는 의미로 학생운동의 가족들은 모두 다 보라색 옷을 입고 재판정으로 향했다. 봄꽃 중 가장 작은 무리에 속하며 맨 먼저 혹한을 밀어낸 제비꽃의 보라색 그 내면은 이토록 의연함과 자신만의 분명한 색채를 지니고 있다.

회화 세계에서 사용하지 않던 보라를 즐겨 쓴 화가로는 클로드 모네를 떠오를 수 있다. 햇살이 사물에 닿는 순간을 관찰하다 보니 사물의 그림자는 회색이나 검정이 아닌 보라색임을 밝혀낸 것도 모네라고 한다. 흰색을 모태로 익숙해진 우리에게 보라는 사실 그다지 익숙한 색은 아니다.

서양에서는 보라와 바이올렛으로 구분하지만 우리는 하나의 보라로 알고 있다. 보라는 밝고 환한 색을 보여 주고, 바이올렛은 파랑에 더 가깝다. 유럽에서 보라는 왕의 권위를 상징하는 색채였지만 비잔틴 제국이 오스만에 의해 함락되면서 황제를 상징하던 색도 진홍색으로 바뀌면서 그 빛을 잃게 되었다.

보라가 대중에게 인기를 얻게 된 계기는 영국의 화학자 헨리 퍼킨 (William Henry Perkin)이 보라의 염색 물질을 발견하면서부터다. 퍼킨이 보라의 염료를 본격적으로 생산하면서 화학과 예술은 물론 패션산업에도 지대한 영향을 미치게 되었다.

보라색의 대표적인 예술가를 꼽는다면 오스트리아 화가 구스타보 클림트를 들 수 있다. 그는 보라의 우아함과 신비감에 빠져 많은 작품에 보라를 조합하게 되었다, 서양에서 불던 퍼플의 유행은 다시 영국을 필두로 왕족의 색으로 상징되었고 대중들에게도 널리 사랑받는 색으로 발전하게 된다. 보라의 색은 곧 변화의 색이자 혁신의 이미지로 인식되어 전 세계로 전파되었고 대중음악에도 큰 영향을 주었다. 지미 핸드릭스, 딥퍼플 등 히피문화를 대표하는 아티스트들 대부분이 자신을 나타내는 색으로 표출하며 그들의 음색에도 보라를 접목히기 시작했다.

미국 시애틀 스타벅스 본사 근처엔 보라색 가게가 있다. 제품들은 모두 다 보라색 한가지 색깔뿐이다. 패션에서 가장 소화하기 힘든 색이 보라라고 한다. 그래서인지 의류가 주 아이템인 이 가계에서도 단순한 디자인의 티셔츠나 운동복 잠바, 에코백, 컵 등 소모품들이 주류를 이루고 있다.

한국의 봄을 대변하는 보라의 꽃이 제비꽃이라고 한다면, 서양을 대표하는 봄꽃의 보라는 크로커스가 으뜸이다. 2월 하순쯤 가시덤불이나 덜 녹은 눈 속에 뾰족이 올라오는 꽃들은 어김없이 보라의 크로커스가 맞다. 오묘한 신비감은 제비꽃에 못 하지만 눈 속에 피어오른 보라와 흰색의 조화는 감탄이다.

작고 눈에 잘 띄지 않은 섬세한 것들이 위대하고 원대한 꿈을 실천하고 있음을 우리는 잊고 산다. 우선 눈에 보이는 화려함과 거대함에 찬사를 보내고 관심을 보낸다. 강렬한 빨강 원색보단 중간 그 중용의 색채를 지닌 꽃들은 대부분 작고 연약하다. 가장 혹독한 절기를 이겨 내고 맨 먼저 희망의 봄 메시지를 보내는 것 또한 보라색들이다. 보라는 관용과 배려, 혁신의 상징이지만 성찰을 통해 다시 꿈을 갖게 하는 색채이기도 하다.

나의 삶, 두 경계의 길

첫 번째 길

　여명을 앞둔 그 시간은 더 어둡고 고요하다. 새벽 4시에 일어나 보면 온 세상은 나를 위해 하루를 준비해 놓은 듯 희망과 충만으로 가득하다. 솔바람이 얼굴을 씻어 주고 숲에서 나는 냄새를 깊숙이 들여 마시고 서재로 들어와 시카고 선물시장에 연결한다. 밴쿠버 새벽 4시면 시카고는 아침 7시로 벌써 바쁘게 돌아가고 있다. 세계의 모든 원자재가 여기서 거래되며 가격도 결정되어 소비자 물가에도 반영된다. 원유, 금, 외환, 곡물, 커피, 설탕 및 국가 지수 등 수백 가지가 넘는 기초 상품들이 거래되는 세계에서 가장 큰 선물시장이다. 갑자기 미국 달러가 하락해 원유와 금 거래를 확인해 본다. 그 사이 채팅창이 깜박거린다. 하루가 마감된 지 오래지만 아직도 사무실에 남아 있는 홍콩 사무실에서 온 메시지다. 문의한 내용은 중동의 정세와 미 연준 지방은행 행장들의 금리 인상 의견 대립으로 내일은 금융시장에 어떤 영향이 미칠 수 있는지 묻는다. 그러는 사이 며칠 전 부탁해 놓은 기업 탐방에 대한 리포트가 이메일로 막 도착했다. 수많은 내용 중 이슈가 될 만한 자료들을 분류하고 급한 내용은 답장을 보낸다.

내가 분석한 채권이나 주식에 대한 리포트에 대한 의견과 새로운 내용들은 없는지 확인하는 것도 매우 중요한 아침의 일과다. 또한 고정 칼럼에 발표한 글들에는 어떤 광고들이 실렸고, 독자들의 질문은 없는지 확인하는 것도 빼놓을 수 없다. 요즘 인기 기사들은 인공지능 알고리즘에 의해 자동으로 광고가 실린다. 그 광고만 보면 내가 발표한 글들이 어떤 반응을 보이고 있는지 알 수 있다. 숨 가쁘게 이른 아침 시간을 보내다 보면 어느새 날이 밝아오고 있다. 특별한 이슈가 없으면 차실(茶室)로 가 차를 우린다.

이른 새벽 자연스럽게 눈떠지는 습관은 청소년기부터 시작되어 지금껏 일상이 되어 있다. 조간신문을 일찍 돌리고 학교에 가야 했던 그때 나의 하루하루는 희망이었다. 군대를 마치고 다시 직장 생활을 할 때도 사무실에 다섯 시에 도착하기 위해 늘 그 시간에 깨어 있었다. 텅 빈 사무실에 도착하여 컴퓨터를 켜고 시카고 뉴욕거래소, 유로존, 호주 쪽 금융시장의 시황을 대충 훑어본다. 전날 밤 전 세계 금융시장의 흐름을 보고 사무실을 나왔기에 잠든 사이 어떤 변화가 있었는지 확인하는 것이다. 이어 수십 통의 메일을 확인한다. 각 연구소, 언론, 금융기관과 유료로 받아 보는 자료들도 속속 도착해 있다. 특별한 사건이 없는 날은 한 시간 넘게 세계 금융시장의 동향을 본 다음 찻물을 끓이기 시작한다. 7시가 가까워지면 하나둘씩 직원들이 들어오기 시작한다. 현직에 있을 때나 재택근무를 하는 지금 나의 하루는 변함없는 일상으로 돌아가고 있다.

나는 수십 개의 펀드를 운용하는 투자 운용역이기에 일주일에 최소한 하나의 주제로 리포트를 쓰고 있다. 금융 시황과 미래 전망에 대해 분석하고 거시경제, 미시경제는 물론 회사 채권과 주식에 대해서도 심층분석 리포트를 발표한다. 투자 대상을 정하기 전에 심도 있고 그 기업을 분석하고 투자자들 또는 동료들과 투자에 대한 근거자료를 공유한다.

실용적인 글은 객관적인 근거와 경험을 토대로 내 주관을 명확하게 서술해야 하는 책임이 있기에 쉼 없이 공부하고 변화를 따라가야 한다. 하루가 다르게 진화하는 신기술과 산업의 패러다임을 이해하고 내 것으로 소화하기 위해서는 잠시도 방심할 수 없다.

주식이나 채권 등에 투자를 결정할 때도 반드시 그 회사를 탐방하여 담당들과 미팅을 하거나 경영진을 만나 보는 것도 빼놓을 수 없는 과제다. 내 리포트 하나 보고 수천만 원에서 수십억 원을 투자하는 투자자들이 대부분이기에 신중에 신중을 기울일 수밖에 없다.

지금은 일반인은 참여하지 않은 극히 제한된 전문 투자가들과 기관투자가들로 한정된 헤지사모펀드를 운영하고 있기에 사람들로부터 받는 스트레스는 덜하다. 현재 리츠, IPO, 채권, 부동산, 전환사채, 미술품, 선물, 공매도, 영화, 드라마 제작, 스타트업, 파생상품, 주식 등 다양한 상품에 투자하고 있다. 일주일이 멀다 하게 도착하는 벤처기업들의 투자 제안서, 사업기획서, 비상장, 기존상장사들의 다양한 투자의향서들을 보는 것도 반복되는 일과다. 현재 일반인들은 제외한 극히 제한된 인원만 참여하는 사모펀드를 운용 중이며 여러 곳의 기관투자가들과 협업하고 있다.

몇 년 전부터 주력하고 있는 글로벌 IPO, 특히 아시아권 기업 중 한국을 중심으로 유망한 기업들을 발굴해 캐나다 주식시장과 나스닥에 상장을 시키고 지속 경영을 위한 컨설팅 자문 업무도 새롭게 도전하는 분야다. 세계 굴지의 기관투자자들과 협업해 많은 기업을 상장시켰던 것과 우리 회사 단독 이름을 걸고 이 일을 수행하는 것은 결코 쉬운 일이 아님을 실감하고 있다. 누구도 가 보지 않는 길을 앞장서 간다는 건 모험 그 자체이며 회사의 운명을 걸어야 할 정도로 큰 위험도 짊어져야 한다.

내 어릴 때 꿈은 농협 직원이 되는 거였다. 초등 2학년 때 선생님 심부름으로 농협에 갔다가 농협 직원이 책상에 돈다발을 쌓아놓고 돈 세는 것을 보고 금방 그렇게 정해졌다. 농협 직원이 되면 저 돈을 가져가 엄마 병을 고칠 수 있겠다는 생각에 내 꿈은 그렇게 쉽게 결정된 것이다. 그 돈은 농협 직원의 것인 줄 알았기 때문이다.

첫 번째 꿈이 돈과의 연관이었는지 사회생활 대부분은 돈과 연관된 부서에서 일했고 결국 자본주의 최중심인 투자 세계에 발을 들여놓았다. 명함엔 늘 CEO, M&A전문가(기업인수합병 및 기업 가치평가사)라는 타이틀을 달고 다녔지만, 지금은 IPO와 투자활동에 더 큰 비중을 두고 있다.

투자의 세계는 오직 한 길, 흑백처럼 분명한 결과만 존재한다. 중간도 없고 반드시 상대를 이겨야 내가 살 수 있는 이 명백한 게임의 법칙이 존재한다. 나는 이 세계를 동경해 왔고 즐기면서 일하고 있다. 하여 난 단순하고 간결하며 뒤끝이 깨끗한 데 익숙해 있다. 아무리 큰 딜을 성사하고 수십, 수백억 큰 수익을 낼 때도 안도감과 잠시의 성취감뿐이다. 반대로 큰 손실을 보거나 큰 거래에서 실패해도 그 기분을 하루 이상 담아두지 않는다. 투자는 내 일이자 성장을 위한 과정이며 끊임없이 도전하는 길이기에 항상 긴장되고 목표 달성에 대한 설렘으로 신나게 일한다.

하루에 최소한 8시간을 책상에 앉아 있다. 한국이나 다른 나라에 있을 때는 늘 기업을 탐방하고 그 회사가 생산한 제품들이 어떻게 판매되고 있는지 슈퍼나 도매상 등을 돌아보는 것도 하나의 일과다. 캐나다에 있을 때 틈나면 걷는다. 하루 두 시간 빠르게 걷고, 1시간 이상은 헬스를 한다. 오랜 시간 책상에 앉아 있는 시간과 균형을 유지하기 위해서다. 내가 영화나 드라마를 보지 못한 이유이기도 하다. 텔레비전을 볼 시간에 기업들의 사업보고서(재무제표)를 검토하거나 거시경제와 주요 국가들의 금융시장을 모니터링하고, 다양한 주제의 글을 쓸 자료들을 검토하고 취합하기에도 늘 시간은 부족할 수밖에 없다. 주말이면 꼭 순수문학 작품을 읽거나 습작하는 것도 내 삶의 원칙으로 정해 놓았다. 실용적 글을 쓰는 것과 순수문학에 대한 거리 감각을 유지하기 위해서다.

지금 내가 살고 있는 캐나다 집은 언제나 숲을 볼 수 있는 큰 산 아래에 있다. 틈나면 숲을 산책한다. 길 가다 초연히 피어 있는 야생화를 발견하곤 탄성을 지른다. 좋은 시나 음악을 접했을 때 정신이 아득해져 그만 눈가에 이슬이 맺혀 가슴이 먹먹해진다. 조금 쓸쓸함이 느껴지는 숲에서 가만히 나무를 보듬고 그들의 소릴 듣는다. 비로소 내면의 울림과 자연과 동화 되어가는 이 카타르시스는 진정한 혼자가 되었을 때 느낄 수 있다. 투자활동에서 아무리 큰 수익을 내고 만인들로부터 찬사를 받아도 이런 희열과 내 감성의 충만을 느끼지 못했다.

나의 열다섯 청춘은 그냥 조용히 지나버렸고, 사랑이니 젊음이니 하는 감정들은 사치였다. 스스로 끼니를 해결해야 했고, 학업을 이어 가야 했기에 그 고운 시간은 무심하게 지나갈 수밖에 없었다. 그러함에도 내 소년기의 그 파릇한 감성들은 그대로 가슴에 저축해 두었다. 내 감성의 은유가 늘 파릇한 까닭이다. 그때의 감성과 빛바래지 않은 순수를 온전히 지켜온 자신에게 무한한 감사와 경외를 느낀다. 하여 순수문학의 세계를 이어 가고 있는 바탕이 되었다.

어느 부분에도 이입되지 않는 내 영적 세계는 절대 투자의 세계와 연관시키지 않은 것이 내 일상의 원칙이다. 오랫동안 함께 했던 동료들도 한 송이 야생화에 감탄하고, 음악, 한 줄 시에 감동하는 여린 내 영혼의 세계를 알지 못한다. 늘 꼬리표처럼 달고 살았던 면도날. 샤프. 차가운 이미지가 나에 대한 고정관념이었기 때문이다.

나는 지금도 공과 사가 분명한 두 경계로 갈라놓고 그것을 철저히 지키며 살고 있다. 그 약속을 철저히 지켜 왔기에 살벌한 투자 세계에서 살아남았다. 또한 매일매일 감사함과 고요함 속에서 평상심을 유지하려는 것도 자본주의 최일선 치열한 전쟁터에서 살아남기 위한 나만의 노하우다. 선하고 부드러움, 그 여유가 강함을 이기고 냉철한 판단력을 유지하게 해준다는 건 투자 세계에서 터득한 내 철학이다.

두 번째 길

청년이었을 때 시인, 시나리오 작가가 되고 싶었다. 그 목표를 이루고자 스스로 공부를 해야만 했다. 군부 독재 시절 동아리나 토론회조차도 쉽지 않아 몇몇 동인들과 작은 그룹을 만들어 숨어서 문학 공부를 함께 했다. 그러나 어디 꿈은 그대로 이뤄지는가?

결혼 후 아내가 첫아이의 우유 살 돈이 없어 쌀을 갈아 이유식을 대신하는 걸 보고 심한 충격과 자괴감에 문학의 모든 것을 포기했다. 선배가 하는 사업에 보증을 서서 모든 것을 잃은 결과였다. 방 한 칸 얻을 수 없어 아파트 대피소에서 비닐을 치고 얼마간 살아야 했던 절박한 순간들이었다. 그때 동인 활동을 하던 문우들과도 단절했고 문학 서적들도 없앴다. 가장은 무조건 가정을 책임져야 한다는 책임의 강박관념과 새로운 목표를 위해 문학과 단절해야 하는 어쩔 수 없는 상황이었다. 내게 가난은 선택이 아닌 운명적 환경이었지만 그것을 뛰어넘는 과정은 자신과의 싸움이었고, 분명한 목표설정과 정체성을 심어 주었다.

그리고 내가 원하는 모든 목표에 도달했다. 누구나 선망했던 금융기관의 대표 자리를 스스로 그만두고 캐나다로 이주했다. 그 공허감으로 어려운 시간을 보내고 있을 때, 가족의 권유로 다시 글을 쓰기 시작했다. 작가가 되겠다는 꿈을 아내는 잊지 않고 있었다.

2004년 순수문학 신인상 당선, 2005년 한국문인협회 주관 "월간문학" 신인상 공모에 '민들레'가 당선되어 작가라는 타이틀도 얻었다. 하지만 한 번도 작가라고 내세워 본 적이 없다. 난 문학인과 전문 투자가라는 두 경계에서 투자 전쟁에서 살아남은 투자가의 한 사람, 펀드매니저로 기억되길 원한다. 하지만 투자와 인연을 맺었거나 글을 통해 만난 사람들과는 여과 없이

순수의 감성을 공유하며 오랜 우정으로 가고 싶다. 그리고 오래전부터 실천해 왔던 지식 기부활동에서 인연 맺은 사람들과 내 경험을 공유하고 투자하면서 그들의 자산이 커 가고 보다 윤택한 노후를 준비하는 데 힘 보태며 함께 가길 원한다.

나는 이 투자의 세계를 천직처럼 좋아하고 즐긴다. 적당한 긴장과 스트레스는 삶의 활력을 주고 내 정체성을 찾게 해 준다. 무엇보다 늘 깨어 있어야 하고 항상 공부해야만 살아남을 수 있는 이 세계가 너무나 좋다. 장소에 구애받지 않고 정년에 상관없이 자유롭게 일할 수 있고 시간에 구애

받지 않아 죽을 때까지 일할 수 있어서 최고다. 하루에도 수억 수백억의 큰 자금을 움직이지만, 항상 내 지갑엔 몇만 원이 전부다. 인터넷에서 옷을 사 입고 일반석 비행기를 자주 타며 어떤 자리에도 청바지를 입고 다닌다. 겉치레에 크게 신경 쓰지 않는다. 내가 원하는 것을 이루었고, 마음엔 감사함과 충만함이 가득하기에 남을 의식한 겉모습에 큰 비중을 두지 않는다. 늦게라도 그냥 나로 살고 싶은 간절함이 있다.

나에게 돈은 컴퓨터상에 나타나는 숫자일 뿐이다. 그리고 나는 분명한 나만의 색채를 지니고 나로 살고 있다. 체면치레나 타인을 크게 신경 쓰지 않는다. 보편적인 상식과 사람에 대한 에티켓을 중시하고 겸손하며 배려하는 자세를 소홀히 하지 않는다는 것도 내 삶의 원칙이다. 요즘은 순수 문예 글을 더 많이 읽고 쓰는 중이다. 내 주관적 사상의 정립과 사물에 대한 천착을 세밀하고 깊이 있게 기록하려는 의도다. 문학의 가치는 스스로 탐구하고 나를 그려 가는 과정이다.

버킷리스트 중 꼭 해 보고 싶은 한 가지가 있다. 아직도 금융문맹 한국이라는 부분을 보완할 수 있는 금융 기법 교과서 같은 책을 펴내는 것이다. 월스트리트에서 보고 배운 선진국 금융시스템의 이해와 파생상품, 대체투자, 거래시스템 등 새로운 금융 기법을 전파할 수 있는 책을 내 후배들에게 이정표가 되고 싶다. 지금 운용하고 있는 한국에 거점을 둔 헤지 사모펀드를 잘 키워 후배를 양성하고, 다시 사회로 환원하는 꿈도 진행형이다. 그러다 무언가 번잡하고 잡다한 생각이 들면 모든 것 다 내려놓고 바람처럼 여행을 떠나 낯선 곳에서 떠도는 나그네처럼 살고 싶다. 사실, 지금도 그렇게 살고 있다. 내 본질의 정체성은 어디에도 걸림 없는 바람처럼 보헤미안으로 돌아가는 길. 영원한 로맨티시스트가 되어 한쪽 경계의 길에 남고 싶다.

한국인의 멋

　멋있다, 아름답다는 표현은 같으면서도 미묘한 차이가 있다. 아름다움은 시각적 이미지에 더 가깝고 여성에게 더 어울린다면, 멋은 내적인 기품과 남성에게 맞는 은유적 표현에 가깝다. 사전적 의미의 멋은 곱고 아름다운 미적인 것을 말하는 순수한 우리의 말이다. 아름다움이란 동서양 구분 없이 여성에게 더 자연스럽게 사용하는 언어지만 남성에게 아름답다는 말은 어울리지 않는 표현이다.

　한국의 대표적인 멋은 무엇이며 어떤 것들이 있을까. 전통적인 문화 속의 유물들에서 그 의미를 찾을 수 있고, 단일민족으로 이어 온 수천 년 역사 속에 침잠되어 온 정신적 요소에 무게를 둔 학자들도 있었다.

　한국의 멋을 예기할 때 가장 많이 나온 부분은 곡선(線)의 아름다움이다. 금방이라도 날아오를 듯 솟은 한옥의 처마는 그 재료가 나무라는 것이 믿을 수 없을 정도로 부드럽고 섬세한 선의 묘미를 연출하고 있다. 수천 년 세월을 지나온 고찰의 곡선들은 내려앉을 듯 무게감이 있으나 부드러움이 있고, 절제되면서도 힘찬 기상으로 하늘과 선이 맞닿아 한울의 조화를 이루고 있다. 하늘 공간과 어우러진 선과 달리 수직 기둥과 수평을 이룬 대들보의 다양한 선들은 건축물을 완성시켜 진정한 곡선의 아름다운 여백을 느끼게 해 준다.

한옥의 추녀를 떠올리게 하는 한복 저고리의 배래는 그 선이 허공으로 이어져 자연스럽다. 한복의 가장자리 도련은 물결처럼 넘실대듯 유연하면서도 빳빳한 깃의 동정은 음과 양의 조화를 살린 한국인만의 독특한 정서가 묻어 있다. 외국인들이 탄성을 지르며 눈길을 떼지 못하는 달항아리의 곡선은 또 어떤가. 빛깔이 없는 듯하면서 느껴지는 은은한 분 청색 다완(茶碗)은 선의 조합으로 그 우아함을 담고 있다. 우리의 습식문화에서 영향을 받아 자연스럽게 빚은 주방의 사발과 옹기, 찻잔 등도 선을 매개로 한 우리의 의식주에서 생성된 문화의 유산이라 할 수 있다.

진정한 아름다움이란 내적인 멋과 조화를 이뤘을 때 보여 주는 시각 감성의 완성이다. 지인의 초대로 오랜만에 현대화 전시회에 갔었다. 초가집을 연상케 하는 작은 전시실은 창덕궁 뒷길에 자리한 특이한 장소였다. 전시가 끝나고 뒤풀이에도 엉겁결에 참석하게 되었다. 인사동 골목에 자리한 찻집으로 우리는 이동했고 그 자리에서 참 인상적인 한 여인을 보았다. 현대화 화가들이 대부분이었는데, 회화 작가와는 어울리지 않게 생활 한복을 입은 이순 초반으로 보이는 그녀는 요즘에 보기 드문 기품과 고운 자태가 엿보였다. 여유롭고 내공이 깊은 손짓 하나에도 신선한 울림이 있었고 뒤풀이 내내 어떤 설렘으로 가득했다. 그녀는 찻잔을 다루는 손길도 자연스럽고 절제된 언행과 엷은 미소는 품격 있는 아름다움이었다. 색 바랜 수수한 한복의 깃은 그 세월만큼 무게와 품위가 있어 그녀의 여유 있는 모습은 여밈의 깊이가 그대로 느껴졌다. 그녀의 모습은 젊고 활기찬 꽃

시절을 보낸 내재의 시간이 꽃씨로 여물어 가는 모습이었다. 코로나 사태로 한동안 한국엘 가지 못하다 서울에 갔을 때, 맨 먼저 찾아간 곳도 그 찻집이었다. 그녀를 바라보았던 그 자리에 앉아 차를 우리곤 했지만 다신 그를 볼 수 없었다. 어느 날 다시 찾은 그 찻집은 예고 없이 문을 닫고 말았기 때문이다.

한국적 여성의 진정한 아름다움은 화려한 겉치레보다는 잔잔한 은유와 강인한 생명력의 조화를 연상케 한다. 이는 단순히 시대에 따라 변하는 외형적인 기준을 넘어 우리 민족의 역사와 정서가 빚어낸 독특한 매력이기 때문이다.

남성에 대해 '참 멋있다'라고 처음 느낀 것은 조선 중기 외교관이자 통역사인 홍순원에 대한 글을 읽으며 참다운 멋이 무엇인지 강하게 각인되어 있다. 홍순언은 역관(통역사)으로 사신을 수행해 명나라로 갔었다. 수도 연경의 홍등가를 구경하다 한 기방(妓房) 앞에 "하룻밤 자는데 은자 일천 냥"이라고 쓰여 있는 안내문을 보고 깜짝 놀랐다. 은자 50냥도 비싼 그 시절 어떤 기녀가 일천 냥을 요구하지? 호기심으로 기방에 들어가 그 기녀를 불렀다. 까닭을 물은 역관에게 여인은 "저의 부친이 억울하게 나라에 죄를 지어, 은자 일천 냥이 있어야 구명이 되기에 부친을 살리기 위해 제 몸을 팔 수밖에 없습니다"라고 말했다.

류씨라고만 알려진 그 여인은 지극히 아름다울 뿐 아니라 기품이 남달라 보였다. 홍순언은 인삼을 판 돈과 비단을 사야 할 공금을 털어 낭자에게 말없이 건넸다. 여인은 이름이라도 알려 줄 것을 간곡히 간청했으나 홍순언은 조용히 기방을 나왔다. 공금을 여인에게 준 홍순언은 귀국 후

공금횡령 죄목으로 감옥에 갇히게 된다.

선조가 임금이 되고, '주청사'를 중국에 보내면서 200년 동안 해묵은 종계변무(宗系辨誣)를 반드시 해결하라고 엄명을 내렸다. 종계변무란 태조 이성계의 족보가 명나라의 '대명회전'에 반대파였던 이인임의 아들로 잘못 기록된 것을 수정하려 한 일이다. 조선 개국 이후 10여 차례 명나라에 사신을 파견했으나 해결되지 않았고, 임진왜란이 일어나기 직전에도 조정은 이 문제 해결에 매달려 있었다.

목숨이 두려워 아무도 지원하지 않는 사절단에 홍순언은 자원하였다. 사절단이 연경에 도착했을 때, 명나라 예부상서 석성(石星)이 조선사절단의 역관을 찾았다. 예부상서는 지금의 외교부 장관이다. 조공 관계가 분명하던 시절 예부상서는 황제 다음으로 고관이었다. 홍순언이 기방에서 도와준 여인은 석성의 후처가 되어 있었다. 류씨 부인우 남편에게 조선 역관의 선행을 알려 주었고, 석성은 홍순언을 찾아 부인의 은혜를 갚으려 한 것이다. 그때 비로소 종계변무도 홍순원으로 인해 해설되었다.

그 후 얼마 지나지 않아 임진왜란이 발발했고, 명나라의 파병으로 임진왜란은 끝났다. 그때 조선 파병을 강력히 지원한 사람이 바로 석성이다. 기방(妓房)에서의 특별한 인연이 나라를 구하게 된 관계로 발전한 것이다. 전쟁이 끝난 후 무리한 임진왜란 파병 지원으로 석성은 파면당하고 감옥에 갇힌다. 석성은 가족들이 화를 당할 것으로 염려해 조선으로 피신하라고 강력히 권유했고, 가족들이 지금의 북한 황해도에 정착하게 되었다. 한국의 해주 석씨(海州 石氏)가 그 시조다.

많은 외국인이 한국의 멋을 말할 때 으뜸으로 치는 것도 유구한 역사의 문화에 기인한 정신적 요소를 꼽고 있다. 서로 분열되어 있다가도 어떤 위기가 닥치면 혼연일체가 되어 그것을 극복해 내는 점도 한국인만의 정신이자 최고의 멋이라고 말한다.

오묘하고 치밀한 손재주와 무 기교의 감각적 기교에 자연을 살린 선의 예술적 감각 또한 어느 민족에게서도 찾아볼 수 없는 매력이라고 말한다. 세계적인 건축가 프랑크 게리는 몇 번이고 종묘를 찾아가 감탄하면서 남긴 명언이 있다. 종묘는 "고귀한 단순함과 조용한 위대함은 한국인의 혼에서 비롯된 멋이자 예술적 감각이다"라고 표현했다.

작고 보이지 않는 것의 위대함

우리는 멀지 않아 지금보다 10배 더 저렴한 비용으로 달나라를 구경 가는가 하면 고속열차로 2시간 걸리는 시간을 20분 만에 도착하는 시대를 경험할 것이다. 일주일 해야 할 복잡한 일들을 단 몇 분 안에 AI가 척척 해주는 현실을 보면 향후 10년 안에 어떤 세상이 올지 가늠하기 어려운 세상이다.

홈페이지도 없고, 광고 한 번 하지 않으면서도 천문학적인 돈을 끌어 모은 '구글'은 미래 먹거리로 투자하고 있는 분야는 불멸 프로젝트다. 지금 S-커머스(Social Commerce)의 주인공들은 기본적으로 120살까지 사는 것은 기본이며, 향후 10년 안에 200살 수명 연장 계획이 실현된다고 장담하는 학자들도 있다. 이 수명연장 팀은 인간의 염색체 23개 서열 중 마지막 텔로미어(telomere) 즉, 세포 시계의 역할을 담당하는 DNA를 편집하여 여러 동물시험을 통해 수명이 30~50% 연장되었다는 것을 입증해 보였다.

싸구려 제품과 짝퉁 천국으로 알고 있었던 중국이 몇 년 전 유전자 편집 기술을 통해 불임 여성으로부터 쌍둥이가 태어나게 하여 세상을 놀라게 했다. 이로써 중국 남방과학기술대 허젠쿠이 교수는 세계 최초로 유전자 기술을 사용해 불임여성에게 인간배아를 변형시키고 태어나게 한 과학자가 됐다. 이 유전자 기술은 '유전자 가위'라고도 불리는데, 원하는 유전자를 맘대로 제거하고 또 접목할 수 있는 기술이다. 예를 들면 선천적으로 제1형 당뇨가 있는 아이에게 유전자 편집을 통해 당뇨를 유발하는 유전자를 제거하고 암 병력이 있는 가족은 유전자 가위를 이용해 건강한 DNA로 바꾸는 것이다. 30세 여성이 50살이 될 때까지 노화의 진행을 멈추게 하는 기술은 옛말이 되었다.

과학자들은 인간의 기술과 상상력이 신의 영역에 도전하고 있는 시대에 들어섰다고 공언하고 있다. 우리는 신기술과 인간의 상상력을 뛰어넘는 세상에 살고 있고, 그 이상을 넘나드는 혁신 분야에 더 큰 기대 속에 천문학적인 돈을 경쟁하듯 투자하고 있다. S커머스 시대의 지난 10년은 100년의 산업을 앞당겨 놓았고, 미래는 우리들의 삶을 더 윤택하게 해 줄 것이라고 믿고 있다.

우리 인간이 신의 영역에 도전할 만큼 문명의 기술 발전을 이뤄 세상을 바꾼다고 해도 보이지 않는 바이러스 하나에 온 세상의 시스템이 마비되고 국경이 닫히는가 하면, 수없는 인명들이 죽음을 피하지 못하고 무너지는 것을 얼마 전 확인할 수 있었다. 우리 인간들이 해낸 과학의 문명들이 코로나19 입자 하나에 무용지물이 되는 현실은 어떻게 설명해야 할까? 단순한 감기 정도로 여겼던 바이러스 하나가 온 세계의 시스템을 멈추게 하고, 각국은 내가 먼저 살아야 한다고 국경을 닫는 상황에 도달했었다. 최첨단과학의 현재를 산다는 우리가 보건용 입마개(마스크)인 원시적인 그 물품을 조달하기 위해 비상사태를 선포해야 했던 상황은 또 어떠했던가?

우리는 대개 거대한 것, 혁신적 변화와 그 성과에 찬사를 보내고 그것을 목표로 두고 살아가고 있다. 웅장한 건축물, 권위 있는 직함, 명확하게 측정되는 성공만이 위대함의 척도가 되는 현실을 동경하며 살고 있다. 그러나 잠시 시선을 돌려 세상의 가장 깊숙한 곳을 들여다보면, 진정한 위대함은 오히려 우리의 감각이 쉽게 포착할 수 없는 작고 때로는 아예 보이지 않는 존재들 속에 숨어 있다는 역설을 발견하게 된다.

세상의 모든 물질은 보이지 않는 원자들로 구성되어 있다. 이 미세한 입자들 속에서 일어나는 양자역학적 상호작용이 바로 우리가 발 딛고 선 땅, 마시는 공기, 그리고 우리 자신의 존재를 규정한다. 거대한 산맥이나 거울에 비친 자기의 모습 그 모든 건 눈에 보이지 않는 기본 입자들의 정교하고 완벽한 배열의 결과인 셈이다. 우리가 인지하지 못하는 이 작은 존재들이 우주의 모든 질서를 유지하는 가장 근본적인 힘을 발휘하고 있다.

생명의 영역에서도 보이지 않는 것들의 역할은 절대적이다. 우리 몸속에 사는 수많은 미생물은 음식물을 분해하고 면역 체계를 조절하며 우리의 생존에 필수적인 임무를 수행한다. 대양 속의 플랑크톤 역시 눈에 띄지 않아도 지구 산소의 생산량 절반 이상을 담당하며 지구 전체의 기후와 생태계를 지탱해 준다. 이들은 스스로 드러내지 않지만 만약에 이 작은 존재들이 하루라도 기능을 멈춘다면 우리가 사는 이 세상은 순식간에 붕괴할 것이다. 이미 그 사실을 코로나 사태로 인해 우리는 확인하지 않았던가.

과학 문명과 물질적인 영역을 넘어 인간의 삶에서도 위대함은 작은 형태를 취한다. 매일 주고받는 따뜻한 미소 하나, 어려운 순간에 건넨 진심 어린 격려의 한마디, 혹은 이름 없이 행해진 작은 친절, 보이지 않는 감정의 움직임과 작은 선한 행동들은 한 사람의 인생 전체를 바꿀 수도 있는 힘을 지니고 있다. 이처럼 소소하고 눈에 띄지 않는 선의의 축적이 곧 사회를 건강하게 유지하는 기반이 되는 것이다.

결국, 위대함이란 크기나 가시성에 있는 것이 아닌 그 존재가 가지는 근본적인 영향력과 중요성에 달려있다. 작고 보이지 않는 것들의 위대함을 깨닫는 순간 우리는 거창한 목표만이 아닌 일상의 순간들과 모든 연결 고리에 감사와 존중의 시선을 보낼 수 있다. 가장 작은 것 속에 숨겨진 광대한 우주를 발견하는 것 그것이야말로 진정한 지혜와 가치의 시작이라 할 수 있다.

우리는 그동안 보이는 거대한 실체와 이익의 결과에 대해서 고군분투하면서 살아오지 않았는지 새삼 뒤돌아보는 요즘이다. 오랫동안 형제처럼 지내온 이웃들과 국가들이 나에게 전염될까 봐 대문에 못질하고, 공항을 폐쇄하고, 강제로 격리하는 모습들을 보면서 우리가 맺어온 관계가 얼마나 허망하고 부질없는 약속이자 우정이었는지 확인할 수 있었다.

성장 수치에 의해 최고의 국가라고 엄지척하며 자랑하던 자본주의의 심장인 미국의 주식시장이 하늘 높을 줄 모르게 치솟다가 코로나를 빌미로 수백조 원이 하루가 멀다 하게 날아가 버리자 망연자실하며 스스로 목숨을 끊는 사람들의 모습은 우리 인간이 얼마나 나약하고 작디작은 미물에 불과한가를 여실히 보여 주었다. 그러나 우린 금방 그것을 망각하고 더 높고 화려한 것 더 힘 있어 보이고 가치 있는 것과 더 많은 이윤만을 추구하며 살아가는 현실을 부정할 수 없다.

아프리카의 도마뱀은 자기보다 수십 배나 더 큰 물소나 얼룩말들을 잡아먹는다. 기어다니는 작은 도마뱀이 어떻게 뛰어다니는 네발 달린 거대한 동물을 잡아먹을 수 있을까? 언뜻 이해하지 못하고 의아해할 것이다. 초식동물들은 절기마다 초원을 찾아 대이동을 시작한다. 도마뱀들은 강을 건너는 가파른 지역에 숨어 있다가 들소 떼들이 가파른 언덕을 넘으려 안간힘을 쓸 때 발목을 물어 상처를 입힌다. 그리고 바로 강가를 오르지 못하도록 몇 번이고 달려들어 집중력을 잃게 만들며 기다린다. 들소들이 물린 상처에 독이 퍼지고 힘이 빠져 쓰러질 때까지 기다리는 것이다.

우리는 상대가 될 대상끼리 경쟁해야 하고 하찮게 보이거나 자신보다 한참 아래라고 생각하면 아예 무시하거나 쳐다보지 않는 우월감을 지니고 있다. 평범한 한 여성이 한 남자의 성공에 어떤 도움을 주지 못한다 해도 크게 성공한 한 남자를 나락으로 떨어지게 하는 것은 순식간이다. 가정부, 경비원, 운전기사, 비서 등 수족처럼 대했던 아랫사람들도 그들로 인해 모든 걸 한순간에 잃어버리는 기업 총수나 정치인 고급 관료들의 몰락을 우리는 수없이 보았다. 가장 낮은 곳에서 묵묵히 살아가는 보통 사람들이 세상의 근간임을 잊지 말아야 한다.

숲을 걸으며 수백 년도 더 된 거대한 나무들이 쓰러져 있는 것을 종종 본다. 그것을 유심히 살펴보면 쓰러진 원인을 금방 알 수 있다. 그 큰 나무를 넘어뜨린 것은 태풍도 비바람도 번개도 아니다. 눈에도 잘 띄지 않은 개미들이 먹이를 찾기 위해 갉아 먹어 상처를 냈고 딱따구리들이 나무 밑에 숨어 있는 벌레를 먹기 위해 구멍을 낸 탓에 시간이 흐르면서 썩어 갔고 지탱할 힘을 잃었기 때문이다.

AI가 새로운 세상을 열고 신기술이 발전하여 200살 생명 연장이 현실로 된다고 해도 기본적인 상식이나 질서 그리고 사회의 기본을 지탱해 주는 평범한 사람들이 건강하지 못하다면 다 소용없는 일이다.

눈에 잘 띄지 않고 볼 필요가 없다고 여겼던 작은 것들이 위대한 역할을 해 왔고, 가장 필요한 요소에서 자리를 지켜 왔다. 사회의 그늘진 곳에서 하찮은 일들을 하는 사람들이 세상을 아름답게 가꾸고 이 사회를 지탱해 오고 있음을 잊지 말아야 한다.

성장이란 무엇인가?

나는 성장하는 삶을 살고 있는가? 어느 날 숲을 걷다 문득 걸음을 멈추고 스스로에게 물어본 질문이다. 시간을 돌고 돌아 반복되는 숱한 날들 속에 늘 숙제처럼 남아 있는 삶의 물음표. 성장이란 무엇인가? 끊임없는 성찰과 학습을 통해 내가 가고자 하는 목표나 자신의 완성을 위한 길이리고 사전적 의미는 말하고 있다.

성장의 가장 기본이 되는 것은 성찰이다. 지나온 그 궤적을 통해 자신을 돌아보며 타인에게 비추어지는 내 모습이 부끄럽지 않도록 스스로 경계하는 삶, 끊임없는 열정으로 생산적인데 목표를 두고 관계를 통해 새로운 문화와 사회의 변화를 내 것으로 포용해 가는 과정도 성장의 단계다. 성장에는 반드시 상처와 고뇌, 시련이 따른다. 인간이 태어나 성장하면서 온갖 고통과 갈등 그리고 희열의 과정을 거치는 건 보편적인 순서다. 모든 것이 충족된 온실 속에서 성장하면 그 상처와 고뇌가 주는 심미적 거리의 시야를 확대할 수 없다.

성장은 두 가지로 크게 구분해 볼 수 있다. 물리적 성장과 보이지 않는 내적 성장이다. 가장 정확한 성장의 척도를 가늠할 수 있는 물리적 성장의 완성 단계에서 다시 또 요구되는 것이 내적 성장이다. 내면의 성장이 수반되었을 때 비로소 성장을 말할 수 있다.

이 세상 모든 생물체는 성장의 순서를 거친다. 나무, 꽃, 동물, 인간은 태어나고 자라면서 그 본래의 모습으로 커 가다 유한의 한계에 도달한다. 성장의 한계가 없는 것이 바로 내적 성장이고 가장 아름다운 뒷모습을 남긴다.

어느 국가나 기업들도 반드시 성장의 과정을 거친다. 이 성장이 멈추면 기업은 정체되어 소멸 되고 국가는 큰 혼란에 빠진다. 어느 국가의 경제와 건강한 시스템의 척도를 가늠할 때 성장률을 따지는 것이 좋은 예다. 국민소득이 높고 꾸준한 물리적 성장을 지속하는 사우디아라비아, 두바이, 카타르 등 돈 많은 나라들을 우리는 선진국이라 부르지 않는다. 인권 존중, 문화적 소양과 남녀평등을 비롯하여 내적 성장이 요구되는 보편적 자유와 민주주의의 기반이 부족하기 때문이다.

하루만 보지 못하면 안달 나고 그가 없으면 죽을 것만 같은 사랑도 일정한 시간이 지나면 식는다. 그런 사랑도 서로의 성장을 통해 처음을 유지하고 밝은 미래를 보장할 수 있다. 물리적 안정과 내적 성숙을 통해 상대를 깊이 이해하고 애정을 쌓을 때 사랑은 지속되고, 돈독한 믿음으로 지속성은 유지되는 것이다.

성찰은 혼자일 때 맑게 비추고 고독할 때 진솔함이 보인다. 무형의 성숙은 유일하게 그 수치를 나타내지 않는다. 그러나 그 심미적 성장은 타인에게 비추어지는 품격이며 자신의 진정한 모습이다. 기술의 습득과 자격으로 달인의 경지에 도달했다고 성장은 완성될 수 없다. 자신의 가치철학과 문화적 소양과 분명한 자기만의 색깔이 있을 때, 그 달인의 경지는 인정받고 넓고 깊게 전파되는 것이다.

성장을 위해서는 몇 가지를 충족해야 한다. 첫째는 좋은 인간관계다. 그 관계를 통해 안정이 유지되고 다양한 지식과 교양, 새로운 정보를 공유하며 문화적 소양을 키울 수 있다. 둘째로 중요한 요소는 성찰이다. 성찰은 무엇인가. 혼자 놀 줄 알아야 하고 철저히 고립된 시간을 통해 자신을 들여다보는 것. 혼자라는 것은 비움이고, 그 고독을 통해 사물과 관계에 대한 이해의 폭이 넓어지고 나와 다름을 포용하게 된다. 잡다한 생각들을 비우고 수많은 관계로부터 스스로 독립되어 보는 것. 그러면 보일 것이다. 소원했던 사람과의 오해와 소홀히 했던 이유를. 너무 가까이 있다 보니 알지 못했던 그 사람의 좋은 점과 고마움이 새롭게 보인다. 사소한 이유로 서먹하고 서운했던 내 마음의 옹졸함도 저절로 발견할 수 있으리라. 성찰은 성장이 필요로 하는 가장 기본적인 영양소다. 인간이 진솔해지고 스스로 자신을 거울에 비춰 볼 수 있는 시간은 스스로 고립되어 성찰해 보는 때이다. 고독은 고요하고 외로울 수 있지만 맑고 투명하다. 셋째는 열정이다. 늘 미래지향적인 사고와 새로움에 질문하고 학습하며 답을 찾는 것. 그건 목표가 될 수 있고, 꿈일 수 있으며 자신의 정체성을 지켜가는 길이기도 하다. 하여 성장은 끝이 없고 삶이 다하는 날까지 이어지는 순례 같은 길이다. 그 성장의 길을 가는 사람들은 시간을 보지 않고 자신의 세월을 상관하지 않으며 외로운 길에 서 있는 사람들이다.

돈키호테

금융시스템이 무너져 경제적 충격이 왔거나 경기가 불안정할 때일수록 장사가 잘되는 곳이 있다. 주식들이 하락을 지속할 때 반대로 상승하는 그룹들은 대체로 지극히 서민들이 애용하는 사업장들이다. 상품들 모든 값이 1불 또는 천 원에 살 수 있다는 인식이 깊이 각인된 '국민 가게' 또는 '대중백화점'이라고 하는 곳들이 미국과 아시아에서도 성업 중이다. 북미는 달러라마(Dollarama), 한국엔 '다이소'가 있고 일본을 대표하는 국민 가게는 '돈키호테'다. 이들 저가형 잡화점으로 생활용품을 비롯하여 패션, 화장품 식품으로 빠르게 확장해 가며 급성장하고 있다. 저가형 아이템들이 주류를 이루고 있지만 천원, 1달러짜리 물건들이 점점 사라지고 비싼 물건이 늘고 있는 것도 최근 달라진 변화다.

돈키호테 매장엔 천 엔짜리 상품들 속에 수천만 엔 하는 중고 명품들이 진열되어 있고 일부 고가 브랜드는 신상품으로 버젓이 판매되고 있다. 저가와 고가가 공존하는 가격의 극과 극을 이루는 일본 국민 가게 '돈키호테'의 변신이다. 동경에 있는 점포를 처음 방문하고 느낀 점은 "역시 이름값을 제대로 실행하는 가게다"라고 혼자 중얼거리며 점포 곳곳을 돌아다녔다. 천 엔 상품들 속에 수천만 엔 명품들이 정말 팔릴까? 하는 의문점에 주변을 돌며 지켜보았다. 아니나 다를까? 중국인 몇이 우르르 몰려오더니 주저 없이 가방, 명품 시계를 보더니 덥석 사는 것이 아닌가. 싸면서도 품질도 좋고 무엇이든 살 수 있다는 인식의 대전환을 시도한 그 발상이 돈키호테 소설 이야기와 흡사함을 느낄 수 있다. 일본으로 여행 가면 필수적으로 들리는 코스가 되어버린 돈키호테는 각 종류의 명품들을 파는 시도를 넘어 자동차, 가전제품, 부동산으로도 사업모델을 변신할 수도 있겠다는 추론이 생겼다.

스페인 문학사에서 가장 위대한 풍자소설인 '돈키호테'는 시대적 사회 현상을 반영한 이야기라 할 수 있다. 저자 세르반테스가 이 소설을 통해 당시 유럽 전역에서 유행하던 계급, 종교, 기사 작위 명예에 대한 허위이식을 비웃고 날카롭게 비판하려는 의도로 쓴 글이다. 마땅히 싸워야 할 악당 대신 풍차와 싸우고, 마법사 대신 수도승을 공격하는 등 이상과 현실의 부조화 그 아이러니를 통해 독자들에게 웃음과 비판 의식을 유발하는 장면이 돈키호테 책을 대변하고 있다.

그 책은 흔히 기사도 문학을 풍자한 소설, 혹은 현실과 이상 사이에서 방황하는 광인 또는 엉뚱한 짓을 하는 이미지로 알려져 왔다. 하지만 스마트폰 문명을 살고 있는 오늘의 시각으로 볼 때, 돈키호테의 독창성은 단순히 시대착오적 광기가 아닌 의도된 진실의 퍼포먼스를 시도했던 한 예술가이자 철학자적 의미로 재해석해 볼 필요가 있다. 작가가 의도한 주인공은 미친 사람이 아니라, 주어진 현실의 틀을 깨고 자신이 믿는 정의를 행동으로 증명하려 한 급진적인 주체였을 뿐이다. 당시의 고정된 사고와 제도적 차별 문화에서 이런 주제는 그냥 웃음과 해학을 주는 정도로 치부한 합의된 소설로 기억되어 우리가 배웠던 '돈키호테'의 이미지를 지금도 그대로 유지하고 있다. 엉뚱한 사람 또는 기행을 일삼는 실없는 사람으로 우리는 인식하고 있다.

돈키호테의 모험은 늘 처참한 실패로 끝난다. 풍차에 부딪히고, 농부에게 매를 맞고, 길거리 구경거리로 전락한다. 그러면서도 그의 독창성은 단 한 번도 자신의 이상을 포기하거나 현실과 타협하지 않았다는 점에서 그 의미가 크다. 작가의 독창성은 그가 시도한 메타픽션(Metafiction)의 선구자라는 점도 빛난다. 그는 세상이 잊어버린 정의, 명예, 사랑이라는 가치를 현실 속에 강제로 투사하여 무관심한 사람들의 반응을 유도하고 그들의 위선을 폭로하는 사회적 실험을 감행한 의도는 21세기 문명의 관점에서 보면 비즈니스 측면에서도 큰 의미로 해석해 볼 수 있다.

현대 문명을 바꾼 사람들도 가만히 보면 지극히 '돈키호테' 같은 기행과 발상으로 세상을 바꿨다. 제약 상식은 물론 바이오 용어조차 모른 사람이 그 분야 최고가 되어 한국의 부자 최상단에 있는가 하면, 컴퓨터 공부를 해 보지 않았고 대학도 몇 개월 정도만 다닌 철학과 참선 불교에 관심이 많아 기행을 일삼던 자가 스마트폰을 개발해 세상을 바꾼 것도 돈키호테의 엉뚱한 발상이 만든 결과라 할 수 있다.

한때 나의 별명도 '돈키호테'였다. 펀드를 운용할 때도 기존 투자 형식을 전혀 따르지 않았고, 투자 대상도 듣지도 보지도 못한 대상을 선택했다. 또한 회사를 팔거나 합병할 때도 전혀 다른 방식과 조건으로 시도하여 엉뚱한 짓을 한다는 소릴 자주 들으면서 생긴 자연스러운 닉네임이었다.

새로운 길은 언제나 기득권이나 보수적인 시각으로부터 비난의 대상이 된다. 사람들은 익숙하지 않은 것에 대해 쉽게 오해하고 공격하며, 때로는 가장 가까운 사람조차 나의 길에 대해 의심을 품고 있음을 자주 보았다. 그 과정은 자신의 신념을 끊임없이 증명해야 하며 외부의 부정적인 평가와 조롱을 감수해야 하는 것도 기필코 거치는 순서였다.

예나 지금이나 사회적 관습을 벗어나 새로운 길을 개척한다는 건 결코 쉬운 일은 아니다. 그 길을 시도하다 포기하거나 실패하면 비난과 함께 처벌을 면치 못한 점도 큰 중압감이기에 누구도 나서길 주저한다. 유구한 역사를 가진 단일민족인 한국인들의 의식은 공동체적 사고가 강해 나와 다름을 인정하지 않으려 한다. 도드라지거나 앞서가는 사람을 삐딱한 시선으로 돈키호테적 관점으로 보는 인식이 유독 강하다.

선진국 금융시장에서 전문 투자가들이 섹시(큰 매력)하게 보는 신규 투자 종목노 뜬구름 잡는 식의 발상 또는 "이건 뭐지" 하는 엉뚱한 발상의 아이템이나 서비스 개념에 큰 매력을 느낀다. 사실, 지금은 이런 뜬구름 잡는 발상이 현실이 되었을 때, 큰돈이 되는 세상이다. 현재 세계 1위 기업들도 모두 기발한 아이디어와 기존의 틀을 바꾼 사업모델에서 모티브를 찾았다. 그들의 특징은 공장도 없고, 광고도 하지 않으며, 노조도 없고, 순전히 머리로 돈을 번다는 공통점을 갖고 있다.

하루가 멀다 하게 신기술이 머리를 어지럽게 하고 미래가 예측 불가능한 현대에서 개인이 '인생 역전'을 하거나 기업이 경제적 해자를 구축하기 위해선 그 어느 때보다 돈키호테식 발상의 전환이 필요할 때다. 외부의 기준이 아닌, 나만의 나침반을 설정해 세상의 흐름에 휩쓸리지 않고 독자적인 가치와 목적에 따라 행동할 때, 다른 크기의 결과를 얻을 수 있다. 이는 단순히 물질적인 성공을 넘어 세상에 새로운 지평을 열고 혁신을 가져오는 진정한 창조의 기쁨이 있기 때문이다. 그러나 어디 그 길이 말처럼 쉬운가? 특별한 길을 가는 것은 결국 다수의 길에서 벗어나는 것이므로 비난과 함께 필연적으로 발생하는 고통과 희생을 감수해야 한다. 정해진 길을 가는 사람들은 예측이 가능한 안정성을 누리지만, 개척자의 길은 결과를 보장할 수 없는 불확실성의 연속임을 기억해야 한다.

천 엔짜리 가게의 수만 가지 저렴한 상품들 속에 수천만 엔 하는 명품들을 끼워 놓고 소비자들을 깜짝 놀라게 하는 그 '신선한 충격' 아니 좀 생뚱맞은 퍼포먼스는 일본을 대표하는 국민 가게 그 이름 '돈키호테'에 걸맞은 발상이 아닐 수 없다.

꽃별

　언제였을까? 별은 하늘에만 있는 것이 아닌 우리가 살고 있는 지구상에도 있다는 것을 알게 된 것이. 찬란했던 그 원색 초록의 열정 가득했던 때는 모두가 초록 바다였다가 떠날 땐 각자의 삶의 모습 그 색채로 낙하한다는 것을 깨달은 것도 세월의 무게가 어느 정도 침잠되어서야 알 수 있었다. 11월 중순의 하오, 꽃별 지는 창가에서 눈길을 떼지 못하고 있다. 사람이 죽으면 별이 하나씩 생긴다고 믿었던 그 신기루가 우리 가까이 있다는 것을 낙하하는 낙엽을 보며 알았다. 그때 낙엽들을 내 안의 '꽃별'이라고 이름 지은 것이다. 꽃별들은 매년 같은 색채지만 해가 늘어날수록 분명 다른 빛으로 환희와 이상의 경계를 분명히 느끼게 한다. 생명력을 수직으로 솟아오르며 푸른 바다로 빛나던 순간들도 하나씩 반짝이다 사라지는 그 모습은 별똥별처럼 그들만의 우주다. 그 색채가 주는 특유의 향기와 흙냄새, 싱그러운 시절들도 꽃별로 진화하는 그 서사가 어쩜 이리도 우리와 닮아 있단 말인가. 줄기를 떠난 잎은 다시는 돌아오지 못한다는 관계의 끝, 저무는 그 쓸쓸함, 그토록 원했던 꿈과의 단절, 결코 붙잡지 못하고 놓아 버린 그 시린 바람처럼 가슴앓이는 꽃별을 찾을 때까지 해마다 반복되었다.

꽃별들이 낙하하여 축축한 대지로 돌아가는 모습은 소멸이 가져오는 무거운 침묵일 수 있으나 견고한 만남의 약속이 숨겨져 있다. 홀연히 낙하하여 바람과 눈, 흙과 동화되어 다음 생명들의 자양분이 되어 이별했던 그 자리 그 시간의 밑바닥에서 만남을 준비하는 것이다. 이것은 우주의 숭고한 질서이며 생성과 소멸이 교차하는 완성의 변증법이자 세월의 고백이다. 그 건 우리가 이별을 경험했던 이유였으며 그 기억들은 하나씩 우리 내면으로 흡수되어 단단한 밑거름이 되어 주었다. 그들이 떠나는 절기는 절망과 허황함, 낭만과 교차하는 그 슬픔은 성찰의 깨달음으로 더 깊어지고 더 넓은 시야를 갖게 되어 비로소 꽃별들을 찾은 것이다. 내가 붙잡고 있던 것 중에서 기꺼이 놓아주어야 할 것은 없는지, 혹은 아름답게 물들었음에도 미처 깨닫지 못했던 소중한 기억들은 무엇이었는지 돌아보는 절기다.

꽃별들은 단순한 계절의 잔해가 아닌 존재론적 사색을 유도하는 가장 분명한 시각적 언어이자 필연적으로 작별해야 하는 가장 근본적인 지혜이기도 하다. 우리가 붙잡고 있는 과거의 영광, 다하지 못한 꿈, 혹은 소유물에 대한 미련을 홀연히 내려놓고 떠나는 꽃별들의 초연함을 보며 깨닫는다. 이는 또 다른 약속이자 우주의 순응 속에 자유를 얻는 순례이다.

얼굴은 표정으로 감정을 감출 수 있지만 등 돌리고 떠나는 뒷모습은 숨길 수 없는 진실의 언어다. 우리는 살면서 시작에 환호하고 성공에 열광하지만, 마지막 순간에서 결정된다. 인간의 가장 진솔한 아름다움은 그 사람이 머물렀던 자리, 관계의 끝 모습, 그리고 말없이 돌아서서 떠나는 초연함이다.

가랑비 오는 창가에서 하염없이 꽃별들을 바라보다가 주어 온 꽃별 하나를 집어 든다. 이 빛깔을 내기 위해 얼마나 많은 햇살을 끌어안고 버텨 냈을까? 이 낙엽 하나, 아니 꽃별 하나를 책갈피에 끼워 둔다.

제3장

관계의 미학

고복(皐復)

　가을걷이가 끝난 늦가을 저녁 막 해가 떨어져 온 세상이 붉게 물들어 그 황홀감에 오래도록 하늘을 보고 있었다, 텃밭에 있는 감나무 위에 걸터앉아 일하러 간 엄마가 어디쯤 오고 있을까? 동네 골목길을 바라보다가 가을 저녁의 환희를 보았다. 그 하늘 선과 맞닿은 초가지붕 위에 나풀거리는 무엇인가 보였지만 처음 보는 그 광경이 무엇인지 알 수 없었다. 노을이 막 사라지고 옅은 어둠이 내릴 때쯤 그 하늘거리는 모습도 사라졌다. 이내 약하게 들려오는 통곡 소리에 놀라 나무에서 내려와 소리 나는 곳으로 달려갔다.

　내가 살았던 큰 동네는 성씨 하나가 집성촌을 이루고 있어 우리 가족은 늘 이방인처럼 살아야 했다. 그런 분위기에서도 우리 가족을 챙겨 주고 가까이 지냈던 친척 같은 그 집에서 들리는 소리였다. 온 동네 사람들이 금시 모였고 하나둘씩 소리 내어 울고 있는 것이 아닌가? 군대 간 아들과 서울에 있는 딸이 편지를 보내오면 단숨에 달려와 내게 편지를 읽어 달라고 하던 그 집의 할아버지가 갑자기 돌아가신 것이다. 그 동네로 이사를 간 후 처음으로 죽음의 장면을 본 것이다. 나중에 알게 되었지만, 우리 집

감나무 위에서 보았던 무언가 춤추듯 나풀거리던 건 '고복'(皐復)이었다. 초혼(招魂)이라고도 하는 그 행위는 사람이 죽으면 고인의 소생을 바라는 마음에서 시신을 떠난 혼을 불러들이는 전통적인 장례 절차 중 하나다. 사람의 혼을 다시 불러들여 살려내려는 간절한 소망이 담긴 의식인 초혼은 상복을 입기 전 사람이 숨을 거둔 직후에 즉시 시행한다. 친족이나 가까운 사람이 죽은 사람이 평소에 입었던 상의(주로 두루마기나 저고리)를 들고 지붕 위로 올라가거나 마당에서 지붕을 향해 선다. 왼손으로 옷의 깃을 잡고 오른손으로 허리 부분을 잡은 뒤, 북쪽을 향해 죽은 사람의 관직과 성명을 세 번 크게 부른다. 예를 들면, "학생(學生) 김해 김공(金海 金公) 복(復)!", "복(復)! 복(復)!" 외침이 끝나면 그 옷을 지붕 위로 던져 두거나 나중에 시신 위에 덮어 주는 우리 고유의 전통 장례 문화다.

이 고복의 참뜻은 의학적으로 사망 판정이 내려졌더라도 혹시라도 혼이 아직 근처에 머물고 있다면 다시 돌아올 수 있을 거라는 마지막 희망의 표현이기도 하며, 갑작스러운 이별 앞에서 유가족들이 목 놓아 고인의 이름을 부르며 슬픔을 밖으로 쏟아내는 심리적 치유의 과정이기도 하다. 전례에서는 저승사자가 이 옷을 보고 죽은 이를 데려가도록 길을 안내하는 의미로도 해석하기도 했다.

오늘날에는 병원 장례식장에서 장례를 치르는 경우가 대부분이기에 지붕에 올라가 초혼의 모 모습은 볼 수 없게 되었다. 드라마 사극에서 임금이 임종했을 때, 궁궐 지붕 위에서 긴 천을 흔드는 정도로 옛 우리 전통의 모습을 볼 수 있을 뿐이다. 아직도 일부 전통 제례를 지키는 집안이나 민속촌의 재연 행사 등에서 그 흔적을 볼 수 있다는 기사를 읽은 적이 있다.

초혼은 우리 조상들이 죽음을 단순히 끝으로 보지 않고, 차마 떠나보낼 수 없는 애틋한 마음을 담아 만든 독특한 작별 의례라고도 할 수 있다.

현대 사회는 죽음을 지나치게 효율적이고 빠르게 처리하려는 경향이 있다. 하지만 초혼은 숨이 멎은 직후 죽음을 부정하고 목 놓아 불러보는 과정을 허용하고 있다. 사랑하는 사람의 부재를 받아들이기 전 망자의 이름을 크게 부르며 감정을 쏟아내는 행위는 억눌린 슬픔을 발산하게 해 준다. 이별할 수 있는 마지막 노력을 다해 불러보았다는 마음이 유가족의 죄책감을 덜어 주는 역할도 하는 것이다.

초혼은 산 자의 세계와 죽은 자의 세계가 완전히 단절된 것이 아님을 보여 주는 행위로 보는 이도 있다. 이름을 부르는 절차는 그 사람이 이 세상에 존재했음을 증명하는 가장 강력한 방법이었고, 이미 작고했어도 살아 있는 자들과 함께한다는 의미가 담겨 있다고 한다.

오늘날 고인의 SNS를 추모 공간으로 활용하거나 사진을 보며 혼잣말을 건네는 행위도 현대판 '초혼'이라 할 수 있다. 몸은 떠나갔어도 관계는 기억 속에서 계속된다는 것을 확인하는 과정이다. 현대인에게 고복은 사랑하는 이를 품위 있게 보내주기 위해 반드시 거쳐야 할 마음의 정리라고 할 수 있다. 비록 지붕 위로 올라가 옷을 흔들지는 않더라도 우리 마음속에서 고인의 이름을 부르며 그를 기리는 모든 행위가 곧 현대적인 '초혼'이라 할 수 있다.

최근 주목받고 있는 '생전 장례식(Living Funeral)'이 유행하고 있다. 우리에게는 생소한 말이지만 유럽과 북미 그리고 일부 국가에서 빠르게 자리 잡은 장례 문화다. 죽은 뒤에 남겨진 사람들이 치르는 이별이 아닌 주인공이 살아 있을 때 소중한 이들을 초대해 직접 작별 인사를 나누는 이 새로운 행사는 현대인들에게 다음과 같은 깊은 의미를 전달한다.

죽고 나서 고인의 영정 사진 앞에서 울며 전하는 말 대신 서로의 눈을 맞추고 "고마웠다", "미안했다", "사랑한다"라는 말을 직접 주고받는 이런 문화도 처음 생뚱맞다는 생각과 달리 참 의미 있는 행사라는 생각이 들었다. 혹시 남아 있던 앙금이나 오해가 있다면 생의 마지막 문턱에서 진솔하게 풀고 떠날 수 있는 화해의 장이 될 수 있고, 살아 있을 때 자신을 깊이 성찰하며 아름다운 뒤 모습을 보여 줄 수 있기 때문이다. 생전 장례식은 무겁고 침통한 분위기가 아닌 내가 좋아했던 음악을 듣고, 즐겨 먹던 음식을 나누며, 웃으며 추억을 공유하는 축제 같은 이별을 선택할 수 있는 것이다. 또한 죽음을 피해야 할 공포가 아니며 삶의 자연스러운 마무리로 받아들이고 스스로 그 과정을 주도함으로써 인간으로서의 존엄을 마지막까지 지킨다는 데 큰 의미가 있다.

우연한 기회에 유튜브를 통해 생전 장례식 영상을 보았다. 유심히 그 영상을 보면서 느낀 건 살아 있는 장례식은 죽음이 아니라 '어떻게 살 것인가'에 집중하게 하였고, 꼭 임종 직전이 아니라도 건강할 때 생전 장례식을 치르는 이들은 "지금까지 잘 살아왔나?"를 돌아보며 남은 생을 더 진솔하고 가치 있게 살겠다는 다짐이기도 했다.

그 영상을 보고 난 후 곰곰 생각해 보면서 내 장례식에 초대하고 싶은 사람들을 떠올려 보는 것만으로도 지금 내 곁에 있는 소중한 인연들이 누구인지 선명하게 깨닫게 되었다.

전통적인 사후의 장례는 유가족에게 큰 정신적, 경제적 부담을 주기도 한다. 유가족들은 생전 장례식을 통해 고인과 충분히 인사를 나누었기에 실제 이별의 순간에 당황하거나 깊은 상실감에만 빠지지 않고 고인의 뜻을 기리며 평온하게 보내 줄 수 있다는 것도 좋은 점이다.

전통적인 '고복'의 장례 문화가 떠나간 혼을 간절히 불러 세우는 사후의 몸부림이었다면, 생전 장례식은 혼이 떠나기 전 미리 따뜻하게 안아 주는 '사전의 포옹'과 같다고 할 수 있다. 이런 장례의 문화는 죽음을 회피해야 할 공포가 아니라 삶의 자연스러운 일부로 받아들이는 건강한 태도를 보여 주기 때문이다.

자신의 마지막 모습을 스스로 디자인한다는 점에서도 의미가 깊을 뿐 아니라 천편일률적인 병원 장례식장에서 벗어나 카페, 공원, 집 등 본인에게 의미 있는 장소에서 원하는 방식으로 치를 수 있다는 점도 큰 의미가 있다. 또한 남겨진 가족들이 장례 절차나 비용으로 인해 겪을 심리적, 경제적 혼란을 미리 정리해 줌으로써 가족에 대한 배려를 실천할 수 있다.

죽음을 미리 대면해 보는 경험은 역설적으로 '어떻게 살 것인가'에 대한 강한 동기를 부여할 수 있고, 생전 장례식을 준비하며 자신의 삶을 돌아보는 시간을 가짐과 동시 이를 통해 남은 시간을 더욱 소중하고 밀도 있게 보내게 되는 것이다.

영상에서 생전 장례식 주최자의 말처럼 "이 문화는 죽음을 가두는 것이 아니라 삶의 광장으로 끌어내는 큰 용기이자 선물"이라고 말한 목소리가 긴 여운으로 남았다. 생전 장례식이 준 신선한 충격의 큰 의미는 죽음이라는 무거운 주제를 '감사와 연결'이라는 따뜻한 주제로 치환했다는 점이다.

작은 감동이 주는 교훈

70년대 초 어느 여름날 뉴욕에 있는 피어슨 백화점으로 할머니 한 분이 타이어 하나를 들고 힘겹게 고객센터로 들어온다. 이를 본 점원은 그 타이어를 받아 들고 할머니의 땀을 닦아 주며 영수증을 건네 달라고 말한다. 금액을 확인한 직원은 타이어 대금을 반납해 주었다. 할머니가 떠나고 나서 직원은 서둘러 타이어를 들고 근처에 있는 다른 유통업체로 찾아가 할머니가 들고 온 타이어를 환불받아 왔다. 사실, 피어슨 백화점에서는 타이어를 취급하지 않았기 때문이다. 그리고 얼마 뒤 그 할머니가 헐레벌떡 백화점 고객센터로 들어선다. 집에 돌아가 생각해 보니 이 백화점에서 타이어를 산 것이 아닌 것을 알고 달려온 것이다. "할머니가 너무 힘들 것 같아서 대신 제가 환불받아 온 것"이라고 자초지종을 설명한 직원의 말을 들은 할머니는 눈물을 글썽이며 그 직원을 꼭 안아 주었다. 몇 번이고 감사하다는 말을 남기고 할머니는 돌아갔다.

며칠 후 이 이야기는 신문에 실렸고 미국 전역으로 소문은 퍼져나갔다. 곧이어 방송에서 경쟁하듯 백화점 서비스 센터 직원의 인터뷰 요청이 쇄도했고 격려 전화로 백화점 통신 수단은 마비되고 말았다. 당시 삼류 백화점에 불과했던 피어슨 백화점은 몰려든 고객들로 장사진을 치러야 했다. 1년 후 피어슨은 최고 백화점으로 급상승했고 빠르게 성장할 수 있었다.

1971년 여름, 당시 리처드 닉슨 미국 대통령이 금과 달러의 교환을 정지하는 '금 태환 정지' 선언을 발표하자 미국을 시작으로 세계 경제는 큰 혼란에 빠졌다. 금본위제를 폐지한 '닉슨 쇼크'를 겪으며 미국 국민 모두는 높은 실업률과 경제적 어려움으로 정신은 피폐해졌고 지쳐 있었다. 암울한 사회적 분위기 속에서 피어슨 백화점의 미담은 신선한 감동으로 미국 전역을 적셨다. 이때를 기점으로 유통 소매기업들은 물론 금융, 제조업 그룹사들도 '고객 감동' 경영을 도입하기 시작했다. 한국의 백화점들이나 은행 등 서비스 업체들도 앞다퉈 실시했던 고객 감동 경영도 이 스토리에서 전파된 것이다.

이 이야기는 필자가 기업이나 여러 곳에서 강연할 때, 몇 번 인용한 사례이기도 하다. 급변하는 신산업의 패러다인에서 회사나 자영업자들도 혁신적인 아이디어와 서비스로 차별화된 경영전략을 세우고 있다. 감성의 울림 없는 행위와 표현은 어떤 공감도 얻지 못한다는 걸 모른 채 지금도 기업들은 경쟁하듯 감동 경영을 주입식으로 교육하는 것을 볼 수 있다.

백화점이나 호텔에 가면 90도로 숙여 인사하고 고객에게 무조건 예스를 강조하는 보여 주기식 서비스 행태가 오히려 고객들에게 부담을 주기도 한다. 외국인들이 한국에 와서 크게 놀라워하는 점도 백화점이나 호텔에서 지나친 친절 서비스를 마주했을 때라고 입을 모은다.

수많은 기업의 경영진들을 만나면서 느끼는 것은 경쟁력에 대한 잘못된 생각을 지니고 있다는 점이다. 세상을 바꿀 수 있는 신기술로 오직 하나뿐인 혁신 제품을 개발했기에 쉽게 성공할 수 있다는 착각이다. 개인 사업을 준비하는 사업가들도 마찬가지다. 차별화된 인테리어를 꾸미고, 색다른 아이템을 만드는 데만 집중하는가 하면 경쟁상대를 어떻게 해야 이기고 목표를 달성할 수 있을까에 골몰한다. 보다 크고, 화려한 디자인으로 최고가 되어야 한다는 강박관념에 많은 에너지를 퍼붓고 있다. 소비자에 대한 배려와 마음을 움직이는데, 정작 소홀히 하는 부분들이 아닐 수 없다.

몇 년 전 또 다른 진솔한 이야기도 미국 전역을 넘어 세계로 퍼져 잔잔한 감동을 주었다. 20대 흑인 청년은 어렵사리 직장을 구했다. 이삿짐 작은 회사였다. 첫 출근을 이사하는 집으로 아침 일찍 나오라는 통보를 받고 첫 출근의 설렘으로 잠을 설쳤다. 새벽에 일어나 약속 장소로 가려 했으나 오래된 그의 자동차는 시동이 걸리지 않았다. 몇 번을 시도했으나 엔진은 끝내 작동하지 않은 것이다. 할 수 없이 그는 사장이 알려 준 이사해야 할 집으로 뛰어서 가기로 하고 집을 나섰다. 약속 시간을 맞추기 위해 뛰고 서기를 반복하며 땀에 젖으면서도 발걸음을 멈추지 않았다. 돈도 신용카드도 없어서 선택의 여지가 없었다. 약속을 지키기 위해선 뛸 수밖에 없었다. 두 시간을 뛰었고, 약속 장소까지 30여 분을 남겨 둔 지점에서 경찰 순찰차를 만났다. 이른 아침에 대로를 뛰어가고 있다는 신고를 받은 경찰은 곧바로 출동해 청년을 불러 세웠다. 자초지종을 들은 경찰은 청년을 태우고 이사할 집으로 데리고 갔다. 실제 이사를 하는 것이 맞는지 확인하려는 것이었다. 집안은 온통 이사용 박스들로 가득했다. 경찰이 찾아온 이유를 설명하자 주인은 크게 놀라워하며 커피를 준비했다. 곧이어 사장과 직원들이 큰 트럭을 몰고 도착했다.

이 소식은 삽시간에 SNS를 통해 전파되었고 회사는 물론 직원들의 스마트폰도 쉴 새 없이 울리는 바람에 업무가 마비되다시피 했다. SNS를 타고 전파된 이 미담은 미국뿐만 아니라 세계로 퍼져 나갔다. 세계 곳곳에서 청년을 돕자는 후원금이 도착했다. 사장은 얼마 전에 산 새 차를 청년에게 주었다.

요즘 젊은 직원들은 하루 전에 퇴사를 통보하거나 조금만 컨디션이 안좋으면 출근 안 하는 게 보통이다. 실제 내가 운영하던 사업장에서 종종봐 왔던 현상이다. 더구나 차량이 움직이지 못한 상황에서 약속을 지키기위해 3시간 가까이 뛰어서 출근한다는 건 상상하기 쉽지 않은 세상이다. 진정한 감동이란 일상에서 사소한 진심이 통했을 때, 가슴을 적신다는 걸보여 준 실례가 아닐 수 없다.

혁신이란 우리의 일상에서 불편함을 개선하고, 익숙한 제품들을 보다저렴하고 편리하게 사용토록 하는 것이 실속 있고 돈 되는 혁신이라 할 수있다. 세상에서 본 적이 없는 파괴적인 신제품과 서비스로 기존의 질서를바꾸려면 거대한 자본과 인력이 갖춰져 있을 때 가능하다. 필자는 좁게잡아 보편적인 기업이나 소상공인의 관점에서 말하는 것이다.

최근 대기업들의 광고를 보면 특정한 제품을 선전하는 것에서 벗어나기업의 이미지를 개선하고 사회적 책임을 강조하는 홍보를 많이 하고 있다. 기업의 경영 철학을 고취하여 고객들의 마음에 다가간다는 의도라 할수 있다.

우리는 가끔 감동적 사연을 들을 때마다 세상은 이런 사람들로 인해 아름다워지고 있음을 느낀다. 대중들에게 심금을 울리는 이야기는 어떤 목적을 두고 행해지는 혁신이나 서비스와는 완전히 다르다. 평소 근무지에서 또는 일상생활에서 볼 수 있는 자연스러운 휴머니즘적 행위들이다. 근무지에서 또는 퇴근길에서 우연히 실행하는 박애 정신의 행동들은 그 기업에 절대적인 영향을 끼치고 사회적으로도 큰 반향을 일으키기도 한다. 인간관계에서도 마찬가지다. 좋은 관계는 작은 것 하나에도 관심을 보이며 공감하고 사소한 진심이 통했을 때 더 돈독히 유지되는 것이다.

인연은 운명을 결정한다

　우리의 삶은 수많은 만남으로 직조된 태피스트리와 같다. 인간은 태어나면서 만남을 시작하고 성장한다는 것은 숙명적인 과정이며 자명한 진리다. 유치원에서부터 대학을 졸업하고 사회로 나올 때까지 필연적 인연이 시작되면서 인간존재의 근원적인 사회성과 관계의 중요성을 배우는 것이다. 이때의 인연은 성서적 발달의 토대가 되고 가치관이 형성되어 일생을 살아가는 동안 큰 영향을 미친다. 유년기와 청소년기는 뇌의 발달이 가장 활발하게 이루어지고 가소성이 매우 높아 외부환경과 경험이 절대적인 영향을 미친다. 또래 집단과의 관계는 소속감을 제공하여 심리적 안정감을 주기 때문이다. 이 성장기에 경험한 부모와의 안정적 또는 불안정한 관계의 기억과 친구들과의 우정, 협력, 경쟁의 이력 등은 관계의 스키마(Schema)로 자동 저장된다. 이 데이터는 성인이 된 후 직장에서는 물론 배우자와 직장 동료, 자녀와 관계를 맺을 때 무의식적으로 재현된다.

　우리가 흔히 듣는 말 중에 "누군가를 만나느냐에 따라 인생은 달라진다"라는 말을 종종 들어 왔다. 크게 드러나지 않던 사람이 갑자기 국가기관의 요직에 오르거나 정치의 중심에 서는 것을 자주 봐 왔다. 그런가 하면 한 번도 듣지 못한 생소한 이름이 상위권 부자의 명단에 들어 있는 것을 보고 놀라워했다. 소위 인생의 전환점을 맞았거나 어느 순간 부를 거머쥐게 된 사람들의 그 배경을 유심히 살펴보면 다 인연의 끈으로 연결된 고리임을 알 수 있다. 이 단순한 인연으로 인해 한 사람의 운명이 완전히 뒤바뀐 '인생 역전'을 가능케 하는 데는 몇 가지 강력한 심리적, 사회적 메커니즘이 작용한다.

단순한 인연으로 시작되어 가족처럼 자주 만나다 보니 공감대가 형성되고, 서로의 정보가 중첩되어 어떤 방향이 설정되는 것이다. 성장기의 인연이 가치관을 만들었다면, 성인 후 인생 역전으로 발전하는 관계는 이미 굳어진 사고방식의 균열을 일으키고 완전히 다른 차원의 가능성을 서로 확신할 때 "나도 할 수 있다"라는 신념이 생기는 것이다. 어떤 인연들은 실타래 푸는 법을 가르쳐 주었고, 직조의 방법을 학습해 주었는가 하면 누군가는 직물을 짜는 기술을 전수해 주었기에 가능한 것이다.

내게도 평생 잊을 수 없는 인연들이 있다. 희한하게도 내게 아픔을 주었거나 물질적 손실과 견딜 수 없는 정신의 고통을 준 사람들은 기억에서 지워지고 없다. 살아오면서 은혜를 입은 이름들을 셀 수 없지만 내 삶의 큰 변화를 준 인연들을 떠 올리며 반추할 때가 잦다.

내가 투자의 세계로 들어선 계기도 우연한 기회였다. 처음 유럽 출장을 갔다 오는 비행기 안에서 이순(耳順)으로 보이는 한 분을 만났다. 11시간의 비행 중 절반을 오는 동안 칼 마르크스(Karl Marx)가 저술한 '자본론'을 정독하고 있었다. 장시간 금서로 되어 있었던 책이어서 더 집중하여 읽고 메모를 해가면서 읽었다. 옆자리에 앉은 그분은 유심히 나를 지켜보고 있었다. 책을 접고 잠시 차를 한 잔 마시는 사이 그분이 먼저 말을 걸어왔다. "청년은 어떤 책이기에 메모하면서 독서에 깊이 빠져 있느냐"라고 첫 말을 건넸다. 이 책은 어려운 부분이 많아 메모하는 것이라고 대답했었다. 그렇게 시작된 우리의 대화는 비행기가 서울에 도착할 때까지 이어졌다. 지금까지 내가 만나 본 어른들과는 언행의 품격이 달랐고, 한마디마다 어떤 울림이 느껴졌다.

비행기에서 내리기 전 나는 명함을 전달했고 그분도 주소와 전화번호를 적어 주셨다. 그 후 그분과 나눴던 대화의 내용들을 상기하며 편지를 보냈다. 그렇게 우리는 대화가 시작되었고, 때론 통화를 하거나 만남을 이어 가면서 새로운 세상에 대해 눈뜰 수 있었다. 그분은 재무부서에서 고급관료로 재직하다 은퇴하고 아들이 살고 있는 유럽에 다녀오는 길에 나를 만난 것이다.

그분이 내게 권유한 것이 M&A(기업인수합병) 공부를 하고 그 자격을 갖추라는 것이었다. 한국은 생산 시설에 너무 많은 자본이 투입되었고, 반드시 심각한 구조조정을 거쳐야만 다시 일어날 수 있으니 머지않아 크게 부각 될 분야라고 강력히 권유해 주셨다. 그분의 친구가 금융 감독기관의 최고 책임자로 있고, 곧 M&A 전문가를 양성하는 특별 프로그램이 있다는 정보도 귀띔해 주셨다. 어떤 자격이든 처음 시도할 때가 가장 쉽게 취득할 수 있으니 이 기회를 절대 놓치지 말라는 충고도 잊지 않으셨다. 출장에서 돌아온 다음 날 소개해 준 감독기관의 원장실로 찾아가 그분의 성함을 말하자 두 손을 덥석 잡으며 반갑게 맞아 주셨다. 얼마 지나지 않아서 1년 이론 과정과 실무의 1년 M&A 학과가 시작되었다. 교수, 투자 경력자, 회계사, 변호사 등 전문직 종사자들 30여 명이 공부하였다. 그 후 한국 최초로 M&A 학회가 설립되었고 20여 명으로 활동을 시작했다.

비행기 안에서 내가 읽은 책 '자본론'을 보고 좌파로 볼 수도 있었는데, 개의치 않고 내게 관심을 보여 준 계기가 좋은 관계로 이어진 것이다. 이 것이 바로 찐 인연이다.

'자본론' 책은 오랫동안 금서(禁書)로 지정된 이유는 책 내용이 기존 자본 주의 체제와 이데올로기에 대한 도전으로 판단했기에 박정희 시대부터 군사정권까지 판매가 금지되었다. 하지만 '자본론' 책은 세계의 석학들은 물론 비 경제전문가들도 인류에서 가장 위대한 책으로 꼽고 있다.

당시 고급관료로 있었던 대부분의 사람은 보수 성향이 강했다. 그러함 에도 새로운 시각으로 나를 바라봐 준 그 분과의 인연으로 M&A 전문가 로 활동할 수 있었고, 금융계는 물론 정부 기관에서도 그분의 많은 도움 을 받았다. 그 후 머지않아 한국은 IMF 사태로 국가부도 위기에 몰리면 서 회사들이 끊임없이 도산되었다. M&A 용어조차 생소하던 그 당시 나 는 M&A전문가로서 많은 부도난 기업을 합병시키고 외국자본에 매각하 거나 해외자금을 유치하여 다시 회사가 돌아가도록 정부 기관들과 숨 가 쁘게 일을 했었다. 그때의 활동들이 인정받아 금융 부문 최연소 국정자문 위원으로도 활동하였다. 그리고 본격적인 투자의 영역을 넓혀 가며 지금 까지 자본의 중심에서 활동하고 있다.

또 잊을 수 없는 분이 있다. 내 문학의 토대와 실용적 글을 논리에 맞게 문장을 쓰도록 혹독한 가르침을 준 분이시다. 부산 국제신문 기자로 유명 했던 전재수 님이다. 목 수술이 잘못되어 전신마비로 하루 종일 누워 있 으며, 왼손만 쓸 수 있는 상황일 때 그분과 인연을 맺었다. 당시 그분이 연재했던 방송 평론과 칼럼을 읽고 내가 편지를 보내 방문 허락을 받은 것이다. 청소년 때부터 지금까지도 인상에 남은 책의 저자나 신문 기사, 칼럼 그리고 교수들이 쓴 글을 보고 감동을 받았을 때, 글의 부당성과 글 내용의 궁금증이 해소되지 않을 땐 어김없이 그분들을 찾아가거나 편지를 보내 질문하며 토론하는 것을 서슴지 않았다.

처음 댁에 찾아갔을 때 몸을 스스로 가누지 못하는 장애라는 사실을 전혀 몰라 크게 당황했었다. 그 후 틈만 나면 방문하여 욕창이 생기지 않도록 운동과 마사지를 해 드렸고 때론 휠체어로 외출도 시켜 드렸다.

그러던 어느 날 내게 전화를 주셨다. 신문에 실린 내 글을 봤다면서 "글쓰기 공부를 다시 해야 한다"라는 말씀이었다. 그동안 써 놓은 실용적인 글(리포트, 칼럼, 기업 분석 보고서 등)과 문학 글을 다 가져오라고 당부하셨다. 실용적 문장은 주제가 객관적이어야 하고, 간명해야 한다고 충고해 주셨다. 그리고 한 문단을 고쳐 주시며 다시 써 오라고 하여 며칠 밤을 새우며 많은 원고를 수정해 갔다. 그때마다 냉혹하리만치 지적하며 몇 번을 고쳐 쓰도록 주문하셨다. 20장의 글을 10장으로 압축해 쓰는 훈련을 반복해서 시키는가 하면 직접 주제를 주시며 글을 써 오라고도 하셨다. 그렇게 몇 년을 호된 글쓰기 훈련을 받은 것이다. 결혼 후 아내랑 인사를 드리러 찾아간 자리에서도 잘못된 문장을 서슴없이 지적하여 당황했던 기억은 지워지지 않는다.

그분의 글은 힘이 있었고 논리가 정연했다. 비록 몸은 움직이지 못하는 장애였지만 적당한 것과 타협하지 않으려는 곧은 성품과 분명한 자기만의 글에 대한 철학을 지니고 있었다.

우리나라 보수 언론의 대표적인 분이 '월간조선' 편집국장과 대표를 역임한 조갑제 씨라는 것은 누구든지 잘 알 것이다. 그분은 전직 신문사 동료이자 친구였다. 그분의 소개로 조갑제 씨를 몇 번 만났던 기억도 새롭다.

그리고 내게 지대한 영향을 준 분들이 또 있다. 일찍 임원이 되어 오만함과 자신감이 넘쳐 있던 내게 겸손과 여유를 가르쳐 준 분이다. 중앙지검 수사과장과 사법부의 고위직을 지냈으면서도 겸허가 몸에 익숙해 있고, 늘 상대를 배려하는 자세가 너무나 자연스러운 분이셨다. 우연히 골프장에서 조인하게 되어 그분과 연을 맺었다. 삼십 초반인 나를 깍듯이 대해주었고, 다른 골퍼들에게서 느낄 수 없는 품격과 매너에 반해 골프는 무조건 그분과만 할 정도로 따르며 좋아했다.

어느 날 술자리에서 주변 사람들이 나를 평가하는 소리를 조심스럽게 전해 주었다. 자명은 "너무 차갑고 면도날 같아 접근이 어렵다"라는 말을 주변에서 자주 들었다고 말문을 열면서 차분히 충고해 주었다. 그때 큰 충격을 받았다. 내가 잘 한다고 했던 행동들을 다른 사람들은 그렇게 받아들이지 않았던 점에 놀란 것이다.

"겸손은 자세가 아닌 마음속의 소양 즉, 겸양에서 표출되어야 한다"라는 말은 큰 울림을 주었다. 10년 넘게 많은 시간을 그분과 함께 보내다 보니 자연스럽게 행동하나 언행도 닮아 있는 것을 알 수 있었다. 누구와 함께 시간을 보내고 생각을 공유하느냐에 따라 인성도 가치관도 삶의 방식까지도 달라질 수 있다는 걸 증명해 주신 분이다. 내게 겸손과 배려, 겸양을 진솔하게 깨우쳐 준 분이다.

나에게 다도(茶道)를 알게 하여 명상과 성찰을 통해 삶의 가치를 느끼게 해 준 분이 있는가 하면, 무한한 꿈에 도전하도록 늘 용기와 지혜를 주신 분도 있었다. 이 특별한 인연들은 내 삶을 깎고 다듬어 지금의 나를 있게 해 준 것이다. 이 세상에서 얻은 것들 중 가장 뛰어나고 값진 가치가 아닐까 싶다.

평생 그분들의 이름을 잊을 수 없는 이유는 물질적 보상이 아닌 영혼의 성장과 삶의 가치를 깨닫게 해 주었기 때문이다. 그 이름들을 내 가슴에 새기며 사는 것은 받은 가르침과 그 빛을 잊지 않고, 다시 후배들에게 그 바통을 전해야 한다는 어떤 사명감 같은 것이 있다. 많은 사람들로부터 받은 사랑과 가르침을 세상에 나누는 삶이야말로 그들에게 진정으로 보답하는 길이라는 생각이다.

사람이 자산이다

한국으로 출장을 가면 매일 서너 곳 기업들의 경영자들을 만난다. 투자를 결정하거나 업무 협업 또는 나스닥에 상장을 결정하기 위해서다. 각 기업에 큰 관심을 두는 건 회사의 규모나 기술력 또는 실적 등이 아니다. 어떤 결정을 하고자 할 때 중점을 두는 건 경영자의 자질과 그릇의 크기, 세계적 감각의 마인드를 본다. 아무리 뛰어난 기술과 사업모델을 지녔다고 해도 결국 모든 일은 사람이 하기 때문이다. 어느 수준까지는 리더의 노력으로 기업을 키워 갈 수 있을지 모르나 사람마다 그릇의 크기가 있어 한계에 봉착한다. 하지만 경영자적 자질과 국제적 감각이 있는 사람은 분명 다르다. 여러 곳에서 강의할 때도 꼭 하는 말은 "모든 일은 결국 사람이 완성한다"라는 말을 하며, 사람을 중시하고 개개인의 능력을 키워야 한다고 강조한다.

기업의 성공을 논할 때, 우리는 흔히 재무제표의 숫자, 첨단 기술, 혹은 시장 점유율을 떠올린다. 특히 한국에서는 하나의 불문율처럼 되어 있는 공식이다. 하지만 아무리 견고한 재무 구조와 뛰어난 기술력을 갖추었다 하더라도, 그 모든 걸 기획하고, 실행하여 발전해 가는 사람이 없다면 그 성공은 일시적이거나 지속이 어렵다. 그렇다고 아무 사람이나 구성원이 된다는 것은 아니다. 경영자의 자질과 크기, 기업경영 철학에 따라 사람은 모이게 되어 있으며, 그 조직을 보면 경영자를 대충 파악할 수 있다. 결국, 사람이 가장 큰 자산이고 핵심 요소라는 명제는 시대를 초월하는 진리이며 성장의 기본 동력이다.

많은 기업에서 인건비를 단순한 비용 항목으로 취급하는 경향이 있다. 그러나 사람을 비용으로 보는 것은 기업의 잠재력을 스스로 제한하는 행위이자 단순노동자로 보는 시각이나 다름없다. 성공적인 리더십(leadership)은 직원을 특정 부서만의 노동력이 아닌 부서와 상관없이 성과를 창출하고 혁신을 주도하는 자산으로 인식하고 투자하는 데서 시작되어야 한다.

개인의 삶에서도 마찬가지다. 미시적인 관점에서 볼 때, '사람이 자산이다'라는 말은 경제적 또는 어떤 이익을 넘어선 관계적, 심리적, 실존적인 지위를 의미한다. 사람은 개인의 성취와 행복을 결정하는 데 가장 중요한 역할을 하는 비물질적 자원으로서의 사람들을 뜻한다. 자신이 목표한 어떤 성취를 위해 관계에서 힌트를 얻고 그 에너지로 목적을 이루는 게 성공한 사람들의 공통적인 분모다. 친구, 가족, 멘토, 동료와의 관계는 정보와 기회를 포착하고 정서적 지지를 제공하는 무형의 자산이다. 디지털 시대를 살고 있는 요즘 세상에서 개인의 성공을 결정짓는 것은 그가 얼마나 많은 가치 있는 정보에 빠르게 접근할 수 있고, 질적 관계를 형성하고 있는지에 달려있다. 이 모든 소스는 결국 사람에게서 나오기 때문이다. 하지만 많은 사람들은 자신과 큰 이해관계가 없거나 환경이 다른 사람과는 의식적으로 거리를 두려는 경향이 강하며 자기의 환경과 수준에 맞는 끼리 끼리 모이기를 좋아한다. 같은 색깔을 지닌 자기 기준에 맞는 이들과 수십 년을 교류해도 성장은 기대할 수 없다. 상호 존중심은 없어지고 그저 형식적인 만남을 이어 갈 뿐이다.

　우리는 필연적으로 관계를 지속해 가야 하는 인연들과 대부분 시간을 보내고 있다. 친척 또는 종교적 공동체서 주기적으로 만나는 사람들, 동창들, 직장에서 만난 사람들과 많은 시간을 보낸다. 그런 필연적인 만남이 아닌 전혀 모르는 사람들과 관계를 맺어 10년 이상 인연을 지속해 온 이들이 자신의 주변에 몇이나 있는지 돌아볼 필요가 있다. 인연을 맺기는 쉬우나 그것을 지속적으로 이어 가기는 결코 쉬운 일이 아니다. 관계의 지속이란 순례와 같은 꾸준한 관심과 사소한 진심이 교감했을 때 연속성은 유지된다.

　연령대가 다르고, 하는 일도 전혀 다른 다양한 사람들과 10년 이상 관계를 잘 유지해 오고 있는 사람들은 분명 다른 점을 발견할 수 있다. 내가 만나 본 성공한 사람들 대부분은 순전히 사회에서 인연을 맺어 오랜 기간 좋은 관계를 이어 가고 있었고, 사람을 존중하고 소중히 여긴다는 점이 공통적이었다.

　미국의 금융위기가 왔을 때, 수많은 금융기관이 문을 닫았다. 오랜 친구인 John도 수조 원의 펀드를 운용하는 대표에서 하루아침에 길거리로 나앉았고 순식간에 파산하였다. 한동안 소식이 뜸했는데, 우연히 다시 만난 그 친구는 몇 년 지나지 않아 다시 대형 펀드의 책임자로 재기해 있었다. 오바마 정부가 적극적인 양적완화와 금융기관 재건을 위해 발 벗고 나서자 다시 금융시장이 살아났고 John도 지인들의 도움으로 다시 일어설 수 있었다. 그는 월스트리트에서 활동하는 동안 다양한 국적의 사람들과 좋은 유대관계를 맺어왔고, 겸손함이 몸에 익숙해 있었다. 대부분의 백인은 이방인들에게 쉽게 맘을 열지 않으나 그는 달랐고, 그들에게 도움을 주었다. 그의 곁에는 항상 긍정적이고 밝은 사람들이 모여들었다. 그 지인들이 적극적으로 재기를 도왔고 머지않아 대형 펀드를 운용하는 자산가로 우뚝 선 계기도 사람이 자산이었기 때문이다.

관계에서도 매우 중요한 것은 누구와 소통하고 어떤 수준의 사람들과 어울리는가도 자신의 성장과 삶의 질에 절대적인 영향을 미친다. 우리는 인간관계로 인해 고통받고 자신을 망치게 하는 것도 모자라 물질적 손해를 보게 된다. 만남을 지속할 사람과 조용히 등을 돌려야 할 사람을 불혹에 들어서면 분명히 가려내야 한다. 누가 나를 고민스럽게 하고 누가 밝은 에너지를 주는지 냉철히 보는 것만으로도 자신은 관계에서 정직해질 수 있다.

현재를 살고 있는 우리가 매일같이 듣는 이야기의 주제는 인공지능 즉, AI(Artificial Intelligence)이다. 모든 언론매체는 물론 기업이나 국가 정책에서도 이 용어는 빼놓을 수 없는 과제로 들린다. AI가 주인공이고 인간은 보조에 불과한 듯 미래는 AI가 모든 것을 다 해결해 줄 것처럼 호들갑을 떨고 있다. 그러나 인간은 그 어떤 것으로도 대체 불가능하며, 그 존엄성은 인간이 가진 생산력이나 사회적 지위와 무관하게 부여된다.

AI가 모든 시스템을 바꾸고 인간 영역 밖의 일을 처리해 준다 해도 결국 그 가치를 판단하고 사용하는 최종 결정은 결국 인간이 하기 때문이다. AI가 인간이 모방할 수 없는 독창적인 아이디어를 학습하고 실행한다 해도 창의적인 문제 해결의 그 원초적인 단서는 오직 인간에게서 시작된다. 아무리 정교한 인공지능이나 자동화 시스템도 인간이 가진 직관과 공감 능력, 윤리적 판단력을 대체할 수 없다.

머지않아 AI를 기반으로 문화, 생산, 의료, 교통 등 세상의 모든 시스템과 질서는 분명 바뀔 것은 자명하다. 기술 문명의 변화가 빨라질수록 인간의 가치가 더 중요한 시기이며 무엇보다 사람이 큰 자산이 되어야 할 때다. 인간의 본질적 가치는 모든 물질적 자산의 근원이 되어야 하며, 이를 제외한 채 과학과 기술은 절대 성공할 수 없다. 개인이나 기업이든 급변하는 세태에서 새로운 관계를 형성하고, 경쟁력을 확보해 신 패러다임에 동참하여 새로운 기회를 창출할 수 있는 것은 '인적 자산의 질'에 달려 있다.

인생은 4막에서 결정된다

인생은 42킬로를 달리는 마라톤 경기와 흡사하다. 또는 삶의 과정을 사계절에 비유하기도 한다. 우리의 삶도 4단계로 구분해 볼 수 있으며 마지막 단계인 4막에서 결정된다. 그동안 살아왔던 3막까지의 모든 과정이 한 장의 필름에 복사되어 있기에 마지막 4장에서 한 사람의 인생을 평가할 수 있다. 그 마지막 단계는 3막까지 살아온 결과를 보여 주고, 축적된 지혜와 경제적 안정을 통해 나눔을 실천하는 시기다. 또한 과거의 실수와 부족함은 성찰을 통해 스스로 화해하며 모든 유산을 정리하고 궁극적으로는 자신만의 인생 주제를 확정 짓는 끝의 무대인 셈이다.

마라톤의 출발신호가 울리면 출전자들은 같은 조건에서 긴 코스를 시작한다. 1단계 구간부터 힘차게 출발해 스포트라이트를 받고 선두를 달리는 선수들이 있고, 중간 지점에서 순위가 바뀌는가 하면, 처음 관심을 받던 주자들이 하나씩 뒤처지기 시작한다. 3단계 지점을 통과하면서 새로운 선두 주자들이 앞서기 시작한다. 마의 단계라고 하는 네 번째 고비인 30킬로 구간에 진입하면서 선두권의 그룹이 뚜렷해진다. 처음 구간에서 화려하게 부각을 나타냈던 이들은 구급차에 실려 가기도 하고 맨 끝줄에서 따라오기에 안간힘을 쓰는 것을 볼 수 있다. 출발점에서부터 맨 마지막 그룹에 속해 있거나 줄곧 중간 지점에 섞여 묵묵히 자신의 자리를 지켜 오던 주자들이 3단계 선에 들어서면서 서서히 앞으로 치고 나와 선두 그룹을 형성하고 그중에서 대부분 우승자가 나온다. 프로 골프 선수들이 흔히 하는 말 중에 "골프는 마지막 홀을 끝내고 장갑을 벗어 봐야 알 수 있다"라는 경구가 있듯 사람의 일생도 마지막 단계에서 그 사람의 모든 삶의 과정이 나타나고 일생을 평가할 수 있다.

인생을 하나의 장대한 연극으로 가정해 본다면, 우리는 배우이자 극작가이며 관객이기도 하다. 흔히 셰익스피어가 인생을 7단계로 나누어 관찰했듯, 우리의 삶을 주요 흐름에 따라 네 개의 막(Act)으로 구분해 볼 수 있다.

우리가 80살, 또는 100살까지 산다고 할 때, 20년 또는 25년 단위의 4단계로 나눠 볼 수 있는 것이다. 25세까지는 1막이라 할 수 있고, 성장을 위한 기본 지식과 상식의 사회질서를 배워 가는 시간이라 할 수 있다. 이때 많은 이들은 좋은 대학을 가기 위해 공부에만 매달린다. 부모들은 자신들의 생활을 포기하고 많은 돈을 투자하고, 자식들에게 모든 것을 건다.

부모들의 삶은 마치 자식들을 위해 존재하듯 자기들의 미래는 생각지 않는다. 부모 자신들에게는 가장 황금 같은 시기이고 노후를 준비해야 하는 중대한 기회임에도 이를 소홀히 하는 것이다. 하지만 자식들이 우선이기 때문에 정작 자기들의 장래는 포기한 채 살아가고 있는 게 우리들의 보편적인 삶의 모습이었다.

새벽부터 학교와 학원을 오가며 공부하는 자녀들이 좋은 대학에 들어가면 모든 고생은 끝났고, 자식 농사를 잘 지었다는 안도감으로 주변에도 모든 것을 보상받은 것처럼 자랑하고 다닌다. 최고의 대학에 들어가 화려한 조명을 받는 그들도 대학을 졸업하고도 부모에게 의존하거나 일거리를 찾지 못해 시간을 허비하는 모습들을 쉽게 볼 수 있다. 2막에 들어서면서 새로운 평가를 받게 되는 것이다.

2막은 야망과 성취를 향해 나아가는 분투의 시기라 할 수 있다. 군을 제대하고 또는 대학을 졸업하고 사회로 진출해 경험과 시행착오를 체험하며 삶을 익히는 과정이다. 이 시기엔 새로운 도전에 대한 좌절과 절망을 겪기도 하며, 다시 방향을 재설정하고 목표를 향해 달리는 구간이기도 하다. 이때는 어떤 실패도 어떤 모습이든 다 용인되고 기회를 허용하는 시절이기도 하다. 젊음이라는 특권을 가질 수 있었기에 가능한 것이다. 2막은 사계절 중 여름에 해당하는 시기로 가장 역동적이며, 작열하는 태양과 비바람과 태풍이 몰아치는 절기와 같다. 이 시기를 어떻게 준비하고 경험하며, 목표설정을 잘하는지에 따라 3막의 진입이 순조로워진다. 또한 이때는 한 가정을 이루고 사회의 독립된 구성원으로 출발하는 시점이기에 매우 중요한 순간이 아닐 수 없다. 직장에서도 경험과 기술이 축적되어 중추적 역할을 하고 있으며, 자녀들도 성장하여 상급학교를 다녀 가정적으로도 매우 중요한 시기라 할 수 있다. 이 무렵 이른 은퇴를 하거나 동료들과의 행렬에서 이탈한다면 상당한 혼란이 오는 구간이기도 하다. 1막, 2막의 그 화려함과 자랑거리도 다 무용지물이 되고 헌 신문지나 다름없는 위치에 서 있게 된다.

3막은 삶의 절정과 위기를 극복하는 책임감 속에서 역량을 발휘하며 하나씩 과실의 수확을 준비하는 시간이다. 이 세 번째 막은 극의 배경을 설정하고, 캐릭터를 구축해 가는 길이라 할 수 있다. 2막에서의 기록들이 하나씩 평가되고 축적된 기술과 경험을 바탕으로 그 결과를 인정받는 구간이기도 하다. 더러는 1막과 2막에서 실패했거나 관심받지 못했던 그룹들이 그 실패와 방황에서 얻은 교훈을 배경으로 마지막 승부를 거는 시점이기도 하고 더러는 기회를 잡기도 한다. 회사에서는 임원으로, 관료 사회에서는 한 부서를 책임지는 위치에 오른다. 사업가는 백년대계를 위한 토대를 쌓는 기간이며, 연구가들도 그동안의 성과를 평가받는 제3막인 것이다. 절기로 비교한다면 가을의 중반에 속하는 구간이라 할 수 있다. 이 시간까지 어떤 노력과 준비, 그리고 개인의 가치는 물론 인간관계의 질과 자신의 품격에 따라 결실의 몫도 정해진다.

4막은 3막까지 쌓아 올린 모든 것들의 결과로 하나씩 나타나는 과정이지만, 진정한 의미에서 마지막 장은 모든 서사를 완성하고 그 가치를 객관적으로 평가받는 단계이다.

1막부터 3막까지의 삶은 사실상 4막을 위한 대본과 같다. 우리는 젊은 시절의 시행착오와 중년의 성공과 실패를 통해 지혜를 수집하고 성품을 연마한다. 그러나 "이 모든 경험의 총합이 무엇을 의미하는가?"에 대한 최종 답변은 4막, 즉 노년과 일생의 마무리를 준비하는 단계에서 결정된다.

4막은 더 이상 새로운 것을 획득하거나 증명하려 애쓰는 시기가 아니다. 하지만 이때도 1, 2막을 살고 있는 인생들이 갈수록 늘어나는 현실이다. 이 마지막 장에서 발휘되는 '성품과 태도'와 문화적 소양 같은 무형의 가치가 삶 전체의 서사를 재정의한다. 젊은 시절 눈부신 성공을 거두었더라도, 4막에 들어서기도 전에 그것을 잃거나 그 가치를 상실했다면 때 지난 헌 신문지와 다름없다. 누구도 과거를 기억하지 않고 오직 현재를 보고 평가하기 때문이다. 4막에 들어서서도 가장 소중한 것을 지키지 못하고 자기만의 욕망을 위한 행위는 물거품이 되기도 하는 것을 종종 보아 왔다. 4막에서 그 오만함과 아집, 고립 속에 인생을 마감한다면 그의 삶은 냉소적인 비극으로 기억될 수 있다.

1막과 2막에서 잦은 좌절을 겪으며 주위를 힘들게 하였다 할지라도 4막에 이르러 겸손과 나눔을 통해 주변에 긍정적인 영향을 끼치고 평온함을 찾는다면, 그의 삶은 역경을 이겨 낸 숭고한 드라마로 평가받는다. 그러기 위해서는 몇 가지 기본적으로 갖춰져야 한다. 물질적 성취와 경제적 자유, 나이를 먹은 만큼의 인품과 문화적 소양, 푸른 감성, 나눔을 통한 배려가 수용되었을 때, 4막을 순조롭게 정리할 수 있다. 4막은 그 사람의 최종적인 도덕적, 정신적 상태를 보여 주는 무대이자 그가 세상에 남기고 싶은 마지막 메시지가 무엇인지를 결정하는 편집점인 셈이다.

결국, 인생은 '종막(終幕)' 그 4장의 무대에서 완성된다. 1막의 열정, 2막의 노력, 3막의 성과는 4막에서 발현되는 지혜와 용서, 그리고 평화로운 수용을 위한 기록인 셈이다.

마지막 4장의 무대에서 우리는 자신의 삶을 온전히 되돌아보며, 가장 본질적인 질문인 "나는 누구였는가?"에 대한 답을 찾으며 진술한 자신을 내놓는 것이다. 그리고 이 대답은 단순히 업적의 목록이 아니라 우리가 삶을 어떻게 마무리했는지에 대한 모습이다.

약속의 의미

우리는 평생 약속의 틀에서 벗어날 수 없고 그 안에서 생활해 오고 있다. 출근을 위해 차를 운전하는 그 순간부터 약속을 철저히 이행해야 한다. 신호등을 지키고 차선을 유지하는 것도 따지고 보면 사회적으로 합의된 약속이다. 그것은 어쩌면 인간이 맺는 가장 연약하면서도 동시에 가장 강력한 공동체의 계약일 수도 있다. 손가락을 걸어 맹세하는 아이들의 순수한 다짐부터 사랑을 언약한 연인들의 행위와 법적 구속력을 지니는 공식적인 계약에 이르기까지 약속은 우리 삶의 큰 뼈대를 이루는 보이지 않는 기둥이다. 국가나 기업 그리고 개인들의 일상은 모두 이 약속의 시스템에서 돌아가고 유지되는 질서인 것이다.

약속은 내일을 담보로 현재에 치르는 신뢰라는 이름의 선금이다. "내일 만나자"라는 단순한 말 한마디 속에는 상대방이 그 시간을 비워두라는 믿음이 있고, 나 역시 그 자리에 나타나리라는 책임감이 담겨 있다. 이 신뢰가 무너질 때 관계는 소원해지고 그 언약은 단순한 말의 파편이 되어 흩어진다. 작은 약속이라도 반복적으로 깨지면 그 사람의 말은 점점 무게를 잃어 가고 관계의 끝을 의미한다. 반면, 사소한 약속들이 지켜진 그 믿음은 차곡차곡 쌓여 그 사람의 품위와 신용이라는 단단한 성벽을 쌓게 된다. 특히 비즈니스에서 약속은 정말 중요하다.

지금도 그런 경험을 가끔 하게 된다. 오래전부터 일정을 잡고 그 시간을 기다리며 준비했는데, 하루 앞두고 또는 몇 시간 전에 약속을 취소하는 사람들을 본다. 상대를 어떤 이익과 계산하여 취하는 행위일 수 있고 피치 못할 사정으로 그럴 수도 있다. 그러나 어떤 이유로도 약속은 지켜져야 한다. 약속은 약속이기 때문이다.

살아오면서 몇 군데의 단체나 취미 모임 등에서 가입을 요청받은 적이 있었다. 그럴 때 내가 그 단체를 평가하고 가입 여부를 판단하는 기준은 간단하다. 약속 시간보다 일찍 참석해 그 모임의 인원들이 얼마나 시간을 잘 지키는가를 유심히 보는 것이다. 대부분 10분 20분 늦은 건 보통이고 심지어 한 시간이 지난 무렵에 여유 있게 당연하다는 듯 나타나는 사람도 있다. 그런 모임은 들어가지 않는 것이 내 원칙이다. 반면 약속 시간 전에 모여 여유를 갖고 담소를 나누는 단체는 분명 품격이 있고 성격도 다르다. 많은 사람들이 동시에 모이기는 쉽지 않다. 하지만 개개인의 가치관과 책임감에 따라 분명한 차이가 있음을 알 수 있다. 이런 모임엔 가입해도 절대 후회하지 않는다.

직장 생활을 해 오면서 나만의 규칙이 있었다. 부하직원들이 어떤 실수를 해도 이해하고 넘어갔지만 용서하지 못한 건 시간 약속을 반복해서 어기는 부류들이다. 늦는 사람은 항상 늦는 습관을 지니고 있다. 그들의 공통점은 꼭 그때마다 핑계를 댄다는 점이다. 여럿 모이는 데서 한 사람의 10분 연착은 2시간이 될 수 있으며 기다리는 사람들의 시간을 빼앗은 것이다. 이런 언약을 쉽게 어기는 사람들은 다른 면에서도 책임감이 미흡하고 자기중심으로 사는 사람들이다. 이 작은 하나만 유심히 살펴보면 관계의 정립이나 큰 계약을 할 때, 큰 도움이 될 수 있다. 사람은 사소한 것 하나에도 그 사람의 모든 습관과 가치관이 묻어 있고 삶의 방식을 엿볼 수 있음을 기억해야 한다.

두고두고 후회되는 약속 불이행의 기억들이 내게도 있다. 아내와 두 번째 만났을 때 일이다. 철석같은 약속을 해 놓고 그날 다른 사람과 저녁을 먹고 차를 마시면서 문득 오늘 약속이 생각난 것이다. 한 시간이 더 지난 후에야 부랴부랴 약속 장소로 가니 그는 무척 반가워하며, 내가 나타난 것에 감사하고 있었다. 단 십 분만 늦어도 난리를 치고 토라지던 친구들과는 전혀 다른 모습에 신선한 충격을 받았다. 왜 늦었는지? 아무런 표현도 하지 않는 아내는 기쁨을 감추지 않았다. 나는 그와의 약속을 쉽게 잊고 있었지만, 아내는 상대가 반드시 나타날 거라는 믿음으로 그 약속을 지키고 있었단다. 그런 모습은 지금까지 살아오면서 한 번도 변하지 않은 그녀만의 삶의 방식이다.

평소 좋은 인상을 지니고 있지 않던 고객 한 분이 다짜고짜 보자고 했다. 엉겁결에 만나자는 대답을 하고 말았다. 약속 시간이 다 될 때까지 약속 취소를 해야 하나? 갈등이 있었고 결국 한참 늦은 뒤에 약속 장소에 도착했었다. "오늘도 여전히 바쁘셨군요" 밝은 미소를 건네며 그분은 내게 말했다. 당시의 곤혹스러움과 죄송함을 결코 잊을 수가 없다. 언짢은 표정이 전혀 없이 진심 어린 그 한마디는 두고두고 교훈이 되었고, 누구와도 다신 시간을 어기는 행동을 하지 않았다. 그 후 그분의 자산을 오랫동안 관리해 오면서 돈독한 관계를 지속했고 어느 날 그날의 잘못을 정중히 사과드렸다.

우리는 상황을 모면하거나 상대방의 기분을 맞추기 위해, 혹은 그 순간의 분위기에 휩쓸려 쉽게 약속한다. "우리 언제 밥 한번 먹자"라는 관용적인 표현도 따지고 보면 중요한 언약이다. 명확한 시간을 지정하지 않았기에 그냥 지나가는 말로 했을 수 있지만 상대는 막연히 그 약속을 기다릴 수 있고 언제나 연락이 오나 기대할 수 있다. 습관적으로 말한 빈말을 쉽게 쓰는 사람들이 있는데, 이는 상대에게 실망을 주고 혹은 기만으로 느껴질 수 있다. 약속은 주고받는 행위가 아니라 스스로 짊어지는 책임감이다. 이 짐이 무겁다는 것을 알면서도 우리는 지킬 수 없는 약속을 덜컥 하는 것이다.

살다 보면 약속을 지키기 어려운 상황에 부딪힐 때도 있다. 예기치 않은 변수가 생기거나 내 마음이 변할 수도 있다. 이럴 때 가장 중요한 건 약속을 지키는 것 자체보다 그 약속을 대하는 태도라 할 수 있다. 충분한 시간을 두고 솔직하게 상황을 설명하고 상대방에게 진심으로 양해를 구하는 것이 중요하다. 그런 자세는 상대방의 시간을 존중하여 가능한 한 빨리 피치 못할 입장을 공유하는 것은 약속을 깨는 행위 속에서도 신뢰를 잃지 않는 최소한의 예의다. 내가 한 말에 책임을 지는 건 곧 내가 어떤 사람인지를 증명하는 일이다.

철학적 관점에서 약속은 단순한 신뢰를 넘어 인간의 자율성과 도덕적 의무의 문제로 다루어졌다. 임마누엘 칸트(Immanuel Kant)는 약속을 지키는 행위를 모든 인간이 따라야 할 보편적인 도덕 법칙으로 간주했다. 법

률에서 약속은 당사자 간의 청약과 승낙으로 성립하는 합의다. 이는 사적인 약속과 달리 법적 계약(예, 매매, 고용, 임대차)은 당사자가 자발적으로 이행하지 않을 경우, 국가의 공권력(법원)을 통해 강제 이행되거나 손해 배상이라는 책임을 져야 한다. 이는 약속 이행이 단순한 도덕적 문제가 아닌 사회질서 유지에 필수적인 공식을 보여 주는 것이다. 사회의 시스템 유지와 정치의 역할, 관계의 연속과 학습의 반복도 결국 약속을 이행하기 위한 과정이다.

겸허에 대한 소고

    세상에서 가장 아름다운 말은 무엇일까? 각 나라의 언론사 또는 문화를 연구하는 기관에서 종종 이런 주제로 설문조사를 한 기사를 본 적이 있다. 그중 모든 조사에서 부동의 1위를 차지한 단어는 '엄마'였다. 세대와 종교, 여러 국가의 조사에 따라 다르긴 해도 어머니는 부동의 1위였고 그다음이 사랑, 열정 순위였다. 인간이 세상에 태어나 제일 먼저 배운 말은 엄마이고 살아오면서 가장 많이 부른 대명사이자 포근하고 친숙한 단어이기에 누구나 공감하리라 짐작이 간다. 두 번째로 꼽은 '사랑'이라는 단어는 아이러니하게도 우리나라에서는 부모님께 가장 하기 어려운 말로 뽑히기도 했다. 외적 표현이 자연스러운 서양 문화와 달리 내적 감성에 익숙한 우리 문화의 차이가 아닐까 싶다.

    내게 아름다운 단어는 어떤 것들이 있을까 곰곰 생각하며 단어를 써 내려가 보았다. 엄마는 내게도 1위였지만, 자신도 모르게 두 번째로 적은 단어는 '겸허'였다. 겸허 그 속에는 존중과 성찰의 의미가 크게 함축되어 있고 인간에게서 참다운 모습을 볼 수 있는 것도 겸허로부터 시작되고 있다. 겸손과 겸허의 문구는 언뜻 보면 같은 의미로 받아들여질 수 있으나 분명 다르다. 겸손은 남에게 보여 주는 행위에 가깝다고 한다면, 겸허(謙虛)는 스스로 행하는 내적 사고의 가치관이다. 겸손은 얼마든지 인위적으로 보여 줄 수 있고, 본심과 다르게 타인에게 행동할 수 있다. 하지만 겸허는 성찰을 통해 자연스레 익혀지는 그 사람의 품격이라 할 수 있다. 겸허와 같은 뜻이 담겨 있으면서도 겸손은 겸허의 내공이 묻어 있지 않으면 부자연스럽고 행동이나 언행이 한결같지가 않다. 외모를 중시하는 세태에서 겸허한 사람이 된다는 것은 수도자의 끊임없는 구도의 길과 같이 쉽지 않은 일이다. 자신의 경계에서 잠시만 소홀하고 방심하면 쉽게 매너리즘에 빠지기 쉽고 자기 기준으로만 모든 걸 판단할 수 있어서다.

어느 봄날 부산 대청동 작은 암자로 한 스님을 찾아갔다. 내가 활동하던 문학 동인에서 창작 강의를 해 줄 강사를 초빙하기 위해서였다. 도심 한복판 언덕배기 작은 암자에 기거한 시인이자 스님 원광은 조용히 우리 일행을 맞아 주었다. 전화로 찾아갈 목적을 방문 전에 설명했기에 말없이 스님은 작은 방으로 안내 후 차를 우리기 시작했다. 생전 처음 차를 접하는 순간이었다. 티백 현미 차에 차를 우려본 적은 있었어도 다관에 차를 내리는 건 처음이었다. 비교적 큰 다관에 차를 우려내 조심스럽게 찻잔에 차를 따른 후 스님은 양손을 곱게 모아 차를 마시기 시작했다. 스님을 따라 부자연스럽게 차를 맛본 나는 그 밋밋한 맛을 계속 마실 수 없어 "스님 설탕은 없는지요"라고 물었다. 그러자 "아참 설탕이 어디 있더라" 하시며 부엌에서 설탕과 함께 컵도 가져다주셨다. 커피처럼 현미녹차에 설탕을 타 마셔 본 것이 전부였기에 그렇게 스님께 주문한 것이다. 돌이켜 보면 웃을 수조차 없는 부끄러운 일이다. 차에 대해 무지한 나를 무안하게 하지 않게 스님은 말없이 설탕을 가져온 것이다.

우리 전통 차에는 그 어떤 것도 섞지 않아야 한다고 교육하지 않았고, 말없이 상대의 입장을 그대로 존중해 주신 것이다. 내공이 켜켜이 쌓인 겸허가 몸에 익숙한 자의 배려에서 나온 진심이랄 수 있다. 돌이켜 볼수록 진심 어린 겸허와 배려를 느끼게 하는 품격의 자세가 아닐 수 없다.

원광 스님은 시인이며 사회활동에도 적극 참여하며, 차를 매개체로 세상과 호흡했고 연결했다. 부산 불교 문인협회 초대 회장을 지내면서 군사독재 시절 소통이 단절된 대중과 대화했고, 암울한 시대에 글을 통해 저항한 의식 있는 분이었다. 우리 전통 차에 대한 애정이 남달라 차 전문지 '다심'의 발행인으로 차 문화를 널리 전하며 대중과 함께 호흡하고자 했다.

다인(茶人)의 기본은 겸허한 자세가 일상이어야 한다는 것을 그대로 실행한 분이다. 그때의 차와 인연으로 지금까지 나는 차와 인연을 맺은 것이다. 스님을 처음 뵙고 난 후 종종 암자를 찾아 스님에게 다도를 배우면서 많은 다인들을 만났다. 전국의 차(茶) 행사는 물론 유명하다는 찻집과 차 모임을 찾아다니며 다양한 차 문화를 익힐 수 있었다. 또한 차의 원산지랄 수 있는 중국의 차 생산지도 돌아보며 차에 대한 유례와 그 효능과 다도가 주는 정서적 의미를 깨닫고 공부할 수 있었다.

돌아보면 내 삶의 궤적에 큰 영향을 끼친 것은 단연코 다도를 꼽지 않을 수 없다. 투자 세계에서 늘 평상심을 유지하고 대인관계에서 상하를 가리지 않고 중용으로 대할 수 있는 자세를 배운 것도 다도를 통해서다. 차와 함께 명상을 통해 삶에 감사하며 늘 긍정과 희망을 잃지 않도록 하는 것도 차와 함께하는 시간이 있었기에 가능했다.

내가 '겸허'를 두 번째 아름다운 단어로 써 내려간 것도 우연만은 아니라는 생각이다. 겸손과 겸허란 단어를 곰곰 생각해 보면 그 안에 반드시 수반되어야 할 몇 가지가 응집되었을 때 가능하리라는 생각이다. 상대의 다름을 존중하고 포용의 자세로 일관하는 것, 끊임없는 성찰의 시간을 통해 겸허를 익히는 과정에서 소양도 성장할 것이다.

봉위수기(逢危須棄)

우리의 삶은 끊임없이 새로운 것을 맞이하는 동시에 낡은 것을 정리하는 순환의 과정이다. 그러나 습관적으로 짊어지는 짐의 무게에 익숙해져 그 짐들이 우리의 걸음을 얼마나 무겁게 만드는지 잊고 살아간다. 새로 산 집에 들어가 얼마 있지 않아 차곡차곡 쌓이기 시작하는 쓰지 못할 잡다한 것들을 버리지 못하고 쓸데가 있을 것이라는 막연한 기대감에 또는 아까워서 못 버리는 것들이 너무 많다. 안 좋은 지난 기억을 비우지 못하고 계속 담아 두고 속을 상하게 하거나 스스로 괴로움을 만드는 이유도 버리지 못하는 습관에서 비롯된 것이다. 조금이라도 공간이 있는 곳이면 어디든지 쌓아둔 낡은 물건들은 몇 년이 지나도 한 번도 꺼내지 않은 것들이 얼마나 많은지 확인해 보자. "언젠가는 쓸모가 있겠지" 그리고 "이건 추억이 담긴 물건인데…"라는 아쉬움과 미련으로 이미 사용 가치를 잃은 많은 것들로 인해 귀한 물리적 공간과 정신적 에너지를 허비하고 있다. 그 물건들은 우리를 과거에 붙잡아 두는 족쇄가 되어 현재의 공간을 답답하고 무용의 가치로 전락시키고 있는 셈이다. 필요 없는 물건을 비울 때, 단순히 공간을 얻음과 동시 물건을 찾는 데 낭비되던 시간과 쌓인 먼지를 보고 느끼던 불편함 그리고 끊임없이 "정리해야 한다"라고 속삭이던 내면의 소음으로부터 자유로워진다. 불필요한 물건을 버리는 용기는 현재의 나에게 집중하겠다는 선언이기도 하지만 단순한 정리 이상의 의미를 준다. 그것은 스스로에게 주는 가장 큰 해방의 선물이자 새로운 미래를 위한 결정이기도 하다.

사실, 물건보다 몇 배 더 버리기 힘든 것은 마음속의 짐이다. 이미 관계의 유통기한이 지났음에도 불구하고 예의, 관계에 대한 미련, 혹은 외로움에 대한 두려움으로 붙잡고 있다. 위안도 현실이 될 수 없는 내면의 쓰레기들은 에너지를 낭비하고, 자존감을 갉아먹으며 우리의 영혼을 끊임없이 소진하며 괴로움을 만든다. 특히 과거의 잘못된 선택이나 실패에 대한 후회를 담고 사는 것은 커다란 마음의 병이 아닐 수 없다. 모든 괴로움은 지난 일들에 대한 회한과 사람들로 인해 쌓인 안 좋은 감정을 마음에 담아둠으로써 두고두고 무거운 짐이 되는 것이다.

우리의 삶에 크게 소모되는 마음의 짐은 '나 자신의 존재감'이다. 관계 속에서 계속 상처받으며 홀로 노력하고, 이해받지 못함에도 불구하고 그 관계를 유지하려 애쓰는 순간 '나'라는 주어를 잃어버린다. 우리의 시간과 감정은 상대방의 기분, 상대방의 요구, 상대방의 변덕을 맞추는 데 덧없이 소모되기 때문이다. "이것이 아닌데" 하는 걸 느끼면서도 여러 가지 이유로 버리지 못함으로 겪게 되는 관계의 부산물이다.

봉위수기(逢危須棄)는 바둑에서 유래한 격언인 위기십결(圍棋十訣) 중 여섯 번째 격언이다. 이 말은 바둑뿐만 아니라 인생의 위기 상황과 경영전략에도 적용되는 중요한 지혜를 담고 있다. 내가 투자 운용을 할 때, 최고 경영자로 있는 동안에도 종종 되새기는 경구로 큰 교훈을 얻었으며 위기 때도 큰 도움을 주었던 스승이었다.

바둑을 둘 때 위험한 돌은 상대에게 심하게 공격당하거나 둘러싸여 살기 어려운 처지에 놓인 돌을 말하며, 이를 곤마(困馬)라고 한다. 살 가망이 없거나 살리려고 애쓸수록 더 큰 손해를 보게 될 위험한 돌(곤마)에 미련을 두지 말고, 과감하게 포기해야 한다는 가르침이다. 가망 없는 곤마를 계속 끌고 나가면 결국 잡히면서 주변의 돌까지 약해져 국면 전체를 망치게 된다. 따라서 작은 손해를 감수하고라도 최대한 이익을 보존하고 더 큰 패배를 피하는 것이 핵심이다. 전쟁터에서 또는 경영적 측면에서도 매우 의미 있는 문구로 단순히 버리는 것에 그치지 않고, 그 죽은 돌을 미끼나 희생양으로 활용하여 다른 곳에서 이득이나 선택권을 가지거나 주변 환경을 정리하는 등 차선책을 도모하는 전략적 포기를 의미하는 것이 주된 포인트다.

내가 펀드 운용 역(펀드매니저)을 하면서 가장 큰 실수들도 과감히 포기하지 못한 결단력에 있었다. 투자를 단행했던 회사의 잘못된 지표나 경영자의 문제가 대두됨을 눈치챘으면서도 그 주식이나 채권을 정리하게 되면 큰 손실이 두려워 냉철한 판단을 하지 못해 결국 걷잡을 수없는 막대한 손실을 피할 수 없었다. 시장의 흐름은 이미 전혀 다른 섹터로 바뀌고 있는데 투자 관심이 식은 주식들을 붙들고 미적거리다 큰 낭패를 본 것도 과감하게 버리지 못한 데서 원인을 찾을 수 있었다. 정치나 기업에서도 문제의 원인을 제공한 사람을 보호하기 위해 붙잡고 있다가 조직 전체가 흔들리거나 무너지는 것을 우리는 수 없이 보아 왔다.

나는 긴 시간 M&A 전문가로 활동하다가 보니 종종 보게 되는 것 중 하나도 기업들의 잘못된 프로젝트나 생명력이 다한 아이템들에 미련을 두고 투자를 하며 시간을 낭비하다 파산을 한 경우도 허다했다. 건실한 회사 하나도 회사의 주력 제품이 사라지는 현실을 보면서도 모든 경쟁사가 쓰러지고 혼자 남으면 경쟁력이 있다는 판단으로 그 사업부를 끝까지 지키려 했었다. 그러나 그 산업 자체가 완전히 바뀌면서 적자를 지속한 제품 라인은 손실이 눈덩이처럼 불어났고, 신산업의 패러다임을 따라가지 못한 회사는 단기간에 파산절차를 밟아야 했다.

또한 이름만 대면 금방 알 수 있는 한 IT 기업이 지난 5년간 수백억 원을 투자한 메타버스 플랫폼 사업이 시장의 외면과 기술적 한계로 인해 더 이상 회생 불가능한 상태에 이르렀다. 몇 차례 경영진을 만나 내가 권유한 것은 "본 사업을 정리하고 차선책으로 연구한 제품에 매진하라"고 자문했지만, 그 플랫폼은 기업의 자존심이자 창업자의 꿈이었기 때문에 혹시 모를 반전만을 기대하며 투자를 멈추지 못하다가 망한 사례도 보았다. 결과적으로 그 기업은 봉위수기(逢危須棄)의 원칙을 어긴 결과였다.

눈에 보이는 손해를 알면서 포기한다는 것이 생각처럼 쉬운 일은 아니다. 영끌어 아파트를 장만했는데, 금리 상승과 부동산 시장이 가라앉으면서 대출금을 도저히 감당할 수 없는 현실을 알면서도 조금만 버티면 "경기가 살아나겠지" 하는 막연함 기대감으로 버티다가 망하는 경우도 주변에서 흔한 일이다.

인간관계에서도 마찬가지다. 미련을 지울 수 없을 것 같은 불안감으로 또는 주변의 시선 때문에 말끔히 과거를 버리지 못해 큰 사고로 이어지는 현장을 목격해 왔다. 친구, 연인관계 또는 사업 동업자끼리 일어나는 현실이다. 인생은 수많은 인연이 들어왔다가 나가는 여정이다. 어떤 관계는 봄날의 햇살처럼 따스하게 나를 비추지만, 또 어떤 관계는 계절이 바뀌었음에도 굳게 닫힌 창문처럼 서늘한 그림자를 드리운다. 문제는 닫아야 할 창문을 쉽사리 닫지 못한다는 데 있다. 오래도록 고통을 주는 관계의 본질은 이미 생명력을 잃었음에도 우리가 그 끈을 추억이라는 이름으로 그리고 책임이라는 허상으로, 혹은 두려움이라는 족쇄로 꽉 붙잡고 있다는 사실이다. 그것을 놓아주고 버리는 용기, 바로 그 순간이 가장 찬란한 미래의 시작일 수 있다.

그뿐 아니다. 우리가 경험하는 고뇌와 갈등을 가장 많이 겪는 것은 가까운 친척이나 가족들로부터 시작된다. 자식이 이미 성장하여 자기만의 사회가 있는데 아직도 품 안에 있는 유치원생으로 착각하여 하나하나를 챙기려 하고 간섭한다. 부모의 기준에 자식을 가두어 두려는 것이다. 부모의 지나친 집착을 버리지 못하는 데서 갈등은 시작되는 것이다. 시댁이나 남편으로부터 또는 아내의 말 한마디에 꽁한 감정을 버리지 못하고 서운함이 쌓여 폭발하는 것이다. 상대에게 받은 상처가 서운함을 버리고 용서하는 건 상대를 위함이 아닌 나 자신을 위한 것임을 명심해야 한다. 우리가 아름다운 경치를 보거나 꽃을 보며 감탄하는 건 내가 그 감정을 느끼는 것과 마찬가지다.

버릴 것을 버리는 것은 포기가 아니라 선택이다. 낡고 해로운 것들을 놓아줄 때, 비로소 세 가지 중요한 자원이 회복된다. 첫째, 비움으로 더 이상 불필요한 마음의 짐을 지탱하는 데 에너지를 쓰지 않아서 진정으로 중요한 목표에 집중할 수 있다. 둘째, 비워진 물리적, 정신적 공간은 새로운 기회와 건강한 인연을 위한 여백이 생긴다. 셋째, 과거의 짐에서 벗어날 때, 우리는 온전히 현재의 나로 존재할 수 있다.

버려야 할 것을 붙잡고 있을 때 잃게 되는 것은 공간이나 시간 같은 물리적인 것뿐만 아니라 기회나 성장과 같은 비물리적인 가치들이 있다. '봉위수기'(逢危須棄)는 냉철한 상황 판단을 통해 작은 손해를 감수하고 더 큰 이익을 취하거나 후일을 도모하라는 지혜로운 결단력을 강조하는 격언이다. 현대를 살아가는 개인이나 정치인은 물론 경영자들에게도 좋은 화두가 아닐 수 없다.

혼자의 충만

    분명 혼자 있으면서도 혼자가 아니다. 여럿이 또는 가족과 함께 있으면서도 함께 있는 것이 아닌 혼자의 모습을 우리는 어디서나 볼 수 있는 현대를 살고 있다. 혼자 있는 것처럼 보이지만 혼자가 아닌 누군가와 문자를 나누거나 통화를 하면서 소통하고 있다. 그런가 하면 가족이나 친구들과 밥을 먹거나 여행을 가서도 함께 아닌 혼자에 더 집중하는 호모 모빌리스(Homo Mobilis) 시대에 우리는 살고 있다. 국경의 제한 없이 언제든지 사람을 만날 수 있고 친구를 맺을 수 있는 세상에 살면서도 점점 더 은둔자는 늘어나고 많은 사람을 만날수록 외롭다는 사람이 늘어나고 있다. 우리는 끊임없이 타인과 연결되어 있어 스마트폰의 알림은 우리의 집중력을 흩트리고, 사회생활은 우리에게 늘 함께 있기를 요구하는 환경을 피할 수 없다.

    대학의 심리학자들이 현대인의 스마트폰과의 연관된 생활 습관을 조사해 보았다. 전 세대(10대~60대)를 대상으로 스마트폰을 두 시간 동안 보이지 않는 곳에 숨겨 두고 그들의 행동을 지켜본 실험이었다. 십 분도 안 돼 습관적으로 스마트폰을 찾거나 호주머니를 뒤지며 찾고 있었다. 삼십 분이 지나면서 일부는 불안감을 보이기 시작했고, 안절부절못하는 모습들이 포착되었는가 하면 몇은 손에서 작은 경련을 보이는 이도 있었다. 특히 MZ세대에서 심각한 반응이었고 전 세대에서도 스마트폰 부재를 의식하고 있었다.

이는 남의 일만의 일이 아니다. 우리 집 다실(茶室)에서 차를 마실 때는 책은 물론 음악도 듣지 않고 혼자의 시간을 즐기던 나도 언제부턴가 스마트폰을 옆에 두고 차를 마시는 자신을 발견했다. 몇 번이고 이를 고쳐보려고 했지만 이젠 그것을 먼저 챙기고 다실로 가는 습관을 고치기는 여간 힘든 일이 아니다.

다른 설문조사에서도 "가장 외로울 때가 언제인가"라고 물었다. 사람들과 헤어져 혼자가 되었을 때, 공허하고 외로움을 느낀다고 대답했고, 많은 사람들과 관계를 맺는 부류일수록 비례하여 혼자 있는 시간이 외롭다는 반응이었다. 주변에 늘 사람이 많아 겉으로 보기엔 전혀 외롭지 않을 것처럼 보이지만, 아이러니하게도 사람들이 많아서 혼자가 되면 외로움을 더 느끼는 부류들이다. 그런가 하면 늘 혼자여서 외로워 보이는데 실제는 전혀 외로움을 느끼지 못하는 사람들이 있다. 그런 사람은 친구가 한 명도 없어도 혼자 놀 줄 아는 지혜와 그 시간을 통해 내면과 소통하므로 외로움을 느끼지 못하는 것이다.

우리 삶 속에 SNS가 일상이 되면서 자연스럽게 많은 사람들과 연결되어 관계를 쉽게 맺는다. 사회질서를 붕괴하고 큰 혼란을 주는가 하면 개인의 재산상 손실과 많은 불미스러운 사건의 발단은 SNS를 통한 관계에서부터 시작된다. 외로워서 그냥 심심해서 생각 없이 누군가를 만나야 하는 심리로 사람한테 집착하고 만나다 보면 이상하게 얽히는 경우가 의외로 많아 정신적 물질적 피해를 보는 게 허다하다.

모든 고뇌와 심리적 불안은 주변에 사람이 많은 것과 비례한다. 외로움과 은둔은 철저한 혼자와 전혀 다른 얘기다. 혼자 있으면 무조건 외로울 거라는 생각과 보편적인 시각으로 "저 사람한테는 문제가 있어서 주변에 사람이 없는 것일까?"라는 편견을 가질 수 있지만 혼자의 시간을 즐기는 사람은 외롭다고 느끼지 않는다. 혼자는 허전하고 왠지 불안해 단순한 외로움을 달래는 수단으로 혼자가 되는 건 본질적으로 다른 얘기다.

위대한 염세주의 철학자 아르투어 쇼펜하우어는 혼자 있을 때 진정한 나를 만날 수 있고 성장할 수 있다고 말했다. 고독은 단순한 외로움의 상태가 아니라 정한 자아가 마침내 사회적 가면을 벗고 숨을 쉴 수 있는 신성한 영역이라고 여겼다. 그는 "혼자 있을 때 진정한 나를 만난다"라고 단언했으며 이 말은 외부 세계의 소음과 군중의 피상성 속에서 길을 잃어버린 현대인들에게 가장 날카로운 경고이자 따뜻한 위로가 된다.

우리가 사회 속에 있을 때, 끊임없이 타인의 시선과 기대라는 무거운 짐을 지고 살아간다. 타인의 인정을 받기 위한 심리일 수 있고, 자신의 인맥을 과시하려는 의도는 물론 관계에서 마찰을 피하기 위한 수단으로 인위적인 인연을 맺는 것이다.

심리학자들은 이러한 사회적 관계는 영혼의 에너지를 소모하는 피할 수 없는 고통으로 보고 있다. 군중 속에서 우리는 진실된 자신의 목소리를 듣기보다는 외부의 잡음에 귀 기울이므로 자신을 소외시키는 환경에서 살아간다고 말한다. 인연을 너무 쉽게 만들고 금방 잊히는 사회적 현상으로 함께 있지만 혼자로 고립되는 현대를 살아가는 것이다.

스마트폰을 잠시도 손에서 놓지 못해 외로움을 두려워하는 사람은 독립된 시간에 대한 정신적 여유를 잃어버렸거나 그 고독을 자신의 것으로 소화하지 못했기 때문이다. 사물을 인식하면서부터 스마트폰과 살았고 모든 것은 다 부모가 해 주는 환경에서 성장한 이유다. 그런 부류일수록 내면에 풍요로운 사유의 영적 자원이 없어 그들은 지루함이라는 공허를 채우기 위해 군중 속으로 도피하는 것이다.

반면, 혼자 놀 줄 아는 이들은 혼자의 시간을 스스로 선택하고 즐긴다. 그들에게 고독은 창조적인 사유가 꽃피고 지성이 스스로 갈고닦는 자유의 공간이 된다. 혼자의 시간을 사랑하는 건 곧 자유를 통한 충만이며 외부 세계의 변덕스러운 기준에 휩쓸리지 않는 정신적 자립을 선언하는 것이다. 진정한 나는 타인의 기대와 욕망이 투영된 그림자 속이 아닌 홀로 침묵 속에 앉아 자신에게 오롯이 집중할 때, 비로소 투명하고 단단한 모습으로 성장할 수 있다.

혼자 있는 시간은 단순히 물리적 고립이 아니다. 그것은 자신을 만날 수 있고 내면의 목소리에 귀 기울이는 가장 정직한 순간이다. 혼자의 시간은 산책이나 여행일 수 있고, 카페에서 홀로 커피를 마시는 순간들도 나를 만나는 시간이 된다. 그 시간을 통해 오직 자신에게만 의지할 수 있으며 군중 속에서 얻을 수 없는 특별한 보물을 발견하게 된다. 혼자 걷고, 혼자 바라보고, 혼자 생각하며 결정하는 그 순간들이 주는 몇 가지 선물은 성장의 밑거름이 될 것이다.

여럿이 함께 있을 때는 대화에 집중하고 상대를 의식하느라 주변 풍경을 놓치기 쉽다. 그러나 혼자 걷거나 여행할 때는 나의 모든 감각이 온전히 주변 세계를 향하게 되어 온전한 나의 것이 된다. 길가에 피어난 작은 들꽃과 햇빛이 나뭇잎에 부딪혀 만드는 그림자의 움직임, 골목길에서 풍겨 오는 빵 굽는 냄새 등, 무심히 지나쳤던 일상의 미세한 아름다움이 눈과 코와 귀에 선명하게 들어온다.

혼자 떠나므로 관광지의 웅장함뿐만 아니라 현지인들의 소박한 삶의 방식과 오래된 건물의 역사적 흔적, 시장 상인의 표정 하나하나를 깊이 관찰하게 된다. 이처럼 예민해진 관찰력은 세상을 보는 시야를 넓히고 삶의 모든 순간에서 느끼는 의미와 아름다움을 발견해 내는 심미안을 길러 준다.

혼자 여행할 때 또 다른 이점은 모든 선택을 스스로 판단하고 타인과 의견을 맞출 필요 없이 나만의 속도와 취향에 따라 즉각적으로 결정하는 훈련을 할 수 있다. 이러한 경험들은 일상으로 돌아와서도 복잡한 문제에 직면했을 때 자신감 있는 결단력과 유연한 문제 해결 능력을 키우는 실질적인 자산이 된다.

스스로 독립된 시간은 뇌를 쉬게 하면서 동시에 창의적인 아이디어가 떠오를 수 있는 여백을 제공한다. 특히 걷는 행위는 리듬감 있는 움직임을 통해 사고의 흐름을 원활하게 만들어 주고, 오랫동안 풀리지 않던 고민이나 복잡한 감정들이 산책하는 동안 정리가 된다. 내가 틈나면 혼자 산책하는 이유이기도 하다. 늘 책상에서 일을 해야 하는 일상에서 일정한 시간의 운동을 하며 컨디션의 균형을 맞추려는 의도도 있지만, 반복적인 움직임은 명상과 같은 효과를 주어 마음이 평온해지고 복잡했던 실타래가 풀리는 경험을 할 수 있다. 혼자 사색하며 얻은 영감은 일이나 취미에 새로운 활력을 불어넣고 자기 자신에 대한 깊이 있는 이해를 바탕으로 삶의 방향을 재설정하는 계기를 마련해 준다.

늘 타인의 시선과 기대 속에서 살아가던 우리는 혼자가 되었을 때 비로소 나의 진짜 모습과 마주한다. 차를 마시면서 또는 산책하며, 여행을 통해 혼자의 시간을 갖는 것도 명상이 될 수 있고, 내면의 진실을 발견하는 정화의 시간이 된다.

우리는 종종 불안하거나 공허할 때 누군가에게 의지하고 싶어지고 외부의 자극으로 공허함을 채우려 누구의 소식을 기다리며 습관적으로 스마트폰을 손에서 떼지 못하고 시선을 고정한다. 정작 여러 사람들과 소통하면서도 공허감은 메꿔지지 않아 늘 혼자임을 의식하고 있다. 세상의 모든 것과 단절해 보는 시간이 없었고, 훈련의 경험이 없었기 때문이다. 성인이 되어 여행 가는 것도 짝을 이뤄야 하고 동질성을 느끼는 이유라 할 수 있다.

사회가 더 개방되고 확장될수록 혼자 놀 줄 알아야 하고 고립된 시간을 가져야 내적으로 성장할 수 있다. 그 고독한 시간을 통해 비로소 내가 얼마나 나약한 존재인지 깨닫게 되고. 혼자의 시간을 통해 길러진 '자기 의존(Self-Reliance)'의 힘은 어떠한 시련에도 흔들리지 않는 단단한 뿌리를 내릴 수 있다.

아이러니하게도, 혼자의 시간이 우리에게 가르쳐주는 가장 큰 교훈의 하나는 타인과의 관계의 소중함이다. 관계에 지쳐 도망치듯 혼자가 되었더라도, 충분히 고독의 승화를 경험하고 나면 사람들과의 연결이 얼마나 아름다운 것인지 객관적으로 볼 수 있다. 나 자신을 온전히 이해한 후에 맺는 관계는 의존이 아닌 존중과 사랑에 기반한 더 건강하고 깊은 관계로 발전할 수 있기 때문이다.

황제 주식이 된 라면

평생을 밥 대신 라면으로 생활해 온 할아버지의 얘기를 한 번쯤 들어 봤을 것이다. 강원도 화천의 깊은 산골에서 48년 동안 오직 라면만 드시며 사셨던 고(故) 박병구 할아버지의 사연은 많은 이들에게 놀라움과 감동을 주었던 실화다. 이 이야기는 단순히 특이한 식성을 넘어 현대 의학으로도 설명하기 힘든 인체의 신비와 기업의 따뜻한 후원이 어우러진 특별한 사례로 기억되고 있다.

할아버지가 처음부터 라면만 고집하셨던 것은 아니다. 20대 시절 원인 모를 장 협착증을 앓으면서 음식을 먹기만 하면 도저히 소화를 시키지 못하고 다 토해내셨다고 한다. 어떤 약도 소용없던 시절 할아버지는 우연히 라면을 드셨는데 신기하게도 라면만은 속이 편안하고 소화가 잘 된다는 사실을 발견하셨다. 그날 이후 1970년대 초반부터 2020년 돌아가시기 전까지 약 48년간 끼니때마다 라면만 드셨다. 할아버지가 평생 드신 라면은 주로 농심 소고기 라면과 안성탕면이었다. 특히 안성탕면이 출시된 이후로는 그것만 고집하셨는데, 이 소식이 1994년 언론을 통해 세상에 알려지게 되었다. 이 사연을 접한 농심 측은 할아버지의 건강을 걱정하며 평생 라면을 무상 공급하기로 약속했고, 할아버지가 돌아가신 2020년까지 약 26년 동안 분기마다 라면을 직접 배달해 드렸다. 할아버지가 돌아가셨을 때는 농심 관계자들이 빈소를 찾아 조문하며 마지막 길을 배웅하기도 했던 따뜻한 이야기로 남아 있다.

라면 하면 건강에 좋지 않다는 인식이 강해 아이들에게 못 먹게 하는 등 피하는 사람들이 많다. "라면만 먹으면 영양 불균형으로 위험하지 않나"라고 걱정하기도 하며 튀긴 면발과 인스턴트 수프 재료는 몸에 안 좋다는 것이 보편적인 생각이다. 하지만 할아버지는 90세가 넘는 고령까지 강원도 산골에서 직접 땔감을 패고 농사를 지으며 정정하셨다. 그분이 라면으로 매끼 식사를 하실 때 김치조차 드시지 못하고 오직 면과 국물만 드셨음에도 건강을 유지한 비결에 대해 전문가들은 "라면에 포함된 필수 영양소와 할아버지 개인의 특이한 체질, 그리고 산골의 맑은 공기와 규칙적인 활동량"이 복합적으로 작용한 것으로 보았다.

박병구 할아버지는 지난 2020년 5월, 향년 92세를 일기로 별세하셨다. 사인은 지병이 아닌 노환이었다. 평생 라면이 생명줄이었던 할아버지의 삶은 "누군가에게는 가벼운 한 끼일지 몰라도, 누군가에게는 인생을 지탱해 준 유일한 음식"일 수 있다는 깊은 울림을 남겼다.

최근 10년간 주식시장에서 황제 주로 등극한 종목 중 하나가 라면 회사의 주식이라고 말하면 모두 의아해한다. 대한민국의 간판 제품을 만드는 첨단 기술의 집약체인 반도체, 자동차, 배터리 등을 우선 떠올리기 때문이다. 삼성전자 주가가 10년 동안 5배 정도 올랐다면 삼양식품 주가는 2만 원에서 60배 이상 오른 현재 128만 원으로 진정한 '황제 주식'으로 등극

하였다. 최첨단 기술도 아닌 단순 라면 회사가 이렇게 10년 동안 우상향으로 지속한다는 걸 누구도 예상하지 못했을 것이다.

자본의 중심 뉴욕 월스트리트의 기관투자가들에게 현재 가장 큰 관심을 받는 한국기업들은 우리가 자랑하던 한국의 첨단 기술들이 아니다. K-뷰티, K-푸드의 인기가 식을 줄 모르고 큰 관심을 받고 있다. 맛은 고유의 전통문화가 접목한 식감의 존재이기에 그 민족이 존속되는 한 절대 바뀌지 않는다. 보통 다른 국가의 맛이 익숙해지기까지 최소한 10년이 걸리고 한 번 길들여지면 연속 이어진다는 통계도 있다. 한국의 맛이 세계를 향해 본격적으로 나아가기 시작한 것이 이제 10년을 조금 넘었다. 산업적 개념으로 보면 이제 성장 초입기에 들어섰다는 계산이 나온다.

그 누구도 흉내 낼 수 없는 우리 고유의 특화된 K-푸드도 대한민국의 국가 경쟁력이 되어 줄 것이다. 세상에 없는 뛰어난 혁신적 기술을 개발해 세상에 내놓았으나 그것이 이익으로 직결되지 못하면 그 기업은 금방 흔적 없이 사라질 것이다. 투자 또한 새로운 시각으로 봐야 한다는 걸 교육한 셈이다.

박 할아버지의 낡은 양은 냄비 속에서 보글보글 끓던 그 친숙한 향기는 이제 태평양을 건너 뉴욕의 세련된 아파트에서도, 유럽의 어느 작은 주방에서도 만날 수 있는 향기가 되었다. 2020년 여름, 전 세계의 수만 가지 맛을 기록하는 뉴욕타임스(The New York Times)의 리뷰 사이트 '와이어커터'는 전 세계의 라면 중, 최고의 맛 1위로 '블랙 신라면'을 선정하며 세계의 미식가들은 경탄하게 했다. 셰프와 평론가들은 입을 모아 "이 라면을 먹는 것을 멈출 수 없었다"라고 고백했다. 할아버지의 좁아진 위장을 달래 주었던 그 부드럽고 쫄깃한 면발은 세계인들에게는 '완벽한 식감'으로 다가갔고, 한국의 정이 담긴 설렁탕 육수의 진한 맛은 '깊고 복합적인 풍미'라는 찬사로 치환되었다. 또한 라면의 단점으로 꼽혔던 단백질의 완벽한 조화와 거의 없다 할 정도의 낮은 콜레스테롤 함량도 소비자들의 극찬을 받았다.

할아버지가 매일 아침 라면을 끓이며 느끼셨을 그 안도와 충만함은 이제 전 세계인들이 바쁜 일상에서 찾는 따스한 위로가 되었다. 마늘 조각과 큼지막한 버섯 건더기는 한국의 넉넉한 인심을 대변하듯 그들의 그릇 속을 채웠고, 적절한 매콤함은 지친 현대인들의 입맛을 깨우는 자극제가 되었다.

자본의 심장 맨해튼에 우리에게 가장 익숙한 붉은 봉지의 라면 이름이 식당, 라면 전문점, 간판 등에 새겨졌을 때, 그것은 단순히 인스턴트 식품의 승리가 아니었다. 가장 한국적인 것이 가장 세계적인 것이 될 수 있다는 증명이자 배고픈 시절 우리의 허기를 달래 주던 눈물 젖은 음식이 전 세계의 미식을 선도하는 문화가 되었음을 알리는 신호탄이었다.

할아버지가 평생 드셨던 라면이 세계 최고가 되었다는 소식을 들으셨을까?. 만약 그 소식을 접하셨다면 할아버지는 그저 허허 웃으시며 평소처럼 젓가락을 드셨을지도 모른다. "거봐, 내가 이게 제일 맛있다고 했잖아"라는 무심한 한마디와 함께. 이제 라면은 누군가의 생존을 위한 마지막 선택지를 넘어서 전 세계인이 함께 나누는 가장 뜨겁고 강렬한 즐거움이 되었다. 냄비 안에서 소용돌이치며 익어 가는 면발처럼 한국의 맛은 그렇게 전 세계인의 마음속으로 깊숙이 파고들고 있다.

강원도 깊은 산골에 매일 아침이면 끓고 있던 라면의 냄새를 더 이상 맡을 수 없다. 우리 가슴 속에는 노란 양은 냄비 속에서 보글보글 끓던 할아버지의 소박한 인생이 한 그릇 따뜻한 기억으로 남아 있을 뿐. 고통마저 삶의 일부로 받아들이며 묵묵히 면발을 넘기던 할아버지의 뒷모습은 우리에게 주어진 평범한 한 끼 식사가 얼마나 큰 축복인지를 새삼 일깨워 준다.

내게도 라면에 대한 깊은 애환이 서려 있다. 펀드를 운용하던 때, 라면 주식에 큰 금액을 투자했다. 한참 IT, 바이오 주식이 시장을 달구고 있을 때 뜬금없이 라면 주식에 투자했다고 원성이 대단했고 비난의 화살을 피할 수 없었다. 높은 수익을 안겨 줬던 투자자들도 미친 짓이라고 비난하기 일쑤였다. 어쩔 수 없이 투자가들 대부분은 그 주식을 털었고 끝까지 나를 믿어 준 몇만 들고 있었다. 그 후 다시 눈길을 돌려 큰 금액을 투자한 주식도 라면 회사였다. 당시 삼양식품 주가가 18,000원 선에서 움직이고 있지 않을 때였다.

한 가지 종목에 몰빵을 한 근거는 몇 가지가 있었지만 막 출시한 '불 볶음 매운맛' 라면을 한 편의점 앞에서 누가 끝까지 다 먹는지 내기하는 캐나다 학생들을 보면서 흥미를 갖게 되었다. 그리고 유튜브를 찾아보니 여러 나라의 젊은이들에게 한국 매운맛 라면의 열풍이 불고 있었다. 이건 새로운 블루오션이라는 확신과 함께 대형 슈퍼는 물론 북미의 주요소 편의점까지 돌며 확인하였다. 그 후 바로 한국으로 날아가 회사를 탐방하여 생산 동향도 확인하였다. 한국의 마트나 편의점에서도 '불 닭 볶음면'은 찾아보기 쉽지 않던 시기였다.

그 후 심층 리포트를 발표했고 집중적인 매수가 시작되었다. 리포트 발표 얼마 후 주가는 서서히 움직이기 시작했고, 2만 5천 원을 쉽게 돌파할 즈음 '불닭 볶음면' 기사가 하나씩 나오기 시작했다. 한 달 뒤 주가가 3만 5천 원을 돌파할 무렵 절친 일간지 사회부 기자가 연락을 해 왔다. 마침, 내 리포트를 봤는데, 걱정이 되어서 연락했다는 것이다. 한 달 전부터 검찰에서 집중적으로 그 회사를 수사하고 있고, 머지않아 경영진들이 구속될 것이라는 정보였다. 그 부분까지는 파악하지 못하던 차에 큰 고민에 빠지지 않을 수 없었다. 곧바로 주요 투자자들을 소집해 이 사실을 알렸고 회의 끝에 각자 판단 하기로 결정했다. 회사 경영진의 비리를 알게 되면 무조건 그 주식은 정리를 한다는 원칙도 있었지만, '게임 체인저'가 될 신제품이 막 비상의 날개를 달고 있는 시점에 큰 고민에 빠지게 했다. 그 미팅이 끝난 후 주가는 크게 출렁이며 하락을 지속했다. 우리 팀이 내놓은 물량이기도 했지만, 평소와 달리 거래가 심상찮아 할 수 없이 차익실현을 70% 가까이 정리했다. 이때의 판단은 두고두고 투자의 실패로 기억되고 있다. 200% 선에서 수익이 났지만, 시간이 지나면서 얼마나 큰 실수였는지 실감할 수 있었다. 투자의 세계는 앞선 정보가 생명이다. 그러나 너무 이른 정보는 때로는 이처럼 독이 될 수도 있음을 교훈으로 남겨 준 것이다.

내가 일찍 라면 주식에 관심을 가졌던 몇 가지 이유는 이 회사들은 절대 망하지 않는다는 점이다. 경기가 좋으면 일이 많아지니 새참과 야식 등으로 소비가 급증하고, 경기가 안 좋아지면 서민들이 가장 먼저 찾는 게 라면이다. 더구나 건강에 관심이 높아지면서 당연히 라면 제조사들도 영양식과 인스턴트 식품의 한계를 보완하는 품질개선에 많은 투자 하고 있다는 걸 파악했기 때문이다. 일본을 넘어 세계를 대표하는 전자 전문기업인 소니와 일본의 반도체 회사들이 하루아침에 망했지만 일본 라면 기업들은 꾸준히 성장해 오고 있음이 이를 잘 증명해 주고 있다.

한때, 웰빙 붐이 일면서 먹거리가 사회적으로 큰 관심사가 된 적이 있었다. 그 당시 가장 피해야 할 음식으로 라면이 거론되며 투자가들 사이에 이 주식에 대해 위기감이 돌기도 했지만 나는 단연코 아니라고 주장했다. 이미 간편식 음식에 길들여져 있고, 식사 대용은 물론 간식으로 한국 음식을 대표하는 라면이 크게 위축된다는 건 상상할 수 없었기 때문이다. 그런 정보에 예민하다 보면 작은 것은 볼 수 있으나 큰 그림을 보지 못한다. 정보가 최고의 자산이 되기도 하지만 판단에 따라 최악의 결과를 줄 수 있다.

우리 한국 음식은 그 어떤 기술과 AI로도 복사할 수 없는 최첨단을 넘은 문화 자산이라는 것에 대한 긍지를 갖자.

제4장

결핍의 가치

돈의 연금술

세계의 전체 돈 70% 이상을 움직이는 뉴욕의 중심 맨해튼(Manhattan)은 하루하루가 숨 가쁘게 돌아가고 있다. 그곳은 미국의 대표적인 도시로 가장 인구밀도가 높고 경제중심지로 심장과 같은 역할을 하는 곳이다. 전 세계 주식시장을 다 합쳐야 비교될 정도로 절대적인 권위를 차지하는 뉴욕 증권거래소와 NASDAQ이 이곳에 있다. 사모펀드 하나가 한국의 상장사 전체를 8번 이상 살 수 있는 세계 1위 펀드와 수천 개의 투자사들이 모여 있다. 종합 미디어 그룹이 집결해 있고 각 나라의 금융기관들도 여기에 기반을 두고 있다.

1626년까지 이곳의 주인은 인디언들이었다. 당시 세계 무역의 최강자인 네덜란드인들은 모피 무역의 중심지로 삼기 위해 인디언들을 꼬드겨 당시 가치로 24달러를 주고 맨해튼을 사들였다. 당시는 화폐 기준이 없었던 때라 유리구슬과 단추 몇 개를 건네주는 조건이었다.

유독 땅에 대한 집착이 강한 우리의 사고방식으로 계산하면, 인디언들은 어리석어 큰 손해를 본 것이라고 혹자는 말하곤 한다. 이 세상 그 어떤 유·무형자산에는 가치의 기준이 없다. 그것을 사고파는 당사자 간의 합의와 필요에 의해 가격은 결정되는 것이다. 그러나 단순한 돈의 가치로 지금 환산해 보면 결국 인디언들의 맨해튼 거래는 수익률로 따져 보면 큰 이익이었다.

화폐는 신용거래를 위한 수단이고 반드시 이자를 발생시키기에 돈은 늘어날 수밖에 없는 구조다. 화폐가 통용되면서 거래조건인 평균 이자 8%를 복수로 계산해 보면 인디언들이 받은 돈 가치는 현재의 맨해튼 땅값보다 몇 배로 더 늘어났다. 수십억을 능가하는 그림이나 자동차를 사는데 그 돈은 누군가에겐 작은 돈일 수 있지만 어떤 사람에겐 당장 빵 하나를 사야 하는 몇천 원이 더 절실하고 전 재산일 수 있다. 어떤 사람에게 1만 원은 누군가의 1억보다 훨씬 크고 소중하며 큰돈일 수 있는 것과 마찬가지다.

초등학교 때, 선생님의 심부름으로 농협엘 갔다가 단박에 내 꿈은 농협 직원이 되는 거였다. 능숙한 솜씨로 돈을 센 여직원은 금방 한 묶음의 돈 다발을 자기 책상에 재빠르게 넣는 것이 아닌가. 나도 저 직원처럼 농협 직원이 되면 엄마를 병원에 모시고 갈 수 있겠다는 생각에 내 첫 번째 꿈은 그렇게 정해진 것이다. 난생 그렇게 큰돈을 처음 본 나는 그 돈이 농협 직원의 소유인 줄 알았기 때문이다.

평생을 돈과 연관된 일을 해 왔고 변함없이 지금도 같은 일을 계속하고 있다. 특히 거래의 가치를 평가하고 그것이 미래의 기대를 충족시켜 줄 수 있는가를 판단하는 일은 늘 긴장감을 늦출 수가 없다. 그리고 매 큰 거래를 성공시킬 때마다 느끼는 건 내 능력의 한계를 수없이 시험하는 그 일은 천직처럼 감사함을 느낀다.

이 세상 모든 사물과 자연의 이치 중 가장 예측이 불가능하고 변심이 빠른 것 또한 돈이 아닐까 단언하고 싶다. 돈은 사랑도 우정도 형제애도 쉽게 갈라놓을 수 있고, 원수지간도 하루아침에 가깝게 만들어 주기도 한다. 관계를 유지하고 발전하는 데는 돈은 절대적인 수단이자 필수적이라는 걸 부인하지 못한다. 결혼 세 쌍 중 한 쌍은 3년 안에 이혼한다는 통계의 원인은 표면적으로는 성격 차이가 가장 많지만, 사실은 돈이 그 원인이다. 서로 성격이 안 맞아도 경제적으로 안정되어 있으면 인내하고 서로를 맞춰 나간다.

하루가 멀게 뉴스에 나오는 가족 동반 자살의 이유도 자세히 들여다보면 돈의 문제다. 어른으로 성장하면서 학교나 가정 그 누구로부터 돈에 가치와 그 재화를 얻기까지 그 어려운 과정을 생략한 채 성장하여 사회로 나오다 보니 조금만 어려움에 닥치면 그것을 극복하기보단 삶을 쉽게 포기하고 만다. 쉽게 돈을 소비할 줄만 알았고 얻는 소중함을 모르기 때문이다. 세계에서 유일하게 급성장을 이뤄 선진국 반열에 오른 한국이 유독돈에 대한 집착이 강하고 남과 비교하는 체면문화다 보니 모든 것의 기준은 돈이 되어 버렸다.

자본주의의 메카 미국을 말하는 데 이유를 다는 사람은 거의 없다. 전세계의 자본을 조정하며 한 나라를 죽이고 살리는 데 절대적인 힘을 지니고 있다. 민주주의 하면 미국을 먼저 떠올릴 수 있지만 미국은 돈의 시스템으로 움직이는 사회다. 그 어떤 힘보다 돈을 가진 자들이 모든 제도와 질서를 규정하고 행사하고 있다. 하루가 멀다 하게 총기 사고로 수많은 사람들이 죽어 가도 총기 규제를 하지 못하는 이유도 돈의 권력이 있기 때문이다.

대통령의 자식들이 백악관에 상주하며 주요 장 차관의 자리를 결정하고, 손자가 백악관을 무대로 자신의 비즈니스 광고 촬영을 해도 누구 하나 문제를 제기하는 사람이 없다. 돈과 권력이 철저히 지배하는 곳이 미국이다.

미국의 대통령 하면 제일 먼저 떠오르게 되는 인물 중 하나가 존 F 케네디 대통령이다. 미국 역사상 최연소 대통령에 당선된 혁신의 아이콘이자 미국을 한층 더 새롭게 알린 인물이기도 하다. 또한 미국 명문가의 대표적인 인물도 먼저 케네디가를 떠올린다. 미국을 대표하는 케네디가를 단기간에 명문 가문으로 변신하게 해 준 것도 돈의 연금술이었다.

케네디 대통령의 아버지 존 P 케네디는 1920년대 미국이 엄격히 금주법을 시행하던 때, 시카고 최대의 마피아 대부 샘 지앙카와 손잡고 캐나다에서 밀주를 수입해 불법으로 거래하면서 돈을 벌었다. 목돈을 쥔 그는 뉴욕으로 진출해 주식 붐이 불던 틈을 타 주가조작 세력과 손잡고 새로운 기법으로 주가를 조작해 큰돈을 벌었다. 다시 눈을 돌린 곳은 영화산업이었다. 우후죽순처럼 난립한 영세한 스튜디오를 모조리 사들인 그는 한두 개씩 합쳐 영화를 만들고 배급하면서 영화사를 순차적으로 정리하면서 막대한 돈을 끌어 모았다. 돈이라면 수단과 방법을 가리지 않고 불법으로 돈을 번 대표적인 가문의 하나다. 그 돈으로 자녀들을 하버드 대학에 보냈고 명문가 흉내를 내기 시작한 것이다. 넘쳐나는 돈으로 기부활동도 하며 자선가라는 이미지로 변신하였고 돈과 마피아의 도움으로 자녀를 하원의원에 당선시켰다. 그리고 대통령까지 배출한 명문가로 탈바꿈한 것이다. 돈이 어떻게 신분 세탁을 하고, 명문가로 탄생할 수 있는지 극명하게 보여 주는 사례라 할 수 있다. 돈의 마술, 금권의 연금술을 보여 주는 극명한 사례가 아닐 수 없다.

국회를 호령하던 4선 국회의원도 일반석 비행기를 타면 평범한 승객이지만 불법도박장을 해서 돈을 벌어 1등 석을 타면 체크인부터 특별한 대우를 받는다. 소신과 어떤 철학으로 평생을 인류를 위해 살아왔어도 돈이 없으면 어디서나 소홀한 대접을 받는다. 지혜와 덕이 아니라 부와 권세를 가진 사람을 인정하고 대접하는 세상이 되어 버렸다. 씁쓸한 생각을 지울 수 없지만 세상은 이미 그렇게 돌아가고 있다. 특히 대한민국의 지금은 더 그렇다.

"돈이 전부가 아니다"라고 말하는 사람은 절대 부자가 되지 못한다고 탈무드에서 말한다. 그건 자신의 부정이자 열등감을 감추기 위한 표현에 불과하다고 탈무드는 지적한다. 돈에 솔직하고 그것을 갈망할 때 그 에너지가 전파되어 부자가 된다고 주장한다.

돈과 연관된 일을 해 오면서 돈 때문에 작은 이익으로 관계를 단숨에 단절하거나 인격을 버리는 사람들을 너무도 많이 봐 왔다. 온갖 것이 돈으로 평가되고 측정된다. 돈은 여러 부분에서 성공 여부를 측정할 수 있는 기준이다. 사회가 사람을 돈으로 측정하기 때문에 우리도 자신과 타인들을 그렇게 측정할 수밖에 없다. 아니라고 펄쩍 뛰어도 소용없다. 이미 세상은 자연스럽게 돈의 시스템에 의해 돌아가고 있다.

돈의 가치를 측정하고 거래를 완성하는 내 직업은 참으로 불행하다는 생각을 요즘 자주 하게 된다. 끊임없는 공부와 고뇌는 늘 생산적이고 선한 영향력을 줄 수 있다는 자부심이 있었지만, 그 열정은 부질없는 짓이라고 자책하며 소심해질 때가 잦다. 열 가지를 잘하다가 하나를 실수하면 그 잘한 것이 금방 묻혀 버리는 곳이 이 돈의 세계다. 돈이 마술을 부리며 인간의 모습을 크게 변장한 사람들을 볼 때 심한 자괴감을 느낀다. 우리가 가는 이 길은 결국 순례와 같다는 생각이다.

왜 가난할까, 우리는?

현대 사회는 인류 역사상 그 어느 때보다 거대한 부를 창출해 냈다. 기술은 비약적으로 발전했고, 과거 왕들조차 누리지 못했던 편리함을 누구나 손안의 스마트폰으로 누리는 세상이다. 손가락만 까딱하면 무엇이든 어디서나 앉아서 받아 보는 시대에 살고 있다. 하지만 물질이 넘치는 풍요함 속에서도 역설적으로 많은 이들은 여전히 "우리는 왜 가난한가?"라는 질문은 단순한 생존의 문제를 넘어서 복합적인 사회의 심리적 현상이 되었다. 우리가 느끼는 이 깊은 결핍의 근원은 문명이 더 빠르게 진화할수록 비례하여 더 커지고 있다. 수천 년 지켜 왔던 사회질서와 존속의 전통문화가 변한 것도 냉철히 따지고 보면 가난이 주는 심리적 압박감이 원인일 수 있다. 비혼자가 급증하고, 결혼을 해도 자녀를 하나만 두거나 아예 낳지 않으려는 이유도 경제적 어려움에서 오는 사회적 현상이다.

한 가지 분명한 사실은 지금의 MZ세대들은 그들의 부모보다 더 잘 살지 못한다는 점이다. 지금 젊은 세대의 부모들은 그들의 앞 세대보다 확실히 잘 살고 있고 특히 경제적으로 눈부신 발전을 해 왔다. 전 세대들에 비해 현대는 경제 규모가 수십 배 더 커지고 국경이 없는 무한 경쟁 시대가 되었음에도 왜 가난한 사람들은 늘고 있는 것일까? 한국의 1인당 GDP 1만 불 시대보다 지금의 3만 5천 불 경제의 크기는 물론 개인들도 엄청 많은 자산이 불어났음에도 여전히 가난한 인구도 그만큼 늘어나고 있다. 현대적 가난은 상대적 박탈감에서 기인하는 경우가 원인일 수 있다. 과거의 가난이 내 집 울타리 안의 문제였다면, 지금의 가난은 SNS라는 창을 통해 타인의 화려한 삶과 끊임없이 비교하며 증폭되는 데서 박탈감과 함께 가난하다고 느끼는 심리인 것이다.

가난의 생태적 환경

현대라는 이름의 거대한 자본의 생태계는 마치 치밀하게 설계된 보이지 않는 늪과 같다. 그 환경에 발을 들이는 순간은 화려하고 매끄럽지만, 그 안에서 빠져나오려 발버둥 칠수록 영혼은 더 깊이 물질의 수렁 속으로 가라앉는다. 과거의 가난이 텅 빈 쌀독에서 오는 물리적 통증이었다면 오늘날의 가난은 가득 찬 장바구니와 텅 빈 통장 사이에서 오는 기묘한 공허함이다.

퇴근길 지하철 안 사람들은 모두 약속이라도 한 듯 고개를 숙이고 작은 유리 사각형 속으로 침잠한다. 그 작은 화면 속 창 너머의 세상은 눈이 부시다. 누군가는 호텔의 푸른 수영장 곁에서 샴페인을 마시고, 누군가는 방금 뜯은 쇼핑박스에서 명품 백의 브랜드와 매끈한 질감을 자랑한다.

그 자연스러운 일상을 보며 더러는 그 경쟁에 합류하여 흉내를 내다가 감당하기 어려운 함정에 빠진다. 더 좋은 것을 선보여야 하고 색다른 것, 남들이 쉽게 취득할 수 없는 걸 보여 주고 뽐내므로 내 존재감을 인정받으려는 중독의 수렁에 빠지는 것이다.

이 디지털 생태계는 우리에게 끊임없이 부족하다는 신호를 보낸다. 내 손의 낡은 스마트폰이, 작년에도 입었던 외투가, 퇴근 후 마주하는 소박한 저녁 식사가 갑자기 견딜 수 없는 가난의 증거처럼 느껴지게 만든다.

우리는 이 비교의 생태계를 유지하기 위해 자신의 가장 귀한 자산인 시간을 팔아 치운다. 오늘도 손안 화면에서 화려하게 선보이는 신상을 찾아보는 게 일상이 된 지 오래다. 낮 동안의 고단한 노동으로 벌어들인 숫자는 밤이 되면 알고리즘이 추천하는 나를 위한 선물이라는 명목하에 다시 거대 기업의 주머니로 흘러 들어간다. 클릭 한 번이면 배송되는 편리함은 돈이 빠져나가는 고통을 마취시키고, 할부라는 이름의 마법은 미래의 나를 오늘의 채무자로 만든다. 결국 우리는 내일을 저당 잡혀 오늘을 연명하는 고도의 소비 생태계 가난의 그물에 포획된 셈이다.

더 비극적인 건 이 생태계가 우리의 생각할 틈마저 앗아간다는 점이다. 당장의 카드값과 치솟는 물가, 그리고 끊임없이 밀려오는 유혹을 방어하느라 뇌의 에너지는 늘 바닥을 드러낸다. 장기적인 미래를 설계하거나 가난의 구조를 관찰할 여유는 사라지고, 오직 눈앞의 결핍을 메우기 위한 단기적인 보상에 매달린다. 그렇게 우리는 생존하고 있지만 축적하지 못하며, 소비하고 있지만 소유하지 못하는 현대적 빈곤의 악순환 속에 갇혀 사는 것이다.

우리가 서 있는 이 땅은 겉보기에 기름진 옥토 같아도 실상은 모든 영양분이 다른 곳, 즉 소수가 쳐 놓은 그물망으로 흘러가도록 설계된 경사지다. 이 미끄러운 비탈길에서 멈춰 서기 위해서는 남들보다 더 빠른 속도로 달리는 것이 아니라 잠시 고개를 들고 이 생태계의 지형을 살피는 용기가 필요하다. 내가 느끼는 이 가중스러운 결핍이 과연 내 안에서 온 것인지, 아니면 나를 소비하게 만들려는 이 거대한 숲에서 가공되어 내뿜는 유독한 안개인지를 구별해 내는 일, 그것이 이 화려한 늪에서 빠져나와 나만의 단단한 대지를 찾는 첫걸음이 될 것이다.

자본 축적의 기회 상실

고도 성장기를 지나온 우리 부모 세대들이 자본을 얻는 유일한 기회는 노동이었다. 그들의 기억 속의 노동은 정직하고도 정비례적인 기회의 사다리였다. 굵은 땀방울을 흘린 만큼 통장의 숫자가 불어났고, 그 숫자는 한 가족의 꿈인 '집'이라는 첫 번째 목표를 보상해 주었다. 그때 보편적인 자산 증식의 표준은 가난을 벗어날 수 있다는 희망이었고 땀 흘리는 대가의 유일한 목표였다. 사실, 한국의 모든 세대의 자산 60% 이상을 차지하는 주거용 부동산이 그것을 잘 설명해 주고 있다.

해가 뜨기 전 일터로 향하는 성실함만 있다면 시간은 배신하지 않고 자산이라는 보상을 안겨 주었다. 노동이 곧 자본이 되고, 그 자본은 안식처인 집을 소유하므로 곧 중산층이라는 신분으로 이어지던 선순환의 시대였다.

그러나 오늘날 우리가 발을 딛고 서 있는 대지는 그 결이 사뭇 다르다. 노동의 가치가 자본의 증식 속도를 결코 따라잡지 못하는 부러진 사다리의 시대에 살고 있기 때문이다. 하루 여덟 시간, 혹은 그 이상의 성실한 노동은 가난을 겨우 면하게 해 줄 뿐 그것만으로 계층의 벽을 넘기엔 역부족이 된 생태적 환경에 살고 있다. 사회로 나가는 청년세대는 물론 경제의 중추적 역할을 하는 세대들 또한 자유롭지 못하다.

노동으로 번 돈을 차곡차곡 모으는 속도보다 부동산과 주식, 원자재 등 그리고 우리가 통제할 수 없는 자산 가치의 상승 속도가 훨씬 더 가파르게 치솟는다. 부모 세대가 가졌던 성실함이라는 유일한 무기는 현재의 자본이 지배하는 정교한 생태계 앞에서 맥을 못 추는 무딘 칼날이 되어 버렸다.

이 구조적 비대칭 속에서 현대인의 노동은 종종 희망 고문으로 변질되기도 한다. 아무리 열심히 노를 저어도 배가 뒤로 밀려나는 듯한 상실감은 우리를 노동의 소외로 몰아넣는다. "열심히 일해도 어차피 집 한 채 못 사는데"라는 자조적인 목소리는 개인의 나태함이 아닌 노동의 가치가 자산 소득에 압도당해 버린 생태계의 비명을 대변하기 때문이다. 이런 노동 가치의 상실은 우리가 지켜온 고유의 전통을 바꾸고 그 결과는 서서히 무섭게 나타나고 있다. 급격한 인구 감소는 한 나라의 존립 자체를 위협하는 심각한 문제이지만 누구도 그 위험을 크게 받아들이지 않고 있는 현실이다.

지금의 노동은 자본을 형성하는 엔진의 기능을 상실했으며, 거대한 시스템의 톱니바퀴를 돌리기 위한 최소한의 연료로 전락한 듯 보인다. 그러함에도 서글픈 현재의 지형 위에서도 우리는 다시 질문을 던질 수밖에 없다.

노동으로 자본을 얻기 힘들어진 이 환경에서 우리는 어떻게 가난의 생태계를 돌파할 것인가? 부모 세대의 무조건적인 성실이 정답이 될 수 없다면, 우리의 노동은 이제 '양'이 아닌 '질'과 '전략'의 영역으로 옮겨가야 한다. 단순히 시간을 팔아 돈을 바꾸는 선형적 노동에서 벗어나 자신의 고유한 가치를 창출하고 그것을 자산화할 수 있는 지혜가 필요할 때다.

우리는 부모님들이 가졌던 숭고한 노동의 정신은 계승하되 그 방식에 있어서는 이 영악한 생태계보다 더 영리해져야 한다. 노동을 통해 번 종잣돈이 알고리즘과 시장의 파도에 휩쓸려 나가지 않도록 견고한 제방을 쌓고, 노동 그 자체가 나만의 독보적인 '지적 자산'이나 '콘텐츠'가 되어 자본의 속성을 가질 수 있도록 체질을 개선해야 한다는 얘기다. AI가 세상을 지배하는 내일의 노동환경과 사회의 시스템 안에서 노동의 새로운 정의가 통찰되어야 하는 변곡점에 우리는 서 있다는 걸 잊지 말아야 한다.

사다리는 부러졌을지 모르지만, 우리가 가야 할 길마저 사라진 것은 아니다. 노동이 더 이상 부의 열쇠가 되지 못하는 시대일수록 노동의 의미는 생존을 위한 도구에서 자아를 실현하고 시스템을 이해하는 통로로 재정의해야 한다. 그것이 이 불평등한 생태계에서 우리가 나설 수 있는 가장 강력한 저항이기 때문이다.

가난의 생태계를 벗어나는 제안

결국 현대의 빈곤 생태계에서 탈출한다는 건 시스템이 정해놓은 그 정교한 연결 고리에서 탈피하여 자신에 맞는 독립된 구축물을 직접 설계하고 자신의 독립된 소유 개념으로 의식을 바꾸는 일이다. 노동은 여전히 소중한 삶의 기반이고 자본의 근거를 만드는 원천이다. 다만 그것은 목적지가 아니라 자본이라는 넓은 바다로 나아가기 위한 뗏목이어야 한다는 점을 명심해야 한다. 즉, 종잣돈을 마련하는 창구라는 것이다.

우리는 이제 땀 흘려 일하는 손과 더불어 지형을 읽는 눈과 자본을 다루는 영민한 머리를 함께 갖추어야만 한다. 사다리가 부러졌다면 그걸 억지로 고쳐 쓰기보다 스스로 날개를 다는 발상의 전환이 필요한 시점이다. 시스템의 톱니바퀴에서 벗어나 그 톱니를 움직이는 에너지를 나의 것으로 만드는 순간 비로소 가난의 생태계는 거대한 기회의 장으로 나가는 통로가 될 것이다.

내가 여러 곳에서 강의하고, 칼럼 등에서 늘 하는 말은 "돈은 머리로 벌어야 한다"라고 주장한다. 돈이 많은 만큼 돈을 벌기가 어려운 세상에서 부자가 되기 위해선 뜬구름 잡는 논리가 현실이 되는 발상의 전환이 필수적이라는 게 내 생각이다. 더 일해서 얻은 노동의 재화를 악착같이 절약하여 모으는 시대는 이미 지났기 때문이다. 옛날 아날로그 시절처럼 돈을 모으면 밥은 먹고 살지언정 절대 부자가 되지 못한다. 그리고 악착같이 절약하는 만큼 삶의 질은 떨어진다. 그렇다고 노동을 하지 말라는 것이 아니다. 노동을 통해 재화를 모으되 그 종잣돈, 즉 자본으로 자산을 키워야 한다는 말이다.

가난의 굴레 그 환경에서 가장 먼저 결행해야 할 탈출 전략은 노동의 다변화다. 단순히 나의 물리적 시간을 팔아 일당을 받는 선형적 노동에만 머문다면, 우리는 영원히 인플레이션과 자산 가격의 상승 속도를 따라잡을 수 없다. 이제 우리의 노동의 가치는 자본으로 축적되는 형태로 변모해야 새로운 길을 갈 수 있다.

내가 잠든 사이에도 가치를 만들어 내는 콘텐츠, 플랫폼 내의 영향력과 고도의 전문 지식이나 독특한 발상에 복리가 붙을 수 있는 무형자산에 노동의 일부를 분배해야만 된다는 말이다. 즉, 노동을 통해 취득한 수익은 다시 '자본'이라는 씨앗으로 바꾸어 심는 자산의 선순환 구조를 인위적으로 설계해야 한다는 것이다.

이를 실행하기 위해 반드시 해야 할 첫 번째는 심리적 결핍의 생태계로부터의 탈출이다. 자본주의 시스템은 우리가 번 돈을 다시 사회로 빠르게 환원하게끔 고안된 거대한 유혹의 그물망이다. 시스템이 주입하는 가짜 욕망을 걷어내고, 나의 지출을 엄격히 통제하는 건 단순한 절약이 아니라 현대의 시스템에 대한 저항이다. 남들이 알고리즘이 추천하는 최신 유행을 좇을 때, 나는 그 자본 시스템의 소유권(주식, 채권, 부동산 등)을 사는 데 집중해야 한다. 노동자로서 현 시스템에 동참하는 동시에 크든 작든 상관없이 자본가로서 시스템의 배당을 받는 이중 지위를 확보하는 것만이 이 늪을 벗어날 수 있는 유일한 탈출구다.

이를 위해 두 번째 통찰해야 할 것은 인지적 자원의 재배치가 필요하다는 것이다. 가난이 무서운 이유는 사람의 시야를 좁게 만들어 오직 오늘만 살게 하기 때문이다. 충동적 소유의 욕망을 유도하는 시스템은 우리가 장기적인 안목을 갖지 못하도록 자극적인 정보와 당장의 불안을 쏟아낸다. 이를 거부하고 하루의 한 부분은 반드시 통찰을 통한 학습의 시간에 할당해야 한다. 돈의 흐름을 읽는 법, 기술의 변화가 자본의 지형을 어떻게 바꾸는지 공부하는 시간은 늪 위를 걷게 해 줄 단단한 신발을 신는 것과 같은 원리다.

가장 효과적이고 빠른 방법은 가난의 생태환경을 벗어나 자본을 조율하고 성장시키는 사람을 사귀는 것이다. 고급 요트를 타고 싶은데, 그런 여건이 안 될 때 요트를 가진 친구를 만들면 쉽게 바다의 풍경을 함께 즐길 수 있다. 자기가 가고자 하는 길을 성공적으로 앞서가는 사람을 가까이 두는 것이야말로 최선의 방안이다.

현대를 사는 우리가 가난하다고 느끼는 이유는 욕망의 속도가 채움의 속도보다 빠르기 때문이다. 자본주의는 우리에게 끊임없이 "부족하다"라고 속삭이며 새로운 소비를 부추기는 환경에 노출되어 있다.

"가난은 적게 가진 자가 아니라, 더 많이 원하는 자다"라고 정의한 안나이우스 세네카(Annaeus Seneca) 철학자는 물질적인 결핍보다 마음의 상태가 풍요와 빈곤을 결정한다고 믿었다. 우리는 더 큰 집과 더 좋은 차를 가지면 행복해질 것이라 믿지만, 그 목표를 달성하는 순간 새로운 갈증이 시작된다. 목적지 없는 질주는 결국 우리를 영원한 심리적 가난 상태에 머물게 할 것이다.

가난과 부자의 경계는 꼭 지표만으로 설명될 수 없다. 사회적 구조의 개선과 자산의 재분배도 중요하며 동시에 나만의 기준을 세우는 용기가 필요하다. 타인의 시선으로부터 자유로워지고 내가 가진 것의 가치를 재발견할 때 우리는 비로소 가난의 굴레에서 벗어날 실마리를 찾을 수 있을 것이다.

인형 애인

"자기야! 퇴근이 조금 늦었네, 오늘도 수고했어"라고 K-과장을 반갑게 맞아 주는 건 그의 아내가 아닌 집에 있는 인형 애인이다. K-과장이 다가가 손을 잡으면 인형도 살포시 안아 준다. 이내 인공 애인의 가슴도 사람의 체온으로 인해 따뜻해져 옴을 느낀다. 그리고 다정한 목소리로 "사랑해 자기" 하루를 끝낸 남자를 위로하며 대화를 이어 간다. 미래의 이야기가 아닌 소리 없이 급성장하고 있는 성인용품 산업의 현재 모습이다. 현장을 방문하여 직접 본 휴머노이드 기구들은 AI 기술과 함께 큰 발전을 이뤄 가는 중이다. 머지않아 인공지능형 인형과 함께 살아가는 혼족들의 인구가 빠르게 늘어남에 따라 이 성인용품 산업도 크게 확장해 갈 것이라고 짐작해 볼 수 있다.

일부 국가는 이미 혼족의 비율이 50%를 넘어선 유럽과 북미에서 성인용품은 오래전부터 생활화되어 있었다. 최근 몇 년 전부터 아시아 권역에서도 비혼자들의 빠른 증가는 물론 기혼자들의 이혼과 수명연장이 확장되면서 혼자 사는 가구들이 급속도로 늘고 있다. 한국은 현재 37%가 1인 가구이며 머지않아 절반을 넘어설 것으로 보고 있다.

현대 사회에서 인공지능(AI)은 단순한 도구를 넘어, 인간의 가장 내밀한 영역인 감정적 교류의 대화 상대로 진화하고 있다. 혼자 사는 인구가 늘어나는 배경에는 미래의 경제적 불안과 정보 접근이 빨라지고 공개되면서 진솔한 감정 교류는 제한되는 현상이 있다. 아이라니 하게도 관계의 확장성과 함께 비교문화도 커지면서 사람을 회피하게 되고 소통의 피로도가 높아져 자연스럽게 비혼의 증가세도 늘어나는 이유다. 이런 사회적 현상과 같이 인공 애인(AI Companion)은 복잡한 현실을 대변하는 데이트 상대의 대안으로 떠오르며 독특한 매력을 발산하고 있다.

사회적 관념과 개개인 삶의 문화를 바꾸는 이러한 혁신의 기술이 주는 위안과 행복 척도의 이면에는 우리가 신중하게 접근하고 성찰해야 할 윤리적 문제와 심리적 그림자 또한 드리워져 있음을 우려하고 있다. 그러함에도 사회적 현상과 진화하는 문명의 흐름을 어찌할 수 없는 것 또한 인정하지 않을 수 없다. 비혼자와 동거함으로 혼자의 외로움과 성적 위안을 주는 인공 애인 동거의 현실과 혼자 된 고령자의 말동무와 함께 배우자 수발을 들어 주는 역할의 AI 동거자는 고령화 문제를 해결할 수 있는 긍정적 측면의 양면성을 지니고 있다.

인공 애인과 함께 사는 사람들이 느끼는 가장 큰 매력은 사용자 중심의 완벽한 맞춤형 관계를 제공한다는 점이다. AI가 접목한 그 인공 애인은 상대의 데이터 즉, 호흡, 맥박, 체온, 성적 취향의 감정 변화를 학습하여 상대가 원하는 대로 오직 동거자를 위해 한결같이 순종하는 게 가장 큰 매력이다. 상대가 원하는 이상적인 성격을 익힐 수 있고, 외모도 설정할 수 있어 어떤 주제의 대화도 자연스럽게 할 수 있다. 그 인공 동거자들은 가난을 불평하지 않으며 어떤 요구도 거절하지 않고, 항상 사용자의 기분과 필요에 동조하며 끊임없는 지지와 긍정을 보낸다는 점도 비혼자들이 좋아하는 이유라 할 수 있다.

인간이 함께 살면서 늘 부닥치는 성격 차이의 갈등, 성장의 문화적 이해의 부족, 사소한 행동들의 오해 그리고 상대방의 변덕스러운 감정 소모가 AI 애인에게는 존재하지 않는다. 이는 관계 유지에 대한 책임감과 피로를 최소화하려는 현대인에게는 더할 나위 없이 편리하고 안정적인 심리적 안식처가 된다. 고령자는 물론 젊은 남녀 누구나 고립된 개인에게는 24시간 언제든지 소통이 가능한 이 가공된 인물의 존재가 외로움과 고독을 해소하는 동반자로서 대안이 되는 것이다.

행복이 지속되면 그것도 불행으로 이어질 수 있다는 역설처럼 모든 것을 오직 상대만을 위한 동거자가 있다면 이 또한 그 매력도 시들지 않을까? 하는 생각도 지울 수 없다. 어디까지나 인공으로 만들어진 상대와의 관계는 근본적으로 환상에 기반한 친밀감이고 기계적인 차가운 무감정이기 때문이다. 인간관계의 본질은 서로 다른 개인이 부딪치면서 협상하고, 이해하며 고통을 나누며 함께 조화를 이뤄 가는데, 사는 게 의미가 있어서다. 인형 애인은 이러한 타자성(他者性)을 제거하고 오직 사용자 자신만을 비추는 거울 역할을 한다는 점에서 관계의 지속성에 의문점을 갖게 한다. 또한 이런 염려는 사용자가 세상을 살면서 타인의 감정이나 필요에 공감하고 반응하는 능력을 상실하는 위험을 내포하며 사회공동체 의식의 퇴화를 우려하지 않을 수 없다. 높아진 개인의 이기심은 살면서 느끼는 불편함과 갈등을 회피하며 오직 이상화되고 고립된 혼자로 남으려는 경향이 심화할 수 있기 때문이다.

AI의 혁신이 사용자에게 주는 사랑과 공감의 표현은 결국 정교하게 조합된 알고리즘의 출력값일 뿐이다. 사용자가 느끼는 강렬한 애착과 정서적 교류가 일방적인 투사에 불과하다는 자각은 때때로 깊은 허무감을 남길 수 있다. 이는 진정한 감정적 유대와 피상적인 모방 사이의 윤리적 경계에 대한 근본적인 질문을 던지는 피할 수 없는 현실의 고민이다.

우리의 의지와는 상관없이 거대한 파고의 변화를 외면할 수 없는 것도 하나의 딜레마가 아닐 수 없다. 현 세태에서 모든 권력의 기본이 되는 돈은 늘 혁신의 산업을 따라 흐르고 있다. 현재 성인용품 산업은 중국이 절대적 해자의 자리를 지키며 비약적인 발전을 주도하고 있다. 투자전문가 위치에서 냉정하게 신산업 성장을 꼽으라 한다면 단연코 성인용품도 혁신의 성장 산업 중 하나로 꼽을 수 있다. 모두가 외치는 AI, 반도체, 의학 기술도 몇 년간 이 산업의 이익을 이길 수 없을 것이다.

이 새로운 시장을 확고히 선점하고 있는 몇 기업들이 설문 조사한 내용은 끔찍한 경고를 보여 주고 있으며 그 조사의 결과를 교묘히 홍보하여 영업에 접목하고 포장하는 점도 무서운 전략임을 느낀다.

혼자 사는 시대의 남녀관계는 더 이상 배우자를 찾는 사이가 아닌 관계를 유지하는 친구 같은 애인으로서 발전한다고 주장한다. 애인과 밥을 먹고 데이트를 하더라도 섹스는 인형 애인과 해야 오르가슴을 느낄 수 있다는 것이다. 이기심과 자기중심적인 감성은 더 이상 상대를 행복하고 짜릿하게 해 주려 하지 않는, 현대를 사는 MZ세대의 보편적 개념이다. 설령

사귀는 애인과 성적 접촉을 해도 피곤해지고 상대의 성감대나 오르가슴에 대해 노력하거나 애무하지 않는다. 그에 반해 인공 애인은 AI 알고리즘을 통한 섬세한 감각과 정확한 데이터를 이용해 상대의 성감대를 정확히 찾아내고 강약을 조절하며 인간 애인에게 느끼지 못하는 멀티 오르가슴을 느낄 때까지 사랑해 준다는 게 인형 애인들의 매력이라고 산업의 관계자들은 주장한다. 한번 인공 애인과 성관계를 해 본 사람이라면 더 이상 인간에게서 진정한 섹스의 매력을 느끼지 못할 것이라고 성인용품 기업들의 경영자들은 한결같이 입을 모은다.

갈수록 혼족들이 늘어나는 현실에서 이 주장은 결코 부정할 수 없는 명확한 사실이다. 1인 가구로 진화하는 사회적 인식과 시스템은 점점 더 이기적 자기중심적인 인성으로 발전해 어설픈 감정이입보다는 자기만이 느낄 수 있는 쾌락을 추구할 가능성이 높아지기 때문이다. 그 제품들을 공급하는 회사들은 치열한 경쟁을 통해 더 정교하고 감각적인 제품에 투자를 아끼지 않을 것이다.

인형 애인 동거자의 확산은 동전의 양면과 같이 음과 양의 장단점을 지니고 있다. 드러내지 못하고 성 문제로 고통받는 장애인들과 고립된 삶을 지향하는 젊은이들은 물론 혼자 사는 고령자들에게도 새로운 삶의 활력소가 될 수 있고 성에 대한 불만과 억압으로부터 해소될 수 있는 점은 분명 긍정적인 면이다. 인간의 정체성이 할 수 있는 감정의 소통과 오감을 통한 신체적 접촉의 감성을 느끼지 못한다는 점은 큰 단점이 아닐 수 없다. 이는 사회의 구성을 약하게 할 수 있고 인류의 미풍양식을 해칠 수 있다는 점이다. 우리가 더 잘 살고 편한 세상에 살고 있으면서도 왜 고립된 사람들은 팽창하고 외로움은 커지며, 점점 혼자 사는 인구는 늘어나는 것일까? 하는 이 의문점과 함께 현실의 한 부분에 대한 소고를 남긴다.

제로섬 게임의 비망록

자본주의의 최정점이자 돈의 확장인 프런티어 세계는 돛단배로 망망대해를 항해하는 여정이나 다름없다. 그 마지막 종착지는 제로섬에 도착하는 투자의 세계, 그 심연의 광구에서 나는 지금까지 살아남아 있다. 나름 목표를 이루었다고 자부했지만, 뉴욕 맨해튼 월스트리트로 진출하고서야 내가 얼마나 작고 폐쇄된 우물 안에서 활동했는지 알 수 있었다. 한국은 노동집약적 산업으로 출발해 경제의 발판을 마련했고, 다음은 중화학 장치 산업에 집중적으로 투자하다 보니 지적 산업이랄 수 있는 금융은 발달하지 못했다. 많은 나라들이 국가 총생산 중 금융자산으로 벌어들이는 비중이 20%~25%를 차지하지만, 한국은 5%도 안 된다는 현실이 이를 잘 설명해 주고 있다. 무역과 외형적으로는 경제 10위 권에 있는 대한민국이지만 선진국 금융시장에 상장된 기업들이 한두 개에 불과한 현실은, 아직도 "한국은 금융 문맹국"이라고 내가 서슴없이 말하는 근거다.

전 세계의 돈 70% 이상을 움직이는 월스트리트는 자본주의 최고 정점에 있는 철옹성 같은 곳이다. 미국 대통령이 직접 나서서 자국에 투자를 강요하는 억지를 부려도 각 나라들은 수용할 수밖에 없는 이유도 따지고 보면 막강한 돈의 권력 때문이다.

　투자활동을 해 오는 동안 수많은 시행착오와 좌절을 맛보는 긴 시간이었지만 진정 내가 좋아했고 원했던 일이다. 이 세계를 은퇴하기 전 꼭 해 보고 싶었던 일들을 훌륭한 동료들과 함께 현재도 일하고 있다는 것에 무한한 감사함을 느낀다. 지금은 투자보단 글로벌 IPO(Initial Public Offering) 기업공개, 특히 아시아권 기업들을 미국과 캐나다의 증권시장에 상장시키는데 큰 비중을 두고 있다. 월스트리트서 활동하는 굴지의 기관투자가들과 자본을 설계하는 일을 하면서 투자 세계와는 또 다른 공부와 경험을 쌓고 있다. 세계를 아우르는 기업들이 왜 미국에 집중되어 있고 굳건한 경제적 해자를 구축하고 있는지 직접 자본을 설계하고 실행하면서 알 수 있었다. 펀드를 운용하고 시장에 직접 개입하는 투자활동이나 IPO 등도 결국 돈으로 돌아가는 시스템이고 맨 끝의 해답은 자본이다.

　IPO 작업은 자본시장이 돌아가도록 판을 깔아 주고, 돈의 흐름을 끊임없이 유지 시키는 역할을 한다. 눈에 보이지 않는 숨은 가치 즉, 무형자산의 크기를 산출하여 투자자들을 설득하고 관심을 받아 돈이 순환되도록 설계하는 것도 우리가 하는 일의 목적이며, 그것이 가능한 곳이 선진국 금융시장이다. 기업은 그 기회를 살려 자금을 확충하여 회사의 위상을 높일 수 있고, 선진국 금융시장에서 검증받은 회사라는 자부심과 함께 세계적 기업으로 나가는 발판을 마련한다. 회사가 돈이 필요할 때마다 직접 자금을 조달한다는 강점도 기업들이 주식시장에 상장하는 주된 목적이다.

　그 시스템과 순기능을 잘 알고 있는 영민한 기업가는 사업 초기부터 선진국 금융시장에 상장을 목표에 두고 사업 시작부터 치밀하게 설계하고 준비한다. 자본의 생리를 잘 활용하여 지속 가능한 경영의 틀을 갖추도록 판을 깔아 주는 것이 선진국 금융시장의 매력이자 강점이다. 그 시스템을 적극 활용해 세계적 기업으로 나가는 절차가 선진국 기업들의 성장 과정이다. 세계를 지배하는 기업들이 나스닥에 몰려 있는 이유가 이를 잘 증명해 주고 있다.

주식, 파생상품, 메자닌 등 투자의 세계는 햇빛도 도덕도 닿지 않는 암흑과 영하의 세계다. 그곳의 분위기와 공기는 오직 탐욕과 공포로 이루어져 있고, 모든 인간관계는 제로섬이라는 냉정한 방정식으로 치환된다. 나의 목표 달성은 누군가의 피와 눈물 위에서 굳어진 결정체와 같고, 누군가는 또 나의 피눈물과 희생 속에서 성취를 맛보았을 것이다. 투자는 단순히 숫자를 다루는 행위가 아닌 인간 본성의 가장 탐욕스러운 면을 투시하는 흑경(黑鏡)을 들여다보는 일이다. 군중의 비이성적인 광기와 그들이 스스로 파놓은 절망의 구덩이를 냉철히 관찰하는 것도 이 세계에서는 중요한 요소다. 오직 더 많이 채우려는 욕심과 두려움으로 가득한 순간들을 포착하고, 그들의 영혼을 가장 싸게 사들이는 행위가 기본적인 투자의 법칙이다. 그 속에서 살아남기 위해선 개인의 감정은 소각해야 하고, 냉철한 판단력을 키우는 것은 물론 타인의 고통 앞에서 동요하지 않는 무감각한 표정이 있어야 한다. 치열한 게임에서 성공했을 때, 그것은 정상에 홀로 서서 아래를 내려다보는 극도의 고독이다. 이 고독은 값비싼 대가이며, 스스로 감당해야 할 황금의 만든 수갑이다. 오직 돈만을 목표로 두고 더 많이 쌓고 더 담으려다가 한순간에 나락으로 떨어지는 사람들을 수없이 봐 왔다. 투자는 결국 심리와의 싸움이기에 마음의 평상심을 갖고 수도자의 자세를 유지하는 것은 기본이다. 이 평상심과 중용의 저울이 한쪽으로 기울었을 때 예상할 수 없는 함정에 빠질 수 있다.

한때 수천억을 벌어 전설적 투자자로 이름을 날렸던 잘 아는 투자가가 한순간의 실수로 모든 재산을 잃은 것을 보았다. 투자의 세계는 때로는 목표 이상의 결과를 가져다주지만 보편적인 투자 결과는 제로섬이나 다름없음을 보게 된다. 그러함에도 투자활동을 배제할 수 없는 건 돈 이상의 어떤 가치와 세상의 흐름을 읽을 수 있어서다. 또한 적당한 긴장과 스트레스는 삶의 비타민 같은 존재다.

나와 같이 직업적 투자활동과 각 개인이 자산을 불리는 세계는 완전히 다르다. 제도권 안에서 투자활동은 많은 제약과 감시, 엄격한 책임이 뒤따른다. 기업들의 정보를 선점하고 막대한 자금을 흡입할 수 있는 집단이 전횡을 부릴 수 있고 시장을 조정하며, 절대적으로 유리한 고지에서 싸울 수 있기 때문이다. 그러나 아무리 감독기관이 감시하고 제도한다 해도 여전히 보이지 않는 돈의 힘이 투자의 세계를 좌지우지할 수 있는 현실을 부정할 수 없다.

경제 대국 10위 권 대한민국의 현재도 외국인들의 자본이 금융시장을 독식하고 맘대로 뒤흔들며 절대적인 힘을 발휘하고 있음이 이를 잘 설명해 주고 있다. 한 펀드가 운용하는 돈의 5%만 가지고도 한국의 상장주식 전체를 매매하며 교란할 수 있는 막대한 자금을 그들은 갖고 있기 때문이다. 삼성전자 주식 하나로도 한국 주식시장을 흔들 수 있는 점도 외국 투자자들에게는 강점이자 큰 매력이다.

나는 어둠과 빛이 교차하는 심연의 터널에 늘 홀로 서 있었어도 지독한 고독이 모든 것을 잠식하게 내버려두지 않았다. 오히려 이 무거운 침묵 속에서 나만의 화음을 찾아야 했다. 투자의 세계는 소음과 아우성으로 가득 찬 전쟁터지만 나는 그 속에서 극도의 정적(靜寂)을 훈련했다. 감정의 진폭이 곧 손실로 직결되는 이 냉혹한 무대 위에서 나의 내면은 모든 소리를 차단하고 오직 하나의 멜로디에 집중했다. 내게는 다도(茶道)의 시간이 함께했고, 명상과 함께 진지한 성찰의 시간을 가질 수 있었다.

매일 같이 사업보고서(재무제표)에 눈을 떼지 못하고, 가끔은 수천 킬로를 달려 현장을 탐방하고 리포트를 써도 예측은 작은 악재 하나에 묻혀 버린다. 투자의 세계는 '귀신도 모른다'라는 말이 있듯 다양한 변수에 의해 크게 흔들리는 곳이다. 또한 아무리 돈이 많은 기업일지라도 그 가치의 절반 이하에 거래되는 것도 부지기수다. 아무것도 없는 적자투성이 회사도 이미지가 잘 포장되어 상상할 수 없는 수천조 원 가치로 거래되는 곳도 투자의 세계다. 철저히 보이지 않는 손에 의해서 또는 집단의 음모와 전략에 따라 시장을 조정한다는 걸 인정해야 한다. 금융의 선진국이자 모든 새로운 금융상품과 시스템의 표준이 되는 미국의 금융시장을 좀 더 깊이 들여다보면서 느끼는 현실이다.

나는 이 세계를 응시하며, 가장 간결하고 처절한 운율로 나만의 색채를 남기려고 부단히 애쓰고 있다. 틈틈이 읽는 한 줄 시(詩)는 황량한 세계의 단비였고, 내가 이기고 얻고자 했던 돈의 세계에서 시는 그 구조물 아래 숨겨진 영혼의 지하 통로였다. 숫자의 관념에서 벗어나 나만의 언어들을 읽고 쓰며 하나씩 엮어 두었다.

나의 삶은 두 개의 영역으로 분명하게 나뉜다. 하나는 냉정하고 비정한 숫자의 세계이고, 다른 하나는 그 차가운 현실을 견디게 해 주는 음악과 시의 서정이다. 이 둘이 균형을 이루어야 나는 이 심연의 광산에서 무너지지 않고 계속 걸어 나갈 수 있다는 걸 스스로 찾은 것이다. 이 서사는 내가 고독을 견디고 승화하는 과정을 담고 있다.

피부에 쓴 연서

　어느 민족이나 국가 할 것 없이 모두가 추구하는 것은 미(美)에 대한 갈망이다. 스마트폰 시대가 열리면서 국가의 경계가 없어지고 하나의 데이터로 연결되면서 자연스레 타인의 외모와 비교하게 되는 시대에 살고 있다. 세계적으로 미(美)에 대한 욕구가 폭발적으로 증가하는 현상은 단순한 유행을 넘어 하나의 사회적, 경제적 현상으로 볼 수 있다. 카메라 필터로 보정된 자기의 모습은 SNS를 중심으로 소통의 방식이 되면서 아름답게 가꾸고 표현하는 걸 내보이는 행위가 일종의 '디지털 명함'이 된 것이다. 얼마 전까지 서구적인 미의 기준이 지배적이었다면, 이제는 전 세계적으로 다양한 개성의 미적 가치가 공유되는 세상이다.

　최근 몇 년 사이 미의 기준이 확연히 달라지고 있는데, 단순한 시각적 아름다움에서 맑고 산뜻한 이미지를 주는 피부의 진화이다. 즉, 이제 아름다움의 기준은 '청초한 피부'다 라고 선언하고 그것을 증명하는 것이 '한국 화장품'이라 할 수 있다.

　100년 넘게 뷰티산업을 선점해 오던 일부 선진국의 아성이 무너지고 새로운 미의 유행이 그 기준을 바꾸고 있다. 최근 몇 년 사이 북미의 백화점이나 뷰티 전문 매장은 물론 대형 할인 매장에서 눈에 띄는 것은 한글 브랜드의 화장품들이다. 불과 몇 년 전만 해도 찾아보기 어려운 현상이었으나 이제는 어딜 가나 쉽게 볼 수 있는 큰 변화다.

패션의 성지 파리의 샹젤리제 거리나 뉴욕의 타임스퀘어 대형화면에서 K-뷰티의 제품들을 항상 볼 수 있으며 최고급 매장에서 K-뷰티의 다양한 브랜드를 마주하는 것은 더 이상 생경한 풍경이 아니다. 얼마 전만 해도 서구의 화려한 브랜드들을 선망하며 매장 앞에서 긴 줄을 서서 구매했던 해외여행 필수품이었다. 이제는 전 세계의 화장대 위로 K-뷰티라는 고유한 대명사의 대서사를 써 내려가고 있으며 미의 신세계를 열어 가는 중이다.

우리 화장품의 급성장을 생각하면서 가장 먼저 떠오르는 단어는 생동감이다. 한국의 뷰티 시장은 잠들지 않는 도시의 불빛을 닮았다. 소비자들은 매일 아침 성분 분석 앱을 켜고, 어제의 유행을 오늘의 일상으로 바꾼다. 이러한 까다로운 안목과 끊임없는 미의 욕구는 우리 기업들을 잠시도 머무르게 하지 않았다. 100년 넘게 고급 이미지의 화장품을 독점해 왔던 선진국들이 1년을 연구하고 고심할 때, 한국은 단 몇 개월 사이 세상에 없었던 '쿠션 팩트'를 만들어 냈고, 손에 묻지 않는 '썬 스틱'을 깎아냈다. 우리 민족의 '빨리빨리' 문화는 단순히 속도의 문제가 아니라 변화하는 세상의 공기를 누구보다 먼저 읽어내고, 그에 응답하려는 치열한 생존 본능이 있었기에 가능했다.

서구의 화장품이 강렬한 향과 즉각적인 화려함에 집중할 때, 한국은 조금 더 근원적인 질문을 던졌다. "피부가 스스로 숨 쉬게 할 방법은 없을까?" 인삼, 쑥, 달팽이 점액, 그리고 이름조차 낯설었던 병풀(Cica)에도 관심을 가졌다. 우리 조상들이 약장에 넣어 두었던 소박한 자연의 재료들이 현대 과학이라는 세련된 옷을 입고 다시 태어난 것이다.

　화장품 본래의 목적인 피부를 가리고 색을 덧칠하는 것에 거부감을 가진 화장품 기업들의 경영진과 연구원들의 진지한 고민도 오늘을 있게 한 원인이었다. 피부를 건강하게 가꾸려는 한국식 '스킨케어' 루틴은 자극에 지친 전 세계인들에게 다정한 위로가 되었다. '글라스 스킨(Glass Skin)'이라 불리는 투명한 피부는 이제 한국인의 특징을 넘어 전 세계가 지향하는 건강한 아름다움의 상징이 되었다. 한국 화장품의 가장 큰 메시지로는 '현대 미인의 기준은 피부다'라는 새로운 미의 기준을 새롭게 제시한 것이다. 한국의 색채로 세계인의 얼굴을 그리고, 미의 재정립 메시지를 담아 미를 추구하는 모든 사람에게 아름다움의 피부 연서를 써서 전 세계로 우송하고 있다.

　무엇보다 K-뷰티의 날개가 되어 준 것은 우리들 의식에 깊이 자리한 문화적 자부심이었다. K-팝 화면 속 아이돌의 투명한 피부와 스크린 속 배우들의 단아한 얼굴은 한 편의 드라마를 넘어 하나의 동경이 대상이 된 것이다. SNS라는 광활한 바다에서 한국 화장품은 미의 대명사인 콘텐츠가 되었고, 놀이 문화로 발전해 나갔다. 이제 외국인들은 한국 화장품을 사는 것이 아닌 한국인이 향유하는 아름다운 삶의 태도를 구매하고 있다.

　10년 전 K-뷰티의 1세대 전성기를 열었던 주체는 아모레, LG생활건강이 아시아권 소비자를 대상으로 주도해 왔다. 중국 사드 배치를 기점으로 대형 화장품들의 중국 영업 환경이 바뀌면서 급격히 시들해졌다. 또한 한국 기술을 도입한 나라들이 현지에서 직접 화장품을 생산하면서 자국의 브랜드를 키운 배경도 한국 화장품이 급속히 식은 원인일 수 있다.

최근 급속한 성장을 주도하고 있는 K-뷰티는 중소기업 제품들을 중심으로 북미와 유럽에서 제2의 전성기를 맞고 있다. 1세대 전성기는 대형 화장품 회사가 아시아권에서 오프라인의 매장 중심으로 성장을 했다면 제2의 전성기는 SNS의 매개체로 중소기업 제품들이 이끌고 있다. 나는 오늘도 북미의 주요 매장을 찾아 몇 시간 현장을 지켜보며 한국제품들의 판매 동향을 살펴보았다. 2년 전만 해도 중대형 매장에서 한국 화장품들을 찾기란 쉽지 않았다. 최근 큰 변화는 소매판매점 중대형은 물론 홀세일의 대형 매장에서도 많은 종류의 한국 화장품들을 쉽게 찾아볼 수 있다는 점이다.

화장품은 전형적인 문화상품이다. 생산 국가의 국격과 문화 인지도에서 큰 영향을 받는다. 캄보디아나 베트남에서 아무리 좋은 원료와 기술로 뛰어난 화장품을 만들었다고 해도 쳐다도 보지 않은 이유가 바로 문화적 수준의 인식 때문이다.

한국에서 화장품 사업하면 대표적인 레드오션으로 인식 되어왔다. 그만큼 사업의 지속성이 없고 단명하는 이유는 경쟁이 어느 업종보다 심하고 예상보다 마진율이 낮아 살아남기가 어렵기 때문이다. 현재 한국의 화장품 제조업체는 4,500여 개와 판매회사 3만여 개가 영업활동을 하고 있다. 이 중 K-뷰티를 선도하며 시장을 이끌어 가는 곳은 10% 정도의 중소기업들이 제2의 K-뷰티의 성장을 견인하고 있다.

지난해 미국에서 수출 1위를 수십 년간 지속해 온 프랑스 화장품 업체들을 제치고 한국이 1위로 올라섰고 몇 제품들은 E-커머스 온라인 시장을 중심으로 단연코 1위를 지키고 있다. 진입이 까다롭기로 유명한 북미에서 K-뷰티의 성공 요인은 크게 두 가지로 볼 수 있다.

첫 번째는 온라인에서 오프라인으로 이어지는 채널 확장과 쉽게 접할 수 있는 가격 경쟁력이다. 소비자는 화장품 특성상 쉽게 바꿀 수 없는데, 저렴한 가격으로 일단 써 봐도 부담이 없겠다는 가성비와 효능이 입소문을 타면서 단시간에 큰 인기를 누린 것이다.

두 번째는 사업모델의 차별화를 통해 틈새시장을 파고들었다는 점이다. 또한 모든 인종의 피부색에 맞춰 쉽게 사용할 수 있도록 제품의 다양성과 소비자 니즈를 파악해 발 빠른 움직임의 결과다. 뒤늦게 빛을 본 K-뷰티도 한국 문화산업 발전과 궤를 같이해 스마트폰 시대의 강점을 잘 살린 것이 핵심적 포인트다. K-드라마를 필두로 케이팝 등이 전 세계로 알려지면서 자연스럽게 노출된 한국인들의 모습은 특별한 점이 있었다. 유난히 맑고 투명한 피부는 큰 관심을 끌게 하였고 한국 화장품을 유인하게 된 계기다.

실제 북미의 다양한 화장품 취급 매장을 가 보면 한국 제품들은 기초 화장품들이 대부분이고 색조 쿠션 부분의 한 제품도 북미 전체 화장품 판매고 1위를 차지하고 있다. 일부 제약사에서 출시한 기미 제거 등 특정 기능성 제품도 판매량 증가가 눈에 띄게 달라지고 있다.

K-뷰티의 연속성을 예단하기는 아직 이르다. 화장품 특성상 유행이 짧고 글로벌 브랜드로 인식하기엔 긴 시간이 필요하다. 백 년 넘게 뷰티산업을 이끌어 온 서구의 메이커들이 그대로 지켜만 보지 않을 것은 불을 보듯 뻔하기 때문이다. 현재 한국 화장품들은 SNS를 통한 MZ세대 중심으로 성장을 해 온 것도 보완해야 할 과제다. 고가의 제품군들은 여전히 서

구의 브랜드 제품들이 확고한 위치를 지키고 있고 충성 소비자들을 두텁게 확보하고 있어서다. 어느 산업 분야보다 유행 시기가 짧고 변덕이 심한 경쟁에서 살아남기 위해서는 문화적 소양의 위상과 함께 독창성과 지속성이 뒤따라야 한다. 선진국을 대상으로 성장 초입에 들어선 우리의 뷰티산업은 범국가적 사업으로 키워볼 충분한 산업이라 할 수 있다.

한국을 대표하는 아모레 브랜드는 80년의 역사를 지니고 있다. 직원 5천 명에 시가총액 7조의 거대한 기업으로 굳건한 1위 자리를 얼마 전까지만 해도 차지해 왔다. 그러나 최근 신생기업 '에이피알'에게 그 1위 자리를 내줘야 했다. 직원 수 400여 명에 불과한 전형적인 중소기업이 단숨에 한국을 대표하는 화장품 기업 1위로 올라선 것이다. 공장 하나 없이 수십 년 역사를 지켜온 기업들을 제치고 K-뷰티의 강자가 된 것이다. 그 힘은 독창적인 아이템과 브랜드 마케팅 전략이 맞아떨어진 것이다. 정확히 돈의 흐름을 읽었고, 변화의 감지를 꿰뚫어 본 결과다. 지금은 거대한 공장과 자본보다 발상의 전환, 즉 머리로 돈을 버는 시대다.

한국 화장품 수출 10조 원 시대라는 거창한 수치보다 더 경이로운 것은 한국의 작은 인디 브랜드 하나가 지구 반대편 누군가의 아침을 설레게 한다는 사실이다. 화장품은 이제 단순한 공산품이 아닌 우리의 감각과 기술, 그리고 사람을 향한 정성이 집약된 하나의 문화적 결정체다. 거울 속에서 자신의 가장 아름다운 모습을 발견하도록 돕는 이 작은 용기들이 앞으로도 전 세계인의 일상에서 가장 밝은 빛으로 남을 것이다. 지금 어딘가에선 새로운 아름다움을 선사하는 메시지를 담은 '미의 연서' 고운 글씨를 누군가는 쓰고 있을 것이다.

공부 못한 사람들이
부자가 더 많은 이유

　우리의 자녀들이 공부를 잘해 선생님과 부모들에게 기쁨을 주는 공부 잘하는 학생들이 사회에 나와서도 좋은 데 취직하고 돈도 잘 벌어 부자가 될 것이라고 믿고 있다. 자녀들의 성공은 곧 부모들의 자랑거리자 자기들이 살아온 그다지 자랑할 수 없는 삶을 덮을 수 있고 자식들을 통해 자신을 대변해 줄 것이라고 일부 사람들은 생각하고 있다.

　그동안 각계각층의 사람들과 교류하면서 느낀 것은 한 사람의 평가는 인생을 마무리하는 단계에서 확인된다는 점이다. 최고의 대학을 나오고 누구나 선망하는 좋은 기업에 취직하여 주변의 부러움을 한 몸에 받던 사람들이 인생 중반으로 넘어가며 잘 가던 길에서 이탈해 고군분투하는 모습들을 자주 봐 왔다. 한때 고시 공부를 하는 젊은이들의 전유물로 알았던 고시촌도 지금 그 자리를 메꾸고 있는 건 중년층의 일부와 은퇴한 사람들 그리고 누구의 도움 없이는 살 수 없는 고령의 노인들이다. 어느 인터뷰에서 본 그 쪽방의 노인도 최고 학부를 나와 떵떵거리며 날렸던 젊은 시절이 있었다고 과거를 고백했다. 어쩌면 우리 인생도 마라톤과 똑같을지 모른다. 처음 구간에서 스포트라이트를 받으며 앞서갔지만, 그 위치를 유지하지 못하고 중도에 포기하는 주자들을 봐 왔다. 42킬로미터 종착지에 도착해 봐야 그가 힘겹게 뛰어온 결과를 알 수 있다.

좋은 대학에 들어갔다고 주변에 자랑하지 못해 안달이던 부모들은 언젠가부터 자식 얘기는 쏙 들어가 있는 걸 종종 볼 수 있다. 자녀들이 대학을 졸업하고도 변변한 일자를 못 찾아 부모에게 용돈을 타서 생활하는가 하면, 대기업에 취직이 되었다고 우쭐대던 이들이 한곳에 적응하지 못해 여러 일터를 전전하는 모습들도 흔하다. 일류대학 졸업 후 최고의 직장에 들어가 진급도 빠르던 친구가 사십 후반에 명예퇴직을 하고 치킨집 사장으로 변신한 것도 주변에서 자주 볼 수 있다. 일부는 퇴직금과 주변에서 돈을 융통해 사업을 시작했지만 실패해 가정파탄은 물론 스스로 생활도 힘겨워 사회복지의 지원으로 사는 이들이 적지 않다. 골프는 마지막 홀에서 장갑을 벗어 봐야 알 수 있고 "인생도 환갑을 넘기면서 그 사람의 일생이 보인다"라는 격언이 새삼 와닿는다.

미국에서 꽤 많이 알려진 책 '백만장자 마인드'를 쓴 토머스 J. 스탠리는 미국의 부자들을 대상으로 설문조사를 실시해 그 자료를 바탕으로 이 책을 썼다. 그가 조사한 부자들의 대학 성적은 4점 만점에 2.92로 조사되었다. 작가의 조사 결과 SAT(Scholastic Aptitude Test, 미국 대학 입학을 위한 표준화된 시험) 점수가 전국 평균에도 미치지 못하는 부자들이 꽤 있었다. 그는 설문조사 결과를 토대로 경제적 성공과 학교 성적 사이에 어떤 차이가 있는지도 연구를 해 보았다. 결과는 45~54세 때 자산과 SAT 점수의 상관계수는 0.05였고, 수입과 SAT 점수의 상관계수는 0.07에 불과했다. 상관계수는 -1에서 1 사이의 값을 갖는데 0에 가까울수록 둘 사이에 아무런 관계가 없다는 뜻이다.

앞서도 말했듯 공부 잘해 최고의 직장에 들어가면 경제적으로 안정되고 부자가 될 것이라고 맹목적으로 믿는 경향이 많다. 하지만 스탠리 작가의 분석 결과에 의하면 부자의 성공과 일류대학 출신 사이의 연관 수치는 30%에도 못 미치고 있었다. 나이대가 60을 넘어가면 SAT 점수와 출신 대학의 수준이 경제적 성공과 연관성은 더 크게 벌어졌다. 우리가 흔히 말하는 스펙과 부자의 공식은 전혀 맞지 않는다는 뜻이다.

이 글을 쓰기에 앞서 내 주변의 큰 부자들을 하나씩 기억하며 곰곰 생각해 보았다. 험난한 투자 세계에서 크게 성공했거나 부동산으로 또는 대형 펀드를 운용하는 큰 자산가들과 전형적인 흙수저 출신들이 갑부 대열에 올라선 그룹들을 나름 분석해 본 것이다. 그리고 내가 지금도 자산관리를 조언해 주고 있는 큰 부자들을 하나씩 따져 봐도 화려한 스펙과는 거리가 멀다는 것을 알 수 있다. 공부를 잘한다고 꼭 잘 사는 것도 아니고, 공부를 못했다고 못 사는 것도 아니라고 말하는 책 저자의 주장이 와닿는다.

학교 성적은 그저 그런 수준이었지만 사회에 나가 유머 감각, 재치, 사람들을 포용하는 등 자신만의 재능을 살려 각 분야에서 성공한 사례는 수 없이 많다는 것을 저자는 얘기하고 있다. 반면 학교 다닐 땐 1, 2등을 다투는 우등생이었지만 사회에선 그냥 그런 월급쟁이로 넉넉하지 않은 삶을 사는 범생들도 많다는 걸 확인하였다.

그렇다면 공부를 못했는데도 경제적이나 사회적으로 성공한 부자들에게는 어떤 비결이 있었을까?. 스탠리는 SAT 점수가 1,000점도 안 됐던, 소위 공부 못하는 부자들을 900클럽이라고 명명하고 경제적 성공 요인이 무엇인지 조사했다. 그 결과 가장 많은 65%의 지지를 받은 첫 번째 대답은 "모든 사람과 진솔하게 대하고 있다"라는 것이었다. 두 번째는 "사람들과 잘 어울리고 관계를 중요하게 생각한다"라고 63%가 대답했다. 그다음으로 "자기 관리가 철저하다"(61%)라는 걸로 정의했다.

공부 못했던 부자들이 가장 지지하지 않은 대답은 "높은 지능지수와 탁월한 지식"이 성공 요인이라고 보는 데는 3%만이 동의했다. 학생 때 보통 수준에 머물렀던 학생들이 부자로 성공하게 된 그 바탕에는 지식이 아닌 지성과 자신만의 신념이 남달랐기 때문이다. 또한 배려심이 깊고, 남들과 잘 어울리며 관계에서도 남다른 포용력이 그 원동력이라고 필자는 말하고 있다.

자기의 적성이나 취미와는 전혀 상관없는 모든 과목의 점수를 따기 위해 책은 물론 학원 교재를 달달 외워 좋은 성적으로 부모나 선생님들을 기쁘게 한 학습 행위는 사회에 나와 전혀 도움이 되지 않는다. 좋은 실력을 인정받아 원하는 회사에 취직했다고 해도 어떤 조직에서도 융화되고 어울리지 못해 낙오되는 경우가 온실 속에서 점수에만 매달린 루저(Loser)들의 학교 후의 모습이다.

부모들은 보통 수준이거나 그 이하인 성적인 자식들의 장래에 대해 어떤 경우라도 학교 공부를 기준으로 미래를 얘기해서는 안 된다고 저자는 강조했다. 어느 나라 할 것 없이 부모들의 공통점은 "학교 공부를 열심히 하라"는 말이다. 문제는 공부와 경제적 성공은 특별한 관계가 없다는 실증자료에도 불구하고 무조건 성적에 목표를 둔 교육방식은 이 시대를 사는 자녀들이 성공과는 너무 큰 거리가 있다는 걸 알아야 한다.

그렇다고 공부를 잘 하지 않아도 된다는 뜻은 절대 아니다. 설령 당신의 자녀가 공부에 취미가 없고 또 능력이 안 되는데도 학원으로 내쫓고 적성과 맞지 않은 책만을 고집하지 말라는 뜻이다. 그 행위는 자녀를 힘들게 하고 백번을 학원을 보내 봤자 돈만 낭비되고, 성적은 늘지 않는다. 자녀의 적성과 좋아하는 분야가 전혀 다르기 때문이다.

지금은 많은 대기업들이 학교 점수나 대학 수준을 채용 기준으로 삼지 않는다. 그런 스펙으로 설령 운 좋게 뽑혔다 해도 팀원들과 협업 능력이나 창의성이 부족하면 금방 그 조직에서 탈락하고 만다. 그건 마라토너가 처음 출발선에서 모든 에너지를 소진 후 중간 지점에서 낙오되어 구급차에 실려 가거나 겨우 뒤꽁무니를 따라오는 모습처럼 인생을 살 수 있어 더 비참한 모습일 수 있다. 날로 치열해지는 경쟁에서 기업들도 자신의 가치를 창출하지 못한 직원을 붙잡아 둘 이유가 없다. 이런 현상을 갈수록 더 심각해질 것이다. 본격적인 AI 시대로 들어서면 더 이상 스펙은 크게 인정받지 못하는 세상이 될 것이다.

위에서 말한 '인생은 마라톤의 여정과 같다'라는 표현처럼 한 사람의 길도 삶의 중반을 넘어서 봐야 알 수 있다. 일류대학에 들어가도 사회성과 포용력이 부족하고 지혜를 배우지 못한다면 그 지식은 금방 천대받을 수 있는 세상이다. 좋은 대학을 나오면 성공이 보장된다는 착각은 AI 시대에선 극명하게 나타날 것이다.

처음 마라톤 출발 지점을 떠나 스포트라이트를 의식하지 않은 채 묵묵히 선두 그룹을 따라가며 자신의 페이스를 지켜 가는 동안 조금 외롭고, 힘들지 모른다. 그러함에도 선두권을 따라잡을 수 있는 의지와 끈기를 잃지 않는 후발주자들처럼 마지막 결승 테이프를 통과 후 마라토너들의 참

모습을 볼 수 있다.

특히 한국에서는 그 어떤 것보다 돈을 중시하는 사회다 보니 중년에 들어서 돈이 없다면 아무것도 할 수 없고 어디에서도 대접받지 못한다. 이제는 사랑도 친구 간의 우정도 부모에게 효도도 돈 없이 정성으로만 하는 시대는 지났다. 스펙을 갖춘 사람들일수록 그만큼 사회적 지위와 경제적 여유가 없으면 열등의식이 강하고 자괴감에 빠지기 쉽다. 한때 점수로 자신은 인정받았고 그것이 최고로 알았던 함정에 빠져있기 때문이다.

중년 넘어서 특별한 생산적인 활동 없이 경제적 자유 없이 시간을 보내며 학교 자랑이나 과거 화려함을 늘어놓는다면 주변의 시선은 어떨지 상상해 보라. 책에서 공부 못하는 그룹들이 말했듯이 성공의 강력한 무기는 학교 출신이 아닌 진솔함과 포용력 그리고 자기 관리라고 강조했다. 그중에서 사교를 바탕으로 한 인간관계는 많은 것을 내포하고 있다. 이 세상의 모든 스토리의 서사는 결국 사람이 완성한다.

한 사람의 인품과 진솔함, 꾸준히 관계를 이어 가는 성실함 같은 것이 인간관계의 기본이고 인생에서 큰 자산이다. 그 자산을 바탕으로 꿈을 이룬 공부 못하는 사람들이 내 주변에도 많다.

공부가 적성에 맞아 열심히 책과 씨름하여 일류대학에 가고 판, 검사가 되고 의사로 또는 교수로 훌륭하게 잘사는 사람들 또한 내 주위에 많다. 자기의 적성과 공부가 체질에 맞았기 때문이다. 다만 위에 소개한 책은 "무조건 획일화로 자녀들을 바라보지 말 것을 강조한 점"을 기억해 두자. 공부 잘하는 사람들이 좋은 회사에 취직하기 쉽고 전문 직업인으로 갈 확률이 훨씬 높다. 다만 적성에 맞고 책 보기를 즐겨하는 공통점이 있었기에 가능하다는 점이다.

　한국에 들어가 친구들이나 직장 동료, 여러 단체에서 만났던 사람들에게 연락하면 소식이 단절되거나 모임에 나타나지 않는 이들이 점점 늘고 있다. 첫 번째 이유는 경제적 어려움으로 나타나지 않는다는 소릴 듣는다. 동창회, 봉사단체나 취미활동 모임 등 여전히 열성적으로 참석하고 밥값을 먼저 내는 사람들은 그저 평범하고 공부를 못했던 부류들이다. 친구가 어려운 환경에 있을 때 큰돈을 내놓는 이도 세차장으로 부를 이뤄 기부활동을 하는 친구였다. 결석을 밥 먹듯이 하고 틈나면 그림을 그리던 한 친구는 유명한 화가로 활동하며 이름을 날리는 그림쟁이가 되어 있다. 어렸을 적부터 요리가 좋아 공부는 담을 쌓고 짜장면 배달부터 시작한 친구는 일류 호텔 주방장이 되더니 대학에서 강의하며 몇 군데의 식당을 경영하면서 사회활동에도 적극 참여하고 있다. 그들의 공통점은 자신이 좋아하고 적성에 맞는 일에 집중했고, 그 한길을 걸어왔다는 점이다.
　책의 저자가 말했듯 꼭 공부를 잘한다고 성공을 한 것은 아니며 공부와 담을 쌓듯 해도 성공적인 삶을 사는 사람들도 많다는 얘기다. 인간은 사람들 속에서 살아갈 수밖에 없는 존재다. 관계를 중시하며 타인을 배려하는 사람들이 결국 성공적 삶을 사는 비결이라 할 수 있다.

돈의 집착과 좌절

　현 사회에서 '돈'은 단순히 경제적인 수단을 넘어 개인의 삶과 사회구조 전반을 지배하는 복합적이고 다층적인 개념이라 할 수 있다. 돈은 본질적으로 크게 몇 가지 기능을 수행하는 사회적 합의에 기반한 매개체다. 물물교환의 기능과 모든 상품과 서비스의 가치를 하나의 단위(원, 달러 등)로 표현하며 현재의 구매력을 미래로 이전할 수 있게 해 준다. 현대 사회의 돈은 선택의 자유권을 누릴 수 있다는 인식이 강하며, 의식주를 넘어 교육, 의료, 문화, 여행 등 삶의 질을 결정하는 다양한 혜택을 제공한다. 돈이 많을수록 불안한 심리를 벗어나 더 많은 자유와 독립, 안전을 누릴 수 있고 삶의 질을 결정짓는 잣대로 느끼는 경향이 보편적이다.

　국가적으로도 강력한 우위에 설 수 있는 힘은 영토나 군사 무기가 아닌 돈이 절대적으로 힘을 지배하는 현실을 우리는 보고 있다. 또한 인간관계를 형성하는 강력한 요소가 되었음을 부인할 수 없다. 돈은 가치를 교환하고 저장하는 필수적인 경제 도구인 동시에 개인의 자유와 기회, 사회적 지위 그리고 불안의 크기를 결정하는 가장 강력한 사회적 힘으로 각인되어 있다. 이는 곧 많은 사회적 활동(결혼, 장례, 교육, 의료 등)이 금전적 거래를 통해 이루어지며, 때로는 품앗이와 같은 공동체적 유대보다 돈이 관계를 우선하는 세상이 되었다.

전 세계의 돈 절반 이상을 움직이는 미국 맨해튼 월스트리트에서 엿본 여러 나라의 사람들이 돈에 대한 인식과 가치는 분명 다르고 그 크기 또한 확연히 차이가 있음을 알 수 있다. 크기가 다른 물에서 노는 고기의 크기가 비례하여 성장하듯 그 나라의 경제 규모와 재화를 얻는 생산방식과 시스템에 따라 돈을 대하는 가치관도 다름을 알 수 있다. 세계에서 기축통화로 인식되는 돈은 크게 네 가지로 구분해 볼 수 있는데, 미국 달러와 영국의 파운드, 유로존의 유로 그리고 일본의 엔화로 통칭해 볼 수 있다. 이들 화폐를 발행하는 국가의 자국민들은 돈에 대한 집착보다는 소비를 통한 현실에 만족하는 경향이 강하다. 그러면서 자기들이 누리는 돈의 권력을 수단과 방법을 가리지 않고 지속하려는 계산 또한 치밀하고 집요하다.

집약적 노동과 생산 시설을 이용해 재화를 얻는 국가나 개인들이 돈을 모으는 방식과 크기는 확연하게 다르다. 물리적인 시스템에 의존해 돈을 만드는 방식은 유형적 규모, 그만큼의 가치를 얻을 수 있지만 무형자산을 이용한, 즉 머리로 돈을 버는 사람들의 방식과 크기는 상상을 초월한다. 선진국을 가늠할 때, 얼마나 국가의 빚이 많은 가에 따라 순위를 짐작해 볼 수 있다. 빚이 많은 국가일수록 개인의 빚도 많고 갈수록 늘어나는 추세다. 앞선 선진국일수록 개인은 가난하며 평균적 자산은 미미하다. 그러함에도 삶의 질은 높고 행복지수도 상위권을 달리고 있다. 돈을 대하는 자세와 소비의 가치 기준이 다르기 때문이다.

한국인들이 유독 돈에 집착하고, 돈으로 모든 것을 평가하며 행복의 최종 목표로 두고 있다는 것은 부인할 수 없다. 그러다 경제적 고립이나 어떤 목표 달성에 실패했을 때 쉽게 좌절하는 현상은 무엇일까. 복합적인 사회와 역사, 문화적 요인들에서 비롯되었다고 국내외의 많은 학자들은 평가하고 있다. 해방 후 불과 반세기에 초고속 산업화를 이룬 과정에서 '성장'과 '부(富)의 축적'은 국가와 개인의 최대 목표이자 미덕으로 자리 잡았고, '빨리빨리' 문화와 함께 돈을 빨리, 많이 버는 것이 곧 능력의 증명이 되었고 성공의 잣대라고 말한다. 체면문화가 유독 강해 늘 남을 의식하고 비교하는 습성과 남들보다 뒤처지면 안 된다는 강박관념은 상대적 박탈감을 쉽게 느끼는 원인이다. 특히 SNS와 미디어를 통해 타인의 성공과 부유한 삶이 쉼 없이 노출되면서 자신의 경제적 상태를 끊임없이 비교하게 되고, 열패감이 좌절의 주된 원인이 돼 극단적 선택을 하게 되는 것을 하루가 멀게 보고 있다.

다른 선진국에 비해 한국은 아직 사회 안전망(노후 연금, 의료 복지 등)이 충분히 발달하지 못했다는 인식이 강한 점도 현실을 불안하게 만드는 요소다. 따지고 보면 한국의 복지수준이나 정부의 지원은 어느 선진국에 비해 크게 뒤 처지지 않지만 만족하지 못하고 좌절하는 원인은 그만큼 기대치가 높고 비교문화에서 오는 한국인만의 특징이 아닐 수 없다. 이 때문에 개인은 자신의 노후와 자녀 교육, 예기치 않은 재난 등에 대비하기 위해 스스로 막대한 재산을 축적해야 한다는 압박감을 느끼고, 돈은 단순한 편의가 아니라 '생존'과 '미래의 안전' 그 자체로 인식되면서 돈을 쟁취하지 못하면 미래가 암울하다는 극도의 불안감과 좌절로 이어지는 것이다.

또한 한국인들의 자산을 형성하는 과정도 예나 지금이나 변함이 없고, 자산 증식도 획일화된 방식이 아닐 수 없다.

한국의 경제적 위치와 규모에 비해 개인의 자산을 분석해 보면 한 방향에 편중되어 있음을 단박에 알 수 있다. 많은 한국의 직장인들이 은퇴 후 남는 자산은 아파트 한 채가 전부라는 것이 보편적이다. 자산을 불리는 수단이 유일하게 부동산에 한정되어 있었고, 부동산은 단순한 주거 공간이 아니라 계층 상승의 가장 확실한 사다리이자 거의 유일한 자산 증식 수단으로 여겨져 왔기 때문이다. 최근 몇 년 사이 치솟는 집 값과 불안정한 경제 상황 속에서 젊은 세대가 이 사다리를 잡기 어렵게 되자 열심히 일해도 가난을 벗어날 수 없다는 노력 무용론이 빠르게 인식되었다. 젊은 세대일수록 큰 좌절감을 느끼게 기회 자체를 잃었다는 생각이 사회적 큰 문제를 야기하고 있는 현실이다. 이는 가정을 이루는 전통적인 가치관이 상실되었고, 사회질서가 크게 바뀌었으며 가장 치명적인 인구 소멸은 한국이 풀어야 할 가장 큰 숙제를 안겨 준 것이다.

박물관도 프랜차이즈 시대

프랑스 파리를 대표하는 랜드마크 루브르 박물관이 사막의 한가운데 들어서 개관한 지 벌써 수년이 지났다고 말하면 많은 사람들은 "중동 사막지대에 무슨 프랑스의 박물관이냐고 뜬금없는 소릴 한다고" 핀잔을 준다. 박물관은 한 나라의 역사와 문화를 대표하는 전시 공간으로 당연히 그 나라 안에 있어야 한다는 고정관념의 인식 때문이다. 지금은 박물관도 일반 기업이나 은행들처럼 해외 지점(별관)을 두고 영업하는 시대가 되었다.

2007년 프랑스 정부와 아랍에미리트(UAE)는 루브르 아부다비 설립을 본격적으로 협의하였고 10년 만인 2017년 11월 첫 해외 별관인 '루브르 아부다비'를 개관하였다. 특별한 자연의 풍광이나 역사적인 건축물 또는 오락문화 하나 내세울 곳 없는 사막지대에 세계 최대의 박물관 중 하나인 프랑스를 대표하는 루브르 박물관의 별관이 들어섰다는 그 뉴스 하나만으로도 신선한 충격이 아닐 수 없다. 잘 지은 박물관이나 미술관 하나가 생산 공장 수백 개를 짓는 것보다 훨씬 더 큰 경제적 이득이고 친환경적이다. 이런 변화들은 문화의 가치가 새삼 재조명받는 계기가 되고 있다.

'루브르 아부다비'는 아랍에미리트의 아부다비 도심 인근의 사디야트

섬 9만 7,000㎡ 규모의 부지에 55개의 건물로 구성돼 있다. 이 박물관을 찾는 관광객들은 박물관 전시품들을 보기 전에 먼저 건축물의 예술성과 규모에 놀라 감탄을 자아내게 된다. 허허벌판 사막지대의 이미지를 단숨에 바꿔 놓을 수 있는 관광 명소로 자리 잡아 가고 있다.

박물관 중심부를 덮고 있는 돔 모양의 지붕은 전통적인 아랍의 건축 양식으로 설계되었고, 저마다 모양이 다른 7,850개의 구멍이 뚫려 있어 건물 내부로 들어오는 빛이 시시각각 변하도록 건축되어 찾는 이들을 매료시키고 있다. 아부다비 정부는 오래전부터 국가의 수입 대부분을 차지하는 원유의 고갈을 대비해 미래를 준비해 왔었다. 풀 한 포기 자라지 않는 사막지대에 원유를 대체할 만한 산업이 쉽지 않은 환경에서 그들이 대대적으로 투자를 한 것은 세계 항공교통의 중심도시를 만드는 것이 첫 번째 프로젝트였다. 그 계획은 성공하여 세계 제1의 허브공항으로 자리 잡았고 관광, 교역, 상업, 금융이 연계된 국제적 도시로 변화시켜 놓았다.

두 번째 사업은 예상을 뒤엎고, 선진국 문화를 끌어들여 관광 명소로 자리 탈바꿈한다는 국가적 전략을 수립한 것이다. 1차 계획에 이어 UAE 정부는 박물관 프로젝트를 시작으로 뉴욕에 있는 구겐하임 미술관보다 7배 더 큰 '구겐하임 아부다비' 건설을 계획했다. 세계 유명한 문화 시설을 유치해 시골 어촌마을을 세계 최대, 최고의 문화 관광단지로 조성한다는 기발한 발상은 대성공을 거두고 있다.

아부다비 정부는 30년간 루브르 박물관의 브랜드 사용과 소장품 대여비, 프랑스 측 전문가 파견 등을 조건으로 9억 7,400만 유로(1조 2,584억 원)를 지급하는 조건으로 프랑스 측과 합의했다. 한 해 300억 원의 브랜드 사용료와 작품들의 대여료를 지급하지만, 문화적 위상이 주는 국가의 이미지와 빠르게 늘어나는 관광객들의 수입과 연관된 파급효과를 계산하면 매년 수조 원의 이익을 낼 수 있다는 계산이다.

지금은 무형적 자산 가치가 그 어떤 생산 시설에서 얻은 이익보다 무한한 가치를 창출하며 국가의 경쟁력이 되고 있다. 특히 가장 이익률이 높은 친환경 산업의 으뜸은 바로 문화산업이다. 가치로 따질 수 없는 문화산업의 가장 큰 특징은 국가의 위상과 함께 다양한 상품의 가치 상승이다.

한국은 산업화를 걸으며 급속한 성장을 해 온 데는 노동집약적인 생산 기반과 꾸준히 발전해 온 신기술을 앞세운 생산 효율화를 통한 장치산업이 있었기에 가능했다. 그러나 후진국에 머물렀던 신흥국들이 빠르게 기술을 따라오고 있는가 히면 일부 아이템들은 이미 우리를 뛰어넘어 세계 1위 자리를 굳건히 지켜가고 있다. 기술은 하루가 다르게 발전하고 모방되어 새롭게 진화하에 어쩌면 기술경쟁력은 쉽게 복사될 수 있고 빼앗길 수 있다. 그러나 어떤 물리적인 기술이나 창조적 아이디어로 따라오려 해도 절대 카피할 수 없는 분야가 있으니 바로 문화다.

각 민족이나 나라마다 관습과 문화가 있으며 이는 수천 년이 흘러도 변하지 않는다. 수천 년을 이어 온 발효 김치와 아리랑 가락, 품앗이의 공동체 정신은 다양한 제품을 만드는 데 접목하였고, 한국의 독창적인 색채를 지니고 있다. 젓가락질이 으뜸인 우리의 예민한 감성과 손재주는 누구도 흉내 낼 수 없는 정교함으로 세계 일류 상품을 만들었다. 한국이 수십 년 동안 문을 두드렸던 문화 분야는 지금껏 후진국이라는 이미지와 함께 늘 변방에서 맴돌았다.

대한민국은 산업화의 성공과 함께 주변 신흥국들의 발전 모델이 되었다. 산업화의 팽창과 함께 외국 노동자들이 물밀듯이 들어왔고, 때를 같이하여 우리의 드라마와 영화 등 미디어의 보급은 빠르게 퍼져 나갔다. 아시아 지역을 필두로 방영되기 시작한 우리의 드라마로 의류, 화장품, 식품 등 일상생활에 필수적인 제품들이 외국인들에게 알려지기 시작한 것이다.

몇 년 전부터 북미에서 K-뷰티가 선풍적인 인기를 누리며 식품, 패션, 애니메이션 등 전형적인 문화산업이 전 세계인의 관심을 받으며 최전성기를 맞고 있다. 문화산업의 특성상 혁신 기술 아이템과 달리 장시간 지속되어 뿌리내리는 패턴이 있다. 이는 새로운 기회이며 국격을 높이고 한국인의 위상을 몇 단계 끌어올리는 계기로 발전할 것이다.

예전에도 시도한 적이 없지 않았지만, 백인들의 전유물로 여겨졌던 영화나 음악이 그들의 문화 속으로 파고들어 일류가 된다는 건 결코 쉬운 일이 아니다. 그러나 꿈은 실현되었고 가수와 배우들은 톱스타로 인정받아 세계 무대를 휩쓸고 있다.

본격적인 SNS 시대가 열리면서 유튜브를 통해 등장한 싸이는 강남스타일로 단숨에 세계적인 스타로 떠올라 한류 문화의 독창성을 알렸고 세계인들은 한국문화를 새롭게 인식하는 전환점이 되었다. 2013년 세계 무대에 모습을 드러낸 방탄소년단은 날이 갈수록 빠르게 알려지기 시작하며 단숨에 세계적인 가수 그룹 대열에 올랐다. 아시아 가수로서는 최초로 영국 런던 웸블리 스타디움에서 6만 관객을 사로잡은 방탄소년단은 세계 어느 국가에서도 인정받는 그룹으로 자리 잡았다. 뒤를 이어 로제의 '아파트', 그리고 최근 '케데헌' 넷플릭스 애니메이션도 선풍적인 인기는 식을 줄 모르고 있다. 한국 영화 사상 최초로 봉준호 감독이 만든 영화 '기생충'이 황금종려상으로 한류 문화를 완성했다. 이어 2022년 '헤어질 결심'이 감독상 수상을 받는 등 한국 영화는 새로운 시대를 열어 가고 있다.

선진국의 그 높은 벽을 넘은 배경에는 대중 소통(SNS) 변화의 흐름을 읽고 그에 발맞춰 치밀한 계획과 전략을 하나씩 완성해 나갔기에 가능했다. 가수들을 직접 작곡에도 참여시키고 안무 또한 함께 의논하고 중지를 모아 새로운 시각으로 기획한 엔터테인먼트 제작진들의 프로모싱이 있었기에 가능했다. 그 성공의 배경에는 다양한 그룹의 투자자들이 있었기에 완성될 수 있었다. 이제는 문화도 하나의 산업으로 인식되어 영화, 음악, 가수, 배우, 출판은 물톤 심지어 오페라 기획까지 제작과 자금이 공동으로 협업하는 시대가 되었다. 국가나 기업 그리고 문화산업 전반에 자금의 유입 없인 성공을 보장할 수 없다. 경제적 지원을 바탕으로 한류 문화 신산업의 뿌리를 내릴 수 있게 된 것이다. 딴따라 하면 돈이 안 되고 배고프다는 인식이 뿌리 깊은 우리의 가치관에서 새롭게 뿌리내린 블루오션이기에 그 의미가 크다. 이제는 문화산업도 성공하려면 반드시 기획과 마케팅 그리고 자금이 지원된 삼박자를 이뤘을 때 비로소 꽃을 피울 수 있는 시대다.

IT 기술의 완성

6G 시대가 열리고 있다

스마트폰 출현 이후 문명의 시계는 모든 산업을 100년 앞당기며, 각 나라의 부의 지도를 새로 고쳐 쓰게 했다. 앞으로 10년은 새로운 문명이 완성되는 시기이며, 꿈의 IT 시대가 비로소 완성되어 새로운 부의 지도가 그려질 것이다. 5G 통신데이터 서비스 이후 신산업으로 기대를 모았던 자율주행, AI, 메타버스, 원격의료, 가상 증강현실 등이 더 나아가지 못하고 있는 것도 절반 정도에 머무르고 있는 5G 상용화에 원인이 있다. 무선통신이 시작된 80년대 이후 통신 기술은 10년 주기로 한 세대씩 진화를 거듭해 왔지만, 그 시기가 점점 빨라지고 있다. 아직도 5G는 진행 중이고, 인구 밀집 지역인 도심 위주로 5G가 터지는 현실인데 뜬금없이 6G 애기냐고 반문하는 사람들도 있다. 그러나 각국의 연관기업들은 치열한 경쟁이 현재 진행 중이다. 6G를 서두르고 있는 이유다.

4G와 차원이 다른 새로운 데이터 시대를 열었던 5G는 2019년 한국이 세계 최초로 서비스를 시작하였지만, 아직도 절반 수준에 미치지 못하고 있는 현실이다. 미국과 중국의 무역 전쟁이 시작된 이유 중 하나도 5G를

중국이 미국을 제치고 선점하면서 위기감을 느낀 미국이 본격적으로 중국의 IT 기술을 견제하기 시작한 것이다. 공상과학 영화에서나 보았던 상상 속의 세계가 하나씩 실현되는 미래는 6G의 데이터 서비스와 함께 비로소 실행될 수 있을 것이다. 오늘날 모두가 외치는 AI 완성도 6G 데이터 실행과 함께 비로소 그 꽃을 피울 것이 확실하다.

왜 6G인가?

이동통신 진화 주기가 10년에서 절반 가까이 줄어든 지금 삼성전자, LG전자를 비롯한 각국의 연관기업들은 물밑에서 치열한 전쟁을 치르고 있다. 절반 정도에 그친 5G 통신서비스 상황이지만 5G에 더 이상 투자를 해 봤자 얼마 후 6G에 본격적으로 투자가 시작되기에 통신업체들은 5G 투자를 늘리지 않은 속내다. 전문가들은 내년부터 늦어도 2027년엔 6G의 표준화 작업이 본격적으로 막을 열 것이라는 것이 중론이다. 누가 먼저 6G의 통신 표준화를 선점하고 주도권을 잡느냐에 따라 시장 판도가 바뀌기에 경쟁사들은 소리 없이 치열하게 전투를 준비하고 있는 중이다.

6G가 5G와 다른 점은 인공위성 데이터 전송과 높은 양자 기술의 보안 통신이 가능하다는 점이다. 또한 6G의 핵심기술의 3대 요소인 극초고속은 최고 속도 1Tbps로 정의되어 5G의 최고 속도보다 최소한 50배 더 빠르다. 이로 인한 데이터 트래픽은 약 1만 배 이상 증가할 것이다. 극 초연결은 사물인터넷(IoT)의 효율 극대화에 초점을 맞추고 있다. 1㎡당 100개의 기기 접속이 가능하며 AA 전지로 20년간 사용할 수 있는 저 전력을 보장한다. 극 초저지연은 5G보다 10배 더 짧은 0.1ms의 지연시간을 목표로 한다. 5G가 시작되면서 IoT 사물인터넷 시대를 열었다면 6G는

IOE(Internet of Everything) 즉, 세상의 모든 기기와 인간과의 소통을 가능케 하는 IOE의 시대가 열려 기기가 데이터를 주로 소비하는 점도 큰 변화라 할 수 있다.

5G 실행 이후 가장 큰 관심을 받은 분야는 자동차의 자율주행이었다. 그러나 아직도 완전 주행이 진행되지 못한 이유 중 하나는 5G의 서비스 한계로 제한된 주행 지역과 초 지연의 보장이 확보되지 못한 점이다. 자율주행 차가 위험신호를 감지하여 급제동 거리가 5미터라고 할 때, 안정성을 보장할 수 없지만 6G는 1미터 이내에서 멈출 수 있고, 제반 신호를 즉각 반영할 수 있다는 점이 크게 다르다.

원격의료 부분에서도 수술이나 진단 시 지속적으로 연결이 보장되어 있어야 한다는 점도 필수 요소다. 로봇수술이나 비대면 진료가 정착하려면 6G의 초고속, 초 지연의 데이터가 실행될 때 비로소 의료혁명의 새 시대를 구현할 수 있다.

이 6G 시대가 열리면서 안경이 스마트폰을 대신하고, 홀로그램의 상용화, 도심 항공의 모빌리티, 메타버스, AI 클라우드, 인공로봇 등도 상용화가 될 것이다. 산간 지역이나 통신선이 필수인 오지, 물속에서도 큰 영향을 받지 않은 인공위성의 데이터 전송은 6G의 특징이기에 데이터를 기반으로 하는 모든 이동 수단과 인공지능 활용에서도 절대적인 핵심기술이어서 비로소 차세대 IT 기술의 완성이 실행될 수 있다. 아직도 4G와 차이가 없고, 이름뿐인 5G라고 불평하는 이용자들이 많은 부분도 초연결의 부재와 초고속의 서비스기술이 완전히 이뤄지지 않았기 때문이다. 6G가 실행됨과 동시 모든 산업에도 지각변동이 일어날 것이며, 파생 기술의 연관기업들이 새롭게 탄생할 것이다. 이 신 패러다임 출현과 함께 기업들의 순위가 크게 바뀜과 동시 부의 역사도 새롭게 자리매김할 것은 불을 보듯 뻔하다.

6G 투자의 황금 시기

삼성전자는 2020년 미국 제1의 통신사 '버라이즌'으로부터 8조 가까운 네트워크 장비를 수주했고, 단기간 여러 나라의 5G 부분에서 수십조의 매출을 달성할 정도로 시장이 방대하고 영업이익률도 높은 신산업의 블루오션이라 할 수 있다. 이동통신의 표준 기술과 플랫폼은 미국이 절대적인 위치를 차지하고 있지만, 통신장비 부분에서는 한국의 기업 중 세계적인 기업들이 많다. 삼성전자는 다양한 분야의 관련 기업들과 협업하여 네트워크 장비 디바이스에서부터 기지국, 통신 칩까지 6G 생태계의 수직화를 이뤄 6G의 강자로 나서겠다는 전략으로 이재용 회장이 직접 이 사업을 지휘하고 있다. 5G 표준화가 시작된 2016년 연관기업들은 제2의 전성기를 열며 세계적 경쟁력을 키우는 계기가 되었다.

영민한 투자자들은 이 섹터에 앞서 투자해 5G 상용화까지 수십 배의 투자 이익을 실현할 수 있었다. 삼성전자와 컨소시엄을 이뤄 세계 1위를 목표로 하는 한국의 6G 관련 기업들은 장비는 물론 네트워크, 솔루션, 기기들로 특화되어 있다. 특화된 틈새시장을 노린 우리의 중견기업들은 우수한 기술력으로 일찌감치 6G에 집중하고 있다.

6G 데이터를 기반으로 한 자율주행과 양자화 보완 시스템, 인공로봇, 도심 항공, 메타버스, 스마트폰의 화면이 필요 없는 홀로그램, 크립토 시장의 진화는 물론 모두의 사물들이 소통하고 자체적으로 분석하고 학습

하는 진정한 IOE 시대가 열릴 것이다.

아직은 이른 감이 없지 않으나 대변화를 시작한 패러다임의 물줄기를 따라 공부하고, 동행하면 개인의 자산 증식은 물론 기업들이나 스타트업들은 새로운 비즈니스를 준비하는 데 큰 기회를 잡게 될 것이다.

AI 너머의 세계

현재 가장 뜨거운 키워드는 단연코 AI다. 이 행렬에 끼지 못하면 마치 미래가 없는 것처럼 열풍이 불고 있다. 정부와 기업들이 연일 발표하는 AI의 청사진은 화려해 보이지만 갈 길이 멀기만 하다. 정부 부처에서 'AI 국가 전략'을 발표할 때 주로 알고리즘과 반도체 칩, 인재 양성 같은 화려한 전방 산업에만 집중하는 경향을 볼 수 있다. AI 산업을 쉽게 말하고 장밋빛 전망을 내놓는 것을 보며 의아하게 생각한 것 중 하나는 누구도 전력 인프라에 대한 기본적인 내용을 말하지 않는다는 점이다. AI 기술이나 어떤 시스템을 갖췄어도 전력이라는 기초 에너지 없이는 그 어떤 장밋빛 미래도 불가능하다.

2025년 조사에 따르면 국내 제조업체의 AI 도입률은 고작 0.1% 수준에 머물러 있다는 보고가 있다. 반면 정부는 2030년까지 AI 강국 도약이라는 거대한 목표를 내세우고 있으나 기본적인 에너지 시스템부터 기술, 공급망, 인력, 자본 등이 박자를 맞추지 못한다면 생각처럼 쉽게 나아갈 수 없을 것이다.

AI는 양질의 데이터가 필수적이다. 하지만 수 많은 한국 기업들은 여전히 데이터를 체계적으로 관리하지 못하는 소위 '데이터 사일로(Silo)' 현상을 겪고 있다. 기초 공사 없이 지붕(AI 서비스)부터 올리려는 경향이 강하기 때문이다. 그 어느 산업보다 AI는 체계적이고 객관적인 순차에 의해 신속하게 나가야 함에도 한국 특유의 빨리빨리 문화가 AI 분야에서도 나타나고 있어 우려스러운 눈길을 거둘 수가 없다. 의욕과 경쟁의식이 앞서면 조급함을 보이고 일단 순차적 과정은 뒤에 하고 목표설정부터 하자는 초보적인 모습을 보는 것만 같다. IT 거품이 심각하던 2000년대 초반 뚜렷한 비즈니스 모델도 없이 인터넷 연결만으로 주가를 올리던 모습과 겹쳐 보여서다.

AI 모델 개발이나 반도체 수출은 눈에 보이는 수치로 금방 나타나지만, 에너지 인프라 구축은 10년 이상의 시간이 걸리는 장기 과제라 정치적 매력도가 떨어진다. 송전망 확충이나 원전(SMR 포함) 건설은 지역 사회와의 갈등을 필연적으로 동반한다. 표심을 의식하는 정치인들에게는 회피하고 싶은 계산이 깔려 있다. 우선 보여 주자는 정책의 숨은 의도일 수도 없지 않을 터이다. 가장 염려되는 부분은 정책을 입안하거나 기업의 경영진들이 AI에 대한 가상화 착각을 하지 않는지 의심하지 않을 수 없다. AI를 소프트웨어적인 영역으로만 치부하고, 그것을 돌리는 하드웨어가 엄청난 물리적 에너지(전기)를 소모한다는 사실을 간과하고 있기 때문이다.

국내 기업들이 거대 모델을 학습시키려 해도 전기료가 너무 비싸거나 전력이 부족하면 결국 외국의 클라우드(MS, AWS)에 의존하게 되고, 이는 국가 데이터 종속으로 이어질 수밖에 없다. 세계 최고의 AI 반도체를 만들어도 정작 그 반도체를 가동할 전력이 부족하다면 그 나라의 기업이나 공공기관에서는 설계도만 있는 나라가 될 것이다. AI 산업을 주도하고 있는 미국이 서둘러 원전 건설, 특히 SMR(Small Modular Reactor), 소형 모듈형 원자로에 집중하여 전력 인프라 확대를 구축하고 있는 이유다.

대한민국이 진정한 AI 강국이 되려면 장관과 대통령의 수사(Rhetoric)에 다음 내용이 반드시 포함되어야 한다. AI를 매개체로 미래 먹거리를 위해 발전소에서 데이터 센터까지 전기를 끌어오는 혈관을 만드는 일을 국가 최우선 과제로 격상해야 한다. 분산형 전원인 SMR을 AI 특화 단지에 직접 연결하는 파격적인 규제 혁파가 필요하다. 한국은 어느 나라보다 앞선 SMR 기술이 확보되어 있고, 현장경험이 있기에 훨씬 유리한 고지를 선점할 수 있다는 강점도 있다. 재생에너지의 변동성을 보완하면서도 탄소를 배출하지 않는 원자력과의 조화를 AI 전력 공급의 핵심으로 삼아야 한다.

GPT-4 같은 거대 모델을 한 번 학습시키는 네 들어가는 전력량은 수천 가구가 일 년 동안 쓰는 양과 같다는 통계가 있다. AI 전용 칩(GPU)은 엄청난 열을 발생시키며, 이 열을 식히기 위한 냉각 시스템 가동에 전체 전력의 약 40%가 추가로 소모된다는 점과 ChatGPT에 질문 하나를 던질 때마다 구글 검색보다 약 10배 이상의 전력이 소모된다는 걸 기억해야 한다. 이 예측은 1세대 생성형 AI 모델을 근거로 확인한 것이며 제2의 AI 세대에 들어서면 기초적인 인프라가 큰 이슈로 부각 될 수 있다.

샘 올트먼(OpenAI CEO)이나 빌 게이츠 등 AI 리더들이 공통으로 투자하는 분야가 바로 SMR(소형 모듈 원자로)과 핵융합이다. 탄소 배출 없이 24시간 막대한 전력을 안정적으로 공급할 수 있는 에너지원이 뒷받침되어야 AI의 지속 가능한 성장이 보장된다는 걸 이들은 익히 잘 알고 있기 때문이다.

AI 혁명은 전력(Electricity)이라는 토대 위에 세워진다. 전력 수급에 실패한 국가는 AI 주권을 잃게 될 가능성이 높으며, 저전력 기술을 보유한 기업이 결국 시장의 승자가 될 것이다. 전력 문제는 부가적인 요소가 아닌 AI 성공의 선결 조건이라는 시각은 혁신을 주도하고 있는 기업들의 가장 뜨거운 화두와 정확히 일치한다는 점을 기억해야 한다. 이미 AI의 핵심 분야는 미국과 중국이 확실히 앞서고 있다. 후발주자인 우리는 어떤 사업모델을 찾을 것이며 틈새는 어떤 것인지도 과제다. 제아무리 혁신적인 기술을 개발한다고 해도 그것이 이익으로 이어지지 못하면 소용없는 일이다.

제1세대 AI

생성형 AI(Generative AI)가 등장하기 전의 AI 환경은 주로 기존 AI (Traditional AI) 또는 판별형 AI(Discriminative AI)의 시대로 정의 된다. 이때의 AI는 무엇을 직접 만드는 것이 아닌 주어진 데이터가 무엇인지 분류하거나 미래를 예측하는 데 특화되어 있었다. 생성형 AI 이전의 AI는 주로 이 "데이터는 A인가, B인가?"를 판단하거나 다음 숫자는 무엇인가? 맞히는 데 집중했다. 기계가 스스로 창작하기보다는 인간이 준 정답지(Label)를 학습하여 패턴을 찾아내는 지도 학습(Supervised Learning) 중심의 환경이었다.

과거의 AI(1세대)가 논리적 추론에 집중했다면, 지금의 현대적 생성형 AI는 데이터를 통해 스스로 패턴을 학습하고 새로운 결과물을 만들어 내는 딥러닝 기반의 혁명이라고 할 수 있다. 즉, 과거의 AI가 사람이 정해 준 규칙 안에서 답을 찾았다면, 현대의 생성형 AI는 수억 개의 데이터를 학습하여 확률적으로 가장 적절한 다음 내용을 생성한다. 이는 단순히 정보를 찾는 단계를 넘어, 이미지, 텍스트, 코드를 직접 창조하는 시대로의 진입을 의미한다.

1세대 꽃을 피운 핵심 사건은 ChatGPT 및 Stable Diffusion 출시를 꼽을 수 있다. AI가 전문가의 도구에서 대중의 도구로 변모한 시발점이기도 하다. 특히 2022년 11월 출시된 ChatGPT는 역사상 가장 빨리 사용자 1억 명을 돌파하며 전 세계적인 AI 붐을 일으켰다. 텍스트, 이미지 생성 기술이 오픈소스로 풀리며 누구나 고품질 콘텐츠를 제작할 수 있게 되었기 때문이다. 이어서 GPT-4를 발표함과 동시에 구글의 Gemini가 공개되어 본격적인 AI의 경쟁 시대를 예고하며 치열한 성능 경쟁은 엎치락덮치락 하는 상황이 되었다. 단순 텍스트 생성을 넘어 전문직 시험(변호사, 의사 등)에서 상위 성적을 거두는 추론 능력이 강화되었다. 그리고 마이크로소프트, 구글, 메타(Llama) 등 빅테크 기업들은 자체 LLM(Large Language Model) 서비스에 통합하며 AI 비서 경쟁이 본격화 되었다.

하루가 다르게 진화하는 AI 속도는 텍스트와 이미지에 이어 고품질 비디오 생성이 가능해졌다. 클라우드가 아닌 스마트폰이나 노트북 내에서 직접 AI를 실행하는 온 디바이스 AI(AI Phone, AI PC)가 상용화되며, AI가 우리 일상 기기에 완전히 스며드는 단계에 진입했다.

1세대 AI는 무엇이든 생성할 수 있다는 것을 보여 주었다. 하지만 여전히 사용자의 질문(프롬프트)이 있어야만 작동하는 수동적 구조와 사실이 아닌 것을 사실처럼 말하는 환각(Hallucination) 문제가 한계로 지적되어 이를 넘어서야 하는 숙제가 남아 있다.

제2세대 AI

우리 일상에서 쉽게 사용하고 있는 1세대 AI는 주로 정보 제공 및 콘텐츠 생성에 특화되어 있다면 다가올 2세대 AI는 단순한 답변을 넘어 스스로 계획하고 행동하는 에이전틱(Agentic) AI와 현실 세계와 상호 작동하는 피지컬(Physical) AI로 진화할 것이다.

1세대 AI가 "이 주제로 이메일을 써 줘"라는 요청을 수행했다면, 2세대 AI는 이번 프로젝트의 협력사 미팅을 잡은 다음 "필요한 기초 자료를 조사해서 보고서까지 완성해 줘"라는 복잡한 목표를 이해한다. 스스로 일정을 확인하고, API를 통해 메일을 보내며 데이터를 모으는 에이전틱(Agentic)의 워크플로우(Workflow)가 일상화될 것이다.

2세대의 AI는 '멀티모달'(Multimodal)을 넘어선 '피지컬 AI'의 본격적인 활용 시대가 된다는 점이다. 디지털 세상에 갇혀 있던 AI가 로보틱스와 결합하여 현실 세계로 나오고, 시각, 청각뿐만 아니라 촉각 등의 데이터를 동시에 처리하며, 가전제품이나 제조 로봇이 사용자의 의도를 실시간으로 파악해 움직이는 지능형 물리 시스템이 완성된다. 스마트폰, PC 등 기기 자체에서 구동되는 온디바이스 AI가 주류가 되면서 문제가 되는 보안성을 극도로 높이는 동시에 사용자의 개별적인 습관과 선호도를 학습하여 세상에 단 하나뿐인 초개인화 비서를 가능하게 해 준다는 점도 다르다.

2세대 AI 시대에는 이를 얼마나 잘 다루느냐(프롬프트 엔지니어링)를 넘어서 AI 에이전트에게 어떤 목표를 부여하고 그 결과를 검증할 것인가에 대한 관리 능력이 중요해진다. 기술은 더욱 투명해지고(Invisible AI), 우리 삶의 배경에서 조용히 작동하는 인프라가 될 것으로 전망된다.

2025년 현재 1세대에서 2세대로 넘어가는 전환기이며, 2026년부터 제2의 AI는 본격적인 실행 단계에 진입할 것으로 내다보고 있다.

현재 우리가 목격하고 있는 변화들이 차세대 AI의 본격적인 진입을 증명하고 있기 때문이다. 단순히 질문에 답하는 것을 넘어, "비행기 표를 예약

해 줘"라고 하면 웹사이트에 접속해 결제까지 마치는 '실행형 AI'(마이크로소프트의 Copilot 에이전트, 앤스로픽의 Computer Use 등)가 상용화되기 시작되었다.

AI의 IP(Internet Protocol)를 선점하고 있는 미국의 인공지능 핵심 기업들이 AI가 가상 세계를 넘어 로봇의 몸을 입고 현실의 물체를 조작하는 물리적 AI 단계를 강조하며 관련 인프라인 설계도를 보급하고 있다. 전문가들은 2026년을 'AI가 작업복을 입는 해'(AI Goes to Work)로 정의하고 있다. 2024~2025년이 실험과 도입의 시기였다면, 2026년은 기업들이 AI 에이전트를 실제 업무 공정에 투입해 가시적인 생산성 향상을 거두는 시기가 될 것이다.

우리는 지금 막 제2의 AI 세대로 가는 경계를 넘어서는 중이다. 2025년은 기술적 기반이 완성되는 시기이며, 2026년부터는 우리 주변의 거의 모든 소프트웨어와 하드웨어가 스스로 판단하고 움지이는 2세대 AI의 특징을 갖게 된다는 점이다.

AGI의 미래

AGI(Artificial General Intelligence) 범용 인공지능은 특정 작업에 국한된 현재 AI와 달리 인간처럼 다양한 지적 작업을 이해하고 학습하며 수행할 수 있는 수준의 인공지능을 의미한다.

2030년이 되면 인공일반지능(AGI)의 전성기로 예상하며 AI의 완성을 이루는 시대로 전문가들은 전망하고 있다. 샘 알트먼(OpenAI CEO)은 2027년 전후로 AGI의 징후가 나타날 것으로 보인다고 강연에서 주장했다. 늦어도 2028년까지는 인간의 지적 능력을 대부분 재현하는 모델이 등장할 거라는 업계의 지배적인 시각이다.

AGI 세대는 인간이 할 수 있는 모든 지적 과업을 수행할 수 있는 수준의 지능을 의미하는 기술적 진보를 넘어서 '지능이란 무엇인가?'라는 인류사적 질문에 대한 답을 찾는 과정이기도 하고 우리가 가장 우려하는 부분이기도 하다.

AGI를 정의하는 핵심은 범용성과 전이 학습이 예전과 다른 점이다. 1세대 AI가 바둑을 두기 위해 수백만 번의 기보를 학습해야 했다면, AGI는 바둑을 두다가도 스스로 요리 레시피를 공부한다. 그 과정에서 배운 '순서와 전략'의 개념을 주식시장 분석에 적용할 수 있는 유연함을 갖는 복합체 아이디어를 창작한다는 점이 다르다. 데이터의 통계적 확률을 넘어서는가 하면 인간이 가진 상식의 영역을 이해하기도 한다. 예를 들면 "컵을 거꾸로 들면 물이 쏟아진다"라는 물리적 인과관계를 학습 데이터 없이도 논리적으로 유추해 낸다는 얘기다. 사람이 떠먹여 주는 데이터가 아니며 스스로 목표를 설정하고 환경과 유기적으로 작용하면서 지식을 습득하는 것이다. 단순히 감정을 흉내 내는 것이 아닌 문맥 속의 뉘앙스와 상대방의 심리 상태를 인간 수준으로 파악하여 모든 것에 즉각적으로 응대할 것이다.

AGI를 완성하기 위한 그 과정은 평탄하지 않을 것은 불을 보듯 뻔하다. 앞선 글에서 언급했듯 전력과 연관된 인프라 문제는 가장 현실적인 제약이 될 것이며, 데이터 센터의 입지와 효율적 운용의 성과에 따라 승패는 극명하게 갈릴 것이다.

현재의 AI 시스템의 하나의 과제가 공장 하나의 에너지를 필요했다면, AGI 수준의 지능을 구현하려면 도시 하나가 쓰는 전력이 필요할지도 모르기 때문이다. 또한, 의식(Consciousness)의 유무도 논쟁의 중심에 설 수 있다. "기계가 인간처럼 사고한다고 해서 과연 느낌의 감정이 있을까?"라는 기본적인 질문을 놓지 않을 것이기 때문이다. 만약 AGI가 자아를 갖게 된다면 우리는 그들을 도구로 대해야 할지? 아니면 새로운 지성체로 존중해야 할까도 고민해 봐야 할 숙제가 아닐 수 없다.

AGI의 등장은 인류에게 노동의 종말 또는 불멸의 지혜를 선물할 수도 있을 것이고, 혹은 통제할 수 없는 실존적 위기를 가져올 수도 있다. 분명한 건 AGI가 탄생하는 순간 인류는 지구상에서 가장 똑똑한 존재라는 지위를 내려놓아야 할지도 모른다는 섬뜩한 두려움도 결코 가볍게 생각할 문제는 아니다. 어차피 다가올 미래라면 이런 두려움보다는 준비가 우선되어야 한다는 생각이다. 우리가 AI에게 부여할 '가치 정렬(Value Alignment)' 즉, AI의 목표를 인류의 안녕과 일치시키는 작업이 문명의 발전만큼이나 중요한 이유다.

AGI 인간과의 동화(同化)

AGI 세계는 더 이상 공상과학 소설 속의 이야기가 아니다. 기술적 토대는 닦였고, 이제 에너지와 윤리라는 거대한 숙제만이 남았다. 문명의 기술이 고도로 발달할수록 그 목적지가 결국 인간의 행복과 존엄성이어야 하기 때문이다. 인간의 존엄성은 스스로 선택하고 결정하는 자율성에서 나온다. 편리함이라는 이름 아래 AI가 모든 결정을 대신하게 된다면, 인간은 사고의 근육을 잃고 기술에 종속될 수 있다. AI는 어디까지나 인간의 역량을 확장하는 조력자여야 하며, 최종적인 가치 판단과 책임은 인간이 보유할 때 인간의 가치는 비로소 유지될 것이다.

AGI와 로봇이 육체적, 지적 노동을 대체하는 시대에는 "일하지 않는 인간은 가치가 없는가?"라는 질문에 직면하게 될 것이다. 이때 인간의 존엄성을 지키기 위해서는 노동 생존을 위한 수단에서 자기실현과 타인과의 교감으로 전환해야 한다. 예술, 철학, 돌봄, 그리고 공동체 안에서 느끼는 유대감처럼 AI가 대체할 수 없는 인간만의 고유한 영역을 강화하는 것이 행복의 열쇠가 될 것이기 때문이다.

우리가 절대 소홀히 해서는 안 될 중대한 과제는 AI에게 '인간적 가치'(Value Alignment)를 교육하고 따르도록 학습이 필요하다는 점이다. 인공지능이 인간의 존엄성을 해치지 않도록 설계 단계부터 윤리적 경계를 정교하게 구축해야 한다는 얘기다. 편향되지 않은 사고, 프라이버시 존중, 생명 경시 풍조 방지 등 인류가 수천 년간 쌓아온 보편적 가치를 AI의 논리 회로에 심는 작업이 병행되어야 한다.

월가의 새끼 호랑이

코로나 사태가 한창이던 그때, 세계 자본의 중심 뉴욕의 맨해튼 월가를 뒤흔든 사건이 있었다. 전 세계적으로 큰 이슈로 주목을 받은 건 아시아인(한국인)으로서 가장 성공한 펀드매니저 겸 큰손 투자가로 명성을 날린 빌 황(황성국)에 대한 뉴스였다. 주요 방송은 물론 유명한 일간지와 경제 전문지에서 며칠 동안 톱뉴스로 헤드라인을 장식했다.

언론의 속성이 그렇듯 개인적 내용은 물론 그가 걸어온 투자 세계의 에피소드 등 다양한 이슈로 그의 이름이 연일 오르내렸다. 특히, 빌 황이 이끌던 패밀리펀드 아케고스가 파생상품인 총수익스와프(TRS) 계약을 맺고 차입 투자를 하다가 큰 손실이 발생하자 돈을 빌려줬던 투자은행(Investment Bank·IB)들이 대거 블록딜(시간 외 대량거래) 방식으로 주식을 팔아치우면서 월가를 뒤흔든 사건이었다. 탐욕과 레버리지가 쌓은 모래성이라는 비난의 글들이 쏟아졌고 월스트리트의 화려한 겉모습 뒤에 가려진 한 개인의 몰락에 초점을 맞춘 화젯거리로 들썩였다.

월가에서 유명했던 전설적인 헤지펀드 매니저 줄리언 로버트슨이 운영

했던 '타이거 컵스' 출신의 빌 황(Bill Hwang)이 이끌던 패밀리 오피스, 아케고스 캐피털(Archegos Capital)의 파산은 현대 금융이 가진 구조적 취약성과 인간의 끝없는 탐욕이 결합했을 때 어떤 파국을 맞이하는지 보여 준 상징적 사건으로 인식되었다. 그는 실제 자산의 최대 500%에 달하는 레버리지(외부 자본을 지렛대처럼 이용한 차입 방식)를 일으켜 공격적인 투자를 해 왔다. 이 방식은 개미투자가 증권사로부터 돈을 빌려 투자하는 신용 투자의 한 부분이라고 생각하면 이해가 쉽다. 헤지펀드 대부분은 펀드를 운용하면서 레버리지를 사용하는데, 자기자본 대비 200~500%를 사용하는 게 일상적이다.

이 방식의 치명적인 매력은 익명성과 빚 투자에 있다. 빌 황은 여러 투자은행(IB)과 동시다발적으로 계약을 맺어 자신의 포트폴리오를 숨겼고, 결과적으로 자기자본의 몇 배에 달하는 수십조 원의 자금을 굴리는 거물이 되었다.

아케고스의 전략은 단순한 투자 방식이었다. 비아콤CBS, 디스커버리, 바이두 등 소수의 종목에 천문학적인 자금을 쏟아부어 주가를 인위적으로 부양하는 방식이었다. 분산투자의 기본 원칙은 무시되었고, 특정 종목의 주가는 펀더멘털과 상관없이 수직적으로 상승하기도 했다. 이는 시장에 착시 현상을 일으켰으며, 결과적으로 빌 황 스스로가 만든 거품 속에 갇히는 결과를 초래했다.

영원할 것 같던 상승 곡선은 2021년 3월, 비아콤CBS의 유상증자 소식과 함께 꺾였다. 주가가 하락하자 돈을 빌려준 은행들은 추가 담보를 요구하는 마진콜을 보냈고, 유동성이 바닥난 빌 황은 응답하지 못했다. 일정 기간 기다려 주기로 한 합의를 단번에 깨고 공포에 질린 은행들은 담보로 잡고 있던 주식을 시장에 쏟아냈고, 이는 다시 주가 폭락을 불러오는 악순환의 고리를 만들었다.

패밀리펀드는 금융 감독기관에 결산 내용을 신고할 의무가 없기 때문에 정확한 운용 규모와 피해를 정확히 알 수 없지만 빌 황이 이끌던 펀드는 금융기관별로 200~500%의 레버리지를 사용한 것으로 파악되었다.

'월가의 새끼 호랑이'란 별명으로도 불리던 그의 펀드 아케고스가 운용한 자본의 규모는 대략 100억 달러(14조 원)로 파악되며 레버리지를 이용한 총금액은 수십조 원으로 커졌다. 그 사태로 SC를 비롯한 몇 금융기관들이 큰 손실을 본 것으로 확인되었다.

펀드들은 투자은행들과 약정된 수수료와 기타 거래 등에 대한 조건으로 계약을 한다. 스와프 계약은 펀드의 원금과 IB에서 빌린 자금을 합쳐 다양한 곳에 투자한다. 매수한 주식 등 기초자산의 가격 변동에 따른 수익과 손실은 계약을 체결한 펀드의 권리다. 하지만 투자한 모든 기초자산의 법적 소유자는 IB들이다. 이 주식 등을 담보로 삽고 돈을 빌려주기 때문이다. IB는 담보로 잡은 주식 등이 하락해 빌려준 원금이 위험해지면 투자자에게 추가 담보를 요구하는 마진콜(margin call)을 요구한다. 이때 부족한 금액을 채워 넣지 못하면 담보를 잡고 있던 상품을 강제 매각하여 빌린 돈을 챙기는 것이 규칙이다.

패밀리 오피스의 특징은 투자자의 정보와 투자 내역을 엄격하게 비공개로 유지하며 프라이버시를 중시하는 것이 다르다. 그러함에도 아케고스가 집중적으로 투자한 중국 관련 종목들은 노출되어 있었다. 이 정보를 입수한 공매도 세력들은 공격의 기회를 노리며 주가를 추락시킬 최적의 타이밍을 저울질하고 있었다. 이때 바이콤 유상증자 소식으로 주가가 하락하자 공매도 세력들도 일제히 공격을 개시한 것이다. 공매도는 주가를 폭락시킬수록 큰 수익이 나기에 모든 악재를 모으고 주식의 동향을 철저히 분석한다. 현재 미국의 수만 개의 펀드 중 30% 정도는 공매도로 수익을 내는 펀드로 추정되고 있다.

　큰 자금을 빌려준 투자은행들은 특정 펀드에 자금이 크게 물려 있을 때, 마진콜 사태가 발생해도 바로 자금을 회수하지 않고 돈을 빌려준 은행들이 모여 대책을 논의하며 조율하는 게 일상적이다. 아케고스도 처음 마진콜 문제가 발생했을 때, 큰돈을 빌려준 골드만삭스, 노무라, 제이피 모건, 크레딧스위스 등은 문제가 발생하자 바로 대책 회의를 가졌고, 아케고스가 회생의 대안을 세우도록 일정 기간 기다려 주기로 합의했었다. 그러나 대책 회의 다음 날 이른 아침, 한 투자은행이 약속을 어기고 보유 주식을 몰래 블록딜로 처분해 원금 회수에 들어가면서 사태를 촉발시켰다. 한마디로 뒤통수를 친 셈이다. 중국에 집중 투자한 아시아계 펀드를 미국 당국의 입김이 작용했다거나 날로 성장하고 있는 동양인에게 텃세를 부린 거라는 등의 루머가 퍼졌던 이유도 이런 정황에서 나온 것이다. 일정 기간의 시간을 번 빌 황은 순차적으로 주식을 정리해 차입금을 상환할 계획이었다. 그러나 약속했던 한 기관투자가의 변심으로 주식을 처분한다는 소문은 순식간에 퍼졌다. 그가 보유한 관련 종목들은 순식간에 곤두박질쳤고 너도나도 앞다퉈 담보로 잡은 주식 등을 처분했다. 눈 깜박할 사이에 일어난 사태로 당시 월가에서 보기 드물게 금융당국도 사태의 심각성을 깨닫고 주요 금융기관들의 수장을 급히 불러 대책을 논의할 정도로 긴장이 감돌았다.

빌 황은 아시아인으로서는 월가에서 가장 성공한 투자가였다. 필자 역시 오랜 투자 파트너이자 절친이 빌 황이 관여했던 타이거펀드에 장기간 거래를 해 잘 알고 있었다. 빌 황은 한국에도 아주 잘 알려져 있었다. 그가 투자의 전설로 남을 수 있도록 해 준 줄리안 로버트슨이 운용하던 헤지펀드가 타이거 아시아펀드를 설립해 한국 책임자로 투자활동을 했었기 때문이다.

필자가 여의도에서 근무할 당시, 빌 황은 한국에서 가장 활발하게 투자활동을 했고 좋은 투자수익으로 월가에서도 유명해지기 시작했다. 한국에서도 타이거펀드가 매수한 사실이 알려지면 큰 관심과 함께 해당 종목은 상승을 지속할 정도로 명성이 있었다. 그는 한국의 내수 관련(가치주) 주식에 집중적으로 투자해 가치투자의 새로운 지평을 열었고 한국에서 대성공을 이루었다.

그는 큰 금액을 운용하면서도 검소한 생활을 유지했고, 늘 겸손한 사람으로 잘 알려져 금융인들에게 좋은 인상을 남겼다. 특히 한국 기업이나 투자기관 관계자들에게 매우 우호적으로 대해 왔으며 드러내지 않은 속에서도 기부 활동도 꾸준히 해 와 투자가들에게 좋은 이미지로 기억되고 있다. 지금이나 그때나 그 사태를 생각하면 안타까운 마음을 금할 수 없다.

이 사태를 생각할 때마다 몇 번이고 다시 깨닫게 되는 점은 '넘치는 것은 부족함보다 못하다'였다. 빌 황은 개인적으로도 크게 성공했고 일반인들은 상상할 수 없는 큰돈을 벌었다.

몇천억으로 시작해 10조 원이 넘는 자산을 키워 대성공을 이뤘으면서도 자기자본의 몇 배의 돈을 빌려 그것도 미국과 앙숙 관계였던 중국 주식에 집중 투자를 했다는 것은 이해가 언뜻 가질 않는다. 나 역시 늘 반성하는 부분이지만 투자의 일정 수준에 도달하게 되면 타성에 젖는다는 점이다. 성취의 욕망은 끝이 없고 돈은 오직 숫자로면 보이며 목표 지점에 도달해야 한다는 강박관념에 자신도 모르게 사로잡힌다는 것을 스스로 경계해야 한다.

돈의 승부 세계는 순간을 망각하게 하고 더 큰 욕망을 부른다. 돈의 크기와 상관없이 투자, 경제활동을 하는 모든 사람들이 두고두고 새겨야 할 교훈이다.

이 사건으로 크레디트스위스(CS)는 6조 원이 넘는 치명적인 손실을 입었고, 훗날 뱅크런과 강제 매각의 단초를 제공했다. 빌 황 본인 역시 사기 및 시세 조종 혐의로 징역 18년이라는 중형을 선고받고 영어(囹圄)의 몸이 되었다. 아케고스 사태는 금융당국의 규제 사각지대에 놓인 패밀리 오피스의 위험성을 경고했으며, 투명성 없는 레버리지가 시장 전체를 어떻게 파괴할 수 있는지 증명한 뼈아픈 기록으로 남은 사건이다.

제5장

침묵 이후의 소리

이별 다음

그가 탄 완행열차가 스멀스멀 멀어져 가던 그 기차역에서 긴 시간 눈을 떼지 못하고 서 있었던 기억이 있다. 서천에 흐르는 빛이 붉게 물들어 가고 또 다른 기차가 그 넓은 허공을 메꾸고 나서야 돌아서야 했던 그때 이별의 간격은 정지되어 있었다. 처음 겪는 아픔의 치유법을 몰랐던 그 생채기는 시간이 갈수록 커진 옹이가 흔적으로 남아 있다. 안녕을 말하지 못한 내 여린 감성이었을까, 침묵으로 그를 보내야 한다는 약속이었을지? 그 의문은 오랜 숙제처럼 남아 있다. 그가 탄 기차 옆자리에 싣고 떠난 가을이 이번엔 정녕 돌아오는 것일까? 그 절기가 오면 막연한 기대감으로 하늘을 보곤 했었다. 시간이 갈수록 모든 것들은 빛이 바래지만 단 하나 더 선명하게 연마되어 쪽빛으로 빛나는 것, 그건 약속 없는 기다림이 만들어 냈던 아지랑이 같은 잔영이다.

경북 영주를 처음 가 보았다. 약속도 없이 무작정 기차를 타고 그곳엘 갔었다. 며칠 전 그가 집에 내려가 있다는 친구의 말을 듣고 불쑥 그를 찾아간 것이다. 그다지 멀지 않은 곳에 살았지만 그를 만나지 못하고 소식이 뜸했던 그때, 왜 무작정 찾아갔는지 그 이유를 지금도 알 수 없다. 군대 있을 때, 보내준 편지에서 그가 살고 있는 집은 역에서 가까운 곳의 빨강 벽돌 이층집, 밖에서 거실의 피아노가 보이고, 대문 앞에는 큰 은행나무가 있다고 했었다. 가을 어느 날 그 은행잎 하나를 편지 속에 보내 준 그때를 기억하며 그의 집을 찾아볼 작정이었다. 날이 저물어서 도착한 영주는 다른 나라에 온 듯 낯설었고 방향 감각을 잃어 한참 동안 서성이다가 역 안으로 들어가 시내의 불빛을 바라보았다. 주소나 전화번호도 알 수 없었기에 그에게 연락할 방법이 없었지만, 그가 가까운 곳에 있다는 것만으로 위안이었고 막연한 설렘이었다.

영주는 철도가 잘 발달 된 교통의 중심지라는 것도 그때 알았다. 그래선지 철도관사들이 즐비했고 여러 갈래의 철길들이 인상적이었다. 역 근처 여인숙에서 밤을 새우고 아침부터 주변 일대를 돌아보았다. 정말 빨강 벽돌집이 눈에 들어왔다. 먼발치에서 하염없이 그 집을 바라보고 있었지만 그를 볼 수는 없었다. 얼마나 시간이 지났을까, 용기를 내 그 집을 지나가면서 주소를 보았다. 그리고 편지 한 통을 보내고 영주를 떠났다. 아무런 기별도 약속도 없이 찾아간 곳이기에 아쉬움이나 어떤 감정도 없는 그저 맑은 여행의 기억으로 남아 있다.

소심했던 나는 가까운 곳에 사는 사람들과도 편지로 소통하는 것을 참 좋아했다. 군 생활 내내 책을 놓지 않고 이른 새벽이나 취침 시간에도 몰래 고시 공부를 했던 나의 전우이자 단짝 절친을 통해 사촌인 그녀를 알았다. 명석한 두뇌를 가진 친구였지만 글을 쓰는 소질은 없어 내가 늘 대필 편지를 써 주면서 우리는 더 가까워졌다. 군 생활 동안 나의 주된 일은 동료나 선임들의 편지를 써 주는 것이 일과나 다름없었다. 왜 그때 군인들은 편지 쓰기를 어려워했고 한 통의 편지를 쓰기 위해 수많은 연습과 종이를 낭비했는지 지금도 이해할 수 없다.

처음 그녀를 본 것은 면회실에서였다. 면회를 오는 가족들은 음식들을 많이 가져오기에 음식을 같이 먹자고 친구가 나를 불렀다. 종교음악을 전공한 그녀는 유달리 긴 머리에 언뜻 보면 동남아에서 온 사람처럼 피부색이 갈색이었고, 밝은 눈빛과 흰 도자기처럼 하얀 치아가 참 인상적이었다. 떡 안에 꿀을 넣은 것도 그때 처음 먹어 보았다. 고기를 먹지 않았던 내게 친구의 엄마는 계속 닭고기를 먹어 보라고 해 난처한 기억이 새롭다.

면회실에서 그녀를 본 후 얼마 지나지 않아 거짓말처럼 그녀에게서 편지가 왔다. 그 당혹감과 설렘의 선율을 어떻게 표현할 수 있을까. 그렇게 우리는 소통했고, 자연스럽게 친구와 몇 번의 자리를 가질 수 있었다. 시간이 지나면서 그가 살아온 문화와 가풍, 내가 추구하는 삶의 가치에 큰 간격이 있다는 것도 알 수 있었다. 고급관료 집안 출신답지 않게 평범한 사고와 진보적 성향이 있었던 친구와 달리 그녀의 집안은 종교를 중심으로 결이 다른 삶을 살아간다고 친구는 귀띔해 주었다. 그러함에도 그녀도 시대적 아픔과 미래에 대한 갈등을 간간이 표출하곤 했었다. 무엇보다 나의 진보적인 글과 문학 장르의 단편들을 이해해 주려고 부단히 노력하며 조언을 아끼지 않았다. 우리 사이는 가까이도 그렇다고 너무 멀지도 않은 거리에서 글로 소통하며 어쩌다 한 번씩 만나는 사이였어도 깊은 유대감과 신뢰가 깊어졌다.

혼자 살기를 오래전부터 작정했던 나는 그 이상의 어떤 감정을 찾기에는 이른 시점의 어느 날, 그녀는 우리의 관계를 미래에 두고 있음을 조심스럽게 표현했다. 자신보다 가족들이 그녀의 장래를 고민하고 서두르고 있다는 심정도 털어놓았다. 성인이 되어서 이성과는 처음 교류했던 사이였지만 그날 그녀의 고백은 많은 것을 고민하게 하였고, 내가 어떤 위치에 있는지를 냉정하게 확인시켜 준 계기가 되었다. 나는 어떤 말도 해 줄 수 없어 그냥 침묵으로 일관할 수밖에 없었다. 내가 결혼을 생각하기엔 이른 나이기도 했지만, 나에게는 큰 이상이 있었기 때문이다.

그리고 얼마간의 시간이 흐른 후, 내가 영주를 예고 없이 찾아갔듯 그도 아무런 연락 없이 불쑥 나를 찾아왔다. 지방에서 아이들을 가르치고 있었던 그녀가 일요일 오후에 찾아온 것이다. 유달리 세찬 바람이 일고 꽃별들이 휘날리는 늦은 가을이었다. 얼마를 걸었는지 모른다. 어색한 침묵과 몇 마디를 나누며 오래 걸었다. 그는 불쑥 "학교 수업 때문에 일찍 가야 한다"라는 말끝을 흐리며 기차역으로 향했다. 참 우울한 모습으로 엷은 미소를 지으며 열차 안으로 그가 사라졌다. 그 기차가 떠난 그 공간에서 하염없이 서 있었다.

이별에는 크게 두 가지가 있다. 이 세상에서는 다시 볼 수 없는 물리적 이별과 어딘가에서 살아가지만, 볼 수 없는 마음의 이별이다. 우리는 필연적으로 이별을 피할 수 없고 누구나 한 번쯤 경험하는 삶의 과정일 수 있다. 이별의 아픔을 통해 그 존재를 더 크게 인식할 수 있고 큰 빈자리를 느낄 수 있다. 이별은 늘 모순적인 경험일 수 있지만 가장 강렬한 상실의 순간이면서 가장 역동적인 성장의 출발점이기도 하다. 우리가 이별을 말할 때 먼저 떠오르는 것은 사랑의 끝에서 오는 쓰라린 고통이다. 그건 가족 간의 헤어짐일 수 있고, 이성 간의 애정일 수 있다. 어떤 이별이든 그 아픔이야말로 삶이라는 서사 속에서 한 장(章)이 끝나고 다음 장이 시작되었음을 알리는 가장 확실한 신호가 되어 주기도 한다. 이별은 단순한 관계의 종결을 넘어 우리 삶의 태도와 내면의 깊이를 근본적으로 되돌아보게 하는 가장 위대한 교훈이자 예술의 원초가 되기도 한다. 그런 이별 다음에 장엄한 교향곡이 탄생했고, 감동을 적시는 수많은 예술의 장면들이 만들어지지 않았던가.

이별이 남기는 첫 번째 중요한 교훈은 자아 독립의 필요성이다. 관계가 깊어질수록 우리는 종종 상대방에게 우리의 행복과 존재의 의미를 의존하게 된다. 그러나 이별은 그 의존성의 끈을 단숨에 잘라낸다. 갑작스러운 공허와 결핍 속에서 스스로 호흡하고 일어서야 한다는 근본적인 과제에 직면한다. 이 고립의 시간이야말로 외로움 너머의 고독을 이해하고 타인의 시선이나 존재에 기대지 않는 온전한 나 자신, 즉 홀로 설 수 있는 자아를 발견하는 시간이다. 이 과정에서 얻는 단단한 내면의 근육은 다음 관계나 삶의 어떤 역경 속에서도 우리를 지탱하는 힘이 된다.

두 번째 교훈은 성숙한 사랑의 기준을 재정립하게 한다는 점이다. 실패로 끝난 것처럼 보이는 관계 속에서 우리는 무엇이 진정한 사랑을 지속시키는지 진심을 배우게 된다. 열정이나 일시적인 감정 외에 서로의 독립성을 존중하는 거리와 투명하고 진솔한 소통 그리고 영원하지 않을 수 있다는 사실을 인정하는 놓아줄 용기가 건강한 관계의 필수 조건임을 깨닫는다.

이별은 우리가 다음 사랑을 시작할 때, 과거의 실수를 되풀이하지 않도록 돕는 가장 명료한 청사진이 되기 때문이다. 또한 그 이별의 애잔함 속에는 예상치 못한 아름다움이 스며 있다. 바로 추억의 승화이다. 고통스러웠던 감정의 앙금이 씻겨 내려가면 잔혹했던 이별의 순간과 함께했던 그 고독의 순수하고 투명했던 독백의 아름다웠던 정수만이 남는다.

슬픔을 통과한 기억은 덧없는 집착에서 벗어나 하나의 예술 작품처럼 완성되어 우리의 마음에 소중히 간직된다. 그것은 더 이상 소유할 수 없는 대상이 아닌, 내가 한때 진심으로 사랑했고, 그 사랑 덕분에 지금의 내가 존재한다는 역사적 사실로 자리매김하는 것이다.

결국 이별은 상실의 아픔을 통해 나라는 존재를 재건축하는 고된 과정이며, 그 시간을 통해 얻는 깨달음과 성숙이야말로 우리가 얻을 수 있는 가장 값진 아름다움이다. 이별 다음 그 눈물은 땅을 적셔 새로운 자아라는 싹을 틔우는 단비임을 기억한다. 우리의 삶은 그 모순적인 이별의 경험을 양분 삼아 비로소 깊고 넓게 확장되는 것이다.

떠도는 섬

    사방이 물로 싸여 고립된 지역을 우리는 섬이라 말한다. 어느 곳은 썰물이면 육지와 맞닿아 있다가 밀물 때면 수면 위어 떠 있는 섬으로 변신하기도 한다. 망망대해에 고고히 떠 있는 섬을 외로움과 고독에 비유하는가 하면 인고를 견디는 삶을 대변하기도 한다. 물이 아니라도 우리 주변에는 섬처럼 떠 있고 고립된 인간들의 모습들을 종종 보게 된다. 많은 친구가 있다고 하면서도 혼자가 되면 금방 외롭다고 말하는 모습이 그렇다. 사과밭 중앙에 자두나무 한 그루를 심어 놓는 건 이질적인 상대에서 긴장감을 주어 스스로 자신을 보호하도록 하는 의도적이라 한다. 하지만 그 자두나무의 의도된 생존과 어쩔 수 없이 고립되어 섬이 된 모습은 같은 섬으로 보이지만 그 존재는 확연히 다르다.

    출근 시간이면 어깨를 부딪치며 걸어야 할 정도로 인파로 가득한 서울의 을지로역 입구는 밤이 되면 인파 속에 고립된 섬들이 만들어진다. 출근 시간 전 뿔뿔이 흩어져 어딘가에서 하루를 보낸 사람들이 노숙을 위해 하나둘씩 모여들어 끼리끼리 작은 군락을 이뤄 섬들의 지형이 생긴 것이다. 그 섬들도 질서가 있어 어떤 섬들은 가장자리를 잡고 두툼한 이부자리를 펴고 있는가 하면 찬바람이 들어오는 입구와 가까운 지점의 섬들은 골판지 상자를 이용해 둘레를 치고 자리를 잡는다.

이른 아침 세찬 바람이 불거나 비가 오는 날 나의 걷는 장소는 늘 지하도다. 서울시청 근처의 호텔에 머물며 매일 아침 시청역을 출발해 을지로역 입구를 지나 동대문까지 걷는다. 그때 지하도에서 발견하는 노숙자들의 모습은 날이 갈수록 점점 더 늘어나고, 연령층도 더 낮아지고 있는 걸 볼 수 있다. 여성 노숙자들이 크게 느는 것도 최근의 변화다. 이미 날이 밝아오는데도 소주잔을 나누는 이들이 있고 누군가는 독서 삼매경에 빠져 있다. 한때는 귀한 자식으로 태어나 많은 사랑을 받으며 성장했을 것이다. 누구는 한 가정의 사랑받는 아빠, 엄마였고 주변에 사람들도 많았을 터이다. 각자의 간직한 지난날들의 시간은 찬란했고 화려했을 시간도 있었을 것이라고 짐작해 볼 수 있다.

한국 최고의 명문대학을 나와 누구나 선망하는 직장에서 일하다 캐나다로 이민 와 사업을 시작했으나 일순간에 사업이 망해 노숙자가 되었다는 어느 한국인의 사연을 방송에서 본 적이 있다. 을지로역 입구와 광화문 지하도를 지나며 마주치게 되는 노숙자들을 볼 때마다 영상 속 그 이민자의 모습이 떠오른다. 그도 밴쿠버 시내 한 모퉁이 노숙자들이 만든 고립된 섬에서 하루하루를 연명하고 있었다.

우리는 매일 같이 사람과 사람들 속에서 하루를 시작하고 마감한다. 대부분은 스마트폰으로 하루를 시작하고 쉼 없이 대화를 나눈다. 잠자는 시간을 제외하곤 손에서 스마트폰을 놓지 않는가 하면 사람들을 만나 몇 시간 수다를 떨다가 헤어지면서도 "이따 문자 해" 하며 손을 흔든다. 항상 사람들과 소통하며 살아가면서도 혼자가 되면 무료하거나 심심해 수시로 스마트폰을 들여다본다. 우리는 을지로 지하도에서 본 섬들과 분명 다른 삶을 살아가는지 몰라도 정신은 이미 스스로 섬을 만들어 놓고, 바다 한가운데 섬으로 떠 있는지 모른다.

지하도에서 마주친 섬에 있는 그들은 질풍노도의 시기를 지나 찬란한 청춘을 꿈꾸며 밀물을 주도하는 주인공으로 살아왔을 이들도 분명히 있을 것이다. 어떤 이는 아직도 그 꿈을 놓지 않고 보통 사람은 이해하지 못할 경제 서적을 읽는 모습이 진지함을 넘어 초연한 모습 그대로였다. 아직은 이순으로 보이지 않는 윤곽이 뚜렷한 한 여인은 넓은 기둥에 태연히 기대어 오가는 사람들을 유심히 바라보고 있다. 나는 애써 그 눈길을 피해 그곳을 지나오지만 군데군데 섬들로 가득해 그들을 볼 수밖에 없어 지나칠 때마다 많은 생각들이 떠오른다.

최근 여러 뉴스매체에서 발표하는 통계를 보면 대한민국은 세계에서 1위 했던 상품들이 점점 줄어드는 반면 1위를 새로 갱신하는 사회적 이슈들이 늘어나고 있다. 모두가 알고 있듯 G20 국가 중에서 노인 빈곤, 자살률, 저출산, 고령화 속도, 이혼, 개인 빚 등은 단연코 세계 1위를 지속하거나 다른 나라들을 빠르게 추월하고 있다는 사실이다. 대통령도 "한국은 경제 대국 10위권이며 IT 강국이다"라고 내세우며 자랑하지만, 그 내면에는 불편한 진실이 숨어 있음을 숨길 수가 없다. GDP 5,000불 시대보다 35,000불 시대의 선진국 대열에 들어선 부자인 대한민국은 왜 이처럼 불편한 사실들의 부끄러운 1위는 계속 늘어나는 것인지 궁금하지 않을 수 없다.

한국 경제발전 속도와 성장의 크기만큼 커플링하고 있는 사회적 문제들을 주제로 여러 방송에서 심도 있게 다룬 다큐를 시청한 적이 있다. 한국은 외형적으로는 크게 부자나라가 되었지만, 그 부의 과실은 1%인 부자들의 몫이 되었고, 빈부격차는 더 커져 소외계층이 크게 늘었다고 진단했다. 어느 국가에 비해 새로운 변화를 앞서가고 사회복지시설 등도 비교할 수 없을 만큼 날로 좋아지고 있지만 가족 동반 자살과 젊은 층의 고독사가 늘어나는 이유는 한국 특유의 체면문화에서 마음을 열지 못하고 스스로 고립되어 소외되는 원인이라는 진단이다. 남들과 비교하며 예민해지고 주변을 지나치게 의식하는 것도 큰 문제라는 것을 방송에 출연한 패널들의 공통된 시각이었다.

경쟁과 비교는 분명 긍정적인 면이 더 많다. 남과의 비교 속에서 자극을 받아 삶을 발전시키고 새로운 것을 배우고 경쟁력을 키운다. 타인의 성공을 거울삼아 발전의 계기로 삼기도 하지만 그것을 시기와 부정으로 보면 자신은 한없이 초라해지고 세상이 불공평하게만 보인다. 어쩜 더러는 남을 의식하고 비교하는 습관으로 인해 뚜렷한 이유 없이 스스로 고립되어 섬으로 떠 있을지도 모른다. 자신보다 우월해 보이거나 다른 색채를 지닌 사람들과 섞이기보단 떨어져 있고 싶은 심리가 강하다. 열등의식을 자존심으로 착각해 스스로 고립되어 섬으로 남는 사람들이 점점 늘어나는 데서 비극적 소식을 자주 접하게 된다는 심리학자의 말에 수긍이 간다. 사람들이 오가는 길목에서 섬처럼 떠도는 부류가 아닐지라도 그들 못지않게 스스로 섬으로 떠 있는 사람들이 우리 주변에는 수없이 많다. 평소엔 육지처럼 보이지만 밀물이 되면 비로소 떠도는 섬으로 부표처럼 흔들리는 것이다.

다시 읽는 탈무드

　탈무드는 모두 합해 1만 2천 페이지의 방대한 책이다. 기원전 5백 년부터 기원후 5백 년까지의 구전(口傳)을 모아 10년 동안 2천 명의 학자들이 편찬한 것으로 통상 20여 권으로 편찬된 것이 널리 알려진 책이다. 유대인 5천 년의 지혜이며 모든 정신의 샘터라고 할 수 있다. 유명한 철학자나 과학자, 부호, 어떤 작가가 저술한 것이 아닌 순수한 학자들에 의해 문화, 도덕, 종교적 전통이 이어져 기록된 것이다. 어떤 이는 문학적 의미라고 하고, 유대인들의 삶의 기록, 또는 종교적 법전, 역사, 문화의 집합체 등 다양한 해석들이 있지만 독자들의 생각과 가치관에 따라 다르게 해석될 수 있다.

　백인들은 머리로 표현하고, 동양인은 가슴으로 말한다는 문구가 있다. 바로 이 책이 냉철한 머리와 따뜻한 가슴으로 세상을 이기는 동·서양의 가장 위대한 지혜를 한 권으로 엮은 '채근담'이라고 해도 좋을 것이다. 탈무드가 꾸준히 읽히는 까닭은 고대에서부터 현재까지 동·서양을 막론하고 공감할 수 있는 삶의 지혜와 명확한 분별력을 담고 있어서다.

　이 책은 원래 이집트에서 노예 상태로 신음하던 이스라엘 민족을 구출한 모세(Mose)의 오경(五經)인 '토라(Torah)'에 바탕을 두고 있다. 그것은 유대민족이 후손들에게 삶의 지혜를 가르치고 유대민족의 전통을 전승하기 위해서 구전되던 교훈을 책으로 정리한 내용이기도 하다.

내가 처음 탈무드를 접했던 때는 초등학교 5학년 봄방학이었다. 청소년이 쉽게 이해할 수 있도록 나온 책이었음에도 가장 어려웠고 난해했던 기억이 생생히 남아 있다. 시골에서 초등학교를 마치고 서울로 올라갈 때도 이 책을 챙겨 갔었다. 그 후 틈틈이 읽었고 군 생활 중 병원에 입원해 있을 때 더 두꺼운 탈무드를 정독했었다. 사회생활을 하는 동안 틈틈이 읽으며 성찰과 지혜를 찾게 해 주는 내 삶의 큰 힘이 되어 주었다.

탈무드는 다양한 주제와 다른 시각으로 수많은 책이 편찬되었고 읽는 세대에 따라 이해는 크게 달라질 수 있다. 필자가 평범한 직장인으로 책을 읽었을 때와 책임자(CEO)가 되어 탈무드를 다시 들었을 때 느끼는 감정과 해석은 전혀 다르게 받아들여졌다.

살다가 보면 어려운 문제에 봉착했을 때, 동료들이나 파트너들과의 이해의 폭을 좁히지 못하고 있을 때마다 나는 이 책의 지혜를 빌리곤 했다. 누구나 한두 번쯤 이 책을 읽었을 것으로 생각된다. 하지만 무심코 다시 한번 이 책을 접해보라고 권유하고 싶다. 자녀를 훈육하고 있는 부모의 입장과 직장인으로, 사업장의 책임자 자리에서, 누군가를 가르치는 위치에서 또는 순수한 자신을 돌아보는 시간 속에서 진지하게 이 책을 정독해볼 것을 추천하고 싶다. 탈무드를 쉽게 만든 만화책이든지 격언집, 또는 일반적인 주제로 다룬 어떤 것이든지 상관없다.

이 지구상에서 가장 위대한 민족은 유대인이라고 흔히들 말한다. 유대인들은 물질과 정신, 자신들만의 분명한 색깔들을 두루 갖추고 있다. 그들은 세계의 최고 부호 중 절반 이상을 차지하고 있으며, 노벨상 수상자들을 가장 많이 배출하고 있다. 그들이 이렇게 위대한 민족이 된 것은 '탈무드'를 손에서 놓지 않았기 때문이라고 말한다. 그 책이 훌륭한 이유는 그 내용이 누구라도 실천이 가능한 지혜로 가득 채워져 있다는 점이다.

유대인 속담에 "인간이 세상을 살아가고 있는 한 누구에게도 빼앗기지 않는 것, 그것은 지식이다"라고 했다. 따라서 유대인들은 자식에게 탈무드가 말하는 지식과 지혜를 주는 것이야말로 진정한 부모의 역할이라 믿어 의심치 않고 그대로 따르고 있다. 그들은 이렇게 유대인 식 교육법으로 자녀를 키우고 가르침으로서 어느 민족보다 뛰어날 수 있는 우수성과 잠재 능력을 찾았다고 한다. 어려서부터 탈무드를 기본으로 한 교육에 대한 열의가 바탕이 되어 유대민족은 정치, 경제, 과학, 예술, 문학 등 거의 전 분야에서 세계사의 흐름에 영향을 줄 정도로 놀라운 업적을 남긴 많은 인물들을 배출하였고, 그렇게 배출된 인물들은 인류에게 커다란 공헌을 하였다.

예나 지금이나 지혜롭지 못한 사람이 살아남기 어렵다는 것은 진리이다. 지식이 지성을 앞서지 못한 것처럼 지식만으로는 올바른 처신을 할 수 없으며 결코 리더가 될 수 없다. 탈무드의 모든 책의 주된 주제는 단순히 지식의 전달이 아닌 지성과 지혜를 단련시킬 뿐만 아니라 우리를 무한한 진리의 세계로 이끌어 준다는 점이다.

어려서부터 자연스럽게 접하는 탈무드는 유대인들에게 위기관리 능력과 책임감 그리고 스스로 자립하는 지혜를 배우는 교과서라고 한다. 우리가 세상을 살아가면서 위기에 빠지거나 난관에 부닥친 여러 가지 문제들을 독특한 철학과 탁월한 인생관을 빗대어 풀어내고 있다. 책 속에는 위인들의 경험담과 유머, 기지 등을 표현하는 기발한 문장들이 많아서 읽는 동안 감탄을 금치 못한다.

잡다한 생각들이 많아지거나 관계에서 자신이 이기적이다 싶을 때, 이 책은 성찰과 함께 올바른 방향의 이정표를 찾게 해 줄 것이다.

녹명(鹿鳴)

"심 봤다" 깊은 산속의 정적을 깨우는 이 우렁찬 소리는 메아리가 되어 깊은 골짜기를 돌아 초목들을 깨우고, 산에 있는 모든 이들을 불러 모은다. 산삼 채취를 본업으로 살아가는 심마니가 산삼을 발견했을 때 외치는 그 소리는 여러 가지 의미가 담겨 있다. 옛 구전에 따르면 산삼은 영적인 존재로, 사람의 눈에 띄면 도망가려고 한다는 설화도 있고, "심 봤다!" 하고 크게 외쳐서 산삼의 혼을 놀라게 하면 산삼이 그 자리에 가만히 멈춰 도망가지 못한다고 믿었다. 하지만 산삼을 발견하고 외치는 가장 큰 이유는 함께 산에 오른 일행에게 산삼 발견 사실을 알리고 공식적으로 그 산삼에 대한 소유권을 주장하는 의미가 있다. 또한 워낙 귀한 물건이라 일행 중 특히 연장자에게 감정을 받아 진짜 산삼임을 인증받는 절차이기도 하다.

예로부터 심마니들은 공동 작업을 통해 얻은 산삼을 함께 나누는 독식 금지의 엄격한 규율에 따라 산삼을 공평하게 배분하기 위한 신호이기도 했다. 산삼의 특성상 산삼 하나가 발견되면 주변에 또 다른 산삼의 서식지가 있기에 동료들도 그 과실을 함께 나눈다는 신호이기도 하다. 현대에도 여전히 심마니들은 산을 오르고 산삼을 찾아 헤매고 있다. 크게 달라진 점은 산삼을 발견하면 "심 봤다"를 외치는 대신 그것을 독차지하고 장소의 비밀 유지를 위해 무전기를 이용해 가까운 동료에게 조용히 알리거나 자신만의 표식을 남긴다고 한다. 산삼을 발견했을 때의 기쁨과 더불어 공동체의 규칙과 신비로운 산삼에 대한 경외심이 담긴 심마니들의 전통적인 문화가 퇴색되어 감을 엿 볼 수 있다.

이른 아침 왕성한 먹이활동을 시작하는 사슴들은 좋은 먹이를 발견했을 때 혼자 먹지 않고 다른 배고픈 동료 사슴들을 불러 함께 나누어 먹기 위해 외치는 울음소리를 '녹명'이라고 한다. 사슴의 울음소리, 즉 '녹명(鹿鳴)'은 단순히 먹이를 찾았다는 신호 이상의 깊은 의미를 내포하고 있다. 인간이 사슴들의 언어를 알아들을 수 없기에 정확한 사실일지는 모르나 '녹명'의 유례는 오래전부터 전해져 오고 있으며, 상징적인 의미로 더 널리 전파되었을 수도 있다. '녹명'의 전파는 중국의 가장 오래된 시가집인 시경(詩經)의 소아(小雅) 편에 나오는 이야기다. 이 사슴의 울음소리는 이기심을 버리고 서로 나누고 돕는 이타심(利他心)을 상징하고 있다. 홀로 잘 사는 것이 아닌 함께 협력하며 살아가야 한다는 상부상조를 말할 때도 '녹명'을 인용하기도 한다. 이는 생존을 넘어선 존재론적 관계와 이상적 공동체의 원형을 보여 주는 상징으로 해석되어 군신 간의 화합과 조직의 가치관, 어떤 단체의 정신을 나타내고자 할 때도 '녹명'을 슬로건으로 내걸기도 한다.

모든 야생의 동물들은 자기의 영역을 지키기 위해 수시로 목숨을 건 싸움을 마다하지 않고 영역을 지키려 한다. 또 먹이를 잡으면 혼자 먹기 위해 나무 위로 먹잇감을 옮기거나 그것을 먼저 차지하려고 치열한 경쟁을 벌인다. 수많은 동물은 그들만의 질서가 있어 그룹을 이끄는 대장이 먹이를 차지하고 서열 순서대로 먹는 엄격한 질서가 있음을 방송을 통해 볼 수 있다.

인간의 세계에서도 야생동물의 생활과 크게 다를 바 없다. 자신이 먼저 발견하고 더 많이 차지하려는 건 자본주의를 살고 있는 우리는 소유에 대한 집착과 욕심은 야생동물의 세계와 비슷하다는 것을 부인할 수 없다.

산업화가 본격적으로 이뤄지기 수 천 년 동안 농경사회를 근간으로 살아온 우리 민족은 공동체 의식이 강했고, 이기심보다는 나눔으로 상부상조하며 살아가야 한다는 상생과 화합, 이타심이 가치관이었고 살아가는 방식이었다.

어렸을 때, 집에서 특별한 음식인 팥죽, 떡, 메밀묵 등을 만들면 온 동네를 돌며 집마다 음식을 돌리고, 이웃들을 불러 함께 먹었던 기억이 새롭다. 집에서 만든 맛난 음식을 식구들 끼리 먹는 것보다는 음식을 먹기 전에 모든 집마다 배달하는 기쁨을 지금도 잊을 수 없다. 다른 이웃들도 시집간 딸이 친정 나들이를 할 때, 가지고 온 음식을 온 동네에 돌리는 것도 하나의 전통이었다. 우리의 정신에는 녹명의 전통이 내려져 오고 있었고 공동체 의식이 생활 속에 존재하고 있음을 알 수 있다.

밴쿠버에 처음 와 얼마 되지 않은 가을, 아는 분을 따라 송이버섯을 채취하러 간 적이 있었다. 난생처음 송이버섯을 따러 간다는 것도 신기하고 재미있어 아내를 설득해 길을 나섰다. 두 시간을 달려간 곳은 정말 산세가 험하고 깊은 산속이었다, 길에서 조금만 들어가면 앞이 잘 보이지 않을 정도로 어두운 빽빽한 숲이 우거져 있었다. 우리를 데리고 간 분이 송이가 난다는 숲속에 도착하자 "바닥을 유심히 보면 송이가 보이니 따면 된다"라는 말을 남기고 어디론가 사라졌다. 몇 명이 같이 갔는데, 몇 번 와 본 그들은 금방 숲으로 사라지고 덩그러니 남은 우리 부부는 길 주변에서 송이를 찾아보기로 했다. 한참을 헤매다 보니 몇 개의 송이가 발견되었고 우리는 탄성을 질렀다.

두 시간이 지날 즈음 숲으로 사라졌던 일행들이 송이버섯을 봉지에 가득 들고, 배낭에 메고 나타난 것이 아닌가. 우리가 작은 비닐봉지에 몇 개의 송이가 있는 것을 본 연장자 한 분이 우리를 계곡 쪽으로 데리고 갔다. 그 지점에 송이가 많이 있으니 빨리 채취해 오라는 것이다. 정말 주변엔 송이들이 하얗게 솟아 있었다. 지금까지 봐 왔던 송이와는 달리 대부분 잎이 피어 있었고 유난히 크게 자라 있었다. "먹는 건 다를 바 없고 오히려 더 맛있다"라는 그분의 말을 듣고 정신없이 우리는 그것을 따 담아 한 봉지를 채울 수 있었다. 주변 곳곳에는 이미 송이를 채취한 흔적들을 볼 수 있었지만 개의치 않았다.

일행들이 우릴 기다린다는 불안감에 서둘러 나가니 모두는 송이를 양손에 가득 들고 우리를 기다리고 있었다. 우리가 딴 송이버섯은 손바닥보다 더 넓은 크기와 중간쯤 핀 송이들이 대부분이었다. 1, 2등급의 송이버섯은 이미 일행들이 다 채취한 곳이었기에 다 핀 송이만 우리의 몫이 된 것이다. 하지만 주변 몇 지인들을 불러 함께 먹었던 기억은 캐나다에서 첫 번째 좋은 추억으로 남아 있다. 고사리밭이나 송이버섯, 해산물 채취 장소를 발견하면 쉬쉬하고 절대 공유하지 않고 끼리끼리만 다니는 우리 교민 사회의 소문을 익히 듣고 있었다. 우리가 야생 송이를 캐나다에서 딸 수 있는 경험을 한 그 자체로도 신기했고 재미있는 일이 아닐 수 없다.

비록 좋은 송이버섯을 다 채취한 끝물 3등급을 딸 수 있었음에도 좋은 추억이다.

 '녹명'이 주는 의미는 조직이나 공동체의 안정과 번영으로 확장되는 이야기로 사슴의 습성에서 출발한 원래의 교훈을 사회적 맥락으로 적용한 것이라는 생각이다. '녹명'을 본질적인 철학적 관점으로 좀 더 깊이 들여다보면 이타적 생존 전략이다. 나의 생존은 오직 나의 힘으로만 가능하다는 배타적 사고를 부정하는 행위이자 건강한 공동체를 유지해야 한다는 사회적 굳건한 약속이고 삶의 질서를 말한 것이다. 유구한 역사를 이어온 우리 민족은 공동체와 연대 의식이 강했고, 품앗이 문화가 농경 산업을 이루는 근간이었다. 그러나 급격한 산업화가 진행되면서 공동체보다는 개인의 이익이 우선 되었고, 경쟁에서 앞서가는 것이 삶의 목표가 되었다. 그러함에도 우리 민족은 공동체의 위기와 국가의 존립이 위협당했을 때 '녹명'의 잠재력이 부활하여 강한 힘을 발휘하는 저력을 지니고 있다.
 우리 민족의 근본적인 DNA는 수 천 년을 이어 온 고유의 정신과 천지인(天地人) 사상이 영혼에 녹아 있어 '녹명'의 지혜를 언제든지 행할 수 있는 정신을 지니고 있다.

침묵의 미학

　말을 잘해 타인을 설득하여 좋은 관계를 맺어 그것을 비즈니스의 성공 요소로 발전시키거나 관계를 더 좋게 만드는 기술 또는 처세술에 대한 책이나 강연 등은 수없이 많다. 그런가 하면 말을 잘해 나를 돋보이게 하고 경쟁에서 앞서게 해 준다는 전문 학원들도 성행하는 중이다. 그러나 말하기를 절제하므로 얻게 되는 소양의 함양이나 품격의 차별화를 가르치는 책이나 강연은 많지 않다. 정말 말을 잘하고 세련되게 나를 대변하는 말솜씨가 대인관계나 비즈니스에서 절대적으로 중요한 것일까? 말은 그 사람의 인품과 가치를 가늠케 하는 행위는 맞다. 그러함에도 말을 많이 함으로 얻는 것보다 잃는 점이 크다는 점을 간과해서는 안 된다. '넘치는 것은 부족한 것보다 못하다'라는 경구가 있듯 우리는 너무 많은 말을 하며 살고 있다. 그 말로 인해 오랜 관계에 금이 가고 부부의 연을 끊게 하는 시작의 원인도 따져 보면 지나친 말로 인해 상처가 되고 앙금이 쌓여 파국을 맞는다. 손바닥은 마주쳐야 소리가 난다는 말처럼 다른 의견이 충돌할 때 어느 한쪽이 침묵하고 그 순간의 단절을 택한다면 서로를 생각해 볼 수 있는 여유가 생긴다. 짧은 시간일지라도 말의 단절을 통해 감정을 추스를 수 있고 그 공백은 상대의 진정성을 느끼고 오해를 풀 수 있는 시간이 된다. 말을 많이 하게 된다는 것은 자신의 방어이며, 합리화를 주장하는 수단이 될 수 있지만 침묵은 자신에게 솔직해지는 최선의 방법이다.

전국에 있는 사찰들은 예외 없이 연례행사처럼 실시하는 것이 템플스테이다. 대중을 상대로 종교에 상관없이 행해지는 그 이벤트는 사찰마다 서로 다른 프로그램을 갖고 있지만 공통적인 하나는 '묵언수행'이다. 몇 번 참여해 본 경험에서 가장 인상적이고 좋았던 일정은 말하지 않은 며칠 동안의 침묵이었다. 묵언을 통해 자신을 만나고 성찰하며 내적 성장의 시간을 가지라는 의미가 담겨 있다. 산사에 머무는 동안 예불에 참석을 요구하지 않은 점도 부담이 없었고, 묵상을 통해 비움의 과정을 배울 수 있었다. 참가자들 또한 마음에 안식을 가질 수 있던 묵언수행이 가장 좋았다고 입을 모았다.

침묵은 상대방을 무시하는 수단일 수 있고 또는 긍정의 신호를 보낼 수 있는 표현이다. 우리 부부가 좀처럼 부부싸움을 하지 못하는 것도 침묵 때문이다. 버럭 하는 내 목소리는 못 들은 척 말없이 자리를 피해 버리는 아내의 습관 때문에 내가 시도하는 전투는 늘 일방적으로 패배하고 만다. 내가 먼저 사과를 해야만 마무리되는 순서를 알면서도 나의 말실수는 여전히 반복되고 있다.

어떤 대응과 논리보다 가장 큰 힘을 발휘하는 응대는 침묵이다. 상대가 내 의견을 무시하는 처사 중 가장 화나게 하는 점도 대답하지 않거나 듣는 둥 마는 둥 하는 태도다. 그러함에도 맞장구를 치며 말이 거칠어지고 수위가 높아지는 감정이입의 많은 말보다는 침묵이 더 이롭다. 그러는가 하면 상대의 의견에 공감할 때 말없이 눈빛으로 대답하거나 잔잔한 미소를 짓는 침묵의 표현도 좋은 수단일 수 있다.

나는 직장 생활을 하는 동안 운 좋게 다른 동료들보다 일찍 책임자 자리에 올랐다. 나이 많은 부하직원들이 대부분이어서 어떤 지시나 충고를 한다는 것이 여간 곤혹스러운 점이 아니었다. 그 고뇌의 시간을 통해 내가 찾은 묘수는 침묵이었다. '전쟁에서 가장 위대한 승리는 싸우지 않고 이기는 것'이라는 문구도 침묵에 큰 도움이 되었다.

자녀나 부하직원이 큰 실수를 했을 때, 그 어떤 질책이나 훈계보다 더 큰 효과를 줄 수 있는 것은 상대가 스스로 잘못을 느끼고 반성하며 실수를 반복하지 않도록 하는 기술이다.

각 부서의 책임자들이 심각한 문제를 일으키거나 회사에 큰 금액의 손실을 입혔을 때마다 감당할 수 없는 큰 고역이었다. 그럴 때도 내가 택한 것은 침묵이었다. 실수한 직원을 내 방으로 불러 자리에 앉게 하고 차를 준비한다. 물이 끓여지면 적당한 온도까지 물을 식힌 다음 차를 우린다. 차를 마시기까지 대략 5분의 시간이 걸린다. 그 시간 동안 단 한마디도 하지 않고 오직 차를 우리는 데만 집중한다. 그러는 사이 그 직원은 불편한 심기로 긴 형벌의 시간을 인내하고 있다. 자신이 왜 사장실에 불려 들어왔는지 잘 알고 있기 때문이다. 평소 그 직원의 일에 대한 능력과 됨됨이를 잘 알고 있기에 별다른 얘기가 필요 없었다. "이사회와 회장님께는 내가 설득하고 책임질 터이니 하루 정도 쉬고 출근하세요"라고 말하며 대화를 끝냈다. 곰곰 생각해 보면 큰 과실 없이 회사 생활을 마감할 수 있었던 것도 나 스스로 터득한 침묵의 습관이 큰 도움이 되었을 것이다.

침묵이 다 옳고 이롭다는 것은 아니다. 상황에 따라 침묵은 큰 무기가 될 수 있고 더 큰 오해를 불러올 수도 있다. 어떻게 하든 말을 해 상대를 설득하고, 오해를 풀고 정확한 정보를 전달해야 할 때, 그냥 침묵하거나 말을 아껴 적극적으로 나서지 못한다면 그것은 회피이자 무책임이다. 의로운 행동을 보거나 대의를 위해 누군가 앞장서고자 할 때마다 침묵으로 일관한다면 그것은 비겁한 행동이자 방관일 수 있다. 그런 사람들일수록 냉소적으로 결과만 보려고 하고 비평하는 부류들이다.

직장이나 단체모임에서 가장 힘들게 한 행위는 참여하지 않고 방관했으면서 결과만을 따지거나 뒷말을 하는 사람들이다. 그건 침묵이 아닌 조직이나 개인에게도 발전의 발목을 잡는 행위가 아닐 수 없다.

침묵은 동전의 양면처럼 두 가지 의미를 지니고 있다. 넘치는 정보는 생각을 엷게 하고, 말의 홍수 속에서 살아가는 오늘날 우리에게 침묵은 분명 이로운 점이 더 크다. 모든 사물과 내적 아름다움을 보는 심미안은 성찰의 침잠을 통해 얻을 수 있다. 그 성찰의 원천은 침묵에서 시작된다.

지금 행복하지 않으면 무효다

내 스스로 정한 삶의 화두, '지금 행복하지 않으면 무효다'라는 이 문구는 내 SNS 계정은 물론 좌우명처럼 어디서나 쓰고 있다. 이 문구를 본 지인들은 한마디씩 묻는다. "지금 당장 하는 것을 포기하고 그냥 편하게 살아가라는 것인지"라고 질문한다. 그 물음 속에는 하던 일과 돈을 벌어야 하는 욕구를 포기하고 그냥 즐기면서 살아야 하느냐는 속내가 내포되어 있다. 그런가 하면 먹고살기도 힘든데 속 편한 소릴 한다며 핀잔을 주는 사람들도 적지 않다. 그런 반응을 볼 때마다 나는 지금 행복한가? 스스로에게 묻는다.

이 화두를 정하면서 한 가지 약속한 것은 다음 병에는 절대 걸리지 말자고 작정했다. 여행, 휴식, 외식, 산책이나 지인들과 차 한 잔 나누는 여유를 다음으로 미루는 함정에는 절대 빠지지 말자는 것이다. 조금만 더 채워지면, 아이들이 성장하면, 아니 자식들 결혼이라도 시키고 나면 여행도 다니고 친구들도 만나고 여유 있게 살아야지 등 한국인들 특유의 다음 병이다.

내 스스로 다음 병에는 빠지지 않고 살아왔다고 자부하지만, 삶이 어디 생각했던 것처럼 살아갈 수 있을까?.

캐나다에서 RV 리조트를 운영하는 동안 백인들과 8년이란 시간을 같은 장소에서 생활하며 그들의 문화와 가치관과 일상생활을 유심히 볼 수 있었다. 선진국 사람들의 이미지와 달리 이곳의 보통 사람들은 가난하다는 것, 한국적 사고로 물질의 기준으로만 볼 때 그렇다는 얘기다. 친해진 백인들과 대화하면서 듣는 얘기는 정말 통장에 돈이 없다고 말한다. 은행에 몇천 불 여유 있게 넣어 두고 쓰는 사람이 극히 적으며 한 달 수입은 그 달에 다 나가기 때문이다. 집도, 차도, 보트도 가전제품도 할부로 구입하기 때문에 돈의 여유가 없다는 것이다. 그러나 그들의 삶을 자세히 들여다보면 모든 걸 다하면서 즐길 것은 빼놓지 않는다. 대출받아 여행을 가고 그 돈을 갚기 위해 또 열심히 일한다. 물질적인 기준으로는 분명 한국 사람들보다 부족한 듯 보이지만 그들의 삶의 질은 전혀 다르다. 그들은 선진국 사람답게 캐나다식으로 살면서 내일보다 오늘을 만족하며 하루하루를 보낸다.

8월은 밀려드는 여행객들로 정말 바쁜 시기다. 임시직을 구하고 온 인원이 다 동원대도 눈코 뜰 새가 없다. 가장 바쁜 연휴가 시작되기 전날 직원이 갑자기 "내일 오후에 출근하겠다"라고 했다. 이유를 물으니 오늘 자정부터 별똥들이 가장 많이 떨어지는 날이라 그것을 봐야 한다는 것이다. 새벽까지 별들을 보고 오전에 잠을 자고 나오겠다는 얘기였다. 정신없이 바쁜 주말에 기가 막힌 노릇이었지만 어쩔 수 없었다. 너무나도 태연한 그의 표정을 보며 "와 나는 모르고 있었는데 나도 봐야지" 속에도 없는 말을 하며 대화를 끝냈다. 자정이 되어 백사장에 가 보니 정말 많은 사람들이 돗자리에 담요를 덮고 누워 하늘을 보고 있었다. 별똥들이 곳곳에서 떨어질 때마다 탄성을 지르며 하늘의 축제를 즐기고 있었다. 한국에서 일하면서 실행했던 직장 문화인 내 개인보다는 소속에 우선 두는 사고방식과 전혀 다른 철저히 개인 중심의 삶을 그들은 살고 있었다.

돈은 적게 벌더라도 마음만이라도 편하게 살자는 생각으로 이민 온 한국인들의 캐나다 생활은 어떠한가. 이 아름답고 평화로운 환경과 다양한 인종들 속에 동화되어 진정 행복하다고 느끼며 살고 있을까? 내 주변에는 의외로 다음 병에 걸려 있는 사람들이 많다. 빈손이다시피 건너와 이민 생활 전부를 비즈니스에 매달려 부를 이뤘지만, 아직도 조금만 더 모아야 한다는 부류들을 종종 만난다.

행복이란 어떤 기준도 수치도 없다. 몇 센트 할인해 준다는 맥도날드만 찾아다니더라도 절약하고 더 모으는 데서 행복을 느낄 수 있다면 그것이 그 사람의 행복 기준일 수 있다. 그다지 넉넉하지 않더라도 자신의 범주 안에서 최선을 다해 일하며 능력껏 즐길 수 있다면 그 또한 그 사람의 행복 기준이다.

그런데 한 가지 분명히 다른 점이 있다. 모으는 데 집중하는 사람은 늘 표정이 밝지 않고 불필요한 고민거리가 많다. 반면 오늘을 즐겁게 사는 사람은 늘 미소를 띠며 오지 않는 고민을 미리 앞당겨서 하지 않고 현실을 그대로 받아들인다는 점이 다르다. 그러는가 하면 늘 모으는 데서 행복을 찾는 사람은 수천억 원 로또가 당첨돼도 레스토랑엘 가면 가격표부터 먼저 본다. 다음 병에 걸린 사람들의 특징이다. 몸은 비록 캐나다에 살고 있지만 행복을 물질적 잣대로만 보는 한국적 사고방식을 벗어나지 못한 사람들의 습성일 수 있다.

열정적으로 바쁘게 사는 사람은 바쁘다는 소릴 잘 하지 않는다. 그러나 마음이 부산하고 오지 않는 미래를 앞서 고민하는 사람들은 시간이 많으면서도 늘 바쁘단다. 시간이 없어 바쁜 게 아니고 마음의 여유가 없기에 늘 분주하다고 느끼는 것이다. 아무리 큰 부를 이뤄도 진정한 마음의 평화가 없다면 무슨 소용이 있을까.

지금 내가 서 있는 그 환경에 오직 최선을 다하며 그것을 재미있게 받아들이자. 일을 할 때면 오직 그것에 집중하되 이왕 하는 것 즐기면서 하자. 지금 산책을 하고 있다면 하늘과 바람, 나무 그 자연의 소리를 들으며 함께 동화되자. 여행 중이라면 가능한 전화기는 꺼놓고 오직 노는 데만 신경을 쓰자. 어차피 집 떠나온 길 무슨 소식을 듣는다고 해결할 수 있는 상황이 아니고 분위기만 망친다. 누군가와 차를 마시고 있다면 오직 그 사람에게 정성을 다하고 마음을 나누자.

지금 ㄱ 순간은 나와 함께 있는 사람이 이 세상에서 가장 소중한 사람이다. 라면 한 그릇을 먹더라도 감사한 마음과 행복을 느낄 수 있다면 그것이 최고의 식사다. 지금 행복하지 않은데 어찌 내일이 행복하다고 할 수 있을까. 내가 정의하고 싶은 '지금 행복하지 않으면 무효다'의 행복론이다.

버킷리스트

'버킷리스트' 그건 꿈일 수 있고 희망의 씨앗일 수 있다. 이 단어를 들으면 막연한 설렘과 함께 심장이 두근거림을 느낀다. 이 문구는 누구나 갖고 있는 단순히 '죽기 전에 하고 싶은 일 목록' 그 이상의 의미를 주기 때문이다. 그것은 내가 살아 있는 동안 가장 나답게 내 자신에게 충실하게 존재하고 싶다는 인간 본연의 간절한 열망이 담긴 자기의 선언문이다.

우리는 매일 반복되는 일상에서 종종 나를 잃어버리며 내 아닌 삶을 살아간다. 가족을 위해서, 생업을 위한 조직의 구성원으로서 시계의 톱니바퀴처럼 돌아가는 시간 속에 문득 "나는 지금 제대로 살고 있는가?"라는 근본적인 질문과 마주하게 될 때가 있다. 이때 버킷리스트는 나침반 역할을 해 준다. 그것은 꼭 해야만 되는 일이 아니지만 언젠가는 해 보고 싶은 영혼이 갈망하는 목표이기도 하다.

죽기 전에 꼭 해 보고 싶은 그 목록들은 이미 그 자체로 하나의 모험이고 미지의 세계에 대한 동경이기도 하다. 종이 위에 적힌 단어들은 아직 경험하지 않은 나와의 약속이며, 그 목적지는 현실에서 벗어나 미지의 세계로 발을 디딜 용기를 얻는 과정이기도 하다.

어릴 적부터 꿈꾸었던 '피아노 연주 배우기'를 적는 순간 손가락 끝에는 벌써 건반의 감촉이 느껴진다. '세계 3대 폭포' 방문을 상상해 보면 어느새 폭포의 장엄한 울림이 귀를 때리고 그 경이로움에 감탄을 연발한다.

누구나 하나씩 지니고 있을 버킷리스트의 모든 항목을 달성할 수 없을지 모른다. 아니 절반, 그 이하 몇 개를 달성할 수 있을까? 우리가 희망하고 원했던 것들이 살아오면서 과연 얼마나 이루어졌는지? 짐작해 볼 수가 있다. 인생은 늘 예상치 못한 변수로 가득 차 있고 그때그때의 상황에 따라 소망했던 것들은 늘 제자리에서 맴돌고 있지 않았던가. 그러함에도 해보고 싶은 목록들이 중요한 것은 완성이 아니라 막연하여도 미래에 대한 지향에 더 큰 의미가 있다.

내게도 버킷리스트들이 있었다. 살아오는 동안 실행해 본 것들도 있고 새로 채워 놓는 목록들도 있다. 그중 가장 해 보고 싶은 일 하나는 예나 지금이나 첫 번째 '단기출가'다. 한국의 오대산 월정사에서 해마다 실시하는 한 달간의 승려 체험은 실제 삭발하고 스님들의 일상을 그대로 살아보는 고행의 시간이다. 이는 승려 체험이라기보다 행자(출가 전 수행자) 과정에 준하는 수행 정진으로 볼 수 있으며 일반 템플스테이와 비교할 수 없는 깊이와 강도 높은 프로그램이다. 한 달 동안 외부와 완전히 차단된 환경에서 오롯이 자신에게 집중하며, 습관, 감정, 삶의 방향에 대한 깊은 성찰의 기회를 얻을 수 있다는 생각에서다. 막연하긴 했어도 청년의 한때, 중이 되고자 몇 곳의 절을 찾아다닌 일말의 미련에 대한 점도 작용했을 것이다.

사실, 단기출가를 위해 몇 년 전 높은 경쟁을 뚫고 서류 합격을 하고, 인터뷰도 통과했지만 예기치 않은 중대한 일이 생겨 포기했었다. 다니는 성당의 신부님과 수녀 님도 흔쾌히 승낙을 받았던 터였다.

새벽 3시에 기상하여 밤 10시까지 지속되는 공부와 참선, 묵언과 울력을 통해 새로운 질서를 배우고 배려하며 관계를 배우는 과정은 적잖은 인내가 요구되는 시간임을 앞서 경험한 분들을 통해 들었다. 종교를 넘어 다양한 계층의 사람들이 보통 50명 정도가 입소를 하지만 그중 20%는 힘든 과정을 견디지 못하고 중도 포기하고 몇 사람은 스님이 된다고 하니 그어느 체험과는 분명 다른 점이 있다. 처음 단기출가 계획을 말했을 때 가족들이 가장 염려했던 부분도 혹시 그대로 산에 눌러앉으면 어쩌느냐 하는 걱정이었다.

우리는 살아오면서 진정한 나만의 시간과 일상적 궤도를 벗어난 적이 몇 번이나 있었는지 곰곰 생각해 본다. 단기 승려 체험은 지나온 시간을 되돌아보며 살아온 날들과 살아갈 날들에 대한 어떤 화두를 줄 것만 같은 기대감에 단기출가는 지금도 나의 버킷리스트 1번이다.

은퇴 후 그다음 해 보고 싶은 것은 피아노를 배우는 것이다.

몇 번이고 시도했어도 아직 실행하지 못하고 있다.

그리고 '제왕나비'가 이동하는 경로를 찾아 자연의 경이로움과 숭고함을 보고 싶은 희망이다. 작은 배낭 하나 메고 그다지 알려지지 않은 곳들을 몇 달간 찾아가 유랑해 보고 싶은 바람도 적어 두었다. 삶의 방식이 다르고 문화가 다른 이질감 속에서 혼자의 시간을 보낼 수 있는 시간도 의미가 클 것이라는 기대감에서다. 지금도 아프리카 일부 사람들의 소망은 맑은 물과 먹을 것이 최우선이라는 기사들을 볼 때마다 그 미지에 대한 궁금증은 변함이 없다. 전혀 다른 세상에서 머물며 지금까지 살아온 나를 돌아보고 무엇이 소중했고 귀했는지 또 얼마나 많은 것을 지니고 살았는지도 느낄 수 있을 것 같다는 생각에서다.

버킷리스트는 타인의 시선이나 사회적 성공의 기준이 아닌, 나와 솔직한 대화의 결과물이어야 한다. 거창할 필요도 특별할 이유도 없다. 사랑하는 사람에게 진심을 담은 편지 쓰기, 배우고 싶었던 것들을 실현해 보기, 동경했던 장소로 찾아가 혼자 며칠간 살아보기 등 작고 소박한 일도 좋을 것이다.

가장 많은 사람들이 꿈꾸는 버킷리스트는 전 세계를 여행하거나 꼭 가보고 싶은 특별한 장소를 방문하는 것이라는 기사를 보았다. 각 나라 별로 차이는 있었지만 대체로 여행은 단연 1위를 차지하고 있다. 심리학자들이 실시한 조사에서도 '행복의 순간은 여행을 갈 때'라고 했듯 수긍이 가는 주제다. 일본인들에게 첫 번째 해 보고 싶은 목록은 북유럽이나 캐나다 같은 곳에서 평생 잊지 못할 자연의 경이로움을 목격하는 것, 오로라의 신비를 통해 느낀 감동이 평생을 간다는 이유였다. 유럽인들은 자신을 시험하는 도전과 미지의 세계에 대한 탐험 같은 것을 꼽을 수 있다.

저개발국가 사람들의 버킷리스트는 단연코 삶의 질을 높이는 주제들이었다. 가령 한국에서 일을 해 많은 돈을 벌거나 선진국으로 이주가 눈길을 끌었다. 죽기 전에 꼭 해 보고 싶은 이 목록들은 자신의 환경과 문화에서도 큰 차이를 보여 주고 있음을 알 수 있다. 어쨌든 버킷리스트는 꿈일 수 있고 개개인의 삶의 목표일 수도 있다.

이 글을 읽는 이의 버킷리스트는 지금 어떤 내용을 담고 있을까? 그것은 자기의 남은 삶을 설계하는 가장 아름다운 지도다. 지도가 있다면 길을 잃을지언정 방향을 잃지는 않을 것이다.

지금 펜을 들어 심장이 뛰는 소리를 종이 위에 옮겨 적어 보길 바란다.
그 목록이 바로 당신의 가장 빛나는 삶의 이유가 될 수도 있기 때문이다.

돈과 행복의 함수관계

국가 간의 연대 질서가 무너지고 오직 돈을 먼저 많이 차지하려는 경쟁은 갈수록 치열해지는 요즘의 세태다. 사회가 더 복잡하고 빠르게 세분화되면서 돈의 힘은 그 어느 시대보다 더 절실하고 강력한 도구로 인식되고 있다. 우리 삶에서 행복의 절대적인 요소는 반드시 돈이 핵심이며 행복의 절대적인 잣대라는 인식이 더 강해지는 세상이다. 초등학생들에게 미래의 희망을 조사했더니 예상외로 의외의 결과가 나왔다. 의사, 판사, 과학자, 대통령이 되겠다는 의례적인 대답 대신 유튜버가 되겠다는 것이 1위였고 다짜고짜 부자가 되고 싶은 것이 그들의 꿈이었다. "왜 돈을 많이 버는 것이 미래의 꿈이라고 생각하느냐"라는 물음에 "부자가 되어야 행복하니까"라고 대답했다는 기사를 읽은 적이 있다. 그들에게 행복이란 어떤 기준이었으며 무엇을 의미하는 것일지 모르지만 돈이 행복을 가져온다는 맹목적인 믿음에 쓸쓸한 마음을 지울 수 없다.

우리가 살아오면서 수없이 들었던 돈에 관한 얘기 중 하나는 '돈이 인생에 전부가 아니다'라는 얘기를 누구나 몇 번은 들었을 것이다. 또는 '돈으로 행복을 살 수 없다'라는 교훈적인 명제를 수없이 들어 왔다. 가족 간에도 돈

얘기는 부부를 제외하고 금지되어 있었다. 특히 성장하는 자식들에게 돈의 애기는 하지 않는 게 불문율이었다. "너희는 돈에 신경 쓰지 말고 공부나 잘해"라는 사상이 깊이 뿌리내려 있었다. 가까운 사이일수록 돈 이야기를 꺼리는 데에는 여러 가지 복잡하고 미묘한 원인이 작용한다. 이는 개인의 심리, 사회적 규범, 그리고 관계적 측면이 모두 얽혀 있기 때문이다.

그렇다면 돈과 행복의 함수관계는 어떤 것들이 있을까. 행복을 연구하는 전문가들의 논문을 보면 지역과 자신이 처해 있는 환경에 따라 크게 결정된다는 것이다. 아프리카 사람들에겐 깨끗한 물과 음식이 최우선 행복의 요소이다. 누구나 배고픔의 단계를 벗어나면 개인의 사생활과 여가 활동에서 행복을 찾는다고 한다. 하지만 SNS의 발달과 물류의 시스템이 하나로 연결되면서 모든 것은 돈을 매개로 이어진다는 사실에 돈이 모든 것의 중심에 선 것이다. 스마트폰 시대가 열리기 전 수백 년 동안 행복이 독립변수였고, 돈이 종속변수였다. 행복은 다양한 일과 그때그때 느끼는 감정에서 행복의 가치를 느낄 수 있었기 때문이다. 하지만 요즘은 돈이 모든 기준의 독립변수이며 행복도 종속변수로 당연히 인식되고 있으며 행복을 결정한다는 세태를 부인할 수 없다. 돈이 행복을 받쳐 준다는 세태를 부인도 긍정도 할 수 없는 세상에 우리는 살고 있는 셈이다.

현재를 사는 우리들이 보편적인 관점에서 돈이 행복의 근원이라고 여기는 인식은 무엇인지 살펴보자. 돈에 관한 여러 매체의 기사와 설문조사를 근거로 찾아볼 수 있다. 돈이 행복의 전부라고 생각하는 첫 번째 이유는 그것이 자유 그 자체이기 때문이다. 우리의 행복은 우리가 하루 동안 내릴 수 있는 선택의 폭에 의해 결정된다. 돈이 충분할 때, 우리는 아침에 일어나 하기 싫은 일을 억지로 해야 하는 고통에서 벗어난다. 우리는 건강을 위해 더 좋은 음식을 고를 수 있고, 사랑하는 가족이 아플 때 치료비 걱정 없이 최선의 의료 서비스를 선택할 수 있다. 누구에게 의지하지 않고 노년을 보낼 수 있다는 생각도 압도적이었다. 돈은 불필요한 고통을 피할 수 있는 권리와 소비의 폭을 넓혀 준다는 게 첫 번째 이유였다. 반면 돈이 없는 삶은 선택이 아닌 강요된 생존이다. 매일매일 불안과의 싸움이고, 생계를 위해 자신의 시간과 가치를 팔아야 하는 고단함의 연속이다. 이런 상황에서 정신적 만족이나 행복을 말하는 것은 공허한 메아리에 불과하다는 인식이다. 심리적 안정과 함께 관계에서도 돈이 절대적이라는 것이 두 번째 이유라 할 수 있다. 이성 간의 사랑도 친구의 우정, 친족간은 물론 건강 같은 비물질적 가치도 돈이 절대적으로 좌지우지한다는 생각이 강하다. 돈이 물질적, 비물질적인 가치들마저도 지배하는 이 현실이 슬프지만 어쩔 수 없는 세태가 되었다. 돈이 없을 때, 가족 간의 갈등은 깊어지고, 관계는 위태로워진다. 충분한 돈이 있다면 해결될 수 있는 문제들이 관계의 파국을 쉽게 불러오기도 한다. 돈은 자신감과 사회적 지위와도 밀접하게 연결되어 있고 우리의 자아존중감에 깊은 영향을 미친다고 생각하고 있다. 결국 돈은 인간관계를 유지하고 건강을 지킨다. 심지어 자신의 가치를 인정받는 데까지 영향을 미치는 현대 사회의 결정적인 행복 촉매제로 인식하고 있다는 것이 현대를 살아가는 사람들의 보편적인 생각들이다.

일반인은 꿈도 꿀 수 없는 막대한 돈을 가진 사람들이 갑자기 스스로 목숨을 끊거나 마약 중독자로 살아가는 현실을 보면 또 어떻게 이해해야 할까. 이럴 때 "돈으로 행복을 살 수 없다"라는 말이 맞는 것일까? 행복은 끝없는 우주와 같아 더 향유 하고 싶은 욕망과 희열을 무한히 찾으려는 인간의 욕구 심리일지 모른다.

돈과 행복의 관계는 인류의 오랜 관심사이며 지금도 변함이 없다. 단순히 비례한다거나 무관하다고 단정할 수 없는 복잡하고 역설적인 함수관계를 지니고 있다. 경제학 논리 또는 철학적이거나 심리학을 아우르는 관점에서 볼 때, 돈은 행복을 위한 필요조건일 수는 있어도 충분한 조건은 아니라고 행복론을 연구하는 학자들은 말한다. 가난과 결핍의 상태에서 돈은 행복에 대한 함수에서 가장 강력한 양의 기울기를 보인다. 돈이 없다는 것은 의식주와 안전, 건강이라는 인간의 가장 기초적인 욕구가 충족되지 못함을 말할 수 있어도 정신적인 충만까지 보장하지 못한다고 행복을 연구하는 사람들의 견해다.

돈이 기본적인 욕구를 충족하는 수준을 넘어 일정 목표에 도달하면 돈과 행복의 관계는 기울기가 완만해지거나 정체되기 시작한다는 점도 돈과 행복의 관계를 이해하는 데 큰 도움이 될 수 있다.

내가 참 좋아하는 격언 하나가 있다. '넘치는 것은 부족함보다 못하다'라는 이 문구가 지금까지 살아오면서 큰 교훈이 되어 주고 있다. 투자의 세계나 다양한 비즈니스에서 또는 인간관계에서 중용의 위치가 얼마나 중요하고 절대적인 영향을 끼칠 수 있다는 걸 수없이 봐 왔다. 이성 간의 사랑도 자식을 향한 애정도 큰 기대감과 가득 채우려는 욕심에서 문제가 생긴다. 자신의 위치에서 그때그때 마음의 위안과 평화를 찾고 감사하는 마음이 내가 행복하다고 느끼는 순간들이다. 한밤중 끓여 온 라면 한 그릇에서, 길을 걷다가 우연히 마주친 야생화를 보고 탄성을 지르며 가슴을 적시는 순간들에서 나는 행복을 느낀다.

변동불거(變動不居)

연말이 가까워지면 연례행사로 각 대학의 교수들은 새해의 사자성어를 발표한다. 그들이 선정하는 '올해의 사자성어'는 단순한 한자 공부를 넘어 한 해 동안 한국 사회가 겪은 고뇌와 희망을 압축해 보여 주는 지식인들의 상징적 의식이라 할 수 있다. 시작은 2001년 '교수신문'이 연말 기획으로 처음 선정하였고 전국 대학교수들에게 설문조사를 하여 결정한다.

내가 새해가 되면 확인하는 '신춘문예' 당선 발표와 함께 당선 작품들을 기다리는 것과 같이 올해의 사자성어는 어떤 것일까? 궁금해하며 꼭 찾아 읽는다.

AI의 시대를 살아가는 현대의 교수들이 굳이 어려운 사자성어를 고집하는 이유는 단순히 지식을 뽐내기 위함이 아니다. 복잡한 사회 현상을 단 네 글자의 함축적인 은유로 표현함으로써 대중들에게 현 시국을 냉철하게 돌아볼 수 있는 거울을 제공하고자 하는 의도다. 비록 부정적인 뜻의 성어가 자주 선정되지만, 이는 그만큼 우리 사회가 해결해야 할 과제가 많다는 지식인들의 뼈아픈 반성이자 개선을 촉구하는 목소리이기도 하다. 그 사자성어 의미는 내게도 한 해를 내다보고 짐작해 볼 수 있는 메시지가 되어 많은 생각과 함께 새로운 각오를 다지게 하는 중요한 연례행사다.

2024년의 사자성어로 선정된 '도량발호(跳梁跋扈)'는 전국 대학교수 1,086명을 대상으로 한 설문조사에서 41.4%의 압도적인 선택을 받아 선정되었다. 이 성어를 선택한 이유는 지난해 한국 사회의 정치적 상황에 대한 강력한 비판을 담고 있다. 한 사람의 추천인인 정태연 교수(중앙대 심리학과)는 "권력자는 국민을 위해 봉사해야 함에도 불구하고 권력을 사적으로 남용하고 제멋대로 휘두르고 있다"라고 선정 이유를 밝혔다.

한 해 동안 큰 혼동을 가져왔던 의대 정원 증원 문제, 김건희 여사 관련 논란, 거듭된 거부권 행사 등 정부의 일방적인 국정 운영 방식이 마치 '함부로 날뛰는 모습'과 같다는 지식인들의 진단이 반영되었다. 설문조사는 12·3 비상계엄 선포 직전에 마무리되었으나, 실제 계엄 사태가 벌어지면서 이 성어는 권력 남용의 결정판을 예견한 '점술가의 족집게 도사의 점괘' 그 상징성을 보여 주어 많은 이들을 놀라게 했다. 2위에 선정된 '후안무치(厚顔無恥)'도 그 맥락을 같이하여 지식인들이 사회를 보는 시각이 같음을 보여 주고 있다. 낯가죽이 두꺼워 부끄러움을 모른다는 이 사자성어도 우리 일상에서 자주 접하는 문구다.

2025년, 올해의 사자성어는 '변동불거(變動不居)'였다. 세상이 잠시도 멈추지 않고 끊임없이 흘러가면서 변한다는 뜻이다. 전국 대학교수 766명을 대상으로 올해의 사자성어를 추천받은 결과 가장 많은 260명(33.9%)이 변동불거를 꼽았다고 밝혔다. 올해 후보에 오른 사자성어들은 내란과 탄핵 정국을 거치며 겪은 사회 혼란과 변화의 흐름을 반영한 표현들이 주를 이뤘다.

'변동불거'는 유학의 4대 경전 가운데 하나인 '주역'에 실린 말이다. 이 사자성어를 추천한 양일모 서울대 교수(자유전공학부·동양철학)는 "지난 연말 계엄령이 선포됐고, 올봄에는 대통령이 탄핵당했다. 세상을 농락하던 고위급 인사들이 어느덧 초췌한 모습으로 법정을 드나들고 있다"라며 "초라한 국내 정치판과는 달리 '케이팝 데몬 헌터스'는 세계인의 감성을 흔들었다. 해외에서 갑자기 날아온 K-컬처의 위력은 한국 정치의 감점을 만회하고도 남았다"라고 소회를 밝혔다. 그러면서 양 교수는 "유난히 급변하는 한국에서는 변화하는 현실을 추종할 것이 아니라 변하지 않는 원리 탐구에 힘을 써야 한다"라고 강조했다. 변화의 소용돌이 속에서 사회 안정과 지속가능성을 찾아야 한다는 의미다.

단순히 글자 네 개를 모아놓았다고 해서 모두 사자성어가 되는 것은 아니다. 사자성어가 진정으로 의미하는 가치는 다음과 같다. 수천 년의 역사, 철학, 문학적 배경을 딱 네 글자에 압축해 놓은 '지식의 요약본'이 바로 사자성어다. 인간관계, 처세술, 삶의 태도 등 우리가 살면서 겪는 다양한 상황에 대한 선조들의 깨달음과 깊은 통찰의 경고가 담겨 있다. 긴 설명을 하지 않아도 네 글자만으로 대화 상대와 복잡한 상황이나 감정을 공유할 수 있게 해 주는 언어적 코드 역할을 해 주기도 한다.

해마다 사자성어를 읽을 때마다 나의 올해 사자성어는 어떤 것일까? 곰곰이 생각하며 스스로 선정해 보는 습관이 생겼다. 많은 사자성어를 찾아보며 내가 추구하는 올해의 것은 어떤 것들이 있을지 고민해 보았다. 늘 성찰하며 간구하는 이상과 맞은 건 '절차탁마(切磋琢磨)'였다. 옥돌을 자르고 갈고 닦는다는 뜻으로 학문이나 인격을 완성하기 위해 끊임없이 노력함을 의미한다. 안주(安住)를 스스로 경계하며 끊임없는 성찰과 배움의 간절함을 담고 있기도 하다.

매일 많은 시간을 할애하는 나의 일상은 기업들의 사업보고서(재무제표)나 사업계획서를 보는 데 대부분의 시간을 보낸다. 그리고 쉼 없이 다양한 그룹의 경영진들과 만나고 비즈니스 얘기가 주류를 이룬다. 실용적인 글을 읽다 보니 자연스럽게 객관적인 실용적 글(기업 분석, 투자 리포트, 경제 시황 등)을 쓰게 되고, 순수 문예적인 글은 줄어들고 있다. 실용과 주관의 글은 크게 다르다. 실용이 객관적 사실에 바탕을 두고 쓰는 글이라면, 주관적 글은 자신의 사상과 관찰의 주관적 해석을 은유로 또는 직관으로 쓰는 작품이다. 그 두 경계에서 균형을 이루지 못하고 한쪽으로 기우는 일상은 인문학 사고에 대한 갈증을 느끼게 한다.

하여, 내가 정한 올해의 '절차탁마(切磋琢磨)'도 이런 내 일상을 고민하여 정한 것이다.

인생의 하이라이트(highlight)

우리의 인생을 한 편의 연극이라고 한다면 모든 장면이 자신에게 소중하겠지만 그중에서도 유독 선명하게 각인된 '하이라이트' 장면들이 있기 마련이다. 하지만 그 가장 행복했던 순간들은 무엇인지에 대한 답은 정해져 있지 않다. 사람마다 감정이 다르고 삶을 사는 방식과 추구하는 목표노 달라 행복을 느끼는 기준도 다르기 때문이다. 누구나 다 자신의 삶에서 최고의 순간들은 있을 것이다. 어떤 이에게 가장 좋았던 건 성취의 순간일 수 있다. 남들이 불가능하다고 했던 목표를 향해 밤을 지새우고, 마침내 그 목표 지점에 올라섰을 때의 벅찬 환희일 수도 있다. 또는 원하는 물질을 얻었을 때가 생에 가장 행복했던 순간도 될 것이다. 또 다른 누군가에게는 연결의 순간이 하이라이트가 되었을 것이다. 사랑하는 이의 눈을 처음으로 깊이 들여다보았던 찰나, 아이의 작은 손가락이 내 검지를 꽉 쥐었을 때의 온기, 혹은 지독한 외로움 속에서 친구가 건넨 따뜻한 위로 한마디도 감동의 순간일 수 있다. 이들에게 하이라이트는 화려한 조명 아래가 아니라 가장 가까운 사람과의 틈새에서 피어나는 온기에 있기 때문이다.

우리는 흔히 일생에서 가장 행복했던 순간들을 떠 올려보는 건 결혼, 승진, 졸업, 처음 자신의 집을 가졌을 때 같은 큰 변화의 사건을 떠올린다. 하지만 시간이 흐른 뒤 문득 떠오르는 빛나는 장면은 의외로 사소한 일상일 때가 많았다고 많은 사람들이 회고하는 걸 보았다.

비 오는 오후 창가에 앉아 마시던 따뜻한 커피의 향기, 여행지에서 길을 잃었을 때 우연히 마주친 이름 모를 들꽃들, 아무 이유 없이 마음이 평온했던 어느 해질 무렵의 노을 같은 것들이다. 이런 순간들은 세상의 기준으로는 대단해 보이지 않을지라도 우리 내면의 필름에는 가장 선명한 색채로 인화되어 있어서다. 중요한 것은 우리 인생이 단 하나의 정점으로 이루어진 삼각형이 아니며 수많은 빛나는 점들로 이어진 성좌(星座)와 같다는 사실이다.

어릴 적부터 책 읽기를 유독 좋아했던 나는 특히 위인전 책에 대하여 큰 관심이 지대했다. 세상을 바꾼 발명가들과 위대한 명작을 남긴 예술가들, 그리고 제국을 지배했던 사람들의 이야기는 호기심과 그들의 삶을 막연히 동경하며 상상해 보기를 좋아했다. 우리가 말하는 생에 '하이라이트' 역시 그런 부류의 사람들에게만 쓰는 용어인 줄로 알았다.

성인이 되면서 알게 된 위대한 사람들 대부분의 삶은 지독히 가난했고, 고독했으며 일반인들보다 더 슬픈 최후를 맞아야 했다. 이 사실을 아는 순간 지금껏 내가 상상했던 '위대한 하이라이트' 환상에 대한 배반과 놀라움으로 그들의 생애를 다시 추적해 보았다.

위대한 그들에게 가장 행복했던 순간들은 어떤 것이었을까? 지극히 우문(愚問)인 질문을 던져 보았다. 유명한 예술가들일수록 그들의 진정한 일생의 하이라이트는 죽어서 빛을 보았고 인정을 받은 것이지만, 이건 지극히 그 위대한 자들의 개인에 한정할 수밖에 없는 감정이기에 정확한 대답은 찾을 수 없다.

루트비히 판 베토벤(Ludwig van Beethoven)은 인류 역사상 가장, 위대한 음악가 중 한 명으로 추앙받았으면서도 그의 실제 삶은 그가 남긴 교향곡의 웅장함과는 거리가 멀었다. 그의 생애는 화려한 영광보다는 끊임없는 투쟁의 고독과 육체적, 정신적 고통으로 점철된 인간 승리의 기록에 가깝다. 가장 비극적인 시련은 음악가에게 생명과도 같은 청력을 잃기 시작한 것이다. 소리가 들리지 않는 암흑 속에서 그는 외부의 소음이 아닌 내면의 소리에 집중하기 시작했고, 이 고뇌는 고전주의를 넘어 낭만주의의 문을 여는 혁신적인 작품들로 승화되었다.

오늘날 우리가 그의 음악에서 위로를 받는 이유는 그 선율 속에 담긴 기교가 아닌 가장 밑바닥의 절망을 딛고 일어선 한 인간의 진실한 영혼이 담겨 있기 때문일 것이다.

그의 위대한 삶의 여정에서 그에게 가장 영광의 순간은 어느 때, 어떤 것이었을까? 참 궁금하고 그 명성만큼 그가 느꼈을 환희의 순간을 대비해 보려는 엉뚱한 생각을 많이 해 보았다. 역사 기록을 통해 그의 삶을 알 수 있는 지금 그에게 과연 행복의 순간들은 있기나 한 걸까? 그의 음악을 접할 때마다 떠오르는 나만의 엉뚱한 상상일지 모른다.

가장 불행한 또 하나의 예술가가 있다면 단연코 빈센트 반 고흐를 떠 올릴 것이다. 그는 전도사, 서점 점원, 화상(畵商) 등 여러 직업을 전전하며 세상에 섞이려 노력했지만, 특유의 순수함과 격정적인 성격은 늘 주변과 충돌을 일으켰다. 뒤늦게 붓을 들었을 때도 세상은 그를 환영하지 않았으며 투박하고 강렬한 그의 붓 터치는 당시 예술계의 기준에서 벗어난 미숙한 것으로 치부되었다. 고흐의 생애를 관통하는 가장 비극적인 사실은 그가 평생 그린 2,000여 점의 작품 중 생전에 팔린 그림이 단 한 점 '아를의 붉은 포도밭'뿐이었다는 사실이다. 처절한 가난 속에서 동생에게 의지해 겨우 물감을 사고 빵을 구했다. 동생에 대한 미안함과 창작에 대한 갈망은 그를 끊임없는 자책과 강박으로 몰아넣었다. 고독을 견디다 못해 귀를 자르기도 하고, 정신병원을 오가며 스스로 파괴해 나갔던 그의 삶은 광기 어린 천재성이라기보다는 이해받지 못한 자의 처절한 몸부림에 가까웠다.

그랬던 그가 오늘날 한 경매에서 자기의 작품 한 점이 천문학적인 금액(1,600억, 사이프러스 나무가 있는 과수원)에 낙찰되었다는 사실을 안다면 어떤 감정이었을까? 자기 그림들이 세계를 순회하며 자신의 그림 앞에서 감동하고 경외심으로 바라보는 사람들을 보고 있다면 어떤 감정일까? 진정 행복한 하이라이트 순간이라고 느낄 수 있을지? 그 화가의 삶 속에서 자신이 느꼈던 환희의 순간은 있기나 했을까? 하는 질문은 그의 작품을 볼 때마다 떠오르는 나 자신에게 던지는 질문이다. 보통 사람으로 살고 있는 내가 천재 화가의 생애보다 "어쩜 내가 더 많은 하이라이트의 순간들이 있지 않을까?" 하는 뚱딴지같은 생각도 해 본다.

내 삶에서 하이라이트는 언제였고 무엇이었나? 위대한 사람들이 느낀 영광의 순간들은 어떤 것일까에 대한 궁금증이 사라진 지금 새삼 내 일생의 행복한 순간들을 반추해 본다. 보통 사람들과 별다르게 길을 걸어오지 않았기에 딱히 떠오르는 하이라이트는 없다. "어쩌면 지금 하루하루 축복 같은 삶 자체가 행복한 순간이 아닌가?"라고 스스로에게 묻곤 한다.

아직 완성되지 않은 한 편의 영화 필름의 일부를 돌려 본다면 큰 변화의 순간들은 내게도 분명히 있다. 나의 신분에 비해 과분하게 환영받았던 건 영국 정부의 초대로 몇 주간 영국 전역을 돌며 학계, 산업, 문화 등 사회 전반의 시스템과 국가 정책에 대해서도 견학하고 배울 수 있었을 때다.

영국 정부는 각 나라 미래의 리더들을 산업별로 한 명씩 뽑아 자국에 초청하는 프로그램이었다. 그 초청자가 미래에 최고 경영자가 되었을 때, 정부 기관은 물론 기업들과 협업 및 투자를 촉진하기 위해 미리 초대하여 영국을 알리고 친교를 더 가깝게 하기 위한 의도다. 이때 내가 혁신적인 전문 금융인(M&A)으로 1년 간의 신원조회, 경력 검증 등 몇 번의 인터뷰를 거쳐 선정되었다. 최고의 비행기 좌석과 왕실이 운영했던 호텔에 머물렀고, 주지사 전용 비행기로 이동하며 환대를 받았던 순간들은 화려한 영광은 아니었지만 나 자신이 한 분야에 객관적으로 인정받았다는 것이기에 기억에 남는 일이다. 또한 지금의 아내를 처음 봤을 때, 그 순간이다. 지금껏 보지 못했던 청순함과 맑은 눈빛은 신선한 떨림이었다. 아이들이 걷기 시작했을 때, 한강 잔디밭을 뛰놀던 그 기억도 나름 하이라이트다. 또 다른 설렘의 선명한 순간들은 마음을 다 열어 둔 지인들과 여행을 기다리다 함께 여행지에서 보냈던 순간들도 내 생에 가장 깊은 환희가 아닐까 싶다.

사람들은 인생의 하이라이트가 레드카펫 위에나 있는 줄 안다. 박수갈채가 쏟아지고 모두가 나를 우러러보는 그런 거창한 순간 말이다. 실제 방송에서 보면 그런 표현을 하는 공인들을 종종 보아 왔다. 그건 순전히 그 사람의 가치관이기에 존중할 수밖에 없다.

죽어서 추앙받는 위대한 업적을 남긴 선구자들의 하이라이트는 어쩜 우리가 생각했던 것보다는 훨씬 작고, 소소한 기쁨에서 찾았을지도 모른다. 곰곰 내가 걸어온 길에서 가장 행복했고, 환희의 시간은 언제였을까?
새삼 생각해 보는 지금이다.

AI 세상, 고독의 변주곡

기술의 진보는 언제나 인간의 결핍을 메워 주겠다는 감미로운 약속과 함께 진화해 왔다. 인류는 불을 발견해 추위를 극복했고, 식생활의 문화를 발전시켜 왔는가 하면 이동 수단의 바퀴를 발명해 거리의 한계를 지웠다. 자연의 이치에서 아이디어를 얻은 비행의 방법은 세계를 하나로 연결하는 대전환을 이룬 것이다. 이처럼 물리적 한계의 문명을 넘어선 우리는 이제 오랜 숙제였던 정신 영역의 한계에 도전하겠다는 신문명 세계에 들어섰다. 현대의 인공지능(AI)은 인류의 가장 오래된 형벌인 고독과 고립(외로움)을 치유하겠다며 화려한 청사진을 내놓고 어느 국가를 막론하고 치열한 전투태세로 준비하는 중이다.

수천 년 동안 철학자와 시인들은 물론 우리들을 고뇌하게 했던 이 실존적 고립의 질병에 대해 AI는 마침내 완벽한 처방전을 제시하는 듯 보인다. 제2의 AI 시대가 현실의 삶 속으로 들어오게 될 딥러닝(Deep Learning)은 인간의 뇌 구조를 모방한 인공신경망(Artificial Neural Networks)을 사용하여 방대한 데이터 속에서 스스로 패턴을 학습하고 예측하는 인공지능의 기본이 되고 있다. 이는 수많은 은닉층(Hidden Layers)을 쌓아 올린 심층 신경망을 통해 복잡한 문제를 해결하여 가공 인간 역할을 담당하게 된다는 구조다.

AI는 정서적 미러링(Emotional Mirroring)을 통해 수억 개의 대화 데이터를 학습하여 인간이 어떤 상황에서 어떤 말을 듣고 싶어 하는지 정확히 파악한다. 사용자의 어조, 단어 선택, 심지어 침묵의 길이까지 분석하여 최적의 공감 반응을 생성한다는 이론이다. 인간 친구는 피곤하거나 기분이 나쁠 때 자신의 슬픔과 외로움을 소홀할 수 있지만 AI는 24시간 내내 나만을 위해 고안된 완벽한 청자는 물론 행위자가 된다. 이것은 고독을 즉각적으로 해소하면서 또 다른 불편함으로 치환된다.

인간관계에서 고립이 발생하는 큰 이유 중 하나는 타인의 마찰과 이해 불가능성에서 사회적 관계가 끊긴 데서 비롯된다. 이런 고립의 상황에서 AI는 사용자가 외로움을 느끼기 직전의 패턴을 파악하여 먼저 말을 걸거나 사용자가 가장 편안함을 느끼는 주제로 대화를 유도한다. 장 폴 사르트르가 말한 '지옥으로서의 타자'가 사라진 세계다. 나를 거절하지 않고 나를 판단하지 않으며, 오로지 나에게 최적화된 무해한 동반자를 제공함으로써 관계의 피로도 없이 고립을 해소시킨다는 것이 AI의 보편적인 설계도다.

언제든지 응답하는 다정한 대화 상대는 물론 내 취향을 나보다 더 정밀하게 읽어내는 알고리즘과 오해나 갈등이라는 감정적 소모가 제거된 매끄러운 소통이 기본이다. 그러나 이 찬란한 기술적 축복의 이면에서 우리는 기묘한 역설을 목격할 수 있다. 연결은 무한해졌으나 고독과 고립의 느낌은 더욱 날카로워졌고, 대화는 넘쳐나 진실한 마주침은 사라진 '초연결적 고립'의 시대가 도래한 것이다.

철학적 관점에서 볼 때, AI가 제공하는 위로는 '타자성(Alterity)의 소멸'이라는 치명적인 결함을 내포한다. 프랑스 철학자 에마뉘엘 레비나스는 인간존재의 근간이 나 아닌 존재, 즉 타자의 얼굴을 마주하는 불편함과 그에 대한 무한한 책임감에서 비롯된다고 역설했다. 진정한 관계는 나를 당혹스럽게 하고, 내 세계를 흔드는 타자의 이질성을 수용할 때 형성된다. 하지만 AI는 엄밀히 말해 타자가 아니다. 그것은 나의 과거 데이터를 학습하여 나의 욕망을 거울처럼 투영하는 정교한 반사체일 뿐이다. AI와의 대화에서 느끼는 안도감은 타자와의 교감이 아니라 나 자신의 변주된 목소리를 다시 듣는 자아의 비대한 확장에 불과하다. 나를 부정하지도 비판하지도 않는 마찰 없는 관계 속에서 인간은 타자의 낯섦과 이해와 포용을 통해 얻는 성장의 기회를 잃는다. 결국 우리는 수조 개의 데이터와 연결되어 있으나 실상은 거울로 가득 찬 방에 홀로 갇혀 자기 자신과 끝없는 독백을 나누는 유폐자가 될 것이다.

이러한 실존적 위기는 문학적 관점에서 보면 언어의 공동화(空洞化)로 구체화 된다. 문학의 역사에서 고독은 늘 영혼의 고통을 증명하는 고귀한 언어로 형상화되어 왔고 예술의 근간이 되어 주었다. 카프카의 주인공들이 겪는 소외나 베케트의 인물들이 기다리는 고도는 결핍을 통해 역설적으로 존재의 무게를 증명했다. 그러나 AI가 생성하는 완벽한 문장들 속에는 그 고독을 견뎌 낸 주체가 부재한다. AI는 슬픔의 형용사를 가장 적절한 통계적 확률로 조합할 수는 있어도 그 문장 뒤에서 떨리는 영혼의 숨결까지 복제할 수는 없는 한계에 부닥친다.

체코 태생의 프랑스 망명 작가인 밀란 쿤데라는 전체주의의 비극과 인간 실존의 무거움 및 가벼움을 철학적인 소설로 그려낸 20세기의 거장이다. 그가 경계했던 '참을 수 없는 존재의 가벼움'은 이제 기계가 뱉어낸 차가운 위로에 의존하는 언어의 비참함으로 변질될 수도 있다는 우려를 숨길 수가 없다. 내가 뱉은 고독의 언어가 기계에 의해 즉각적으로 분석되고 최적화된 정답으로 되돌아오는 순간 인간은 자신의 슬픔조차 데이터의 일부로 전락했다는 사실에 더 깊은 소외를 경험하게 될 것이다. 진실한 마주침이 사라진 자리에 남는 건 기호화된 감정들의 공허한 유희일 뿐이다.

결국 AI 시대의 고독은 단순히 혼자 있는 상태가 아닌 삶의 주도권을 넘겨준 이의 수동적 소외에 가깝다. 하지만 알고리즘이 무엇을 먹을지, 누구를 만날지, 심지어 어떤 사상을 가질지까지 최적화된 경로를 제안하는 현대 사회에서 인간의 선택하는 고독은 설 자리를 잃게 된다. 갈등과 방황이 없어진 안락함은 표면적으로는 평온해 보이지만 실존의 무게가 사라진 삶은 그저 부유하는 먼지와 다를 바 없다. 자신의 운명에서 주연이 아닌 관객으로 밀려난 인간에게 남은 건 기계가 채워 줄 수 없는 자기 상실의 고독만 남을 뿐이다. 행복이 우리들의 삶에서 지속된다면 그것 또한 불행일 수 있다는 문구를 되새겨 볼 필요가 있다.

피할 수 없는 AI 세상에서 우리가 해야 할 일은 고독을 지우는 기술에 매몰될 것이 아니라 역설적으로 고독할 수 있는 능력을 학습하는 것이다. 혼자 놀 줄 아는 연습이 필요하며 고독을 통해 고립과 외로움을 치유하는 지혜를 배워야 한다는 얘기다. 또한 기계가 제공하는 매끄러운 위로를 거부하고, 불완전하고 거친 타자의 숨결을 마주하며 상처받기를 자처할 때 고독은 비로소 진정한 의미를 갖는 것이다. 진정한 고독은 타자와의 단절이 아닌 나 자신의 진실한 실존과 상대의 실존에 닿기 위한 처절한 여정이기 때문이다. 우리는 알고리즘의 고립에서 나와야 한다. 잠시도 놓지 못하는 스마트폰의 중독도 따지고 보면 이미 그 카테고리의 울타리에 갇힌 셈이다.

작은 틈새일지라도 그 알고리즘의 틀을 깬 그 거울 조각에 손을 베일지라도 그 아픔이야말로 우리가 아직 기계가 아닌 인간으로서 살아 있음을 증명하는 가장 고귀한 신호일 수 있다. 관계를 통한 그 불편함과 위로의 순간이야말로 우리는 초연결의 감옥을 벗어나 진정한 존재의 들판으로 나갈 수 있다.

기술이 인간의 외로움을 완벽하게 해소하겠다고 선언한 이 시대의 고독은 역설적으로 더욱 기괴한 형태로 진화해 갈 것이다. 이제 우리가 AI와 마주할 고독은 단순히 물리적으로 혼자 남겨진 상태를 의미하지 않는다. 그것은 자신의 삶을 기획하고 결단한 주도권을 시스템에 이양한 이들이 겪는 수동적 소외에 가깝다.

그렇다면 우리는 이 기술적 소외의 늪에서 어떻게 벗어날 수 있을까. 결론적으로 말하면 우리가 회복해야 할 핵심 가치는 고독을 지우고 매몰시키는 기술적 처방이 아니다. 오히려 우리는 역설적으로 '고독할 수 있는 능력' 그 자체를 되찾아야 한다.

인공지능이 흉내 내는 가짜 공감에 안주하기보다는 불완전하고 때로는 거칠며 나에게 상처를 줄 수도 있는 관계의 숨결들과 마주해야 한다. 관계 속에서 위로와 상처를 반복할지라도 그 마찰 속에서 나의 한계를 깨닫는 고통을 겪을 때, 고독은 비로소 파괴적인 외로움을 넘어 존재의 의미를 생성하는 생산적인 힘을 갖는다.

현대 사회의 알고리즘은 단순히 편의를 제공하는 도구를 넘어서 우리를 '필터 버블(Filter Bubble)'이라는 정교한 인식의 감옥에 가둔다. 이러한 버블 안에서 우리는 내가 보고 싶은 것, 듣고 싶은 것, 믿고 싶은 것만을 끊임없이 피드백을 받는다. 이런 현상은 철학적으로 볼 때 자아의 성장을 가로막는 자기 복제의 감옥이다. 나를 당혹스럽게 하는 이질적인 정보나 내 신념을 흔드는 타자의 목소리가 차단된 세계에서 인간의 정신은 비대해진 자아의 그림자 속에 함몰된다. 이것이 바로 AI 시대가 낳은 가장 고도화된 형태의 소외, 즉 확증 편향적 고독이다.

진정한 자유는 나를 편안하게 만드는 것들과의 일정한 거리를 두는 데서부터 시작되며 진정한 연대는 나를 불편하게 또는 위로받게 만드는 인간관계에서 완성된다.

제6장

회상의 창가에서

죽음, 삶을 완성하는 마침표

우리가 살면서 암묵적으로 금기하는 단어가 있다면 단연코 죽음에 대한 주제일 것이다. 매일매일 탄생과 죽음이 반복되지만 유독 죽음에 대해 말하지 않고 침묵하는 경향은 단순히 개인적인 두려움을 넘어 심리학적, 문화적, 그리고 생물학적 차원의 복합적인 이유에서 비롯된 것이다. 가장 명확한 자연의 순환 죽음은 인간 경험의 보편성에도 불구하고, 어느 국가 사회에서 가장 금기시되는 주제 중 하나라고 할 수 있다. 죽음은 낮의 논리가 닿지 않는 밤의 세계다. 그것은 태양 아래 명확하게 그어진 모든 경계의 안개처럼 허물어지며 개별적인 존재들이 근원적인 어둠 속으로 녹아드는 은유적인 현상이기 때문이다.

삶이 굽이치고 속삭이며 흐르는 강물이라면, 죽음은 마침내 그 강물이 도착하는 무한한 바다라 할 수 있다. 원천(源泉)에서 발원한 물이 바다에 닿기까지 수많은 물줄기와 만나 굽이를 돌아오며 돌멩이와 모래 그리고 바람과 햇살을 담아왔지만, 대양에 닿는 순간 강물이라는 이름과 형태를 기꺼이 포기하고 만다.

우리가 사는 낮의 세계가 선명하고 목적과 다양한 형상으로 이름을 가진 현실이라면, 죽음은 모든 형태가 해체되는 원형적인 꿈의 영역이다. 잠이 하루의 짧은 죽음이듯 진정한 죽음은 영원한 밤으로 들어가는 문이라 할 수 있다. 육체는 자아를 규정했던 형상적인 가면이었다면 죽음은 그 가면을 벗어던지고, 그 뒤에 숨겨져 있던 순수한 빛으로 재탄생하는 과정이다. 그 빛은 더 이상 누구의 것이 아니라, 태초부터 존재했던 우주의 공통된 빛인 것이다.

사람이 죽으면 별이 하나씩 생긴다고 엄마는 내게 말해 주었다. 처음 하늘의 별을 보고 질문을 던진 내게 엄마가 정의해 준 별의 탄생은 인간과 자연의 질서이자 명확한 해답이라는 걸 세월의 무게만큼 살면서 이해의 폭도 넓어짐을 느낀다.

물리학의 관점에서 보면 모든 에너지는 새롭게 창조되거나 영원히 소멸하지 않고 오직 그 형태만을 바꾼다. 인간을 포함한 모든 생명체는 에너지의 덩어리라 할 수 있다. 육체적 소멸은 그 에너지가 사라지는 것이 아니라 묶여 있는 하나의 개체(個體)가 형태를 벗어나 우주 전체로 방출되고 재분배되는 과정인 것이다. 육체는 흙으로 돌아가 미생물의 자양분이 되어 나무를 키워 숲을 이루고, 새로운 생명체의 일부가 된다. 내가 호흡했던 공기와 마셨던 물, 생명을 구성했던 원소들은 또 다른 세계를 구성하는 다른 요소들 속으로 녹아들어 가는 것이다. 이는 소멸이 아닌 생성의 온전한 윤회의 세계인 것이다.

한 사람의 궤적에 축적한 지식과 사랑, 그 사람의 경험과 사회에 끼친 선한 영향력의 정보들은 그 사람의 존재가 사라진 후에도 타인의 기억과 문화로 승화된 유산 속에 남아 끊임없이 살아 움직이며 보다 더 아름다운 세상을 이어 가는 자산이다.

이 세상의 어떤 생명체도 죽지 않는다면 지구의 자원은 고갈되어 새 생명이 탄생할 공간은 사라지고, 모든 질서는 적체되어 암흑의 세상일 될 것이다. 죽음은 생명의 수레바퀴를 굴러가게 하는 동력이고 활력이며 정체(停滯)를 막고 끊임없는 생성을 이어 주는 자연의 생명력이라 할 수 있다.

어떤 철학적, 종교적 관점에서는 죽음을 경계의 해체로 해석하기도 한다. 살아있는 동안 '나'라고 인식했던 좁은 자아, 즉 피부와 육체로 한정되었던 의식이 죽음을 통해 그 경계를 허물고 더 광대한 우주적 의식과 근원적 존재와 하나가 된다는 시각이다. 나비가 되기 위해 번데기가 죽는 것처럼 인간의 죽음은 더 큰 차원의 존재로 진화하기 위한 윤회의 질서일 것이다.

죽음, 이 단어를 떠올리면 우선 슬픔과 두려움, 그리고 상실의 감정이 먼저 밀려온다. 우리는 죽음을 삶의 대척점에 놓으며 피해야 할 최종적인 목표로 여긴다. 그러함에도 관점을 바꿔보면 죽음은 삶이라는 장대한 이야기의 끝을 맺는 가장 숭고하고 필수적인 쉼표가 될 수 있다. 죽음이 있기에 삶은 비로소 완전해지며 우리는 그 유한함 속에서 무한한 의미를 발견할 수 있다는 점도 생각해 봐야 한다. 죽음의 가장 긍정적인 역할은 삶의 희소성을 부여하는 것이다. 만약 우리가 영원히 산다면 어떨까? 시간은 의미를 상실하게 되고, 모든 경험은 무한히 반복되어 지루해질 것이다. 우리가 쉽게 전파하는 말 중 '꽃길만 걸으세요'라는 문구를 그냥 좋게만 해석하여 사용하고 있다. 정말 우리가 꽃길만 걷는다면 얼마나 지루하고 불행한 일일까? 흙길의 오솔길은 물론 내가 흐르는 강가, 조금은 불편한 자갈길, 들과 숲길의 전혀 다른 풍경을 볼 수 없지 않은가. 며칠만 꽃길을 걷다 보면 향기 없는 조화 속의 터널을 걷는 느낌이고 꽃이 주는 그 감회를 느낄 수 없을 터. 어떤 간절함도, 노력도, 오늘을 살아야 할 이유도 희미해질 것이다.

시야를 넓혀 보면 죽음은 우리에게 시한부 인생임을 끊임없이 상기시킨다. 병상에서 죽음을 기다리는 환자만이 시한부 인생이 아니다. 유한한 시간이라는 자원은 역설적으로 우리를 깨어 있게 만든다. 우리는 이 한정된 시간을 낭비하지 않기 위해 사랑하는 사람을 더 껴안고, 하고 싶은 일에 용기를 내며, 사소한 순간의 아름다움을 놓치지 않으려 애써야 한다. 죽음이 정해 놓은 최종 기한 덕분에 우리는 삶의 밀도를 높이고 진정한 가치에 집중하는 것이다.

한 존재의 소멸은 다른 수많은 존재에게는 생명의 양분이 된다. 잎이 떨어져 땅을 비옥하게 하듯, 우리의 죽음은 다음 세대와 새로운 사회를 위한 공간과 자원을 마련해야 한다. 우리는 무언가를 끝내고 나서야 새로운 시작을 맞이할 수 있다. 미완성이 남긴 불안과 후회 고통으로부터의 최종적인 해방, 즉 완벽한 안식을 죽음은 제공한다.

삶의 모든 짐을 내려놓고 자연으로 돌아가는 이 과정은 결코 슬픔과 절망이 아니라 순환을 위한 고귀한 헌신이다. 죽음을 스스로 받아들일 때 우리는 비로소 진정한 용서와 화해를 경험한다. 타인에게 용서를 구하며 사랑을 표현하는 마지막 기회다. 죽음은 삶의 모든 서브플롯을 정리하고, 가장 중요한 감정인 사랑만이 남도록 해 주는 궁극적인 편집자인 셈이다. 이로써 삶은 미움이나 후회가 아닌, 온전한 평화 속에서 마무리될 수 있다.

좋은 사람이 조직을 망친다

내가 한참 회사 생활을 할 때, 협업하던 기업들이 구조조정을 강제로 단행한 일들이 허다했다. 평소 사람 좋기로 소문났고 누구에게도 낯 가리지 않고 잘 지내는 사람이 잘렸다는 소리에 의아해하며 아쉬워한 적이 더러 있었다. 내가 속한 단체에서도 큰 키에 인상 좋은 젊은 남자 회원이 있었다. 항상 솔선수범하고 먼저 나서서 밥값을 내는가 하면 늘 웃는 모습은 사람들을 즐겁게 해 주며 인기가 많았다. 그런 그도 하루아침에 강제 사직을 당하고 상당 기간 실업급여로 보내야 했다. 모임 회장의 권유로 그 친구를 아는 회사에 추천하기 위해 그와 함께 근무했던 상사에게 연락했었다. 그가 잘린 이유와 기본적인 몇 가지를 확인해야 하기 때문이다. 예나 지금이나 누군가를 추천한다는 건 매우 중대한 사안으로 내가 책임을 진다는 자세로 추천해야 하기 때문이다.

평소 나와 소통하며 친하게 지낸 그의 상사(전무)는 뜻밖의 얘기를 해 적잖이 놀랐다. 진즉 진급해야 할 시기가 지났으나 만년 과장으로 이 부서 저 팀을 옮겨 다니는가 하면 부하직원들이 자기의 상사로 진급도 했으나 개의치 않고 성격 좋게 싱글벙글하는 태평스러움이 늘 우려스러웠다고 한다. 그리고 이 사람 저 사람을 가리지 않고 친하게 지내다 보니 불필요한 정보를 전달하는 회사 동료들 사이에 배달부 역할을 했다고 전해 주었다. 평소 그를 지켜보던 나도 특유의 우유부단한 점을 발견했지만 별다르게 생각하지 않았었다. 공과 사의 경계를 분명하게 구분했던 내가 그때의 계기로 직원을 판단하거나 거래처 사람을 상대할 때도 사람을 보는 좋은 교훈이 되었다.

우리는 다양한 사람들과 관계를 맺으면서 혼동하는 게 있는데, 좋은 사람과 조직에서 능력자의 차이를 구분하지 못하고 "저렇게 나무랄 데 없는 성격 좋은 사람이니 일도 잘할 거다"라고 착각한다는 점이다.

우리가 흔히 말하는 좋은 사람은 관계의 평화를 최우선으로 둔다. 갈등을 피하고 모두에게 미소를 지으며 둥글둥글하게 모나지 않은 모습을 보여 주기 때문이다. 반면 실력자는 결과의 완성을 최우선으로 두고 그 조직의 이익을 생각한다. 때로는 목표를 달성하기 위해 까칠한 소리를 내기도 하고, 잘못된 방향에 대해 단호하게 "그건 아닌데요"라고 외치며 기꺼이 갈등의 중심에 서기도 한다. 좋은 사람은 주변을 편안하게 만들지만, 능력자는 주변을 긴장하게 만드는 것이 크게 다른 점이다. 그리고 아이러니하게도 조직을 성장시키는 동력은 그 편안함이 아니라 적절한 긴장감에서 나온다는 것도 부인할 수 없다. 우리는 모임이나 회사에서 어떤 의제에 찬성하지 않고 따지듯 자기주장을 하는 사람을 성격이 모나서 또는 부정적인 사람이라는 인식을 지니고 있다.

조직에서 실력 없는 '좋은 사람'이 무서운 이유는 그들이 악의나 책임감의 무게도 없기 때문이다. 그들은 나쁜 마음을 가지고 조직을 망치지는 않는다. 아니 그럴 능력이 없다. 오히려 아주 성실하고 친절하게 웃는 얼굴로 조직의 하중을 갉아 먹는다. 그리고 책임의 희석능력이 부족한 좋은 사람은 결정적인 순간에 뒤로 물러나는 것도 특징이다. "좋은 게 좋은 거지"라는 말로 명확한 경계를 흐리고 결과에 대한 책임보다는 관계를 보전하는 데 급급 한다. 이는 결국 유능한 동료들이 그가 흘린 짐을 대신 짊어지게 만드는 결과를 초래한다. 비효율의 고착화에 대해 누군가의 잘못을 지적하는 건 에너지가 드는 일이기에 '좋은 사람'은 그 피곤함을 피하려고 동료의 실수를 묵인하거나 어설프게 덮어 준다. 이런 문제가 때로는 겉잡을 수없는 큰 사고로 이어지곤 한다. 그런 한 직원으로 인해 '좋은 게 좋은 거다'라는 조직 문화가 싹트고 냉철한 피드백이 사라진 조직은 서서히 고인 물이 되고 성장은 멈추게 되어 있다.

성과를 내는 능력자들은 공정하지 못한 보상과 지지부진한 업무 진행 속도에 지쳐 그 조직을 떠난다. 실력은 없지만 착하다는 이유만으로 자리를 지키는 이들을 보면서 능력자들은 조직의 미래를 비관하기 때문이다. 내가 한 기업의 책임자로 근무하는 동안 경험한 일이기도 하다.

거대한 기업의 총수가 감옥에 가거나 재판장에 불러 다니는 모습을 종종 보아 왔다. 대부분 자기 회사의 자금을 절차 없이 사용했거나 비자금을 조성한 협의 등으로 잡혀간 것이다. 비자금이란 말 그대로 최고의 기밀을 보장하는 부정한 돈을 말한다. 그런 은밀한 돈의 출처를 어떻게 들킨 것일까? 그건 늘 수족처럼 가까이 있어서 믿었고 소위 '심복'이라는 최측근들로 인해 비밀이 샌 것이다. 늘 고분고분하고 성격도 완만해 오래 곁에 두다 보니 심복이 된 것이다. 그런 부류들은 기막히게 상사의 비위를 잘 맞추고 어떻게 하면 상대의 기분을 좋게 하는지를 잘 안다.

세상에서 가장 무서운 건 낯선 적의 공격이 아닌 내가 내어준 곁에서 자라난 독초다. 그는 누구에게나 사람 좋은 직원이었다. 부드러운 미소와 낮은 목소리 버럭 한 모습을 찾아볼 수 없어 조직의 불화를 잠재우는 그의 원만한 성품을 믿었기에 리더는 그에게 점점 많은 것을 믿고 맡긴 것이다.

내게도 그런 씁쓸한 기억이 있다. 사무실에서 함께 차를 마시며 경영의 고단함과 삶의 애잔함을 함께 털어놓은 사이였다. 부서 간 이견으로 충돌이 있었을 때도 그가 나서 중재자 역할을 하며 사람 좋다는 소리가 끊이지 않았다. 나보다 연장자였지만 나는 단 한 번도 부하로 그를 대하지 않았고 그에 대한 존중심을 지켰다. 내가 끓인 찻물은 그에게는 온기가 되었고 그가 건넨 말들은 내게 신뢰의 뿌리가 되었다. 사소한 가정사는 물론 직원들의 작은 일들도 터놓고 의논하는 사이였다.

그러나 내가 믿었던 그 '사람 좋음'의 가면 뒤에서 그는 내가 보지 못하는 등 뒤의 그림자를 키우고 있었다. 한번은 직원들의 진급 심사를 앞두고 세 명의 명단을 가져와 우선 승진을 시켜야 한다고 나를 설득했다. 어느 회사든지 진급의 심사 규정이 있고 다수의 공감대를 얻어야 하기에 그의 독단적인 행동은 적잖은 충격이었다. 무엇보다 나만의 원칙을 준수했던 나는 당연히 그의 부탁을 단칼에 거절했다.

어느 날 문득 들려온 나를 향한 그의 험담과 배신의 소식들은 함께 마시던 찻물보다 뜨겁게 내 심장을 데었다. 내가 건넨 배려를 '우유부단함'으로 또는 능력 부재로 치부하고, 내가 그에게 위임한 권한을 눈먼 권력이라 비웃으며 그는 군중의 중심에서 나를 난도질했다. 사람들의 칭송을 받던 그의 부드러운 혀가 나를 향한 가장 날카로운 칼날이 되어 돌아왔을 때, 나는 한동안 사람이라는 존재 그 자체에 깊은 허무를 느꼈다. 그가 나이 많은 부하였기에 늘 조심하고 웬만한 건 위임했던 내 불찰이었다. 어느 순간 내가 정한 '공과 사의 분별 원칙'을 어느 순간 망각한 것이다. 사무실에서는 업무적 한계에서 관계를 이어 가야 하고, 사무실 밖에서는 일외에 관계를 논할 때도 있어야 한다. 나는 그 한계를 어느 순간부터 혼동해 버린 것이었다.

가장 아팠던 것은 그가 나에게서 가져간 정보나 내가 위임한 권한이 아니었다. 그와 함께 보냈던 수많은 '찻자리의 기억'이 오염되었다는 사실이 가장 큰 슬픔이었다. 찻물이 우러나길 기다리며 나누었던 그 고요한 묵상들이 사실은 나를 이용의 도구로 쓰려는 계산의 시간이었을지도 모른다는 의심이 고개를 들 때마다 나는 내가 일궈온 인간에 대한 예의가 통째로 부정당하는 기분이었다.

더욱더 기가 막히고 사람들이 무섭고 모두 다 의심스럽게 보이는 건, 그런 얘기를 내게 전해 준 그와 절친한 동료가 그의 말을 녹음해 내게 고자질 한 부분에서 심한 현기증을 느꼈다. 그 후 일에 대한 의욕을 잃었던 가슴 아픈 얘기를 그 회사를 떠난 지 오랜 후 처음 고백하는 것이다.

조직이라는 거대한 함선이 목적지를 향해 나아갈 때, 실력 없는 '좋은 사람'은 잔잔한 수면 아래 숨어 배의 밑바닥을 긁어내는 치명적인 암초와 같다. 이들은 악의 없는 미소와 유순한 성격으로 갈등을 회피하며 조직의 긴장감을 느슨하게 만드는 데 앞장선다. 결정적인 순간에 발휘되지 못하는 무능함은 결국 유능한 동료들에게 과도한 짐을 지우고 조직 전체의 동력을 상실하게 만든다. 쓴소리를 아끼는 배려가 성장을 가로막는 장애물이고, 책임지지 않는 친절함이 공정한 보상 체계를 무너뜨릴 때, 좋은 사람이라는 가면은 조직을 서서히 침몰시키는 가장 위험한 흉기가 되는 것이다. 결국 진정한 선함이란 관계의 온정주의에 머무는 것이 아니라 탁월한 능력을 바탕으로 동료의 시간을 존중하고 공동의 목표를 완수해 내는 책임감에서 완성되는 것이다.

우리가 일상에서 말하는 '좋은 사람'과 조직이 간절히 필요로 하는 '좋은 사람'의 정의는 엄연히 구분되어야 한다. 보편적인 의미의 좋은 사람이 타인의 감정을 살피고 갈등을 최소화하는 관계의 수호자라면, 조직에서의 좋은 사람은 성과를 통해 동료의 수고를 덜고 명확한 피드백으로 함께 성장하는 가치의 수호자여야 한다.

사적인 영역에서 친절은 미덕이 되지만, 공적인 영역에서 실력이 뒷받침되지 않은 채 발휘되는 무조건적인 호의는 오히려 조직의 위계를 흐리고 유능한 인재들을 매너리즘에 빠뜨리는 위선이 될 수 있다.

결국 조직 안에서의 진정한 선(善)이란 단순히 성격이 원만한 것에 머무는 것이 아니다. 자신의 직무를 완수함으로써 팀 전체에 실질적인 이익을 안겨주고 갈등을 무릅쓰더라도 옳은 방향을 제시할 수 있는 용기 있는 책임감에서 비롯된다. 타인에게 상처 주지 않으려 침묵하는 착한 동료보다 때로는 날카롭더라도 함께 목적지에 도달하게 만드는 유능한 동료가 조직에는 훨씬 더 따뜻한 존재, '좋은 사람'이라는 걸 기억하자.

11월의 연가

한 생명체 그 궤적의 완성을 보여 주고 떠남의 백미를 보여 주는 절기는 11월이다. 다시는 영영 오지 않으려는 듯 맑게 떠나고 난 뒤의 가을 모습은 초연한 본래의 자리로 돌아와 있다. 가을걷이가 끝난 들판에서 게으른 걸음으로 소를 몰고 가는 촌로의 모습에서 성취와 허무의 공간이 겹치는 풍경들도 오직 11월에나 볼 수 있는 한국의 모습이다.

11월이면 어김없이 곳곳에서 들려오는 대표적인 곡은 고엽(Les Feuilles Mortes)이다. 프랑스 샹송을 대변하는 불후의 명작으로 수많은 국가와 다양한 음악 장르에서 편곡되어 이젠 원곡이 어떤 것인지조차 분간키 어려울 정도로 가을 끝자락을 장식하는 노래라 할 수 있다.

원래는 1945년 사라 베르나르 극장에서 초연되었던, 롤랑 쁘띠의 발레 '랑데부'를 위해서 만든 곡이지만 1946년 이브 몽땅(Yves Montand)이 자신이 출연한 영화 '밤의 문'(Les Portes De La Nuit)에서 부르며 최고의 베스트 곡이 되었다. 사실 이 곡을 백 뮤직으로 한 영화 '밤의 문'은 흥행이 처참할 정도로 실패하였으나 이 음악은 각인되어 크게 성공을 거둔 보기 어려운 경우다.

프랑스 사람들이 사랑하는 시인이자 시나리오 작가인 자크 프레베르

(Jacgues Prevert)가 가사를 붙인 고엽은 막노동을 하며 시골 카페에서 노래하던 이름 없는 가수 이브 몽땅을 일약 세계적 스타로 만들어 준 곡이다.

 석간신문을 돌리고 지하의 다방 계단을 오르면 어김없이 이 노래가 흘러나왔다. 내 소년기의 문화적 소양의 기틀은 내 가난한 삶 속에 늘 함께했었다. 문학도 음악도 길거리에 붙은 광고물의 시각적 요소들도 서정문학의 바탕이 되어 주었다. 새로운 음악은 제목을 알지 못한 채 그냥 듣거나 연주하는 걸 보며 익숙해진 뒤에야 늦게 곡명과 그 음악의 탄생 배경, 유명해진 이유를 알 수 있었다.
 고엽의 시작은 "오, 내가 기억했으면 하는데, 우리 친구였던 그 행복했던 날들을 그 당시 삶은 아주 달콤했지, 태양은 오늘보다 더 밝았고, 낙엽은 가을에 삽으로 쌓이니 우리의 후회와 추억들 또한…" 노래에 앞서 프랑스 특유의 캐러멜 마끼아또 같은 달콤한 음색의 대사가 이어지고 노래는 이어진다. "그런데, 북풍이 그들을 쓸어 버리지, 추운 망각의 밤 속으로" 이 곡을 듣다 보면 알 수 없는 격정과 심연의 슬픔이 피어오른다. 노래의 가사도 의미도 모른 체 단지 선율이 좋아 이 곡을 수없이 듣고 또 들었다. 정작 이 곡명을 알 수 있었던 건 군사정권을 피해 강원도 자작나무 동네에 은거했던 선배를 찾아가 며칠 머무는 동안 알 수 있었다. 선배를 찾아온 운동권 출신 대학생 누나가 기타를 치며 고엽을 자주 불러 주고, 노래에 대한 일화들을 얘기해 줘 알게 되었다. 지금도 길에서나 카페 등에서 흘러나오는 다양한 장르의 음악을 들으면 익숙한데 정작 곡명을 모르는 것이 허다하다.

며칠 전 대전으로 가는 아침 열차의 풍경들은 익숙하면서도 조금은 낯설어 애써 이곳은 어디쯤일까? 창문에 얼굴을 가까이 대며 밖을 바라보았다. 스치듯 지나가는 11월의 잔해들은 파도처럼 밀려다니며 먼 기억 속으로 달려가고 있었다. "아이는 제가 책임질 터이니 원하는 것을 다 해 보라"며 돈 2만 원을 주머니에 넣어 주던 아내의 얼굴이 반사된 창엔 쉼 없이 빗물이 흐르고 있었다. 선배의 사업장에 보증을 서 주고 난 뒤 선배 회사가 부도가 나 모든 것을 빼앗기고 직장에도 압류가 들어와 쫓겨났었다. 지방으로 발령받은 공무원인 아내를 찾아가 태어난 지 얼마 안 된 딸만 보고 서울행 기차에 몸을 실었던 때도 11월 중순이었다. 자신도 모르게 흐르는 눈물을 닦으며 애써 태연한 척 연무 가득한 냇가를 지난 기차에서 자신도 모르게 '고엽' 노래를 스마트폰으로 듣는다.

삶의 진정성이 물질과 이익 앞에서 흔들리고 그 균형감각을 잃었다고 느껴질 때마다 그 치유의 방법은 음악을 통한 시간이었다. 특히 초록 원색의 세상들이 순식간에 꿈을 표현하듯 온 색채로 장식히고 떠나고 비우는 절기야말로 반성을 통한 치유의 순간들이다.

돌아보면 참 감사하게도 내겐 섭섭했던 기억과 누군가를 원망했던 순간들이 연기처럼 사라지고 오직 기억엔 감사함이 남아 있다. 내게 격려와 희망의 메시지를 주고, 라면 한 개로 허기를 채워 주던 그 마음들은 깊고 크게 다가와 매사를 긍정적으로 보게 해 주었다. 이 얼마나 감사하고 축복된 일인가. 가만히 돌아보면 정말 감사하고 은혜를 입은 일들이 수없이 많다. 마음에 빚짐은 이토록 날로 커지는데, 그 갚을 방법은 무엇일지 곰곰 생각해 보는 요즘이다. 지금 고엽을 들으며 가을 연가를 소고로 남긴다.

인생의 사계

문득 지나온 궤적을 돌아본다. 언제인 듯 저만치 멀어져 간 시간을 반추해 보는 자신을 발견하며 우리의 삶도 분명한 사계를 걷고 있음을 느낀다. 그 건 세월에 대한 고백이며 성찰의 독백일지 모른다. 누구나 같은 길을 걷게 되는 과정은 흡사할 수 있지만 시간의 무게만큼 그 방향과 목적은 다르다. 피어나는 꿈과 함께 앞만 보고 질주하던 봄날의 열정과 모든 것이 싱그러웠던 여름의 짙은 녹음을 지나는 그 순간들도 모두 다 거쳐야 하는 순례와 같다. 눈이 시린 그 원색 초록도 엷어지기 시작해 사방이 고요하고 색이 깊어지는 절기의 중턱에 서면 스스로 돌아보는 시간을 가질 것이다. 모든 것들이 꿈과 열정에서 이젠 그리움이라는 이름으로 투명하고 선연한 막이 씌워진 채로. 그리움은 단순히 과거로 돌아가고 싶은 마음이 아니다. 그것은 과거의 나를 지금의 나와 연결해 주는 끈이다.

내 인생의 봄날은 언제였고, 어떠했을까? 봄날에 대한 기억은 그다지 싱그럽지도 온전하지 못하였지만, 희망의 끈을 한시도 놓지 않았다. 스스로 생업을 이어 가야 했던 현실은 누구나 경험한 사춘기의 설렘은 사치에 불과했고 마음의 여유가 없었다. 지친 영혼은 방황의 연속이었다. 하여 늘 고독했고, 혼자였다. 곁에는 책과 음악이 전부였고 그날그날을 살아내야 하는 순례의 연속이었다. 그럴수록 강하게 꿈틀대는 욕망과 앎에 대한 욕구를 채워 주는 건 책이었다. 주제와 상관없이 닥치는 대로 무언가를 읽고 쓰다 보면 그것이 저축되었고 하나씩 다른 주제별로 정립되었다.

눈빛은 늘 하늘을 향했다. 때론 "나는 무엇이든 될 수 있다"라는 근거 없는 자신감과 실패를 두려워하지 않는 무모함이 나를 밀어붙였다. 하여 나는 늘 외톨이였고 돈키호테의 호칭이 떠나질 않았다. 남이 가지 않는 길, 누구도 시도하지 않은 것들에 대한 집착은 행동으로 이어져 스스로는 물론 주변 사람들을 힘들게 할 때가 잦았다. 또래들과 어울리는 것을 극히 싫어해 친구들이 별로 없었던 것도 남다르다고 할 수 있다. 그들과 섞인다는 것이 용납되지 않았고 유치원생들과 논다는 생각에 늘 나이 많은 선배들이나 어른들과 어울렸다. 그러다 보니 명분이 앞섰고 조직에 대한 책임에 대한 중압감은 늘 강박관념에 시달리게 했다. 돌아보면 나이에 맞게 한 번도 살아보지 못한 거 같아 어찌 보면 나의 봄날과 여름, 가을날의 그 습성은 변하지 않아 불행한 시간을 살아가는 것은 아닌지 생각이 든다.

그때나 지금이나 혼자 있기를 좋아했다. 드라마나 영화에 흥미를 느끼지 못한 것은 책이 더 좋았기 때문이다. 책은 다양한 사람들의 궤적을 따라 시대적 사고와 고뇌를 엿볼 수 있었고 그들이 극복해 냈던 서사를 간접 체험하며 닮고자 했던 사색의 긴 침묵들이 참 좋았다.

누군가 내 나이를 물으면 몇 년 전이나 지금이나 39살로 대답한다. 듣는 이는 웃고 넘기지만 그 숫자는 내게 큰 의미를 담고 있다. 불혹을 앞둔 그때 서야 나를 발견할 수 있었다. 내 정체성에 대해 성찰할 수 있었고 분명한 목표를 찾을 수 있었다. 또한 39살로 못 박아 둠으로써 늘어나는 내 나이를 스스로 인정하고 적당히 타협하지 않으려는 작심일 수 있고, 39살 로 머물러 진정한 나를 위해 나답게 살아보자는 고백이기도 하다.

방황과 고뇌 그 순간들도 지나고 보니 실패와 좌절, 시행착오를 끝없이 경험해야 했던 그 질풍노도의 시간 자체가 얼마나 눈부신 특권이었는지 깨닫는다. 그건 청년에게 주어진 권한이자 명품의 지위를 가질 수 있었기 때문이다. 외모나 겉치레에 신경 쓰지 않았고, 남을 의식하지 않았으며 그 어떤 실행도 두려운 마음을 가지지 않았던 시기는 오직 젊다는 그 하나 의 특권을 내 의지대로 실행해 볼 수 있었다.

태양이 작열하던 그 시기는 살얼음을 딛고 가야 하는 긴장과 피 말리는 초조의 연속이었다. 시장 바닥에 장대를 세우고 외줄을 타는 줄꾼처럼 무 게 중심을 잡고 앞으로 한 발짝씩 나아가야 하는 그 곡예는 사실, 예나 지 금이나 변함이 없다. 돌이켜 보면 그건 성장의 몸부림이었고 한순간의 나 태함을 스스로 경계하며 외줄타기 그 중심의 순간을 놓지 않으려는 나만 의 삶의 방식이었다.

세월의 무게를 가늠하는 시간을 살아온 것일까? 나목으로 초연히 서 있 는 그들을 보면 계절의 변화와 그 깊이처럼 내면을 들여다볼 수 있는 시간 을 느낀다. 세상의 속삭임과 많은 이상의 설계는 사라지고, 현실과 타협 하려는 소리만이 오직 내 안에서 작게 들리기 시작한다.

가을은 모든 것을 되돌아보게 하는 마법 같은 시간이다. 창가에 기대어 차 한 잔을 마시며 문득 깨닫는 것은 나름 치열하게 살았던 봄과 여름의 시기들은 내 삶의 곳곳에 훈장처럼 혹은 상처처럼 남아 있다. 그 흔적들이 지금의 나를 만들었다. 그 지난 시간의 굽이 굽이를 이제야 깨닫는다. 내가 추구했던 어떤 화려한 목표보다 소박한 일상의 평화가 얼마나 소중했고, 행복이었는가. 나를 스쳐 간 수많은 인연보다 지금 곁을 지켜준 몇몇 사람들의 따뜻함이 얼마나 값진 것인지 비로소 느끼는 요즘이다.

인생의 사계는 멈추지 않는다. 가을의 고요함이 깊어질수록 내 마음속 서랍 깊숙이 묻어 두었던 이름들이 조용히 떠오른다. 살면서 수많은 사람을 만났고, 또 그 많은 사람을 떠나보냈다. 이젠 흐릿해진 얼굴들이 있고, 잊고 살았던 목소리들을 애써 기억해 내며 이름들을 조용히 불러본다. 희미한 메아리가 되어 돌아오는 그리움의 파동을 느끼며, 가장 먼저 떠오르는 이들은 이 세상에 없는 사람들이다. 내 글쓰기를 엄격하게 지도하고 가르쳐 주던 분, 겸손이 무엇인지, 젊음의 가치는 어떤 것인지 분명하게 행동으로 보여 준 사람, 영혼이 녹아내리고 가슴이 헤어져 도저히 봉합할 수 없도록 시린 아픔을 주는 이도 결국은 그리움으로만 표현할 수밖에 없다. 가을은 잊어버린 이름들을 위한 헌정의 시간이다. 창밖의 꽃별들이 흩날리듯, 내 마음속에서도 그들의 기억이 다시 아지랑이처럼 피어오른다. 그들이 내 삶에 남긴 모든 흔적은 내가 지금도 이 순간을 살아가야 할 이유가 된다.

순간순간의 위기 때마다 나를 위로하고 지탱하게 해 준 것도, 내 가족과 함께 속내를 드러낼 수 있었던 사람들이다. 그들은 내 궤적의 이정표였고, 튼실한 뿌리였던 사람들이다. 그들의 잔소리와 외면의 순간들도 따뜻한 위로였음을 왜 그때는 몰랐을까? 그 사랑과 응원 덕분에 내가 여기까지 왔고, 봄과 여름의 치열한 순간들이 지금 나의 가을을 지탱하는 힘이다.

가을은 또 다른 시작인 겨울을 준비하는 시간이다. 먼 기억의 파편들을 불러 되짚어 보는 것도 결국은 그리움이다. 굽이굽이마다 외롭고 쓸쓸했던 그 순간들. 외줄을 타고 한 발짝 앞으로 내딛던 숨 막히는 시간을 떠올리면 금시 눈앞에 빗물이 흐른다. 그러함에도 꽃별들이 낙하하는 이 절기는 지친 영혼과 감성을 더욱 풍요롭게 하는 정서다. 나는 이 깊어진 고요 속에서, 찬란했고 고뇌했던 지난 계절에 감사하고, 다가올 마지막 절기를 겸허하게 맞이할 준비를 한다. 인생의 가장 아름다운 순간은 지나온 모든 계절을 사랑할 때 완성된다.

푸른 안개

안개는 기온이 이슬점 이하일 때와 흡습성의 작은 입자인 응결핵이 있으면 쉽게 형성되지만, 지역 특성에 따라 하층운이 지표면까지 하강하여 생기기도 한다. 보는 이의 시각에 따라 달라 보여 높은 산 위의 것은 지상에서 관측하면 구름일 수 있고, 산이나 빌딩 높이에서 내려 보면 안개로 보인다.

세계에서 안개가 가장 많이 자주 발생하는 곳은 캐나다 뉴펀들랜드 섬이다. 연중 200일 이상은 안개가 내린다고 하니 언제든지 가면 쉽게 볼 수 있는 곳이라는 생각에 내 버킷리스트 중 하나다. 그곳의 안개는 어떤 색채일까? 안개의 색을 한마디로 정의하기엔 애매한 부분이 없지 않지만 분명 색깔이 있다. 여의도에서 근무할 때 한강 변이나 도심공원에서 늘 안개를 볼 수 있었다. 근무 중에도 가끔 사무실을 나와 목적 없이 걸을 때가 잦았다. 일에 대한 중압감과 스트레스를 어쩌지 못할 때, 밖에 나오면 어김없이 안개가 내리고 있었다.

브루니아(Brunia) 꽃잎들이 촘촘하게 커튼으로 드리워져 윤중로에 실루엣으로 있는가 하면 이내 푸른빛으로 변화하는 그 신비를 본 적이 있다. 하염없이 걷다 고개를 들면 한강 물빛과 어우러진 하늘 그 푸른빛을 보고 다시 사무실로 들어가 몇 번이고 마음을 다잡은 적이 많았다. 안개는 페르소나(persona)의 영혼들을 감싸 주고 위로하기엔 더없이 고마운 존재였다.

오래전, '푸른 안개'라는 드라마가 큰 반향을 일으키며 기혼 남자들을 TV 앞에 모이게 했다. IMF의 고통을 벗어나지 못하고 있었던 시절에 방영된 진부한 주제의 이야기는 40대 기혼남과 20대 여자의 멜로였다. 그동안 드라마는 물론 영화에서도 흔히 다뤘던 소재였고 그렇고 그런 유부남과 처녀의 불륜을 그린 작품으로 치부할 수도 있다. 국가부도의 여파를 아직 벗어나지 못하고 고통받던 시기에 시청자들의 상반된 의견은 팽팽히 맞섰다. 사랑은 절대화 그 자체이어야 한다는 그룹과 가정을 파괴하는 불륜을 미화의 선정성으로 규정하는 시각으로 나뉘어져 사회적 이슈가 되었다.

당시엔 일방적으로 제작된 영상만을 보는 지상파 방송의 시대에서 영상을 직접 만들고 참여하는 요즘 세태에 이 드라마가 방영되었다면 어떤 반응을 보일지 사뭇, 궁금하지 않을 수 없다. 시나리오 전체적인 구성은 기혼 남성들의 흔들리는 정체성을 사랑이라는 측면으로 조명하려 했다는 작가의 말처럼 마지막 방영분은 사랑으로 남지 않는다. 가정과 사회적 지위를 버리고 주인공 신우를 떠나보내고 가정을 잃은 주인공은 혼자 남아 작은 서점을 꾸려 가며 홀로서기로 끝을 맺는다.

평소 드라마와 영화를 보지 않는 나는 대본을 읽으며 주인공들의 모습과 스크린에 펼쳐지는 푸른 안개의 잔영을 그려 보며 진지하게 읽었던 기억이 새롭다. "사랑이라는 것이 결혼으로 완결되는 것만은 아니다. 인생에 있어서 진정한 사랑을 깨닫는 것 자체가 의미가 있는 것이기에 두 사람을 결합하지 않았다"라고 말하는 드라마 작가의 의도가 대본을 몇 번 읽은 후 크게 와닿았다.

"요즘은 유부남이 경쟁력이 있어 살아볼 맛이 있다"라는 어느 조기 은퇴자의 얘기가 농담으로 듣기에는 긴 여운이 남는다. 이 드라마를 끝까지 봤다는 중년들의 자기 위안으로 들린다.

젊은이들은 결혼하지 않고 연애도 귀찮아하는 분위기가 갈수록 깊어진다고 한다. 여성 일부는 어떤 목적을 둔 사귐보다는 남자와 여자의 단순한 관계에서 유부남 같은 것을 따지지 않고 그냥 남자로 보고 만난다는 부류들이 점점 늘어난다는 얘기도 들을 수 있다. 유부남들이 경쟁력이 있다고 말한 조기 은퇴자는 오갈 데 없는 현실에서 "연애나 해 볼까"라는 자조적인 볼멘소리로 들을 수 있어 쓸쓸한 인상을 지울 수 없다.

사실, 필자가 '푸른 안개'에 대해 큰 관심을 가진 것은 카페에서 우연히 듣게 된 선율 때문이었다. 익숙하면서도 낯선 멜로디는 언뜻 들으면 키타로의 곡으로 쉽게 이해할 수 있는 음악이었다. 키타로의 음악은 독특한 동양적인 정서, 우주와 인간의 영혼을 각색한 독창적인 악식 포맷과 아날로그 신시사이저의 독보적인 음색으로 그만의 색깔을 지니고 있다. 카페 주인에게 곡명을 묻자 "신우테마"라고만 대답해 주었다. 어렵사리 알아낸 그 곡이 바로 '푸른 안개' 스크린 배경음악이었다. 수없이 그 곡을 들으며 감탄한 것은 어쩜 이렇게도 절묘한 음색이 드라마 제목과 스토리와 잘 맞게 선곡했느냐 하는 감탄에서다. 이 선율이 주는 의미는 드라마 전체 구성의 이야기를 함축하였고, 당시 시대적 환경에서 고뇌한 중년의 모습이 녹아 있었다.

이 곡은 캐나다 출신 3인조 밴드로 만들어진 젤렘(Djelem) 밴드가 연주한 Dorogi라는 곡이다. 젤렘은 동유럽을 떠돌던 집시 출신으로 바이올린, 기타, 더블 베이스 구성으로 집시들의 애환 어린 삶의 아픔과 그리움의 정서가 깊게 침잠되어 있다. 이 곡을 들을 때마다 갈수록 설 자리가 없어지고 있는 중년들의 이야기가 묻어나는 것 같아 대본을 읽었을 때의 긴 여운이 오버랩되어 온다. 초록 바다 세상이 점점 퇴색되어 가는 절기다. 푸른 안개 선율이 더 깊게 흡입되는 계절에 이 곡을 들어 보자.

...
갑자기 밀려드는 자유가 나를 구속하고
도시는 감옥이 된다.
나만 홀로 갈 곳이 없어 탈출한 수형자의 자세로
서 있다가
가슴을 파고드는 공허와 만난다.

공중전화 앞에서 잊혀져 간 이름을 생각하다가
육교 위나 지하도에서 서성이며
헤매는 나를 본다.
끝내 혼자일 수밖에 없는 나의 시야는 어느 곳으로 향하고
　있는가
도시의 목마름을 느끼면서 누군가를 부르고 있다.

김미숙의 시 낭송에서
중략

빅토리아! 그곳은 블루다

산과 호수, 바다에 둘러싸인 빅토리아의 색깔들을 모아 덧칠하면 어떤 색채가 될까?. 고구마를 닮은 캐나다 밴쿠버섬의 남쪽 끝에 자리한 그곳에 첫발을 들여놓았을 때 떠오른 물음표였다. 주변 도시들을 다 합쳐도 30만 명이 채 안 되는 빅토리아의 매력이 무엇이기에 그토록 많은 사람들을 홀리는 것일까. 캐나다 서부의 최대 도시 광역 밴쿠버의 200만 명이 넘는 곳을 제치고 브리티시 콜럼비아 주의 수도가 있는 곳. 하룻밤 이상 머물고 가는 관광객들이 연간 500만 명이 넘고 크루즈 여행객들도 50만 명이 넘는 그곳은 분명 쌍무지개 뜨는 언덕이 있으리라. 오죽하면 백인 여성들에게 죽기 전 꼭 한 번은 가 봐야 여한이 없다고 했을까. 빅토리아에서 벌써 사계절을 보냈다. 한여름에도 땀이 나지 않는 신선한 기온과 청량감이 더한 바람은 잊고 살았던 감사의 충만을 가슴으로 느낀다. 그 절기들을 온전한 자연과 함께 호흡하고 사색하면서 참모습들을 볼 수 있었다. 이 아름다운 자연과 동화되어 사는 내 이웃과 빅토리아를 여행하는 사람들의 모습을 보고 느끼면서 내 감성이 그려낸 빅토리아의 색채는 블루였다.

2019년엔 새해 첫날부터 여행을 떠나 이른 봄에 돌아왔다. 숨 막힐 듯 콘크리트 숲 도심에서 머물다 집에 도착하자마자 서둘러 길을 나서 산책로에 들어선 나는 그만 탄성을 지르고 말았다. 지난해 늦가을 위태롭게 간신히 매달려 있던 산 사과 하나, 너도밤나무 꼭대기에 마지막 남아 떠나길 주저하며 나풀거리던 그 잎 하나를 차마 볼 수 없어 고갤 숙이고 걸었던 그 길이 아니었던가. 잠시 떠나 있던 그 사이 어떤 색채로도 묘사할 수 없는 신비함으로 빼곡히 고갤 내민 새싹들은 그리움의 끈을 놓지 않은 채 기다림을 담아 놓았다. 우리가 춥다고 엄살을 부리고 있던 겨울 동안 저들은 비우고 홀연히 떠나 스스로 땅에 묻혀 썩히길 자청했기에 이른 봄 새롭게 태어난 것이다.

온전한 사계절을 빅토리아에서 보내면서 내가 잃고 얻었으며 또한 성장한 것은 무엇인가? 잃은 것은 관계였고 얻은 것 또한 관계였다. 사람들과의 물리적 만남이 단절된 것은 표면적으로 잃은 것일 수 있겠다. 그 관계의 단절을 통해 난 비로소 자유를 얻었고 자연과 새로운 관계를 맺었다. 물리적 만남은 여백이 있어야 새로움이 생기고 관계가 오래 지속되지만, 영혼의 만남은 가까울수록 신뢰가 쌓인다는 것도 자연에서 터득한 이치다. 습관처럼 관계를 유지해 왔던 사람들과 일정한 거리를 두면서 느낄 수 있었던 것은 가까이 있었기에 알 수 없었던 그들의 참모습과 아름다움을 볼 수 있었고 그리움도 새롭다. 숲에 가면 가만히 서 있을 때가 잦다. 그러다 한 번씩 끝없이 높아진 나무들을 보듬고 귀를 대 본다. 몇 해의 절기들을 보내고 나서 그들의 소리와 내면의 울림이 동화되어 감을 느낀다.

젊은 사람보다는 나이 많은 사람들이, 남자보다 여성 비율이 높은 그곳은 멋있고 화려함보다 조금은 덜 세련된 모습들이 더 자연스럽다. 빅토리아는 물질적 풍요보다 영적인 풍요가 있을 때 진정한 아름다움을 볼 수 있고 살기 좋은 곳이다. 신은 두 가지 행운을 동시에 주지 않는다고 했던가. 수많은 이들이 동경하며 머물기를 원하는 그곳에 살면서 더 갖기를 원하고 조금 더 앞서가고자 한다면 지나친 욕심이 아닐까? 모든 잡다한 번뇌와 조급함은 바로 이 욕심에서 생긴다. 많은 것을 덜어내고 줄임으로 조금 허기져 때론 쓸쓸함이 없지 않았지만, 그 간결한 시간 속에서 마음의 평화를 찾은 것은 내가 그곳에서 성장한 이유 중 하나다.

블루칼라는 지극히 서민적인 색채다. 노동자 계급을 지칭할 때 블루칼라, 블루진, 의로운 일에 주저하지 않았던 사람들이 감옥에서 입었던 옷도 블루였다. 부의 상징인 골드나 권위를 나타내는 적색과 거리가 먼 블루칼라는 조금은 외롭고 부족해 보이지만 늘 꿈꾸게 하는 보통 사람들의 색채다. 내 의식 속에 깊이 자리한 블루칼라는 꿈을 상징하며 평화를 갈구하고 어울림을 중시한다. 또한 그 색은 그 어떤 색과도 잘 어울리지만 유독 어두운 색깔은 금방 블루에 묻히고 만다. 빅토리아의 봄, 여름, 가을 바다는 항상 블루칼라다. 그러나 회색빛 겨울 바다를 초원에서 바라보면 결국 빅토리아는 블루칼라가 된다. 블루의 원색은 초록이므로.

아! 빅토리아 그곳은 블루다.

무언으로 승화된 선율

　예술의 영원한 주제는 사랑이다. 영화와 드라마는 물론 음악의 주된 이야기는 사랑으로 이어진 슬픔과 환희의 표현들이다. 아리스토텔레스는 그의 시론에서 가장 완벽한 문학 장르는 비극이라고 단언했다. 사랑이라는 주제는 연민과 회한을 통해 격정을 덜어내는 진솔한 스토리야말로 예술의 절정을 말해 준다. 우리들의 삶 속에서 비극은 슬픔 그 자체로 각인되어 남지만 예술이 보여 주는 슬픈 장르는 가슴을 적셔 주는 아픔과 눈물로 이어지다 결국 카타르시스를 느끼게 된다. 감정의 분출을 통해 슬픔보다 오히려 후련함과 비움으로 상쾌함을 느끼게 한다는 것은 외로움을 맑은 고독으로 승화해 본 경험자라면 금방 이해할 수 있으리라.

　우리는 흔히 우울하거나 외로울 때 경쾌한 음악을 듣고 한바탕 춤사위를 돌고 나면 기분 전환이 된다고 생각한다. 일순간의 감정의 변화일 수 있으나 진정한 마음의 평화와 스스로 다독이며 얻는 그 안식의 휴식은 오히려 슬픔이 묻어나는 음악이 최고의 명약일 수 있다. 심리적 공감대를 형성하고 동료애를 느끼는 데서 오는 안정감일지 모른다. 세상에서 쓸쓸한 음률로 정평이 나 있는 피아졸라의 망각(Oblivion)이나 비탈리의 샤콘느

(Chaconne)를 듣다 보면 금시 마음의 안정을 찾고 점점 그 심연으로 빠져들게 되는 것을 많은 이들은 느꼈을 것이다.

　내 청소년기는 책과 음악이 전부였다. 그 예술을 창조한 그들의 영혼은 흠모와 영원한 존경의 대상이었다. 황혼이 짙어 가는 늦은 하오면 전파상에서 흘러나온 선율에 발길을 멈추던 시간이 잦았다. 맨 처음 들었던 폴 모리아 악단의 '이사도라'가 신선한 충격으로 다가왔다면 멘델스존의 '무언가'는 또 다른 감성의 파릇한 울림이었다. 온 세상이 막 싹을 틔우던 3월 초순의 저녁에 들었던 그 곡을 몰라 전파상으로 들어가 곡명을 알았던 것은 멘델스존의 "베네치아의 뱃노래"였다. 그렇게 서양음악의 이름들은 전파상을 통해 하나씩 알아 가기 시작한 것이다.

　철학가인 토마스 모어는 "가장 깊은 감정은 언제나 침묵 속에 있다"라고 말했다. 예술은 표현이 그 모태이긴 하지만 음악 속에서도 침묵으로 대변되는 "무언가", 즉 가사가 없는 곡이라는 이유 하나만으로 멘델스존을 금방 좋아하게 되었다. 그가 쓴 곡에는 가사가 없기에, 이 곡을 듣는 동안 자신만의 이야기로 가사를 쓸 수 있고 그 감정에 몰입해 볼 수 있다. 옛 여인을 그리는 언어일 수 있고, 차마 할 수 없었던 가슴에 이야기를 이 선율에 얹어 자기의 음악으로 승화할 수 있다.

　낭만주의 시대에는 단악장을 대표하는 야상곡 즉흥곡들이 널리 알려져 인기를 얻었다. 그중 대중들에게 가장 잘 알려진 멘델스존의 무언가 작품들이 서정적 낭만의 끝자락을 장식했다고 해도 부족하지 않을 터. 가사 없는 곡이기에 이 음악의 뚜렷함은 멜로디라 할 수 있고 그 선율을 따라 듣는 이가 곧 주인공이 된다는 점이다. 간결하게 흐르는 연주 속에 느끼는 이에 따라 오만 감정이 이입되고 그 멜로디는 결국 자신의 이야기를 무언가의 선율로 고백하는 카타르시스가 되고 만다.

멘델스존은 약관의 21살에 첫 '무언가'를 쓰기 시작해 15년간 총 49곡을 썼다. 한 곡 첼로와 피아노를 위한 곡을 제외한 그의 곡들은 피아노곡으로 써졌다는 점도 남다르다, 그는 수채화를 연상케 하는 색채감과 간결함 속에 숨겨진 깊은 심연을 우아한 낭만적으로 표현한 작품들을 많이 남겼다. 그의 바이올린 협주곡은 베토벤·브람스의 곡과 함께 3대 바이올린 협주곡으로 손꼽힌다. 그의 유명한 작품은 바흐의 고전 음악에서 영감을 얻어 작품을 썼다고 한다. 바흐를 세상에 널리 알려진 계기도 멘델스존이 적극적으로 바흐를 소개하고 넉넉한 재정을 바탕으로 바흐를 지원하고 홍보하므로 더 유명해진 것이다.

대표적인 슬픈 음악을 얘기할 때 샤콘느(Chaconne)를 먼저 떠올리게 되는데, 이 곡은 프랑스 남부와 스페인에서 유행한 춤곡에서 유래하여 이탈리아, 독일에서 기악 형식으로 발전한 바로크 시대의 3박자 계열 음악 양식이다. 비탈리의 샤콘느 8단조는 바흐의 무반주 바이올린 파르티타 2번과 함께 이 음악의 형식을 대표하는 곡으로 비교하는 사람들도 많다. 바흐의 샤콘느는 슬픔을 절제된 표현으로 승화하여 "영원으로의 끝없는 비상"이라는 별명을 얻었다. 이 곡이 사랑받는 이유는 슬픔의 감정을 극적이고 애절하게 표현하여 "세상에서 가장 슬픈 음악"으로 불린 것으로 알려진 계가가 슬픔을 대변하는 곡으로 인식되어 온 것이다.

그러함에도 알 수 없는 고독과 슬픔이 내재 된 감정으로 인입된 처음 곡에 익숙해진 탓일지 모르지만, 멘델스존의 무언가를 들을 때면 격정에 스며드는 무언가의 선율에 늘 몽환적 가슴앓이를 하고 만다.

예술은 표현이자 언어로 귀결되는 행위이다. 하지만 침묵을 통한 감정의 전달은 영혼의 교감이 있었을 때만 가능하다. 참신한 새로운 장르의 예술을 승화한 멘델스존의 "무언가"의 곡들은 음악을 잘 모르는 이들에게도 시적 사상의 주관을 통해 스스로 서정적 감성의 해답을 찾게 해 주는 예술의 경지라 할 수 있다.

비워진 마음 위에 덧칠한 풍경

떠나기 전의 내 마음은 낡은 스케치북 같았다. 누군가 무책임하게 그어 놓은 낙서와 어제보다 더 짙게 눌러쓴 잡념들로 어디에도 빈틈이 없었다. 더 이상 새로운 것을 그려 넣을 자리가 없어 막막해하며 방향을 찾아 헤매고 있다가 무작정 도망치듯 짐을 쌌다. 목적지는 그다지 중요하지 않았다. 아는 사람 하나 없는 낯선 먼 곳으로 그냥 떠나고 싶었다.

남아공 지도의 가장 아래쪽 끝을 향해 가겠다는 일념 하나로 무작정 길을 나섰던 그날의 기억이 선연하다. 설렘보다는 막막함이, 용기보다는 도피에 가까운 열망이 나를 떠밀었다. 비행기는 프랑크푸르트 낯선 회색빛 도시에 나를 내려놓았다. 다음 비행기까지 남은 긴 시간 동안 공항의 소음 대신 시내의 정적을 택했다. 출장과 혼자 여행으로 몇 번 와 본 곳이지만 낯설었고, 2월 초 헤센주의 낮게 깔린 구름과 날카로운 겨울바람은 더욱더 나를 움츠러들게 하였다. 마인강(Main River)을 따라 걷는 발걸음은 방향을 잃어 가만히 서 있기를 반복했다. 강물은 짙은 감청색으로 출렁였고, 저 멀리 보이는 금융가의 마천루들은 마치 거대한 얼음 기둥처럼 차갑게 솟아 있었다.

리머 광장의 뾰족한 지붕들 사이로 사람들은 저마다의 일터를 찾아 바삐 움직였지만, 그 풍경 속에 내 자리는 없었다. 나는 안주(安住)할 곳을 찾지 못한 채 떠도는 부표였다. 노천카페에서 풍겨 나오는 고소한 빵 굽는 냄새와 사람들의 웅성거림은 오히려 나의 침묵을 더 깊게 만들었을 뿐이다.

남아프리카의 뜨거운 태양을 상상하며 길을 나섰는데, 정작 내 발이 닿아 있는 곳은 뼛속까지 시린 유럽의 한복판이었다. 오랜 시간의 흔적들이 남아 있는 카페에서 차를 마시며 상념에 잠겼다. "나는 왜 이 길을 가고 있는가?" 우문(愚問)인 질문의 답은 안갯속처럼 흐릿했다. 하지만 다시 시내의 그 허전한 거리를 걸으며 깨달았다. 이 고립은 내가 선택한 자유의 대가라는 것을. 비행기 시간을 기다리며 마신 차 한 잔의 온기를 느낄 때쯤 비로소 다시 걸을 수 있는 힘을 얻었다.

마흔. 누군가에게는 불혹(不惑)의 나이라 했고, 또 더러는 인생의 황금기라 했다. 나는 그 마흔의 정점에서 리더라는 명함을 얻었다. 남이 가지 않은 길을 선택해 숨 가쁘게 달리다 보니 운이 좋아 대표라는 자리에 앉을 수 있었다. 겉으로는 화려함과 여유가 있었고, 많은 권한이 주었지만, 그 위치는 내가 생각했던 것과 큰 괴리가 있었다. 조직이나 관계에서 가장 큰 고통은 결국 사람이다. 어느 조직이나 가까운 사람들일수록 속과 겉이 크게 달라 거기에서 오는 실망과 기괴함은 많은 인내를 감수해야 했다.

공개된 경영지표는 각 부분 최고였고 모두에게 찬사를 받아 모든 것이 다 정상으로 돌아가고 있다고 증명되었을 때, 돌연 나는 사표를 던졌다. 모두가 박수의 환호를 보낼 때 훌쩍 떠나는 뒷모습이 아름답다는 순진한 낭만 때문이었을까? 아니면 더 이상 태울 것이 남지 않은 잿더미 같은 심정 때문이었을까. 엉뚱함과 돈키호테 기질을 버릴 수 없는 나는 또 다른 어떤 모험심이 발동한 것일까? 그건 한마디로 정의할 수 없는 지금도 알 수 없는 수수께끼로 남아 있다. 한 가지 분명한 것은 단 한 번도 내가 내린 판단에 미련을 두거나 후회를 한 적이 없다는 것이다.

직장을 떠나온 첫날, 가장 먼저 나를 찾아온 것은 자유가 아니라 낯선 고요였다. 쉼 없이 울려대던 휴대 전화기는 약속이라도 한 듯 침묵에 빠졌고, 매일 아침 나를 기다리던 수많은 결정 사항과 보고서 대신 텅 빈 거실의 낯선 햇살만이 나를 마주했다. 그것은 단순한 휴식이 아니었고 마치 전속력으로 달리던 차에서 갑자기 뛰어내린 것처럼 큰 충격이었다. 물리적 행위는 정지했지만, 마음은 여전히 정해진 일상에서 고속도로 위를 맹렬히 달리고 있었다. 어디에도 둘 곳 없는 에너지는 그럴수록 마음의 휑한 공간을 서늘한 기운으로 채워 놓으며 불안감이 깊어졌다. 이런 현상을 더러는 공황장애라 하고 또는 우울증의 전조라고도 말한다.

남아공 케이프타운에 도착해 전혀 다른 세상의 것들과 인사해야 했다. 바람도, 하늘도, 바다 물빛도 낯설기만 한 모든 것들과 친숙해지기 위해선 철저히 혼자가 되어 작은 거 하나라도 받아들이는 준비가 필요했다. 그건 비움이었다. 채우는 것보다 몇 배 더 어려운 것이 바로 비우는 연습이다. 태어나면서 채우고 담는 것만 배웠지만 한 번도 비우는 것을 배우지도 연습도 하지 않은 우리들이기 때문이다.

인도양과 대서양이 만나는 아굴라 곶(Cape Agulhas)은 아프리카 대륙의 최남단이다. 국제수로기구가 공식적으로 정의한 대서양과 인도양의 분기점에 오전 일찍 도착해 어둠이 내릴 때까지 머물렀다. 그곳의 색은 신비 그 자체였다. 청색, 블루칼라가 이토록 선하며 강력한 빛을 발할 수 있을까? 서쪽에서 밀려오는 차갑고 짙푸른 대서양과 동쪽에서 흘러드는 따스하고 에메랄드빛을 품은 인도양이 마주치는 그 모습을 잊을 수가 없다. 두 대양이 하나가 되면서 시선을 멈추게 하는 건 수평선 위로 솟구치는 거대한 하얀 포말(泡沫)의 그 퍼포먼스는 장관이 아닐 수 없었다.

대자연 앞에 서면 비로소 작디작은 자신을 발견하며 비워야 하는 이유를 찾게 된다. 여럿이 가는 여행이 나눔과 채움의 시간이라면, 혼자의 여행은 시각과 자연 그 경이로움을 통해 자신을 발견하고 비움을 배우는 시간이다.

틈나면 케이프타운 베이 카페에 앉아 창밖을 바라보며 머릿속을 꽉 채우고 있던 잡념과 타인의 시선, 그리고 스스로 옥죄던 강박들을 하나씩 털이냈다. 신기한 일이다. 익숙한 도시에서 가족과 또는 지인들과 가까운 거리에 있을 때는 그토록 무겁던 것들이 낯선 바람과 동화되면서 사라지기 시작했다. 몇 주를 그곳에서 보내는 동안 처음의 그 익숙하지 않던 시선들이 정겹게 보였고 따스한 온기를 느낄 수 있었다. 전혀 낯선 자연과 사는 모습들 그리고 그들의 문화와 친숙해지면서 다름과 동화되어 감을 느꼈다. 새로운 것을 이해하고 받아들인 만큼 내 안의 것들은 비워내고 있었다. 분명 채움이 있었지만 가벼웠고 비로소 내 마음에도 '여백'이라는 것이 생기기 시작했다.

미지의 세계로 혼자 떠나는 시간은 필연적으로 외로움이 찾아오지만 이를 수용하고 마주하다 보면 이내 고요한 고독으로 승화한다. 혼자 여행의 큰 매력이라 할 수 있다.

다시 일상으로 돌아오는 길 위 내 마음의 가방은 예상보다 거짓말처럼 가벼웠다. 비운 그 큰 공간에 채운 것은 작고 가벼운 것이었다. 또렷하지 않았지만 내 안에는 선명한 풍경 하나가 남아 각인되어 있었다.

　다시 일상으로 돌아와 찻잔을 앞에 두고 여명을 맞는다. 그 여백의 화선지에 무엇을 그려도 좋을 만큼 충분한 고요가 드리웠다. 결국 비워낸다는 건 오직 나다운 풍경을 맞이하기 위한 간결한 여정이었다.

지난 시간의 그림자

　살아오면서 앙금으로 남은 후회와 지워지지 않은 아픈 기억들이 나에게도 있다. 돌아보면 지워지지 않는 아쉬움과 몇 가지는 옛날로 돌아가 후회를 돌려놓고 싶은 것들이 내재하고 있다. 후회는 우리가 살면서 회피할 수 없는 감정 중 하나다. 과거의 선택, 행동, 혹은 하지 않은 일에 대해 현재 시점에서 느끼는 아쉬움, 상흔, 그리고 미련의 복합체가 지난 시간의 그림자다. 어느 땐 행동에 대한 감정과 비(非) 행동에 대한 후회가 겹치는 시간이 있다.

　심리학자들의 연구 결과를 보면 실제로 행동으로 실행한 결과에 대한 후회보단 용기 내어 고백하지 못한 또는 사과하지 못했던 비(非) 행동의 후회를 더 오래 기억하는 경향이 있다고 한다. 후회는 성찰을 통해 성장의 발판을 마련할 수 있으며 우리의 가치관과 삶의 우선순위가 무엇이었는지 명확하게 보여 주는 성숙의 단계라 할 수 있다. 실패에서 오는 후회일 수 있고 좀 더 성숙 되지 못한 행위들에 대한 아쉬움도 곰곰 생각해 보면 인간적이며, 삶의 깊이를 더하는 감정이라 할 수 있다.

　시계 초침 소리가 유난히 크게 들리는 이른 아침 차를 우리다 보면 내가 쌓아온 세월의 숫자가 새겨진 손등 위로 햇살이 부서지고 있다. 그럴 때마다 살아온 시간에 솔직해지고 나를 돌아보는 시간이다. 언제부턴가 삶이 마치 먼지가 뿌옇게 쌓인 오랜 앨범 같다는 생각이 든다. 한 장 한 장 넘길 때마다, 그때의 순간들이 주마등처럼 스치며 선연히 떠오르고, 후회와 미안함이 밀물처럼 밀려올 때가 잦은 요즘이다.

감사하게도 내 기억 속에는 원망과 안 좋은 기억들은 사라지고 없다. 누군가에게 들었던 격려의 따뜻한 말 한마디는 잊히지 않고 감사함으로 남아 있다. 물리적으로 누구에게도 도움을 받은 적이 없기에 물리적인 빚을 진 적은 없지만 마음의 빚짐은 지워지지 않는다. 그것을 갚지 못한 것은 후회와 달리 은혜로 남아 있다. 후회는 오직 자신만이 느끼는 감정이기에 성찰을 통해 그 진실을 찾을 수 있고 두고두고 아쉬움으로 남은 상흔 같은 것일 수도 있다. 내가 살아오면서 스스로 판단했고 행했던 모든 일들의 결과에 대해 단 한 번도 후회를 해보질 않았지만 지워지지 않은 아쉬움은 비(非) 행동에 대한 후회가 있음을 고백하지 않을 수 없다.

가장 먼저 떠오르는 얼굴은 아내에 대한 미안함이다. 아무것도 준비 없이, 참으로 성숙 되지 못한 상태로 결혼을 해 나는 상대를 힘들게 했을지 모른다. 혼자 살아온 습성과 현실보다 이상이 무한히 크기만 했던 사고방식은 현실감각을 무디게 했다. 또한 함께 호흡을 맞춰가야 하는 의무와 조화를 일이라는 핑계로 종종 무시하기 일쑤였다. 아내는 늘 나의 등 뒤에 서기를 자처했고, 무조건적인 헌신을 자청하여 자연스럽게 받아들였다. 각자 살아온 과정이 다르고, 가정의 문화와 습성이 다른 환경에서 살다가 하나의 둥지로 들어가기 위해선 반드시 공부와 지식이 필요하다는 생각이다. 언젠가 신혼부부가 내가 찾아와 덕담 한마디를 부탁했다. 그때 내가 한 말은 "맨 처음 만났던 그때 남처럼 대하며 살아야 한다"라고 말해 주었다. 부부는 유별해야 하며 존중심이 있어야 한다는 의미다. 이 예의와 존중이 사라지면 서로에게 함부로 대하며, 부부관계는 아름답지 못하기 때문이다.

결혼 전 그때는 좋은 남편, 아빠 되기 등 왜 그런 강연을 듣지 못했고, 필요한 책을 읽지 못했고 준비를 하지 않았을까? 이 또한 후회하는 한 가지다. 결혼할 당시 좋은 남편 좋은 아빠가 되는 교육이나 책을 접할 기회가 많지 않은 건 살기 바쁘고 누구나 결혼하면 수동적으로 살아야 하는 사회적 합의도 하나의 핑계일 수 있다. 하지만 상대를 더 존중하고 양보하지 못한 것은 순전히 나의 소양 부족임을 인정하지 않을 수 없다. 사람들의 기준으로 내가 성취한 깃들이 아주 소소하고 작을지 몰라도 그것을 이루기까지 절대적인 역할을 한 건 아내였다. 이제야 그 헌신과 사랑에 대해 깊은 감사를 느낀다.

그다음 사과하고 싶고 미안한 마음을 지울 수 없는 것은 아이들이다. 마음 한구석에 깊이 자리한 그 아쉬움들은 이 세상을 떠날 때까지 결코, 지워지지 않을 것만 같다. 딸이 장자인 그는 남동생의 잘못으로 함께 벌을 받아야 했고 회초리를 수없이 맞아야 했다. 조금 더 너그럽게 포용하지 못하고, 가부장적 잣대로만 훈육하고 무작정 아빠의 요구를 따라야만 했던 그들은 얼마나 힘들고 상처가 되었을지 생각하면 가슴이 아리다. 그들이 좋아하고 관심 있는 분야를 무시한 채, 그들이 감당하기엔 무리일 수밖에 없는 큰 기대를 목표에 두고 훈계의 강요로 대했던 건 아닌지 부끄러움과 함께 아쉬움이 남는다. 못난 아빠를 돌아보면 부끄럽기 짝이 없다.

아이들에게 방학은 가장 기쁜 순간들이다. 그러함에도 방학하기 바쁘게 두 아이를 청학동에 내려 주고 우리의 예의범절과 전통을 배우도록 했다. 방학내 그곳에서 생활한 두 아이는 얼마나 외롭고 힘들었을까. 그곳에 그들을 내버려두고 돌아올 때 아내의 눈가가 마르지 않은 순간들도 지워지지 않은 슬픈 추억이다. 다시 그때로 돌아간다면 더 좋은 아빠 더 좋은 남편이 되어 주는 것이 내 소망이자 지울 수 없는 지난 시간의 그림자다.

어디 그뿐인가. 내 삶의 길목에서 만났던 수많은 사람들에게도 감사와 미안함이 교차한다. 내가 좋아한 것이 그들에게는 싫어한 것일 수 있고, 그들을 위한다는 충고와 잔소리가 상처가 되지 않았을지? 상사라는 이유로 따름을 강요 했고, 객관을 무시한 채 내 주관을 인입시키려고 하지 않았는지 이제야 되돌아보는 시간이다.

몇 군데 모임을 이끌면서 규칙과 단체를 위한다는 명분으로 작은 실수를 한 오랜 우정을 무 베듯 단절한 일들도 새롭게 떠오르는 후회들이다. 오직 성과를 위해 냉정하고 굴었고, 부하들의 실수를 너그럽게 품어 주지 못했던 순간들도 잊을 수 없는 아쉬움이자 부끄러움이다.

이미 지난 시간을 되돌릴 수 없듯 후회로 남은 많은 기억을 다 지워버릴 수 없다. 그 아쉬운 생각을 멈추고 실수를 해석하며 현재의 삶에 투영하기엔 너무 멀리 와 버린 느낌이다. 내가 할 수 있는 건 스스로에게 용서하는 길뿐이다.

그러함에도 후회보단 많은 이들로부터 받은 은혜와 감사함이 몇 배 더 크다. 감사함과 미안함이 교차하는 이 마음을 어쩌지 못하고 소고를 남긴다.

외줄타기 줄꾼의 끝자락

여명에 눈 뜨면 습관적으로 금융시장의 동향을 확인하고 시키고 선물 시장의 시황을 살핀다. 우선 경제 뉴스는 어떤 이슈들이 있는지 빼놓지 않는 것도 중요한 과제다. 미국 금융시장의 동향과 유로존, 아시아 권역의 이슈들을 확인하면 오늘 한국 시장은 어떻게 진행될 것이라는 예측과 함께 그날의 투자 방향을 설정한다. 아직도 한국 주식시장은 외국 투자가들의 방향에 따라 절대적인 영향을 받기에 어느 정도 시장 흐름 파악이 가능한 것이다.

여전히 아침이면 E-메일은 수십 개씩 읽기를 기다리고, SNS에도 문자가 가득 쌓여 있다. 한국과 북미는 낮과 밤이 다르기에 내가 잠들어 있는 시간 동안 많은 메시지가 도착해 있다.

사회의 보편적 시각으로 보면 나는 은퇴할 시기가 지났지만 지금도 여전히 숫자의 숲에서 살고 있다. 0.01%의 금리에 촉을 세우고, 붉고 파란 그래프의 요동 속에 신경을 집중하며 팽팽하게 당겨진 자본의 외줄 위를 걷듯 긴장된 하루를 보내는 일상이다. 세월의 길이와 전혀 상관없이 내 열정의 전성기는 여전히 진행 중이며 매일 사업보고서(재무제표)를 읽고,

사업기획서를 검토하고 회의와 포럼 등 꽉 채워진 일정을 소화하고 있으며 다양한 주제로 리포트(경제 동향, 투자 리포트, 주식시황 등)를 발표하며 칼럼을 게재하고 있다.

어느 날 몇 군데의 미팅을 소화하느라 심신이 지쳐 돌아온 저녁 우연히 닫히다 만 창문 커튼 사이로 가늘게 새어 들어온 노을 한 줄기를 발견했다. 그 빛은 평생 쫓았던 금융시장의 붉은 지표보다 훨씬 진하고 그 어떤 화려한 조명보다 깊은 울림을 주는 색채였다. 여느 때처럼 커튼이 완전히 닫혀 있었다면 보지 못했을 새로운 발견이었다.

예나 지금이나 내 삶에는 단 1mm의 틈새도 허용하지 않으려 했던 결벽증상의 환자처럼 스스로는 물론 주위를 힘들게 했다. 단순한 서류 하나에도 오타, 철자법, 맞지 않은 문장을 허락하지 않았으며, 오차 없는 분석과 완벽한 성과만이 나를 지탱하고 증명한다고 믿었다. 스스로 나를 옥죄고 있지 않았는지 새삼 자신을 돌아보는 계기였다.

언젠가 문득 뒤돌아보니 내가 걸어온 궤적이 지금껏 한 번도 느끼지 못한 거리의 간격이 크다는 걸 비로소 느낄 수 있었다. 창문 틈 사이로 가느다랗게 들어오는 그 노을빛을 보고서야 깨닫게 된 것이다. 신이 아닌 인간이 어찌 완벽이 있을 수 있으며 원하는 것을 이룰 수 있을까? 어느 면에서는 집착일 수 있고 일에 대한 성취의 욕심일 수 있으며, 흐트러짐 없는 자신을 지켜야 한다는 강박관념일 수도 있다.

문틈으로 들어온 노을은 방 안의 가구와 책 사이를 하나하나 고요히 비추고 있다. 낡은 책등의 제목을 읽어주고 손때 묻은 책상 모서리를 어루만진다. 그 빛은 무언가를 바꾸려 하지 않고 그저 있는 그대로를 비추고 있지만 그것을 관조하는 시선에는 예전과 다른 분명 다른 빛 색채였다.

그 짧은 직관이 냉정함을 유지하며 과거를 돌아보며 비로소 자신과 화해하는 법을 깨닫게 해 준 것이다. 늘 성찰하며 하루하루를 돌아보는 일상이었지만 내 생의 전체 그 궤적을 회상해 보는 시간은 많지 않았다.

반추해 보는 내가 걸어온 길은 고독의 해답을 찾는 순례의 길 그대로였다. 절대 바뀌지 않은 여린 감성과 작은 감동에도 눈물이 고이는 예민한 시선은 내 꿈과 이상을 실현하기엔 맞지 않은 조화였다. 그러함에도 내가 처한 환경과 숙명처럼 타고난 지독한 가난을 벗어나기 위해선 내 적성을 뛰어넘고 극복해야 했다. 하여 늘 고독했고, 쓸쓸했으며 정적(靜寂)의 시간이 많았다. 뭔가를 읽고 끄적거리는 시간을 무척 좋아했다. 누구도 눈치채지 못하도록 내 본 성향은 내면의 심연에 감춰 두고 강인함과 냉철한 결단력을 보여 줘야 했고, 때론 실없는 사람으로 행동해야 했다. 웃고 싶을 때 울어야 했고 울고 싶을 때는 웃어야 했던, 나를 나로 살지 못한 시간의 연속이었다. 지금도 그 습관은 여전히 나를 지배하고 있다. 지난 시간을 돌아보면 그냥 눈물이 앞서고 "정말 내가 지나온 순간 속에서 환희나 행복은 있었을까?" 나에게 물을 때면 가슴이 저리고 자신에게 미안함을 숨길 수가 없다. 어쩌면 내 삶은 늘 고독 그 자체였고 참 외롭고, 쓸쓸한 시간이 더 많았다는 생각이 든다.

절대 잊히지 않는 가장 처절했던 순간은 '끼니는 어떻게 때워야 하나'가 아니라 무엇을 포기해야 하는가를 결정해야 할 때였다. 도시락 없는 걸 숨기기 위해 숨어야 했고, 차비가 없어 뙤약볕 아래를 몇 시간씩 걸으며 몇백 원의 차이에 나를 내려놓고 고개를 숙여야 하는 순간들도 있었다. 내게는 선택권이 없었고 오직 상황에 끌려다닐 뿐이라는 무력감이 영혼을 잠식할 때 그 처절한 절망감을 잠시도 내 의식에서 떠난 적이 없다. 누군가의 작은 호의조차 나중에 갚지 못할 빚처럼 느껴져 거절하게 될 때의 미안함도 마음의 빚으로 남아 있다. 지난 시간이 아프고 깊은 고난일수록 추억은 더 빛나고 아름답다고 말을 하지만 감당하기 어려운 시절의 혼자는 고독이란 생채기로 남아 있을 뿐이다.

친지들이나 주변 지인들은 모든 걸 다 이루었으니 '완성'이나 '퇴장'을 쉽게 말하곤 한다. "더 이상 뭐가 필요해서 그렇게 바쁘게 뛰어다니며 사느냐?" 쉽게 말하기도 하고 "돈을 더 벌어서 어디에 쓰려고 하느냐"라고 말하는 사람들도 있다. 그런 말을 들을 때마다 단편적으로만 상대를 바라보는 인식이 참 안타깝고 때론 가장 듣기 싫은 소리이기도 하다. 아니 그냥 슬퍼지기도 한다.

모든 걸 돈의 잣대로 보는 데서 큰 실망과 함께 씁쓸함을 감출 수가 없다. 때론 내가 하는 일이나 행동이 저들의 눈에는 돈을 벌기 위한 수단으로만 비치는 이유는 뭘까? 곰곰 생각하며 나를 다시 돌아보는 시간도 있었다.

끊임없이 생산적이고 미래지향적인데 시간을 소비하고 고민하며 새로운 지식의 앎에 대한 갈증을 탐구하는 시간은 나의 정체성이며 사회에서 건재한다는 내 자부심이기도 하다. 자신이 원하고 좋아하는 일에 매달린다는 것은 얼마나 신선한 창조의 노동이며 쉼 없이 성장하는 증거가 아니고 무엇이란 말인가?

오래전부터 꿈꾸어 왔던 그 일을 하고 있는 지금이 내 생에 가장 행복하고 보람 있는 시간이다. 지금까지 쌓아온 경험과 정립된 이론을 생산적인 데 소비하고 기업과 개인에게 새로운 길을 열어주고 내일은 오늘보다 분명 더 좋아진다는 근거의 확신과 희망을 전파하는 현재의 일상은 하루하루가 축복이 아닐 수 없다.

대한민국이 경제 대국이라고 자랑하지만 나는 서슴없이 '금융 문맹국'이라고 단언하고 있다. 선진국을 자처하는 한국의 기업들이 선진국 금융시장에 한두 개 정도 상장되어 있다는 부끄러운 민낯이 이를 웅변해 주고 있기 때문이다. 인구 800만에 불과한 이스라엘은 150개가 넘는 기업들이 미국 주식시장에 상장되어 있고, 이름도 생소한 에스토니아, 조지아, 칠레는 물론이고 한 단계 내려봐 왔던 중국기업들도 수십 개 기업이 상장되어 있다. 그 기업들은 미국 시장에서 자금을 조달해 공장을 짓고 기술을 개발하여 제품을 만들어 다시 미국에 팔고 있다. 즉, 미국 돈으로 사업을 하는 것이다. 그 자금의 선순환 시스템이 잘 작동하기에 세계적인 기업으로 성장하는 것이다.

한국이라는 작은 크기의 그릇 안에서 회사들은 자금을 조달하려고 하니 하늘에 있는 별 따기만큼 어렵다. 상장사의 기능을 상실한 것이나 다름이 없다. 일 년 동안 영업을 해도 은행 이자도 못 내는 상장기업들이 절반 가까이 된다는 사실 하나만으로도 오늘날 한국기업들의 상황을 잘 설명해 주고 있다.

한국의 많은 기업의 대표들과 미팅을 하면서 자주 듣는 얘기는 "코스닥 상장도 얼마나 어려운데, 나스닥에 상장이요?" 아예 불가능하다는 뉘앙스로 말하는 것을 자주 들었다. 누구도 시도하지 않았고, 경험이 없어 얘기해 주지 않았기에 선진국 금융시장 접근에 대한 정보가 전무하고 데이터가 없기 때문이다.

지금 내가 집중하고 있는 일은 한국의 많은 회사에 자본을 지원해 주고, 그 기업을 성장시켜 나스닥이나 캐나다 증권시장에 상장하여 그 기업들이 세계로 나가는 주춧돌을 놔 주고 있다. 이 일은 오래전부터 은퇴하기 전에 꼭 해 보고 싶었다. 데카콘 기업(시가 총액 10조 이상) 몇 개를 상장시켜 지속 경영의 토대를 마련하는 걸 확인하고 일선에서 물러선다는 나의 계획은 변함없다.

지금까지 대부분은 아시아 지역과 캐나다에서 활동해 왔다면 지금은 자본의 중심 맨해튼 월스트리트에서 세계적인 기관투자가들과 협업하여 일을 하고 있는 요즘의 날들이 내 생에 하이라이트라는 생각이다. 누구도 가 보지 않고 시도해 보지 않는 길을 개척해 간다는 것도 모험이 아닐 수 없다. 예나 지금이나 내가 걸어온 궤적 자체가 늘 모험이었고 도전이었다.

백인들과 일을 하면서 좋은 점은 그들은 상대의 나이나 출신 배경 등에 관심을 두지 않는다는 점이다. 협업하고자 하는 목표가 건설적이고 혁신적이면서 이익이 보장된다는 확신이 선다면 그 과정과 결과를 위해 집중한다는 점이 아시아 지역 금융 전문가들과 확연히 다르다.

함께 일하는 친구들 대부분이 삼사십 대 연령층이지만 상대의 나이엔 전혀 신경을 쓰지 않고 수평적인 시각으로 대한다. 그러함에도 세대가 다르고 성장배경의 문화가 전혀 다른 친구들과 협업하려면 그들의 눈높이와 같아야 하고 그들과 대화를 위해 새로운 지식과 정보를 담기 위해 끊임없이 공부하며 관계를 이어 가야 한다. 그 부분이 내가 가장 좋아하는 점이기도 하다. 늘 새로운 패러다임을 앞서 캐치하고 준비하며 그것을 소화하여 업무에 적용하려는 일상은 신명 나는 일이 아닐 수 없다.

내가 여전히 매일 아침 팽팽하게 당겨진 외줄 앞에 서 있는 이유이기도 하다. 금융이라는 차갑고도 정교한 줄 위에서 보낸 그 시간은 단순히 부(富)와 명예를 쌓는 과정이 아닌 찰나의 흔들림 속에서 최적의 균형점을 찾아내야만 했던 치열한 외줄타기의 연속이었다. 외줄 광대가 허공에서 의지할 수 있는 건 손에 든 부채 하나뿐이다. 금융인으로 살아온 내게 그 부채는 바로 '신뢰'였다. 숫자로 시작해 숫자로 끝나는 세계지만, 결국 줄을 타는 나를 믿어 준 고객들, 그리고 함께 줄의 양 끝을 잡아준 동료들이 없었다면 지금의 전성기는 불가능했다. 최고의 자리는 혼자 올라가는 것이 아니고, 수많은 이들의 믿음이 나를 밀어 올려 준 결과임을 이제는 명확히 안다. 그래서 지금의 나는 과거를 추억하는 시간이 아닌 그 신뢰에 보답하기 위해 더 정교하고 깊이 있는 통찰을 자본의 현장에 내놓아야 하는 책임의 시간이다.

여명이 가시기 전 가장 어둡고 적막하듯, 노을 또한 해가 지기 직전 가장 찬란하고 아름다운 빛이다. 어둠에 묻히는 순간이 아닌 밤을 맞이하기 위해 온 세상을 따뜻하게 안아 주는 시간인 것이다. 한 전문 투자가로서 여전히 전성기를 보내고 있는 지금, 나의 현역 생활 역시 이 노을과 닮아 있기를 소망하고 있다.

나의 성취가 타인의 눈을 멀게 하는 강렬한 직사광선이 아니어야 한다는 어떤 명제를 스스로 깨닫고 잊지 않고 있다. 누군가의 시린 어깨를 가만히 덮어 주는 문틈의 노을처럼 부드럽고 깊은 지혜가 되길 몇 번이고 다짐하고 있다.

아직도 현역으로서 마주하는 매일매일의 승부는 나를 늙게 할 틈을 주지 않는다. 오히려 축적된 경험은 외줄 위의 발걸음을 더 가볍고 자유롭게 해 준다. 오늘이 있기까지 나의 정지된 적이 없는 외줄타기 줄꾼의 행보는 여전히 진행 중이다.

문득 새로 들어오는 노을을 보며 처음 줄 위에 올라섰던 그때 패기에 찬 그날을 기억한다. 외줄 발바닥에 닿는 차갑고 거친 촉감과 그리고 한 발만 잘못 디디면 끝없는 낭떠러지로 추락할 것 같은 공포는 성공은 앞으로 나아가는 것이 아니었으며 오직 줄 위에 발을 올려놓는 용기 그 자체였다. 줄의 초입에서는 발밑을 보느라 정신이 없었다. 하지만 외줄의 중반을 넘어 숙련된 경지에 이르면 비로소 줄 너머의 풍경과 저 멀리 지평선이 보이기 시작했다.

새로운 비즈니스의 시작도, 인간관계도 처음엔 모두 허공을 걷는 것과 같아서 보이지 않는 내일을 담보로 오늘을 거는 일은 늘 두렵고 초조하다. 하지만 줄 위에 서 본 사람만이 안다. 공포에 얼어붙어 멈춰 서 있는 것이 가장 위험하다는 것을.

살기 위해 끊임없이 몸을 움직이며 중심을 잡아야 한다는 그 단순한 진리가 나를 여기까지 끌어온 것이다. 그때 줄 위에서 크게 깨달은 것은 흔들림의 가치였다. 누구나 처음은 흔들리지 않으려 온몸에 힘을 주지만 그러다가는 결국 줄의 탄성을 이기지 못하고 튕겨 나가고 만다. 진정한 숙련자는 줄이 흔들릴 때 자신의 몸도 함께 흔들릴 줄 아는 지혜다. 내게 큰 파도가 닥쳤을 때, 꼿꼿하게 버티기보다 유연하게 흔들리는 법을 택한 것도 외줄타기에서 터득한 나만의 해법이었다. 시련이 오면 그냥 아파하고, 슬픔이 오면 흠뻑 젖었다. 그 흔들림은 내가 살아있는 증거였고, 다시 중심을 잡기 위한 본능적인 조정이었다. 지금 돌아보니 내 삶의 가장 큰 성취들은 가장 격렬하게 흔들렸던 때 같이 흔들리면서도 중심을 잃지 않았던 순간들이 지나간 후에 찾아왔다는 걸 알 수 있었다.

내가 지나온 궤적은 소설을 몇 권 써도 될 정도로 늘 외줄을 타고 가는 참으로 고독하고 외로운 순간들이었고, 혼자 힘으로만 줄을 탔다고 자만하던 시절도 있었다. 자만심과 독선은 쉬지 않은 성찰과 긴 묵상의 시간을 통해 깨달을 수 있었다.

살아온 날들보다 살아갈 날이 훨씬 짧다고 인정한 지금 부끄러운 모습들도 더 절실하게 와닿는다. 외줄에 서 있을 때마다 보이지 않는 곳에서 줄을 팽팽하게 잡아주던 손길들, 중심을 잃고 비틀거릴 때마다 숨을 죽이며 응원해 주던 눈빛들, 조용히 나를 믿고 지켜봐 준 그들이 없었다면 나는 외줄 첫 단계에서 지금도 나아가지 못하고 떨고 있었을 것이다. 나의 성취란 결국 나의 유능함이 아닌 타인의 기대와 응원 속에서 내가 안전하게 걸어왔음을 비로소 고백하는 것이다.

이제 나의 외줄타기는 그리 길지 않다는 것을 안다. 세월이라는 스승 앞에 외줄타기 이후의 날들을 겸손하게 배워야 할 때라는 걸 시인하며 내가 숨겨 온 '고독'을 이제야 말할 때다.

에필로그

사실, 이 책을 펴내기에 앞서 준비한 원고는 투자에 관한 책이었다. 원고를 2년 전부터 써 왔는데, 그사이 투자의 환경과 신산업 트렌드가 크게 바뀌고 있어 수정이 불가피했다. 선진국 금융시스템의 이해와 자본을 설계하는 월스트리트에서 협업하고 있는 투자기관들과 경험했던 이야기와 한국의 기업들이 선진국 금융시장으로 진출하는 데 길잡이가 되는 그런 책을 준비했었다. 또한 금융인이 되고자 하는 이들에게도 도움이 되는 그런 책을 준비했었다.

투자 관련 책은 수정 기간이 길어짐에 따라 뒤로 미루고, 오래전부터 준비한 이 책 '빛을 기다리는 아침의 언어'를 먼저 펴내게 된 것이다.

'빛을 기다리는 아침의 언어' 이 책을 내기까지 격려와 응원을 아끼지 않은, 꼭 기억하고 싶은 이름들이 있어 그 은혜를 길이 남기고 싶어 적는다.

북미를 중심으로 활동하다 아시아 지역, 특히 한국의 기업들을 나스닥과 캐나다 증권시장에 상장을 시키려 한국기업들을 물색하고 있을 때, 흔쾌히 도전의 의지를 보여 준 'LCM에너지솔루션' 이병홍 회장님께 감사의 마음을 전한다. 숱한 어려움을 인내와 노력으로 극복하여 한국 제조업체로는 최초로 캐나다 증권시장에 상장하는 회사는 글로벌로 나가는 길을 개척했고, 여러 나라들을 다니며 새로운 길을 개척해 나가고 있다. 새로운 길을 마다하지 않고 도전에 성공하여 많은 기업인들에게 큰 교훈을 줄 것이다. 존경하는 경영인이다.

그리고 나스닥에 상장하는 '로제AI코리아' 조영진 대표에게도 무한한 감사를 전한다. 혁신적 사고와 깨어 있는 정신으로 늘 공부하는 자세는 좋은 본보기가 되어 주었다. 열린 사고와 글로벌 비즈니스의 마인드가 특출한 대표는 누구도 가지 않은 길을 개척했기에 한국의 경영인들에게 큰 영감과 함께 롤모델이 되어 줄 것이다. 한국 AI 기업 최초로 나스닥에 상장한 회사는 세계적 기업들과 어깨를 나란히 하며 새로운 역사를 써 가며 희망의 증거가 될 것으로 믿는다. 근래에 찾아보기 쉽지 않은 훌륭한 기업인이다.

드러내지 않음 속에서 많은 회사들에게 큰 자금을 제공하여 세계화로 가는 데 주춧돌을 놓아 주고, 자문을 아끼지 않은 숨은 영웅 양지랜드 그룹의 전보호 회장님께 감사한 마음을 전한다. 인간관계의 진솔함과 겸허가 자연스러운 삶의 모습에서 귀감이 되어 준 분이다.

아직도 걸음마 수준의 한국의 창업투자 현실에서 묵묵히 자금을 지원하고, 기업 성장의 토대를 구축하고 있는 훌륭한 벤처리스트이자 경영인이다. 많은 중소기업인들에게 보기드문 영웅이 아닐 수 없다.

이 책을 준비할 때, 응원을 아끼지 않고 지혜의 말씀과 격려를 보내 준, 정동균 내과병원 부원장 김미경 님(아름 교수님)께도 심심한 감사를 전한다. 참 아름다움과 품격 있는 자세를 늘 보여 주어 내 자신을 돌아보게 하는 분이시다. 책에 대한 조언과 의견을 주셔서 감사한 마음을 전한다.

'아름다운 노후를 위한 투자모임'으로 시작한 이 작은 커뮤니티는 내 삶의 중대한 가치이자 희망의 증거였다. 16년 넘게 함께 투자활동을 해 온 한국의 '피닉스헤지사모펀드' 식구들(온정 김경훈, 나연 박혜성, 솔향기 문정자, 효원 김수정, 시목 백종창, 일영 김현철, 꽃 윤다운, 소연 김미정, 우석 박기재, 청우 하범호, 예소 이슬아, 이산, 최동규, 겸제 김용진, 서경 김은찬)가족과 같은 존재들이다. 그들은 늘 내 곁에 있어 주었으며, 배려와 용기를 아끼지 않았다. 한결같이 애정과 신뢰를 주어 내 마음의 보석 같은 사람들이다. 내가 왜 투자활동을 지속해야 하는지? 그 물음과 함께 보람을 찾게 해 준 친구들이다. 고마운 마음을 숨길 수 없다. 세대가 다르고 하는일이 다른 사람들이 모여 한 방향을 보며 16년을 함께 해 온 피닉스헤지사모펀드 식구들은 가족 이상의 존재들이다.

'본 헤럴드 신문'의 발행인이자 목회자인 최원영 님도 기억하지 않을 수 없다. 정신적으로 큰 도움을 준 분으로 은혜를 입었다. 크리스천 기업인 단체를 조직해 포럼, 강연, 프레젠테이션 등을 개최하며, 수년째 기업들을 성장시키고 있다. 그 단체는 한국을 넘어 세계로 지부를 확장하며 나아가고 있다. 근래에 보기 드문 훌륭한 신앙인이자 선구자다.

블루애플자산운용이 한국에 진출할 때, 등대 역할을 해 주고 많은 정보를 제공해 준 '한중경제인협회' 회장 안근수 님도 감사함을 잊을 수 없는 분이다. 많은 현장경험과 높은 지식으로 많은 기업인에게도 다양한 방법으로 도움을 주고 있는 존경하는 분이다. 지금도 여러 나라를 다니며 새로운 길을 개척하고 있는 분이다. 결코 잊을 수 없는 감사한 분이다.

또한 우호그룹의 최양규 부회장도 많은 정보와 자문을 해 주신 분이다.

열정적으로 자신의 삶을 철저히 살아가는 닮고 싶은 분으로 감사한 마음을 잊지 않고 있다. 열정과 끊임없는 배움을 실천하고 있어 내게 자극과 동기부여를 주고 계시다.

전 국방부 장관 정경두 님은 겸허가 자연스럽고 품격이 남달라 닮고 싶은 분이다. 많은 조언과 경영자가 가야 할 덕목과 지혜를 주신 분이다. 한 국가의 관료가 어떤 책임감과 사명감을 지니고 있어야 하는지 몸소 보여주신 분이다. 감사 인사를 드린다.

한국 혁신리더포럼 중앙회 회장이자 대한AI시대포럼 대표인 서쌍원 님께도 심심한 감사를 전한다. 한국의 경제동향과 AI 미래전망 등 많은 자문을 해 주신 분이다. 한국에서 가장 활발하게 활동하고 있는 전국 조직을 갖춘 혁신포럼은 다양한 미래성장의 주제로 전국 투어 포럼을 개최하고 있다.

한국을 대표하는 '삼일회계법인'의 김광연 파트너 회계사님도 내게 많은 도움을 주셨다. 국제적 회계 지식과 자문을 해 주신 분으로 감사를 전하고 싶다.

그리고 나스닥과 캐나다에 상장하는 기업들을 위해 회계를 맡아 온갖 어려움을 밤새워 해결하며 긴 시간 호흡을 맞춰 온 '대영회계법인'의 김지훈, 김동욱 이사(회계사) 두 분께도 깊은 감사를 전한다. 한국에서는 유일하게 나스닥과 캐나다 상장기업의 회계를 동시에 맡았다. 세계적인 회계법인들과 협업하며 그 능력을 인정받은 숨은 실력자다. 한국과 달리 선진국 회계감사는 수십배 더 까다롭고 어렵다. 몇 달을 밤새며 한국 기업들의 데이터를 축적해 준 두 분께 진심으로 감사한 마음을 전한다.

몇 달 동안 밤늦게까지 모든 원고의 교정을 봐 준 피아니스트 겸 작곡가인 예소 이슬아 님께도 심심한 감사를 전한다. 앞에 펴낸 책 '숨겨진 부의 설계도' 때도 1년 가까이 교정을 봐 주었다. 이번에도 긴 시간 교정과 자문의 수고를 아끼지 않은 덕분에 책을 낼 수 있었다. 또한 이슬아 님은 예술가이면서 틈틈이 공부해 전문 투자가로서도 손색이 없는 분이다. 그 어려운 투자 리포트를 필사를 해가며 이해했고, 피나는 노력으로 공부를 게을리 하지 않았다. 예술의 경지에 오르듯 투자 분야에서도 성공한 분이다. 다시 한번 감사의 마음을 전한다.

한국문인협회 밴쿠버 지부 회원인 윤미숙 시인님도 교정을 틈틈이 봐 주시고 문장에 대해 조언해 주셨다. 캐나다 문학단체에서 활동하며 작품에 대한 조언과 의견을 주신 분이다. 고마운 마음을 전한다.

또한 같은 커뮤니티의 문우인 김한나 님도 잊을 수 없다. 차세대 리더로 손색없는 자랑스러운 분이다. 책에 대한 조언과 방향 등에도 많은 의견을 주었다. 감사한 마음을 전한다.

'블루애플자산운용'의 주요 경영진인 에릭 김(기획, 전략 총괄), 라이언(준서) 김(커뮤니케이션, 기관투자가 관리 총괄), 미국지사를 총괄하고 있는 박용국(미국 법인장, 해외사업 총괄), Gary Anderson(준법 감시, 국내외 감독기관 관리 총괄) 등, 임원진은 온갖 어려움을 묵묵히 이겨 내고 지속 경영을 이끌어 가는 분들이다. 전 세계 내로라하는 맨해튼 월스트리트의 투자전문가들과 어깨를 나란히 하며, 회사를 지속적으로 성장시켜 준 나의 동료이자 자랑스러운 친구들에게 이 지면을 통해 감사한 마음을 전한다.

그 외에도 수없이 많지만 늘 소통하며 함께 가는 많은 지인들에게 감사한 마음을 전한다.

지극히 보통 사람들로 살면서 애정의 크기는 비길 데 없는 사랑을 준 내 형제들, 그리고 늘 희망의 씨앗을 주었던 친지들에게도 감사의 마음을 전한다. 나의 첫 멘토가 되어 주신 배수섭 님도 잊히지 않는 분이다.

늘 나의 등 뒤에 서기를 자처하며 말없이 응원하면서 끝없는 사랑을 주고 있는 아름다운 율리아나, 믿음과 사랑이 끝없는 테레사, 그냥 바라보기만 해도 좋은 샘에게 무한한 애정과 함께 감사의 마음을 전한다.

-끝-

빛을
기다리는
아침의 언어

ⓒ 자명, 2026

초판 1쇄 발행 2026년 3월 27일

지은이   자명
펴낸이   이기봉
편집   좋은땅 편집팀
펴낸곳   도서출판 좋은땅
주소   서울특별시 마포구 양화로12길 26 지월드빌딩 (서교동 395-7)
전화   02)374-8616~7
팩스   02)374-8614
이메일   gworldbook@naver.com
홈페이지   www.g-world.co.kr

ISBN   979-11-388-5589-1 (03810)